Jack Vance

De Drakenruiters

✧

Het laatste Kasteel

✧

De wonderbaarlijke verrichtingen van Sam Salazar

DE DRAKENRUITERS
EN ANDERE VERHALEN

JACK VANCE

VERZAMELD WERK **12**

The Dragon Masters © 1962, 2002
The Last Castle © 1966, 2002
The Miracle Workers © 1957, 2002
Copyright © Jack Vance

Vertaling, respectievelijk: Jaime Martijn,
Mark Carpentier Alting en Warner Flamen
Omslagillustratie Marcel Laverdet

Uitgegeven door Spatterlight, Amstelveen 2018

ISBN 978-1-61947-242-6

www.spatterlight.nl

INHOUD

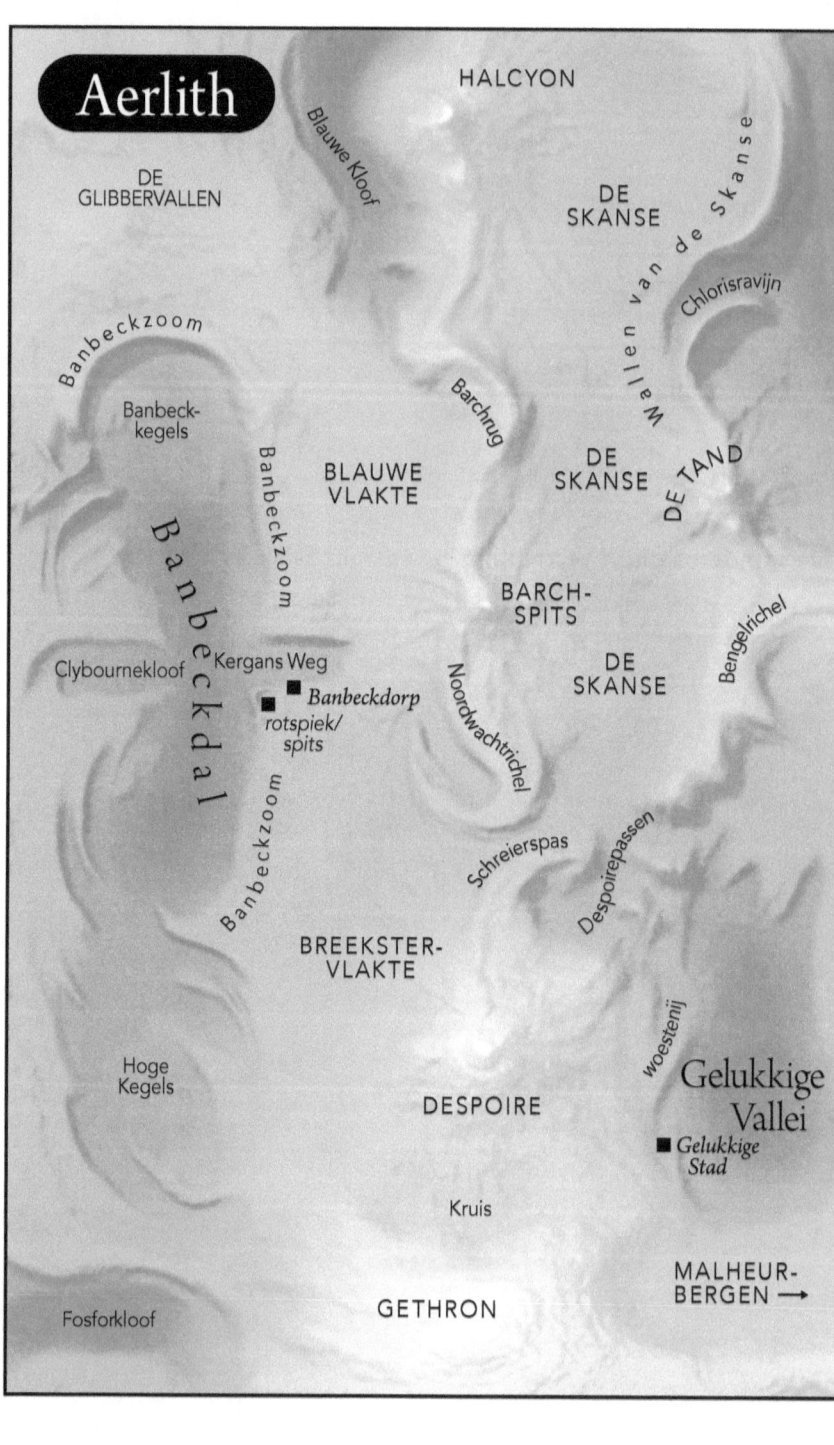

De Drakenruiters

Hoofdstuk I

HET VERBLIJF VAN JOAZ BANBECK, diep uitgehakt in het hart van een kalksteenrots, bestond uit vijf afzonderlijke kamers op vijf verschillende niveaus. Bovenaan bevonden zich het reliquarium en een formele raadskamer; het eerste was een vertrek van sombere luister dat de diverse archieven, trofeeën en aandenkens van de Banbecks herbergde; het tweede was een lange, smalle zaal met een donkere borsthoge lambrisering en daarboven een witgepleisterd gewelf dat zich over de volle breedte van de rotspiek uitstrekte, zodat de balkons aan de ene zijde uitkeken op het Banbeckdal en aan de andere kant op Kergans Weg.

Daaronder waren Joaz Banbecks privéverblijven: een zitkamer en een slaapvertrek, daarna zijn studeerkamer en ten slotte, helemaal onderaan, een werkplaats waar Joaz niemand behalve zichzelf toeliet.

Men kwam binnen door de studeerkamer, een grote L-vormige ruimte met een bewerkelijk gewelfd plafond van graatribben, waaraan vier met granaten bezette luchters hingen. Deze waren nu donker; het vertrek werd slechts verlicht door het waterige grijze schijnsel van vier geslepen glasplaten waarop, volgens het principe van de *camera obscura*, verschillende uitzichten over het Banbeckdal te zien waren. De muren waren bedekt met verhout riet; een tapijt met patronen van hoeken, vierkanten en cirkels in kastanje, bruin en zwart lag op de vloer.

Middenin de studeerkamer stond een naakte man, alleen gekleed in het lange bruine haar dat op zijn rug hing en de gouden torc die zijn nek omklemde. Zijn gelaatstrekken waren scherp en hoekig, zijn lichaam mager; hij scheen te luisteren, of misschien mediteerde hij. Af en toe keek hij vluchtig naar een gele marmeren globe op een schap aan de muur, waarna zijn lippen zich bewogen, alsof hij zich een zin of een reeks van ideeën in het geheugen prentte.

Aan de overkant van de studeerkamer zwaaide langzaam een zware deur open. Een jonge vrouw met een gezicht als een bloem tuurde erdoor, met een ondeugende, schalkse uitdrukking. Op het zien van de naakte man klapte ze haar hand voor haar mond om een kreet te smoren. De naakte man draaide zich om, maar de zware deur was al dichtgezwaaid.

Even bleef hij diep in gepeins verzonken staan, toen liep hij langzaam naar de muur aan de binnenkant van de L. Hij liet een deel van de boekenkast draaien en stapte door de opening. Achter hem sloeg de kast dof weer dicht. Een wenteltrap aflopend kwam hij uit in een kamer die ruw uit de rots was gehakt: Joaz Banbecks werkkamer. Op een werkbank lagen gereedschappen, metalen vormen en stukken, een rij elektromotorische cellen, stukken draad: de huidige onderwerpen van Joaz Banbecks nieuwsgierigheid.

De naakte man keek even naar de werkbank, raapte een van de dingen op, bestudeerde het met iets wat aan neerbuigendheid grensde, hoewel zijn blik even helder en verwonderd was als die van een kind. Gedempte stemmen uit de studeerkamer drongen door tot de werkkamer. De naakte man hief het hoofd om te luisteren, bukte zich toen onder de bank. Hij tilde een steenblok op en gleed door het gat een duistere leegte in. Toen hij de steen had teruggezet, raapte hij een lichtgevende staf op en liep een smalle tunnel af die na enige tijd omlaag helde en uitkwam in een natuurlijke grot. Op onregelmatige afstanden van elkaar straalden lichtgevende buizen een flets schijnsel uit, nauwelijks voldoende om het donker te doordringen. De naakte man beende stevig verder terwijl zijn zijden haar als een stralenkrans achter hem aan wapperde.

In de studeerkamer lagen de minstreelmaagd Phade en een oude hofmaarschalk met elkaar overhoop. "Ik heb hem echt gezien!" hield Phade vol. "Met deze twee ogen van mij, een van de sacerdotes, die daar zo stond, precies zoals ik beschreven heb." Ze trok boos aan zijn elleboog. "Denk je dat ik beroofd van zinnen ben, of hysterisch?"

Rife, de hofmaarschalk, haalde zijn schouders op omdat hij zich niet zus en niet zo wilde binden. "Ik zie hem nu niet." Hij klom de trap op, tuurde in de slaapkamer. "Leeg. De deuren boven zijn vergrendeld." Hij keek Phade aan met een blik als een uil. "En ik was op mijn post bij de ingang."

"Je zat te slapen. Zelfs toen ik binnenkwam zat je te snurken!"

"Je vergist je; ik kuchte alleen maar."

"Met gesloten ogen, knikkebollend?"

Rife haalde weer zijn schouders op. "Slapend of wakend, het maakt allemaal niets uit. Toegegeven dat het wezen zich toegang wist te verschaffen, hoe is hij dan vertrokken? Ik was wakker toen je me riep, zoals je moet erkennen."

"Blijf dan op wacht, terwijl ik Joaz Banbeck zoek." Phade rende de gang uit die even verderop aansloot op het Vogelpad, zo genoemd naar de reeksen fabeldieren in lapis, goud, cinnaber, malachiet en marcasiet die in het marmer waren ingelegd. Door een boog van groene en grijze jade met spiraalzuilen kwam ze op Kergans Weg, een natuurlijke pas die de hoofdstraat van het dorp Banbeck vormde. Bij de poort riep ze een paar jongens van het land aan. "Ren naar de fokkerij, zoek Joaz Banbeck! Haast je, breng hem hier; ik moet hem spreken!"

De jongens gingen in draf op weg naar een lage cilinder van zwarte baksteen, die een mijl naar het noorden lag.

Phade wachtte. Met de zon Skene in het zenit was de lucht warm; de akkers met wikke, bellegarde en spharganum gaven een prettige geur af. Phade leunde tegen een hek. Nu begon ze zich af te vragen hoe dringend haar nieuws eigenlijk wel was, of het eigenlijk wel gebeurd was. "Nee!" zei ze ferm tegen zichzelf. "Ik heb hem gezien! Ik heb hem gezien!"

Aan beide kanten rezen hoge witte kliffen op naar de Banbeckzoom met daarachter bergen en pieken en daarboven was de overspannende donkere hemel gevlekt met wolkveren. Skene glitterde duizelend fel, een minuscule vlok van stralend licht.

Phade zuchtte, er half van overtuigd dat ze zich had vergist. Nogmaals, maar minder heftig, stelde ze zichzelf gerust. Nog nooit had ze een sacerdote gezien; waarom zou ze zich er nu dan een verbeelden?

De jongens hadden de fokkerij bereikt en verdwenen in het stof van de kralen waar de dieren werden afgereden. Schubben glansden en flikkerden; stalknechten, drakenruiters, wapensmeden in zwart leder waren aan het werk. Na een ogenblik kwam Joaz Banbeck in het zicht. Hij besteeg een hoge Spin met dunne poten, spoorde hem aan tot zijn snelste hoofddrukkende draf, dreunend over het spoor naar het dorp Banbeck.

Phade's onzekerheid werd groter. Zou Joaz zich ergeren? Zou hij haar nieuws met een ongelovige blik van de hand wijzen? Onbehaaglijk sloeg ze zijn nadering gade. Ze was pas een maand geleden naar het Banbeckdal gekomen en ze voelde zich nog niet zeker van haar status. Haar leermeesters hadden haar ijverig geoefend in het onvruchtbare kleine dal in het zuiden waar zij geboren was, maar het verschil tussen onderwijs en werkelijkheid verbijsterde haar af en toe. Ze had geleerd dat alle mannen zich aan een beperkt aantal gedragswijzen conformeerden; Joaz Banbeck evenwel nam dergelijke beperkingen niet in acht en Phade vond hem volslagen onberekenbaar.

Ze wist dat hij een betrekkelijk jonge man was, hoewel zijn uiterlijk geen aanwijzingen gaf omtrent zijn leeftijd. Hij had een bleek en sober gezicht, waarin grijze ogen straalden als kristallen, een brede dunne mond die op plooibaarheid duidde, maar nooit ver afweek van een rechte streep. Hij bewoog zich loom; zijn stem klonk niet heftig; hij veinsde geen behendigheid met sabel of pistool. Hij scheen opzettelijk ieder gebaar te vermijden dat de bewondering of genegenheid van zijn onderdanen zou kunnen oproepen. Aanvankelijk had Phade gedacht dat hij koud was, maar na enige tijd veranderde ze van gedachte. Hij was, luidde haar slotsom, een man die eenzaam was en zich verveelde en een kalme humor bezat die van tijd tot tijd nogal grimmig leek. Maar hij behandelde haar hoffelijk, en Phade, die hem beproefde met al haar honderdeneen koketterieën, meende niet zelden een vonk van interesse te ontwaren.

Joaz Banbeck steeg af van de Spin en stuurde hem terug naar zijn stal. Phade kwam beschroomd naar voren en Joaz schonk haar een spottende blik. "Wat vereist zo'n dringende oproep? Heb je je de negentiende positie herinnerd?"

Phade bloosde van verwarring. Ongekunsteld had ze hem de

onverdroten nauwgezetheid van haar oefening beschreven; nu doelde Joaz op een punt in een van de classificaties dat haar was ontschoten.

Phade sprak vlug, weer opgewonden: "Ik deed de deur naar uw studeerkamer open, zachtjes, langzaam. En wat zag ik daar? Een sacerdote, naakt in zijn haar! Ik rende weg om Rife te halen. Toen we terugkwamen... was de kamer leeg!"

Joaz' wenkbrauwen kromden zich licht; hij keek door het dal. "Vreemd." Na een ogenblik vroeg hij: "Je weet zeker dat hij je niet heeft gezien?"

"Nee. Ik denk van niet. Maar toen ik terugkwam met die stomme ouwe Rife was hij verdwenen! Is het waar dat zij magie kennen?"

"Daar kan ik je niets over zeggen," antwoordde Joaz.

Ze liepen terug over Kergans Weg, door tunnels en gangen met rotswanden en kwamen eindelijk bij de toegangshal. Rife zat opnieuw boven zijn tafel te soezen. Joaz gebaarde Phade naar achter, stootte toen de deur naar zijn studeerkamer open. Hij keek links en rechts, zijn neusvleugels trilden. De kamer was verlaten. Hij klom de trap op, onderzocht het slaapvertrek, kwam terug naar de studeerkamer. Tenzij er inderdaad magie in het spel was, had de sacerdote zich van een geheime toegang bediend. Met dit in gedachten trok hij de deur van de boekenkast open, daalde af naar de werkkamer, en beproefde opnieuw de lucht of hij de zuurzoete geur van de sacerdotes rook.

Een vleug? Mogelijk.

Joaz onderzocht de werkplaats centimeter voor centimeter, overal onder elke hoek naar turend. Ten slotte, in de wand onder de werkbank, bespeurde hij een nauw waarneembare spleet die een rechthoek in de muur aangaf.

Joaz knikte met wrange voldoening. Hij kwam overeind en ging terug naar zijn studeerkamer. Hij bekeek de schappen. Wat had hij hier dat een sacerdote belang kon inboezemen? Boeken, folio's, pamfletten? Waren ze de kunst van het lezen eigenlijk wel machtig? De volgende keer dat ik een sacerdote ontmoet zal ik het hem eens vragen, dacht Joaz vaag; hij zal me in ieder geval de waarheid vertellen. Bij nader inzien wist hij dat het een lachwekkende vraag zou zijn; de sacerdotes, naakt als ze mochten zijn, waren geenszins barbaren. Zij waren zelfs de bron van zijn vier uitzichtpanelen — geen geringe prestatie.

Hij inspecteerde de vergeelde marmeren globe die hij tot zijn waardevolste bezittingen rekende — een afbeelding van het mythische Eden. Zo te zien was hij niet aangeraakt. Op een andere plank stonden modellen van de Banbeckdraken: de roestrode Helleveeg; de Langhoornige Moordenaar en zijn neef de Schrijdende Moordenaar; de Blauwe Gruwel; de Duivel, laag bij de grond, immens sterk, de staart uitgerust met een stalen kogel; de logge Jagger, met zijn schedelkap gepolijst en wit als een ei.

Iets ter zijde stond de stamvader van de hele groep — een parelbleek wezen, rechtop op twee benen, met twee veelzijdige centrale ledematen, een paar veelvoudig gelede armen aan de nek. Hoe prachtig gedetailleerd deze modellen ook waren, waarom zouden ze de nieuwsgierigheid van een sacerdote prikkelen? Daar was geen enkele reden toe, aangezien de originelen iedere dag ongehinderd bestudeerd konden worden.

En de werkplaats? Joaz streek over zijn lange, smalle kin. Hij maakte zich geen illusies over de waarde van zijn werk. Loos geknutsel, meer niet. Hij zette de bespiegelingen van zich af. Hoogstwaarschijnlijk was de sacerdote zonder speciale reden gekomen, was het bezoek wellicht onderdeel van een permanente inspectie. Maar waarom?

Gebons op de deur: Rife's oneerbiedige vuist. Joaz deed open.

"Joaz Banbeck: een bericht van Ervis Carcolo uit de Gelukkige Vallei. Hij wenst met u te overleggen, en wacht op dit ogenblik uw antwoord af op de Banbeckzoom."

"Goed," zei Joaz. "Ik zal overleggen met Ervis Carcolo."

"Hier? Of op de Banbeckzoom?"

"Op de zoom, over een half uur."

Hoofdstuk II

TIEN MIJL VAN HET BANBECKDAL, na een door wind geteisterde wildernis van kammen, rotsruggen, stenen pieken, verbazingwekkende spleten, kale vlakten en velden vol rolkeien, lag de Gelukkige Vallei. Even breed als het Banbeckdal, maar slechts half zo lang en half zo diep, dus met een bed van door de wind daar gedeponeerde aarde dat maar half zo dik was en navenant minder productief.

De kanselier van de Gelukkige Vallei was Ervis Carcolo, een gedrongen man met korte benen, een heftig gezicht, een zware mond en een humeur dat afwisselend boertig en toornig was. In tegenstelling tot Joaz Banbeck deed niets hem meer plezier dan zijn bezoeken aan de drakenkazerne waar hij drakenruiters, stalknechten en draken zonder onderscheid vergastte op een litanie van geschreeuwde kritiek, aansporingen en scheldwoorden.

Ervis Carcolo was een energiek man die er op gebrand was de Gelukkige Vallei het overwicht terug te geven dat die ongeveer twaalf generaties geleden had bezeten. In die harde tijden, voor de komst van de draken, streden de mensen hun eigen gevechten, en de mannen van de Gelukkige Vallei waren vermaard om hun durf, behendigheid en meedogenloos gedrag. Banbeckdal, de Grote Noordelijke Kloof, Clewhaven, het Sadrodal en de Fosforkloof erkenden alle het gezag van de Carcolo's.

Toen daalde uit de hemel het schip neer van de Grondvormen, of grefs, zoals ze toen genoemd werden. Het schip doodde en ving de voltallige bevolking van Clewhaven; poogde hetzelfde in de Grote Noordelijke Kloof, maar slaagde daar slechts gedeeltelijk in; daarna bombardeerde het de overblijvende nederzettingen met explosieve granaten. Toen de overlevenden terugkropen naar hun verwoeste dalen was de overheersing door de Gelukkige Vallei een wassen neus. Een generatie later, tijdens het Tijdperk van het Natte IJzer, kwam zelfs daar een eind aan. In een beslissend gevecht werd Goss Carcolo gevangengenomen door Kergan Banbeck en gedwongen zich met zijn eigen mes te ontmannen.

Er verstreken vijf jaar van vrede, en toen kwamen de Grondvormen terug. Toen ze het Sadrodal hadden ontvolkt, landde het grote zwarte schip in het Banbeckdal, maar de bewoners waren gewaarschuwd en de bergen ingevlucht. Tegen het vallen van de nacht rukten drieën- twintig Grondvormen op achter hun nauwgezet getrainde krijgers. Dat waren ettelijke pelotons Zware Troepen, een eskader Wapenvoer- ders — nauwelijks te onderscheiden van de mannen van Aerlith — en een troep Spoorzoekers. Deze laatsten waren nadrukkelijk anders. Toen brak de zonsondergangsstorm los boven het dal, waardoor de vliegers van het schip onbruikbaar werden, wat Kergan Banbeck de kans gaf de verbazingwekkende prestatie te leveren die zijn naam een legende op Aerlith maakte. In plaats van zich aan te sluiten bij de dodelijk beangste vlucht van zijn mensen naar de Hoge Kegels, verzamelde hij zestig krij- gers en sprak hun moed in door hen te beschamen met honende en beschimpende opmerkingen. Uit een hinderlaag springend hakten zij een heel peloton Zware Troepen aan stukken, joegen de overigen op de vlucht, en vingen de drieëntwintig Grondvormen bijna voor die besef- ten dat er iets mis was. De Wapenvoerders hielden zich koortsig van frus- tratie op de achtergrond, niet bij machte hun wapens te gebruiken uit angst hun meesters te vernietigen. De Zware Troepen strompelden naar voren om aan te vallen en bleven pas staan toen Kergan Banbeck hun toeschreeuwde dat hun meesters de eersten zouden zijn die stierven. In verwarring trokken de Zware Troepen zich terug; Kergan Banbeck, zijn mannen en de drieëntwintig gevangenen ontsnapten in het donker.

De lange nacht van Aerlith verstreek; de dageraadstorm blies uit het oosten, donderde over het dal, trok zich majesteitelijk terug in het westen; Skene rees op als een laaiende gloed. Er kwamen drie mannen uit het schip van de Grondvormen: een Wapenvoerder en een tweetal Spoorzoekers. Ze klommen tegen de rotsen op naar de Banbeckzoom terwijl boven hen een klein vlot van de Grondvormen heen en weer fladderde, weinig meer dan een zwevend platform, duikend en zwenkend in de wind als een vlieger met een slecht evenwicht. De drie mannen sjouwden naar de Hoge Kegels in het zuiden, een gebied van chaotische schaduwen en lichten, versplinterde rots en omgevallen pieken, keien gestapeld op keien. Dit was het traditionele vluchtoord van opgejaagde mensen.

De Wapenvoerder bleef staan voor de Kegels en riep Kergan Banbeck, vroeg hem te onderhandelen.

Kergan Banbeck kwam naar voren en nu volgde de eigenaardigste samenspraak in de geschiedenis van Aerlith. De Wapenvoerder sprak de taal der mensen met moeite, daar zijn lippen, tong en strottenhoofd gewend geraakt waren aan de taal van de Grondvormen.

"Je houdt drieëntwintig van onze Geëerden gevangen. Het is noodzakelijk dat je ze naar voren geleidt, in alle nederigheid." Hij sprak nuchter, met een zweem van zachtmoedige melancholie, bevelend noch dringend. Net als zijn linguïstische gewoonten gevormd waren naar de Grondvormpatronen, was dat ook bij zijn geestelijke processen het geval.

Kergan Banbeck, een lange magere man met glanzend geverniste zwarte wenkbrauwen en zwart haar dat gemodelleerd en gevernist was in een kam van vijf pieken, liet een blaffend, vreugdeloos gelach horen. "En wat denk je van de mensen van Aerlith die gedood zijn? En de mensen die gevangen worden gehouden aan boord van jullie schip?"

De Wapenvoerder, zelf een indrukwekkend man met een edel arendsgezicht, boog zich ernstig naar voren. Hij was haarloos afgezien van kleine krullen dun geel dons. Zijn huid glansde alsof hij gepolijst was; zijn oren, waar hij het sterkst verschilde van de ongewijzigde mensen van Aerlith, waren kleine, broze flappen.

Hij droeg een eenvoudig kledingstuk in donkerblauw en wit en had geen wapens bij zich behalve een kleine veelzijdige uitwerper. Met volmaakte zelfbeheersing en kalme redelijkheid antwoordde hij op Kergan Banbecks vragen. "De mensen van Aerlith die gedood zijn, zijn dood. Zij op het schip zullen samengesmolten worden met het substratum, waar de toevoeging van vers bloed van buiten van waarde is."

Kergan Banbeck nam de Wapenvoerder verachtelijk peinzend op. In sommige opzichten, dacht hij, leek deze gewijzigde en zorgvuldig ingeteelde man op de sacerdotes van zijn eigen planeet, vooral met zijn heldere lichte huid, scherp getekende gelaatstrekken en zijn lange armen en benen. Misschien was er telepathie in het spel, of misschien had hij een spoor van de kenmerkende zuurzoete geur opgevangen. Toen hij zijn hoofd omdraaide, zag hij nog geen vijftig passen verder een sacerdote tussen de rotsblokken staan — een naakte man afgezien van zijn gouden torc en het lange bruine haar dat achter hem aan woei als een wimpel. De oeroude etiquette gebood Banbeck door hem heen te kijken, te veinzen dat hij niet bestond. Na een snelle blik deed de Wapenvoerder hetzelfde.

"Ik eis dat je de mensen van Aerlith in je schip loslaat," zei Kergan Banbeck met vlakke stem.

De Wapenvoerder schudde glimlachend zijn hoofd, deed zijn uiterste best om begrepen te worden. "Deze personen zijn niet ter sprake; hun —" hij zweeg even, zoekend naar woorden "— hun bestemming is…uitgemeten, quantumsgewijs, voorbeschikt. Niets kan meer gezegd worden."

Banbecks glimlach veranderde in een cynische grijns. Hij bleef gereserveerd zwijgen terwijl de Wapenvoerder verder stuntelde. De sacerdote kwam naar voren, steeds met een paar passen tegelijk.

"U begrijpt," zei de Wapenvoerder, "dat er een patroon voor de gebeurtenissen bestaat. Het is de functie van lieden als ik om de gebeurtenissen te vormen zodat ze in het patroon passen." Hij bukte zich, raapte met een sierlijke beweging van zijn arm een kleine, hoekige kiezel op. "Net zoals ik dit stukje steen zo kan slijpen dat het in een ronde opening past."

Banbeck stak zijn hand uit, pakte de kiezel, smeet hem hoog over de warboel van keien. "Dat stukje steen zul je nooit zo slijpen dat het in een ronde opening past."

De Wapenvoerder schudde licht afkeurend zijn hoofd. "Er is altijd meer steen."

"En er zijn altijd meer gaten," verklaarde Banbeck.

"Ter zake dan," zei de Wapenvoerder. "Ik stel voor deze situatie tot zijn juiste vorm te kneden."

"Wat biedt u aan in ruil voor de drieëntwintig grefs?"

De Wapenvoerder gaf een ongemakkelijke ruk met zijn schouder.

De ideeën van deze man waren even wild, barbaars en willekeurig als de geverniste pieken van zijn kapsel. "Als u dat wenst kan ik u onderricht en advies geven, zodat —"

Kergan Banbeck maakte een bruusk gebaar. "Ik stel drie voorwaarden." De sacerdote stond inmiddels op nog maar tien pas afstand. "Ten eerste," zei Banbeck, "een garantie tegen toekomstige overvallen op de mensen van Aerlith. Er moeten voortdurend vijf grefs onder onze hoede blijven als gijzelaars. Ten tweede — ook om eeuwigdurende geldigheid te verkrijgen voor deze garantie — moet u mij een ruimteschip bezorgen, volledig uitgerust, van energie voorzien, bewapend, en moet u mij instrueren in het gebruik ervan."

De Wapenvoerder wierp zijn hoofd in zijn nek en maakte door zijn neus een reeks blatende geluiden.

"Ten derde," vervolgde Banbeck, "moet u alle mannen en vrouwen die nu aan boord zijn van uw ruimteschip vrijlaten."

De Wapenvoerder knipperde met zijn ogen en sprak vlugge schorre woorden van verbijstering tegen de Spoorzoekers. Ze roerden zich, onbehaaglijk en ongeduldig, Banbeck schuins aankijkend alsof hij niet alleen een wildeman was maar ook waanzinnig. Boven het tafereel zweefde de vlieger; de Wapenvoerder keek op en scheen moed uit de aanblik te putten. Zich ferm naar Banbeck wendend, sprak hij alsof de voorgaande gedachtenwisseling niet had plaatsgevonden. "Ik kom u bevelen dat de drieëntwintig Geëerden ogenblikkelijk vrijgelaten moeten worden."

Banbeck herhaalde zijn eigen eisen. "U moet me een ruimteschip verschaffen, u mag geen overvallen meer plegen, u moet de gevangenen loslaten. Stemt u daarmee in, ja of nee?"

De Wapenvoerder leek in de war. "Dit is een eigenaardige situatie — onbepaald, onmeetbaar."

"Kunt u me niet begrijpen?" blafte Banbeck geërgerd. Hij keek even naar de sacerdote, een daad van twijfelachtig decorum, en brak toen volledig met de traditie. "Sacerdote, hoe moet ik handelen met deze stomkop? Hij schijnt me niet te horen."

De sacerdote deed een stap naar voren, zijn gezicht even leeg en nietszeggend als daarvoor. Omdat hij leefde naar een leerstelling die actieve of opzettelijke bemoeienis met de zaken van andere mensen

verbood, kon hij op iedere vraag alleen een specifiek en beperkt antwoord geven. "Hij hoort u, maar er bestaan tussen u beiden geen
gemeenschappelijke ideeën. Zijn gedachtenstructuur is afgeleid van
die van zijn meesters en is onverenigbaar met die van u. Hoe u met hem
moet handelen kan ik niet zeggen."

Kergan Banbeck keek weer naar de Wapenvoerder. "Hebt u gehoord
wat ik gevraagd heb? Begrijpt u de eisen die ik stel voor de vrijlating
van de grefs?"

"Ik heb u duidelijk gehoord," antwoordde de Wapenvoerder. "Uw
woorden hebben geen betekenis, het zijn absurditeiten, paradoxen.
Luister aandachtig naar mij. Het is geordonneerd, volmaakt, een quan-
tum van het lot, dat u ons de Geëerden overdraagt. Het is onregelmatig,
ongeordonneerd, dat u een schip krijgt, of dat uw andere eisen vervuld
worden."

Banbecks gezicht werd rood; hij draaide zich half naar zijn mannen,
maar weerhield zich, beheerste zijn woede, sprak langzaam en overdreven duidelijk: "Ik heb iets wat u wilt hebben. U hebt iets wat ik wil
hebben. Laten we ruilen."

Twintig seconden lang staarden de twee mannen elkaar in de ogen.
Toen haalde de Wapenvoerder diep adem. "Ik zal het in uw woorden
uitleggen, zodat u het begrijpt. Zekerheden — nee, geen zekerheden;
definiteiten bestaan. Dit zijn eenheden van zekerheid, quanta van
noodzaak en orde. Het bestaan is de gestage opeenvolging van deze eenheden, de een na de ander. De activiteit van het heelal kan uitgedrukt
worden door te verwijzen naar deze eenheden. Onregelmatigheid,
absurditeit — deze zijn als een halve man, met een half brein, een half
hart, halve vitale organen. Het is niet toegestaan dat die bestaan. Dat u
drieëntwintig Geëerden als gevangenen vasthoudt is zo'n absurditeit,
een belediging van de rationele stroom van het heelal."

Kergan Banbeck wierp zijn handen omhoog, keerde zich opnieuw
naar de sacerdote. "Hoe kan ik een eind maken aan deze onzin? Hoe
kan ik hem tot rede brengen?"

De sacerdote dacht na. "Hij spreekt geen onzin, maar een taal die
u niet begrijpt. U kunt hem uw taal laten begrijpen door alle kennis
en oefening uit zijn geest te wissen en die te vervangen door uw eigen
patronen."

Banbeck streed tegen een verwarrend gevoel van frustratie en onwezenlijkheid. Om exacte antwoorden aan een sacerdote te ontlokken, was een exacte vraag vereist; het was eigenlijk verrassend dat deze sacerdote bleef en zich liet ondervragen. Heel zorgvuldig nadenkend zei hij: "Hoe stelt u voor dat ik met deze man omga?"

"Laat de drieëntwintig grefs vrij." De sacerdote raakte de dubbele knoppen vooraan zijn gouden torc aan; een ritueel gebaar dat aangaf dat hij, hoe onwillig ook, een daad had gepleegd waarvan het denkbaar was dat die het verloop van de toekomst wijzigde. Opnieuw tikte hij tegen zijn torc en zei plechtig: "Laat de grefs vrij; dan zal hij vertrekken."

Kergan Banbeck riep in onbeheerste woede: "Wie dien jij eigenlijk? Mens of gref? Laat ons de waarheid horen! Spreek!"

"Door mijn geloof, door mijn belijdenis, door de waarheid van mijn *tand*, dien ik niemand behalve mijzelf." De sacerdote keerde zich naar de enorme piek van de Gethronberg en liep langzaam weg; de wind blies zijn fijne lange haar opzij.

Banbeck zag hem gaan. Toen richtte hij zich kil en gedecideerd weer naar de Wapenvoerder. "Uw beschouwing over zekerheden en absurditeiten is belangwekkend. Ik geloof dat u die door elkaar haalt. Hier komt een zekerheid vanuit mijn standpunt! Ik zal de drieëntwintig grefs niet vrijlaten tot u aan mijn eisen tegemoetkomt. Als u ons weer aanvalt zal ik ze doormidden hakken, om uw manier van spreken te illustreren en verwezenlijken, en u misschien te overtuigen dat absurditeiten mogelijk zijn. Meer zeg ik niet."

De Wapenvoerder schudde langzaam het hoofd, medelijdend. "Luister, ik zal het uitleggen. Bepaalde omstandigheden zijn ondenkbaar, ze zijn ongemeten, onlottig —"

"Ga," bulderde Banbeck. "Anders kunt u zich aansluiten bij de drieëntwintig Geëerde grefs, en dan zal ik u leren hoe wezenlijk het ondenkbare kan worden!"

De Wapenvoerder en de twee Spoorzoekers draaiden zich schor mompelend om, trokken zich terug naar de Banbeckzoom, daalden af naar het dal. Boven hen schoot de vlieger heen en weer, zwenkend, fladderend, dwarrelend als een vallend blad.

De mannen van Banbeck volgden de terugtocht vanuit de rotsen.

Even later waren ze getuige van een verrassend schouwspel. Een half uur nadat de Wapenvoerder terug was in het schip kwam hij weer naar buiten galopperen, dansend en springend. Anderen volgden hem — Wapenvoerders, Spoorzoekers, Zware Troepen en nog acht grefs — allemaal schokkend, springend, heen en weer rennend met rukkerige, verstrooide stappen. De sluizen van het schip flitsten op met licht in verschillende kleuren en er weerklonk een langzaam scheller wordend geluid van gekwelde machinerie.

"Ze zijn gek geworden!" mompelde Kergan Banbeck. Hij aarzelde even, gaf toen een bevel. "Alle mannen verzamelen; we vallen aan terwijl ze hulpeloos zijn!"

Omlaag uit de Hoge Kegels stroomden de mannen van het Banbeckdal. Toen ze de rotsen afkwamen, liepen een paar van de gevangen mannen en vrouwen van het Sadrodal schuchter het schip uit en toen ze niet werden tegengehouden vluchtten ze weg. Anderen volgden hen — en nu bereikten de krijgers van Banbeck de bodem van het dal.

Naast het schip was de waanzin gekalmeerd: de buitenwerelders zaten stil in elkaar gedoken naast de romp. Toen klonk er opeens een verbijsterende ontploffing, een vlaag van geel en wit vuur. Het schip viel uit elkaar. Een immense krater ontsierde het dal; brokken metaal begonnen tussen de aanvallende Banbecksoldaten te vallen.

Kergan Banbeck staarde naar de verwoesting. Langzaam, met afzakkende schouders, riep hij zijn mensen bijeen en leidde hen terug naar hun verwoeste vallei. Achteraan, in ganzenpas, aan elkaar gebonden met touwen, kwamen de drieëntwintig grefs, met doffe ogen, volgzaam, al ver verwijderd van hun vroegere bestaan. Het weefsel van het lot was onherroepelijk; de huidige omstandigheden konden niet van toepassing zijn op drieëntwintig Geëerden. Het mechanisme moest zich dus aanpassen om de rustige voortgang van gebeurtenissen te verzekeren. De drieëntwintig waren bijgevolg iets anders dan Geëerden: een volslagen ander soort wezen. Als dat zo was, wat waren zij dan? Elkaar deze vraag stellend op droevige, kwakende toon marcheerden ze de rotswand af naar het Banbeckdal.

Hoofdstuk III

IN DE LANGE JAREN VAN AERLITH wisselde het lot van de Gelukkige Vallei en het Banbeckdal met de bekwaamheden van de tegenover elkaar staande Carcolo's en Banbecks. Gouden Banbeck, Joaz' grootvader, was gedwongen de Gelukkige Vallei als onderhorig gebied te laten gaan toen Uttern Carcolo, een talentvol drakenfokker, de eerste Duivels produceerde. Op zijn beurt ontwikkelde Gouden Banbeck de Jaggers, maar stond toe dat er een ongemakkelijke wapenstilstand bleef bestaan.

Nieuwe jaren verstreken; Ilden Banbeck, de zoon van Gouden en een broos, onbekwaam man, vond de dood bij een val van een opstandige Spin. Omdat Joaz nog een ziekelijk kind was, besloot Grode Carcolo zijn kansen tegen het Banbeckdal te beproeven. Hij hield geen rekening met de oude Hendel Banbeck, oudoom van Joaz en opperdrakenmeester. De strijdmacht van de Gelukkige Vallei werd op de Breekstervlakte op de vlucht gejaagd; Grode Carcolo werd gedood en de jonge Ervis werd geschampt door een Moordenaar. Om verschillende redenen, waaronder Hendels ouderdom en Joaz' jeugd, stootte het leger van Banbeck niet door, zodat een definitieve beslissing uitbleef. Ervis Carcolo was wel uitgeput door pijn en bloedverlies, maar trok zich toch tamelijk ordelijk terug, en de volgende jaren heerste er een achterdochtige wapenstilstand tussen de twee aangrenzende dalen.

Joaz groeide op tot een zwaarmoedige jonge man die weliswaar geen geestdriftige genegenheid bij zijn volk opriep, maar in ieder geval niet hartgrondig werd gehaat. Hij en Ervis Carcolo hadden een wederzijdse minachting gemeen. Als Joaz' studeerkamer ter sprake kwam, met zijn boeken, schriftrollen, modellen en plannen, zijn ingewikkelde uitkijksysteem over het dal (dat volgens de geruchten door de sacerdotes was geïnstalleerd), wierp Carcolo vol walging zijn handen omhoog. "Geleerdheid? Pah! Wat voor nut heeft al dit gerol in het braaksel van vroeger? Waar leidt het toe? Hij had als sacerdote geboren moeten worden; hij is precies dat soort zuurpruimende zwakkeling met zijn kop in de wolken!"

Een rondreizend handelaar, ene Dae Alvonso, die de vakken van minstreel, kinderkoper, psychiater en chiropractor combineerde, bracht verslag van Carcolo's laster uit aan Joaz, die zijn schouders ophaalde. "Ervis Carcolo zou moeten paren met een van zijn eigen Jaggers," zei hij. "Dan fokt hij een onoverwinnelijk schepsel met de bepantsering van de Jagger en zijn eigen onverwoestbare stommiteit."

Mettertijd bereikte deze opmerking Ervis Carcolo, en toevallig trof die hem in een bijzonder kwetsbare plek. In het geheim stelde hij in zijn fokkerijen pogingen in het werk om een nieuwe draak te ontwikkelen: een dier dat bijna even massief was als de Jagger, met het wilde verstand en de lenigheid van de Blauwe Gruwel. Maar hij werkte met een intuïtieve en al te optimistische benadering en sloeg de raad van Bast Givven, zijn opperdrakenmeester in de wind.

De eieren kwamen uit; een dozijn kuikens overleefde het.

Ervis Carcolo bracht ze groot, afwisselend teder en berispend. Ten slotte waren de draken volwassen. Carcolo's gehoopte combinatie van razernij en onoverwinlijkheid was uitgelopen op vier slome, lichtgeraakte wezens met een opgezwollen romp, spillepoten en een onverzadigbare eetlust.

"Alsof je een draak kunt fokken door hem te bevelen: 'Besta!' " hoonde Bast Givven tegen zijn helpers en raadde hun aan: "Wees op je hoede voor dat gebroed; het enige wat ze kunnen, is je binnen bereik van hun armen sleuren."

De tijd, moeite, voorzieningen en voedsel die aan de waardeloze bastaarden waren verspild hadden Carcolo's strijdmacht verzwakt. Aan vruchtbare Hellevegen had hij geen gebrek; er waren voldoende Langhoornige Moordenaars en Schrijdende Monsters, maar de zwaardere en meer gespecialiseerde typen, vooral de Jaggers, waren voor zijn plannen in verre van voldoende aantallen voorhanden. De oude roem van de Gelukkige Vallei spookte door zijn dromen; eens zou hij het Banbeckdal onderwerpen en dikwijls beleefde hij in gedachten de ceremonie waarbij hij Joaz Banbeck zou verlagen tot de rang van leerling-kazernebediende.

Ervis Carcolo's ambities werden bemoeilijkt door een stel fundamentele problemen. De bevolking van de Gelukkige Vallei was verdubbeld, maar in plaats dat hij de stad uitbreidde door nieuwe rotsen open te hakken of nieuwe tunnels te boren, bouwde Carcolo drie nieuwe drakenfokkerijen en een dozijn kazernes en legde een immens oefenveld aan. De mensen van de vallei konden kiezen: of ze persten zich in de stinkende bestaande tunnels, of ze bouwden wrakke hutten aan de voet van het klif. Fokkerijen, kazernes, oefenvelden; water werd afgeleid van het meer om de draken te drenken; enorme hoeveelheden voedsel gingen op aan het voeren van de beesten. De mensen van de Gelukkige Vallei, ondervoed, ziekelijk, ellendig, deelden geen van Carcolo's ambities, en hun gebrek aan geestdrift maakte hem woedend.

Hoe het ook zij, toen de rondreizende Alvonso Banbecks aanbeveling herhaalde dat Ervis Carcolo moest paren met een Jagger, ziedde Carcolo van razernij. "Bah! Wat weet hij van het fokken van draken? Ik twijfel eraan of hij zijn eigen drakentaal wel snapt!"

Hij doelde op de wijze waarop bevelen en instructies werden doorgegeven aan de draken; een geheim jargon dat voor iedere strijdmacht verschilde. Het leren van de drakentaal van de tegenstander was het voornaamste doel van iedere drakenmeester, want daardoor verwierf hij een zekere mate van beheersing over de krijgsmacht van zijn vijand.

"Ik ben een praktisch man, tweemaal zoveel waard als hij," ging Carcolo verder. "Kan hij draken ontwerpen, grootbrengen, opvoeden en onderrichten? Kan hij discipline opleggen, strijdlust aanleren? Nee. Hij laat dat allemaal over aan zijn drakenmeesters, terwijl hij languit op een bank hangt, bonbons vreet, en alleen strijdt tegen het geduld van zijn minstreelmaagden. Ze zeggen dat hij door astrologische waarzeggerij de terugkeer van de Grondvormen voorspelt, dat hij met zijn hoofd schuin loopt om naar de hemel te kijken. Verdient zo'n man macht en een voorspoedig leven? Ik zeg van niet. Is Ervis Carcolo van de Gelukkige Vallei zo'n man? Ik zeg daar ja op, en dat zal ik aantonen."

Dae Alvonso hield kalmerend zijn hand op. "Niet zo vlug. Hij is slimmer dan u denkt. Zijn draken verkeren in uitstekende staat; hij zoekt ze vaak op. En wat de Grondvormen betreft —"

"Praat me niet van de Grondvormen," brieste Carcolo. "Ik ben geen kind dat zich door boemannen schrik laat aanjagen!"

Opnieuw stak Dae Alvonso zijn hand op. "Luister. Ik spreek in ernst, en u kunt voordeel trekken uit mijn nieuws. Joaz Banbeck liet me in zijn studeerkamer komen —"

"De beroemde studeerkamer, het is niet waar!"

"Uit een kast haalde hij een bol van kristal op een zwarte doos."

"Aha!" hoonde Carcolo. "Een kristallen bol!"

Dae Alvonso ging rustig verder zonder zich aan de onderbreking te storen. "Ik heb die bol bekeken, en waarlijk, hij leek de hele ruimte te bevatten; erbinnen dreven sterren en planeten, alle hemellichamen van de groep. 'Kijk goed,' zei Joaz Banbeck, 'nooit zul je waar ook zijn evenbeeld zien. Hij is gemaakt door de mannen van eertijds en naar Aerlith gebracht toen ons ras hier voor het eerst kwam.'

"'Werkelijk,' zei ik. 'En wat is dit voor voorwerp?'

"'Het is een hemels firmamentarium,' zei Joaz. 'Het beeldt alle nabije sterren af en hun respectievelijke posities op ieder tijdstip dat ik kies. Welnu —' en hier wees hij '— zie je die witte stip? Dat is onze zon. Zie je die rode ster? In de oude almanakken wordt hij Coralyne genoemd. Hij draait met onregelmatige tussenpozen naar ons toe, want zo bewegen de sterren zich in deze groep. Die tussenpozen zijn steeds overeengekomen met aanvallen van de Grondvormen.'

"Hier gaf ik blijk van mijn verbazing; Joaz verzekerde mij dat het waar was. 'De geschiedenis van de mens op Aerlith meldt zes aanvallen van de Grondvormen, of grefs zoals ze oorspronkelijk bekend stonden. Terwijl Coralyne door de ruimte zwalkt, stropen zij blijkbaar de naburige werelden af, op zoek naar verborgen nederzettingen van de mens. Hun laatste aanval was lang geleden, in de tijd van Kergan Banbeck, met de gevolgen die je kent. Toentertijd passeerde Coralyne ons op korte afstand in de hemelen. Voor het eerst sindsdien bevindt Coralyne zich weer vlak bij ons.' Dit," zei Alvonso tegen Carcolo, "is wat Joaz Banbeck mij vertelde, en dat is wat ik zag."

Carcolo was in weerwil van zichzelf onder de indruk geraakt. "Wil je me vertellen," vroeg hij Alvonso, "dat binnen deze bol alle sterren van de ruimte zwemmen?"

"Daar kan ik geen eed op doen," antwoordde Dae Alvonso. "De globe is gemonteerd op een zwarte doos, en ik vermoed dat een innerlijk mechanisme afbeeldingen projecteert of misschien lichtende stippen beheerst die de sterren nabootsen. Hoe dan ook, het is een wonderbaarlijk apparaat. Het zou me van trots vervullen als ik het kon bezitten. Ik heb Joaz ettelijke kostbare voorwerpen in ruil geboden, maar hij wilde er niets van weten."

Carcolo liet zijn lippen walgend omkrullen. "Jij en je gestolen kinderen. Ken je geen schaamte?"

"Niet meer dan mijn klanten," zei Alvonso ferm. "Ik herinner me dat ik bij verscheidene gelegenheden winstgevende zaken met u heb gedaan."

Ervis Carcolo wendde zich af, deed alsof hij naar een tweetal Hellevegen keek die met houten kromzwaarden oefenden. De twee mannen stonden bij een stenen muur waarachter tientallen draken zich bekwaamden in manœuvres, duelleerden met speren, zwaarden, hun spieren versterkten. Schubben flitsten, stof wolkte op onder gespleten stampvoeten; de bittere geur van drakenzweet doordrong de lucht.

Carcolo mompelde: "Hij is sluw, die Joaz. Hij wist dat je me in detail verslag zou uitbrengen."

Dae Alvonso knikte. "Precies. Zijn woorden luidden...Maar misschien kan ik beter discreet zijn." Vanonder zijn borstelige witte wenkbrauwen blikte hij listig naar Carcolo.

"Spreek," zei Carcolo nors.

"Uitstekend. Denk eraan, ik haal Joaz Banbeck aan. 'Zeg die broddelende ouwe Carcolo dat hij in groot gevaar verkeert. Als de Grondvormen weer op Aerlith komen, wat heel goed mogelijk is, dan is de Gelukkige Vallei uiterst kwetsbaar en zal zij verwoest worden. Waar kunnen zijn onderdanen zich verschuilen? Ze zullen het zwarte schip in worden gedreven, overgebracht worden naar een koude nieuwe planeet. Als Carcolo niet volslagen harteloos is, laat hij nieuwe tunnels bikken, verborgen lanen aanleggen. Anders —'"

"Anders wat?" wilde Carcolo weten.

"'Anders is er geen Gelukkige Vallei meer, geen Ervis Carcolo meer.'"

"Bah," zei Carcolo met onderdrukte stem. "Jonge kwasten blaffen het schelst."

"Misschien is het een eerlijke waarschuwing. Zijn verdere woorden…maar ik vrees uw waardigheid te krenken."

"Ga door! Spreek op!"

"Dit zijn zijn woorden — maar nee, ik durf ze niet te herhalen. Het komt erop neer dat hij uw inspanningen om een leger te vormen lachwekkend vindt; hij vergelijkt uw intelligentie in ongunstige zin met die van hemzelf; hij voorspelt —"

"Genoeg!" brulde Ervis Carcolo, zwaaiend met zijn vuisten. "Hij is een geraffineerd tegenstander, maar waarom leen jij je voor zijn streken?"

Dae Alvonso schudde zijn grijze oude hoofd. "Ik herhaal slechts, met tegenzin, hetgeen u eist te horen. En nu, aangezien u mij uitgewrongen heeft, kunt u mij aan winst helpen. Wilt u geneesmiddelen kopen, elixirs, purgeermiddelen of toverdrankjes? Ik heb hier een zalf van de eeuwige jeugd die ik uit de privékist van de Demie Sacerdote zelf heb gestolen. In mijn gevolg bevinden zich zowel jongens als meisjes, gedienstig en knap, tegen redelijke prijs. Ik zal naar uw klachten luisteren, uw gelispel genezen, een vreedzaam gemoed garanderen… Of misschien wilt u graag drakeneieren kopen?"

"Geen van dat al heb ik nodig," gromde Carcolo. "Vooral geen drakeneieren waaruit hagedissen komen. En wat kinderen betreft, de Gelukkige Vallei is vergeven van kinderen. Breng me een dozijn forse Jaggers, dan mag je vertrekken met honderd kinderen van je keuze."

Alvonso schudde droef het hoofd, strompelde weg. Carcolo ging over de muur hangen en staarde naar de drakenkralen.

De zon stond laag boven de pieken van de berg Despoire; de avond was nabij. Dit was het aangenaamste moment van de dag op Aerlith, als de winden gingen liggen en een immense fluwelen uitgestrektheid achterlieten. Skene's schijnsel verzachtte tot een rokend geel met een bronzen aureool; de wolken van de nakende avondstorm verzamelden zich, rezen, daalden, verschoven, wervelden, gloeiend en veranderend in iedere tint van goud, oranjebruin, goudbruin en stoffig violet.

Skene zonk; de tinten goud en oranje werden eikbruin en paars; de bliksem reeg de wolken aaneen en de regen viel als een zwart gordijn.

In de kazernes waren de mannen op hun hoede, want nu werden de draken onberekenbaar — afwisselend actief, traag of twistziek. Met het passeren van de regen ging de avond over in de nacht en een koele, rustige wind zweefde door de dalen. De donkere hemel begon te branden en schitteren met de sterren van de groep. Een van de helderste twinkelde rood, groen, wit, rood, groen.

Ervis Carcolo bestudeerde bedachtzaam deze ster. Het ene idee leidde tot het volgende en weldra naar een koers van handelen die de hele wirwar van onzekerheden en ontevredenheden die zijn leven ontsierde scheen op te lossen. Carcolo wrong zijn mond in een zure grijns; hij moest vriendelijk doen tegen die windbuil Joaz Banbeck, maar als dat onvermijdelijk was... Het zij zo!

Vandaar dat de volgende morgen, kort nadat Phade de minstreelmaagd de sacerdote had ontdekt in Joaz' studeerkamer, er een boodschapper verscheen in het dal, met een uitnodiging voor Joaz Banbeck om naar de Banbeckzoom te komen voor overleg met Ervis Carcolo.

Hoofdstuk IV

ERVIS CARCOLO WACHTTE op de Banbeckzoom met zijn opperdrakenmeester Bast Givven en een tweetal jonge voorwerkers. Achter
hen, op een rij, stonden hun rijdieren: vier glinsterende Spinnen,
armen gevouwen, benen onder exact dezelfde hoek buitenwaarts
gekeerd. Dit was Carcolo's nieuwste broedsel, en hij was er buitensporig trots op. De weerhaken die de hoornige koppen omringden,
waren gevat in gepolijste vermiljoenen stenen; een ronde doelschijf,
zwartgeverfd en met een ijzeren piek in het midden bedekte de borst
van de dieren. De mannen droegen de traditionele zwarte leren broe-
ken met korte kastanjebruine mantels, en zwarte leren helmen met
lange flappen die schuin over de oren en op de schouders hingen.

De vier mannen wachtten, geduldig of rusteloos naar hun aard
dicteerde, en namen de goed verzorgde vallei in zich op. In het
zuiden lagen akkers met verscheidene gewassen: wikke, bellegarde,
moskoeken, een groep mispels. Direct daartegenover, bij het begin
van de Clybournekloof, was nog steeds de vorm van de krater te
zien die ontstaan was door de ontploffing van het Grondvormschip.
In het noorden lagen nog meer akkers, dan de drakenerven,
bestaande uit kazernes van zwarte steen, een fokkerij, een oefenveld.
Daarachter lagen de Banbeckkegels, een woest gebied waar eeuwen geleden een deel van de rotswand naar beneden was gekomen,
waardoor er een wildernis van schots en scheve keien was ontstaan
die leek op de Hoge Kegels onder de Gethronberg, maar kleiner
van omvang.

Een van de jonge voorwerkers leverde nogal tactloos commentaar
op de overduidelijke welvarendheid van het Banbeckdal, hetgeen een
afkeuring inhield van de Gelukkige Vallei. Ervis Carcolo luisterde

enkele ogenblikken stuurs toe en richtte toen een hooghartige blik op de boosdoener.

"Zie je die dam," zei de man. "Wij verspillen de helft van ons water doordat het weglekt."

"Dat is zo," zei de ander. "Die rotsheining is een goed idee. Ik vraag me af waarom wij niet zoiets doen."

Carcolo deed zijn mond open, maar bedacht zich. Met een grommend geluid in zijn keel wendde hij zich af. Bast Givven maakte een gebaar: de voorwerkers deden er het zwijgen toe.

Even later kondigde Givven aan: "Joaz Banbeck is op weg gegaan."

Carcolo tuurde omlaag naar Kergans Weg. "Waar is zijn gevolg? Rijdt hij alleen?"

"Het schijnt van wel."

Een paar minuten later verscheen Joaz Banbeck op de zoom, rijdend op een Spin die was getuigd met grijs en rood fluweel. Joaz droeg een wijde mantel van zachtbruin laken over een grijs hemd en een grijze broek, en verder een pet van blauw fluweel met een lange klep. Hij stak zijn hand op in een terloopse groet; bruusk beantwoordde Carcolo het saluut en stuurde met een ruk van zijn hoofd Givven en de voorwerkers buiten gehoorafstand.

Nors zei hij: "Je hebt me een boodschap gestuurd via die ouwe Alvonso."

Joaz knikte. "Ik hoop dat hij mijn woorden nauwkeurig heeft weergegeven?"

Carcolo grijnsde als een wolf. "Hier en daar vond hij het nodig te parafraseren."

"Tactvol van de oude Alvonso."

"Als ik het goed begrijp," zei Carcolo, "vind jij mij doldriest, onbekwaam, zonder oog voor de belangen van de Gelukkige Vallei. Alvonso gaf toe dat jij doelend op mij het woord 'broddelaar' hebt gebruikt."

Joaz glimlachte beleefd. "Gevoelens van dit soort brengt men het best over via tussenpersonen."

Carcolo gaf opzichtig blijk van waardige verdraagzaamheid. "Blijkbaar ben je van mening dat er een nieuwe aanval van de Grondvormen op til is."

"Precies," beaamde Joaz. "Als mijn theorie dat de ster Coralyne hun

thuis is, juist is. In welk geval, zoals ik tegenover Alvonso heb opgemerkt, de Gelukkige Vallei kwetsbaar is."

"En waarom het Banbeckdal dan niet ook?" blafte Carcolo.

Joaz staarde hem verrast aan. "Is dat niet overduidelijk? Ik heb voorzorgsmaatregelen getroffen. Mijn mensen zijn gehuisvest in tunnels,
in plaats van in hutten. Wij hebben diverse vluchtroutes, mochten die
nodig blijken, zowel naar de Hoge Kegels als naar de Banbeckkegels."

"Heel belangwekkend." Carcolo deed zijn best om zijn stem wellevend te laten klinken. "Als je theorie accuraat is — en daar vel ik niet
voetstoots een oordeel over — zou het wellicht verstandig zijn als ik
soortgelijke regelingen tref. Maar ik denk in andere termen. Ik geef de
voorkeur aan aanvallen, activiteit, boven passieve verdediging."

"Bewonderenswaardig," zei Joaz Banbeck. "Belangrijke daden worden verricht door mensen als jij."

Carcolo werd lichtelijk roze in het gelaat. "Daar gaat het nu niet om,"
zei hij. "Ik ben gekomen om een gezamenlijk project voor te stellen.
Het is geheel nieuw, maar zorgvuldig uitgedacht. Ik heb verscheidene
aspecten van deze kwestie al ettelijke jaren in beraad."

"Ik luister met grote aandacht," zei Joaz.

Carcolo blies zijn wangen op. "Je kent de legenden net zo goed als
ik, misschien wel beter. Onze mensen zijn als bannelingen naar Aerlith
gekomen tijdens de Oorlog van de Tien Sterren. De Coalitie van de
Nachtmerrie had schijnbaar de Oude Heerschappij verslagen, maar
hoe de oorlog eindigde —" hij maakte een weids gebaar "— wie weet?"

"Er bestaat een veelzeggende aanwijzing," zei Joaz. "De Grondvormen bezoeken Aerlith steeds opnieuw en plunderen naar hun
goeddunken. Wij zien nooit mensen, behalve degenen die de Grondvormen dienen."

"Mensen?" zei Carcolo minachtend. "Ik noem hen iets anders. Maar
goed, het is niet meer dan een deductie, en wij weten niet welke loop
de geschiedenis heeft genomen. Misschien regeren de Grondvormen
de groep, misschien bezoeken zij ons alleen omdat wij zwak en onge-
wapend zijn. Misschien zijn wij de laatste mensen; misschien heeft de
Oude Heerschappij weer de overhand. En vergeet nimmer dat er vele
jaren verstreken zijn sinds de Grondvormen voor het laatst op Aerlith
verschenen."

"Er zijn ook vele jaren verstreken sinds Aerlith en Coralyne zo gunstig ten opzichte van elkaar stonden."

Carcolo maakte een ongeduldig gebaar. "Een veronderstelling, die al dan niet ter zake doet. Laat mij het uitgangspunt van mijn voorstel uiteenzetten. Het is heel eenvoudig. Ik geloof dat het Banbeckdal en de Gelukkige Vallei te klein zijn voor mensen als wij. Wij verdienen een grotere schaal."

Joaz beaamde dit. "Ik wou dat het mogelijk was de praktische moeilijkheden op te lossen die dit in de weg staan."

"Ik kan een manier opperen om deze moeilijkheden het hoofd te bieden," beweerde Carcolo.

"In dat geval," zei Joaz, "zijn macht, roem en rijkdom zo goed als ons eigendom."

Carcolo keek hem scherp aan, sloeg met de kwast met gouden kralen van zijn schede op zijn broek. "Denk hier eens over na," zei hij. "De sacerdotes woonden al vóór ons op Aerlith. Hoe lang kan niemand zeggen. Het is een mysterie. Wat weten we eigenlijk van hen? Zo goed als niets. Ze ruilen hun metaal en glas voor ons voedsel, ze wonen in diepe grotten, ze belijden afzijdigheid, mijmeren, onbevangenheid, hoe je het ook noemen wilt. Ze zijn volslagen onbegrijpelijk voor iemand als ik." Hij daagde Joaz met zijn ogen uit; Joaz streek alleen over zijn lange kin. "Ze laten zichzelf doorgaan voor simpele metafysische cultisten; in werkelijkheid zijn het hoogst geheimzinnige lieden. Heeft iemand ooit een sacerdotevrouw gezien? Hoe staat het met de blauwe lichten, de bliksemtorens, de magie van de sacerdotes? En met het griezelige komen en gaan bij nacht, met de vreemde gedaanten die door de hemel bewegen, misschien op weg naar andere planeten?"

"Die verhalen bestaan, dat is zeker," zei Joaz. "Maar welk geloof eraan gehecht moet worden..."

"Nu komen we bij de kern van mijn voorstel!" verklaarde Carcolo. "Het geloof van de sacerdotes verbiedt hen blijkbaar schaamte, remmingen, vrees, het letten op gevolgen. Daardoor zijn ze gedwongen iedere vraag te beantwoorden die hun gesteld wordt. Maar toch, geloof of geen geloof, ze vertroebelen iedere inlichting die een ijverig man met smeken en bidden uit hen weet te krijgen."

Joaz nam hem nieuwsgierig op. "Blijkbaar heb je het geprobeerd."

Ervis Carcolo knikte. "Ja. Waarom zou ik het ontkennen? Ik heb drie sacerdotes vastberaden en volhardend ondervraagd. Ze hebben al mijn vragen ernstig en na rustig nadenken beantwoord, maar me niets verteld."

Geërgerd schudde hij zijn hoofd. "Daarom stel ik voor dat we dwang toepassen."

"Je bent een dapper man."

Carcolo schudde bescheiden zijn hoofd. "Ik zou geen recht-streekse maatregelen durven nemen. Maar ze moeten wel eten. Als het Banbeckdal en de Gelukkige Vallei samenwerken, hebben we een krachtig pressiemiddel: honger. Wellicht worden hun woorden dan weldra meer ter zake."

Joaz dacht een ogenblik na. Ervis Carcolo speelde met zijn kwast. "Je plan," zei Joaz ten slotte, "is serieus, en vindingrijk. Althans op het eerste gezicht. Wat voor soort inlichtingen hoop je te bemachtigen? Kortom, wat zijn je uiteindelijke oogmerken?"

Carcolo kwam dichterbij, porde met zijn wijsvinger tegen Joaz. "We weten niets van de andere werelden. We zitten vast op dit ellendige wereldje van steen en wind terwijl het leven aan ons voorbijgaat. Jij neemt aan dat de Grondvormen de sterrenhoop regeren, maar stel dat je je vergist? Stel dat de Oude Heerschappij weer aan de macht is? Denk eens aan de rijke steden, de vrolijke lustoorden, de paleizen, de pleziereilanden! Kijk op naar de nachthemel, peins over de overvloed die ons deel zou kunnen zijn! Jij vraagt hoe wij deze wensen kunnen verwezenlijken? Ik antwoord: het zou heel eenvoudig zo kunnen zijn dat de sacerdotes zonder enige tegenzin de manier willen onthullen!"

"Je bedoelt —"

"Communicatie met de werelden van de mens! Verlossing van deze eenzame kleine wereld aan de rand van het heelal!"

Joaz Banbeck knikte weifelend. "Een prachtig visioen, maar het aanwezige bewijs suggereert een gans andere situatie, namelijk de ver-nietiging van de mens en het menselijk rijk."

Carcolo stak zijn handen uit in een gebaar van ruimdenkende ver-draagzaamheid. "Misschien heb je gelijk. Maar waarom zouden we geen vragen stellen aan de sacerdotes? Ik stel het volgende voor. Ten eerste stemmen jij en ik in met de gemeenschappelijke zaak die ik heb geschetst. Vervolgens vragen wij een onderhoud aan met de Demie Sacerdote. We stellen hem onze vragen. Als hij vrijelijk antwoordt, des te beter. Ontwijkt hij de vraag, dan handelen we gezamenlijk. Geen voedsel meer voor de sacerdotes tot zij ons duidelijk en openhartig vertellen wat we willen weten."

"Er bestaan nog andere valleien, dalen, en kloven," zei Joaz nadenkend.

Carcolo maakte een kordaat gebaar. "Dergelijke handel kunnen wij verhinderen met overredingskracht of de macht van onze draken."

"Het wezen van je idee lokt me aan," zei Joaz, "maar ik vrees dat het allemaal niet zo eenvoudig is."

Carcolo roffelde hard met zijn kwast op zijn dij. "En waarom niet?"

"In de eerste plaats staat Coralyne helder aan de hemel te stralen. Dat is onze eerste zorg. Mocht Coralyne passeren, zonder dat de Grondvormen aanvallen, dan is het tijd om door te gaan op deze kwestie. Nogmaals — en misschien meer ter zake — ik twijfel eraan of wij de sacerdotes aan ons kunnen onderwerpen door ze uit te hongeren. Eigenlijk lijkt het me hoogst onwaarschijnlijk. Ik ga nog verder. Ik acht het onmogelijk."

Carcolo knipperde met zijn ogen. "Je bedoelt?"

"Ze lopen naakt door hagel en storm; denk je dat ze de honger vrezen? En ze kunnen wilde mossen verzamelen. Hoe kunnen we hun dat verbieden? Misschien durf jij hen op de een of andere manier onder druk te zetten, maar ik niet. De verhalen die over de sacerdotes verteld worden, zijn misschien niet meer dan bijgeloof, of ze vormen maar een fractie van de waarheid."

Ervis Carcolo slaakte een diepe zucht van weerzin. "Joaz Banbeck, ik zag je aan voor een besluitvaardig man. Maar je stipt alleen maar onvolkomenheden aan."

"Dit zijn geen onvolkomenheden, dit zijn fundamentele vergissingen die tot een ramp kunnen leiden."

"Vooruit dan, heb je zelf een suggestie?"

Joaz bevoelde zijn kin. "Als Coralyne wegzweeft en we zijn nog op Aerlith — en niet in het ruim van een Grondvormschip — laten we dan plannen maken om de geheimen van de sacerdotes te plunderen. Ondertussen raad ik je ten sterkste om de Gelukkige Vallei voor te bereiden op een nieuwe overval. Met je nieuwe fokkerijen en kazernes vorm je een te groot doelwit. Laat die rusten, terwijl je veilige tunnels graaft!"

Carcolo staarde dwars over het dal. "Ik ben niet een man die verdedigt. Ik val aan!"

"Val je hittestralen en ionenbundels aan met je draken?"

Carcolo richtte zijn blik weer op Joaz. "Kan ik ons beschouwen als bondgenoten in het plan dat ik heb voorgesteld?"

"In de ruimste zin: zeker. Maar ik voel er niets voor mee te werken aan het uithongeren of anderszins onder druk zetten van de sacerdotes. Het zou gevaarlijk kunnen zijn, en bovendien zinloos."

Een ogenblik wist Carcolo zijn weerzin voor Joaz Banbeck niet te beheersen; zijn lippen krulden, zijn handen werden klauwen. "Gevaar! Bah! Wat voor gevaar kan een handvol naakte pacifisten opleveren?"

"We weten niet of ze pacifist zijn. We weten wel dat het mensen zijn."

Carcolo werd opnieuw hartelijk. "Misschien heb je gelijk. Maar in de grond althans zijn we bondgenoten."

"In zekere mate."

"Goed. Ik stel voor dat ingeval van de invasie die jij vreest, wij samen optreden, met een gemeenschappelijke strategie."

Joaz knikte koel. "Dat zou doeltreffend kunnen zijn."

"Laten wij onze plannen op elkaar afstemmen. Laten we aannemen dat de Grondvormen neerkomen in het Banbeckdal. Ik stel voor dat jouw mensen de wijk nemen naar de Gelukkige Vallei, terwijl mijn leger samen met het jouwe hun aftocht dekt. En omgekeerd, mochten ze de Gelukkige Vallei aanvallen, dan zoeken mijn mensen hun toevlucht in het Banbeckdal."

Joaz lachte van louter vermaak. "Ervis Carcolo, wat voor waanzinnige denk je dat ik ben? Ga terug naar je vallei, zet je dwaze ambities van je af, sla aan het graven. En snel! Coralyne straalt fel!"

Carcolo stond er stijf bij. "Moet ik opmaken dat je mijn aanbod van een bondgenootschap afwijst?"

"In het geheel niet. Maar ik kan het beschermen van jou en je mensen niet op me nemen als jij jezelf niet wilt helpen. Voldoe aan mijn eisen, overtuig me ervan dat je een geschikte bondgenoot bent — dan zullen we opnieuw spreken."

Ervis Carcolo draaide zich om en gebaarde naar Bast Givven en de twee jonge voorwerkers. Zonder nog een woord of blik besteeg hij zijn schitterende Spin, spoorde hem aan tot een plotselinge ren over de zoom en de helling op naar de Breekstervlakte. Zijn mannen volgden hem minder overhaast.

Joaz zag hen vertrekken; in treurige verwondering schudde hij zijn hoofd. Toen klom hij op zijn eigen Spin en volgde het spoor terug naar de bodem van zijn dal.

Hoofdstuk V

DE LANGE DAG VAN AERLITH, overeenkomend met zes van de oude etmalen, verstreek. In de Gelukkige Vallei heerste grimmige bedrijvigheid, een sfeer van doelbewustheid en nakende beslissingen. De draken exerceerden in strakkere formaties, de voorwerkers en kornetten riepen bevelen met ruwere stemmen. In de wapensmidse werden kogels gegoten, kruit gemengd, zwaarden geschuurd en geslepen.

Ervis Carcolo beulde zich af met dramatisch vertoon van moed, de ene Spin na de andere uitputtend terwijl hij zijn draken door diverse manœuvres leidde. De strijdmacht van de Gelukkige Vallei bestond voornamelijk uit Hellevegen — kleine actieve draken met roestrode schubben, smalle flitsende koppen, beitelscherpe slagtanden. Hun armen waren sterk en goed ontwikkeld; ze gebruikten lans, hartsvanger en goedendag allemaal even behendig. Een man die tegen een Helleveeg in de strijd werd geworpen had geen schijn van kans, want de schubben weerden iedere kogel even goed af als iedere slag die de sterkste man hem kon toebrengen. Daartegenover stond dat een enkele haal van een slagtand, of het rijten van een zeisgelijke klauw, de dood van de man betekende.

De Hellevegen waren vruchtbaar en taai en gedijden zelfs onder de omstandigheden van de fokkerijen in de Gelukkige Vallei; vandaar hun grote aandeel in Carcolo's strijdmacht. Dit was een situatie die opperdrakenmeester Bast Givven niet aanstond. Hij was een pezige man, mager, met een plat, kromneuzig gezicht, en ogen die even zwart en uitdrukkingsloos waren als druppels inkt op een bord. Uit gewoonte was hij kortaf en zwijgzaam, maar hij werd bijna welsprekend toen hij in opstand kwam tegen de voorgenomen aanval op het Banbeckdal. "Kijk toch, Ervis Carcolo, wij kunnen ons verweren tegen een horde Hellevegen, met voldoende Schrijdende en Langhoornige Moordenaars. Maar Blauwe Gruwels, Duivels en Jaggers — nee! We zijn verloren als ze ons in de val laten lopen op de steenvlakten!"

"Ik ben niet van plan op de steenvlakten te vechten," zei Carcolo. "Ik zal Joaz Banbeck het gevecht opdringen. Zijn Jaggers en Duivels zijn nutteloos op de kliffen. En wat Blauwe Gruwels aangaat, zijn we bijna zijn gelijke."

"U ziet één probleem over het hoofd," zei Bast Givven.

"En dat is?"

"De onwaarschijnlijkheid dat Joaz Banbeck dit allemaal zal toestaan. Ik schrijf hem meer verstand toe!"

"Lever mij daar het bewijs van!" stoof Carcolo op. "Wat ik van hem merk is wankelmoedigheid en stomheid! Dus slaan wij toe, en hard!" Carcolo smakte zijn vuist tegen zijn handpalm. "Zo maken wij een eind aan de hooghartige Banbecks!"

Bast Givven draaide zich om en wilde weggaan; Carcolo riep hem toornig terug. "Je toont geen enthousiasme voor deze veldtocht!"

"Ik weet wat ons leger kan doen en wat niet," zei Givven bot. "Als Joaz Banbeck de man is die u denkt, dan zouden we kunnen slagen. Als hij alleen maar de wijsheid heeft van een paar staljongens waar ik tien minuten geleden naar luisterde, dan staat ons een ramp te wachten."

Met een stem die dik was van woede zei Carcolo: "Ga terug naar je Duivels en Jaggers. Ik wil dat ze even snel worden als Hellevegen."

Bast Givven verdween. Carcolo sprong op een Spin die in de buurt stond, schopte hem met zijn hielen. Het beest sprong naar voren, bleef abrupt staan en draaide zijn lange nek om Carcolo in zijn gezicht te kijken. Carcolo riep: "Hast! Hast! Voorwaarts mars, snel nu! Laat die kinkels zien wat geestdriftige snelheid is!"

De Spin sprong zo heftig voorwaarts dat Carcolo achterover van zijn rug tuimelde en plat op zijn gezicht landde, waarna hij kreunend bleef liggen. Staljongens kwamen aanrennen en hielpen hem op een bank, waar hij aan één stuk door zacht zat te vloeken. Een chirurgijn onderzocht hem, porde en prikte hem, ried hem aan naar zijn bed te gaan en diende hem een slaapdrank toe.

Carcolo werd naar zijn vertrekken onder de westmuur van de

Gelukkige Vallei gedragen, onder de hoede van zijn vrouwen geplaatst en sliep een etmaal lang. Toen hij wakker werd, was de dag half voorbij. Hij wilde opstaan, maar merkte dat hij te stijf was om zich te bewegen en bleef kreunend liggen. Weldra riep hij Bast Givven, die kwam en zonder commentaar naar Carcolo's bezwerende woorden luisterde. De avond kwam; de draken gingen terug naar de kazernes; er zat nu niets anders op dan wachten op het aanbreken van de dag.

Tijdens de lange nacht onderging Carcolo een reeks van behandelingen: massages, hete baden, infusies en kompressen. Hij oefende ijverig, en toen de nacht aan zijn eind kwam verklaarde hij zichzelf gezond. Hoog aan de hemel trilde de ster Coralyne met giftige kleuren: rood, groen, wit, verreweg de helderste ster van de groep. Carcolo weigerde ernaar te kijken, maar het licht trof hem in zijn ooghoeken, iedere keer als hij over de bodem van de vallei liep.

De dageraad naderde. Carcolo was van plan op mars te gaan op het allereerste moment dat de draken handelbaar werden. Een flakkerend licht in het oosten duidde op de opstekende ochtendstorm, nog onzichtbaar achter de horizon. Heel behoedzaam werden de draken uit hun verblijven gehaald en in marscolonne opgesteld. Er waren bijna driehonderd Hellevegen, vijfentachtig Schrijdende Moordenaars, evenveel Langhoornige Moordenaars, honderd Blauwe Gruwels, tweeënvijftig plompe, ongelooflijk sterke Duivels, hun staartpunten uitgerust met stekelige stalen ballen, en achttien Jaggers. Ze gromden en mopperden boosaardig tegen elkaar, wachtend op een kans om elkaar te schoppen of een been af te happen van een onoplettende staljongen. De duisternis prikkelde hun latente haat tegen de mensheid, hoewel hun niets was onderwezen over hun afkomst, noch over de omstandigheden waaronder ze geknecht waren.

De ochtendbliksem laaide knetterend op, tekende de verticale spitsen af, de verbazingwekkende pieken van de Malheurbergen. In de lucht passeerde de storm met jammerende windvlagen en ranselende regenbanken en schoof op naar het Banbeckdal. Het oosten gloeide met een grijsgroen bleek schijnsel en Carcolo gaf het sein om op mars te gaan. Nog steeds stijf en pijnlijk hobbelde hij naar zijn Spin, klom erop en gaf het wezen bevel tot een speciale en dramatische korte hoogsprong. Carcolo had zich misrekend: de boosaardigheid van de nacht beheerste nog de geest van de draak. Hij beëindigde de sprong met een uithaal van zijn nek die Carcolo eens te meer tegen de grond smakte, waar hij halfgek van pijn en woede bleef liggen.

Hij probeerde op te staan, wat niet lukte; hij probeerde het weer en viel flauw. Vijf minuten lang bleef hij bewusteloos liggen, toen scheen hij zichzelf met pure wilskracht te wekken. "Til me op," fluisterde hij hees. "Bind me in het zadel. We moeten op weg gaan." Aangezien dit duidelijk onuitvoerbaar was, stak niemand een hand uit. Carcolo tierde, riep eindelijk schor om Bast Givven. "Ga op weg; we kunnen nu niet stoppen. Jij moet de troepen aanvoeren."

Givven knikte triest. Dit was een eer waar hij best buiten kon.

"Je kent het gevechtsplan," hoestte Carcolo. "Cirkel noordelijk om de Tand heen, steek de Skanse zo snel mogelijk over, zwenk naar het noorden rond de Blauwe Kloof, daarna zuidelijk langs de Banbeckzoom. Daar kun je verwachten dat Joaz Banbeck je ontdekt, en je moet je troepen zo inzetten dat wanneer hij zijn Jaggers inzet, jij ze kunt afslaan met Duivels. Zorg ervoor dat onze Jaggers niet hoeven te worden gebruikt, val hem lastig met Hellevegen, reserveer de Moordenaars om toe te slaan waar hij de rand bereikt. Begrijp je me?"

"Zoals u het uitlegt, staat de overwinning vast," mompelde Bast Givven.

"En dat is het geval, tenzij jij hopeloos prutswerk levert. O, mijn rug! Ik kan me niet bewegen. Terwijl het grootse gevecht woedt, moet ik bij de fokkerij zitten en kijken naar het uitkomen van de eieren! Ga nu! Deel een harde slag uit voor de Gelukkige Vallei!"

Givven gaf een bevel; de troepen kwamen in beweging. Hellevegen schoten naar de voorhoede, gevolgd door glanzende Schrijdende Moordenaars en de zwaardere Langhoornige Moordenaars. Hun fantastische borstpieken waren voorzien van stalen punten. Daarachter kwamen de logge Jaggers, grommend, gorgelend, tandenknarsend op het ritme van hun stappen. De Jaggers werden geflankeerd door de Duivels, die zware hartsvangers droegen en met hun stalen staartballen zwaaiden als een schorpioen met zijn stekel; daarna, in de achterhoede, kwamen de Blauwe Gruwels, die zowel massief als lenig waren, goed konden klimmen en niet minder intelligent waren dan de Hellevegen. Op de flanken reden honderd mannen, drakenruiters, ridders, voorwerkers en kornetten. Ze waren gewapend met zwaarden, pistolen, en donderbussen van groot kaliber.

Carcolo, op een draagbaar liggend, keek ze na tot de achterhoede van zijn leger uit het gezicht verdwenen was, en gaf toen bevel om hem naar de poort te dragen die toegang gaf tot de grotten van de Gelukkige Vallei. Nooit eerder hadden de grotten zo armzalig en ondiep geleken. Met een zuur gezicht keek hij naar de wrakke rij hutten onderaan de klif, gebouwd van keien, platen met hars geïmpregneerd mos, met teer geplakt riet. Als de veldtocht tegen Banbeck was afgelopen, zou hij beginnen met nieuwe kamers en zalen in de rotswand te laten uithakken. De schitterende versieringen van het dorp Banbeck waren heel bekend; de Gelukkige Vallei zou nog veel schitterender worden. De zalen zouden gloeien van opaal en parelmoer, zilver en goud. En toch, met welk doel? Als de gebeurtenissen verliepen zoals bedoeld, dan stond hem zijn grandioze droom te wachten. En wat maakten een paar zielige versierselen in de tunnels van de Gelukkige Vallei dan nog uit?

Kreunend liet hij zich op zijn bank leggen en vermaakte zich met in gedachten de vorderingen van zijn troepen te volgen. Nu moesten ze bezig zijn aan de afdaling van de Bengelrichel, rond de een mijl hoge Tand cirkelen. Voorzichtig strekte hij zijn armen uit, bewoog zijn benen. Zijn spieren protesteerden, pijn schoot heen en weer door zijn lichaam — maar zijn verwondingen leken al minder ernstig dan eerst. Nu zou het leger de wallen beklimmen die de brede hoogvlakte omringden die bekend stond als de Skanse. De chirurgijn bracht Carcolo een drankje; hij dronk en sliep in, en werd met een schok wakker. Hoe laat was het? Zijn troepen waren misschien al in gevecht gewikkeld! Hij gaf bevel dat hij naar de ingang gedragen moest worden; toen, nog niet tevreden, commandeerde hij zijn bedienden dat ze hem door het dal naar de nieuwe drakenfokkerij moesten brengen waarvan de transen uitzicht boden over het hele dal. Ondanks de protesten van zijn vrouwen werd hij daarheen vervoerd en zo gerieflijk mogelijk geïnstalleerd als zijn builen en kneuzingen toestonden.

Hij bereidde zich voor op een periode van wachten, maar het duurde niet lang voor er nieuws kwam.

Over het noordpad kwam een kornet op een van schuim druipende Spin. Carcolo stuurde een staljongen om hem te onderscheppen en zonder zich te storen aan zijn pijn richtte hij zich op. De kornet wierp zich van zijn rijdier, strompelde de trap op, zakte uitgeput ineen tegen de balustrade.

"Hinderlaag!" hijgde hij. "Bloedige ramp!"

"Een hinderlaag?" kreunde Carcolo met holle stem. "Waar?"

"Toen we tegen de wallen van de Skanse opklommen. Ze wachtten tot onze Hellevegen en Moordenaars boven waren, en toen vielen ze aan met Gruwels, Duivels en Jaggers. Ze hakten ons aan stukken, dreven ons terug, rolden toen keien op onze Jaggers! Ons leger is vernietigd!"

Carcolo zonk achterover op zijn draagbaar, lag naar de hemel te kijken. "Hoeveel hebben we verloren?"

"Ik weet het niet. Givven blies de aftocht; we trokken ons zo goed mogelijk terug."

Carcolo lag erbij alsof hij in coma was, en de kornet wierp zich neer op een bank.

In het noorden verscheen een stofzuil die zich even later onderscheidde in een aantal draken van de Gelukkige Vallei. Alle waren gewond; ze marcheerden, hinkten, liepen mank, sleepten met hun poten, onregelmatig kwakend, woedend kijkend, fluitend. Eerst kwam er een groep Hellevegen, die hun lelijke koppen van links naar rechts lieten schieten; daarna twee Blauwe Gruwels, met armen die kronkelden en draaiden bijna als mensenarmen; daarna een Jagger, massief, als een pad, poten uiteen van vermoeidheid. Vlak voor de kazernes viel hij om, kwam met een doffe klap neer, bleef stil liggen, met poten en klauwen naar de lucht priemend.

Over het noordpad kwam Bast Givven aangereden, onder het stof en met holle wangen. Hij stapte van zijn ingezakte Spin af, kwam naar boven. Krakend van inspanning richtte Carcolo zich nogmaals op.

Givven bracht verslag uit met een stem die zo effen en licht was dat hij onverschillig leek, maar zelfs de ongevoelige Carcolo werd er niet door misleid. Verbaasd vroeg hij: "Waar precies vond die hinderlaag plaats?"

"We klommen tegen de wallen op via het Chlorisravijn. Waar de Skanse in het ravijn overgaat, steekt een porfieren rotspunt omhoog. Daar wachtten ze ons op."

Carcolo siste tussen zijn tanden door. "Verbazingwekkend."

Bast Givven knikte bijna onmerkbaar.

Carcolo zei: "Stel dat Joaz Banbeck op weg ging tijdens de ochtend-storm, een uur eerder dan ik mogelijk acht; stel dat hij zijn troepen tot een ren forceerde. Hoe heeft hij de wallen dan eerder dan wij kunnen bereiken?"

"Zoals ik het zag," zei Givven, "was er geen gevaar voor een hin-derlaag tot we de Skanse hadden overgestoken. Ik was van plan de Barchrug te laten patrouilleren, helemaal tot aan de Blauwe Vlakte, en tot aan de Blauwe Kloof."

Carcolo stemde hier somber mee in. "Hoe heeft Joaz Banbeck zijn troepen dan zo snel naar de wallen weten te brengen?"

Givven draaide zich om, keek door het dal waar nog steeds gewonde draken en mannen kreupel binnenkwamen van het noordpad. "Ik heb geen idee."

"Een medicijn?" peinsde Carcolo. "Een drankje om de draken rus-tig te houden? Kan hij de hele nacht lang op de Skanse gebivakkeerd hebben?"

"Dit laatste is mogelijk," erkende Givven met tegenzin. "Onder de Barchspits zijn lege grotten. Als hij zijn troepen daar gedurende de nacht heeft ondergebracht, hoefde hij alleen maar over de Skanse te marcheren om ons te overvallen."

Carcolo gromde. "Misschien hebben we Joaz Banbeck onderschat." Kreunend liet hij zich achterover zakken. "Welnu, wat zijn onze verliezen?"

Het verslag was treurig nieuws. Van het al ontoereikende aantal Jaggers waren er nog maar zes over. Van de tweeënvijftig Duivels leefden er nog veertig en daarvan waren er vijf ernstig gewond. De Hellevegen, Blauwe Gruwels en Moordenaars hadden zware verliezen geleden. Een groot aantal was aan stukken gereten tijdens het eerste treffen, vele andere waren van de wallen gestort en hadden hun gepantserde omhul-sel tussen het steenpuin verstrooid. Van de honderd mannen waren er twaalf gedood door kogels en nog eens veertien door draken; twintig anderen waren in verschillende mate gewond.

Carcolo lag met gesloten ogen op zijn draagbaar. Zijn mond bewoog zwak.

"Alleen het terrein redde ons," zei Givven. "Joaz Banbeck weigerde zijn troepen in te zetten in het ravijn. Als er sprake is van tactische fouten, dan aan zijn kant. Hij had te weinig Hellevegen en Blauwe Gruwels meegenomen."

"Een schrale troost," grauwde Carcolo. "Waar is de rest van het leger?"

"We hebben goede posities op de Bengelrichel. We hebben geen enkele verkenner van Banbeck gezien, geen mannen en geen Hellevegen, en het is denkbaar dat hij gelooft dat we terug zijn gegaan naar de vallei. In ieder geval bevond zijn hoofdmacht zich nog steeds op de Skanse."

Met een enorme inspanning stond Carcolo op. Hij wankelde over de loopgang, keek neer op de verzorgingsruimte. Vijf Duivels hurkten in vaten met balsem, mopperend en kreunend. Een Blauwe Gruwel hing jammerend in een takel, terwijl de chirurgijns brokken pantsering uit zijn grijze vlees sneden. Terwijl Carcolo toekeek verhief een van de Duivels zich hoog op zijn voorpoten terwijl er schuim uit zijn kieuwen gutste. Hij gaf op eigenaardig schrijnende toon een schreeuw en viel toen dood terug in de balsem.

Carcolo richtte zich weer tot Givven. "Dit moet je doen. Joaz Banbeck heeft vast en zeker patrouilles uitgestuurd. Trek terug langs de Bengelrichel, geef je dan helemaal bloot en ga een van de passen van Despoire in — de Toermalijnpas is goed. Zo redeneer ik. Banbeck zal denken dat je je terugtrekt in de Gelukkige Vallei en zal zich zuidelijk achter de Tand reppen om je aan te vallen als je van de Bengelrichel afkomt. Als hij onder de Toermalijnpas doorkomt, ben jij in het voordeel en kun je Banbeck met al zijn troepen vernietigen."

Bast Givven schudde vastberaden zijn hoofd. "En wat gebeurt er als zijn patrouilles ons ondanks alle voorzorgen opsporen? Hij hoeft alleen maar onze sporen te volgen om ons op te sluiten in de Toermalijnpas, zonder vluchtweg behalve over Despoire of over Breekster. En als we ons op Breekster wagen, slachten zijn Jaggers ons binnen een paar minuten af."

Ervis Carcolo zakte weer op zijn draagbaar. "Haal de troepen terug naar de Gelukkige Vallei. We wachten op een andere gelegenheid."

Hoofdstuk VI

Uitgehakt in de klif ten zuiden van de piek die Joaz' verblijven herbergde was een grote kamer die bekend stond als Kergans Zaal. De proporties van dit vertrek, de eenvoud, het ontbreken van versieringen en het massieve antieke meubilair droegen bij aan de indruk dat hier een talmende persoonlijkheid woonde, en ook aan de unieke geur van de kamer. Die geur werd uitgewasemd door de naakte stenen wanden, het parket van versteend mos, oud hout — een ruige, zware geur die Joaz altijd had verfoeid, net als alle andere aspecten van de zaal. De afmetingen ervan leken arrogant groot, het gebrek aan versiering scheen hem primitief, zo niet grof. Op een dag besefte hij dat het niet de kamer was die hij verafschuwde, maar Kergan Banbeck zelf, samen met de hele rataplan van opgeblazen legenden die de man omringde.

Niettemin was het in veel opzichten een aangenaam vertrek. Drie hoge ramen onder kruisgewelven keken uit op het dal. De vensters bestonden uit kleine vierkante ruiten van blauwgroen glas in latten van zwart ijzerhout. Het plafond was eveneens betimmerd met hout en hier was een zekere mate van typische Banbeckcomplexiteit veroorloofd. Er waren namaak pilasterkapitelen met gargouillekoppen, een fries besneden met traditionele varenbladen. Het meubilair bestond uit drie stukken — twee hoge bewerkte stoelen en een massieve tafel, alle van gepolitoerd donker hout, alle immens oud.

Joaz had een nuttig gebruik voor de kamer gevonden. Op de tafel lag een zorgvuldig gedetailleerde reliëfkaart van het district, met een schaal van 1 op 20.000. In het midden lag het Banbeckdal, aan de rechterkant de Gelukkige Vallei, van elkaar gescheiden door een warboel van pieken en spleten, kliffen, spitsen, wanden en vijf torenhoge pieken: de

Gethronberg in het zuiden, Despoire in het midden, de Barchspits, de Tand en de Halcyonberg in het noorden.

Vóór Gethron lagen de Hoge Kegels, daarna strekte de Breekstervlakte zich uit tot Despoire en de Barchspits. Achter Despoire, tussen de wallen van de Skanse en de Barchrug, reikte de Skanse helemaal tot aan de chaos van de basaltravijnen en rotswanden aan de voet van Halcyon.

Terwijl Joaz de kaart stond te bestuderen kwam Phade de kamer in, ondeugend stil. Maar Joaz bespeurde haar nabijheid door de geur van de wierook waarin ze zich had ondergedompeld alvorens ze Joaz opzocht. Ze droeg het traditionele feestdagkostuum van de meisjes van Banbeck — een nauwsluitende schede van drakendarmen, met moffen van bruin bont bij de hals, de ellebogen en de knieën. Een hoge cilindrische hoed, gekarteld aan de bovenrand, prijkte op haar weelderige bruine krullen en hier bovenop rees een rode pluim op.

Joaz deed alsof hij zich niet bewust was van haar aanwezigheid. Ze kwam achter hem staan en kietelde zijn nek met het bont aan haar hals. Joaz veinsde onaandoenlijke onverschilligheid; in het geheel niet misleid zette Phade een smartelijk bezorgd gezicht. "Moeten wij allen gedood worden? Hoe staat het met de oorlog?"

"Voor het Banbeckdal gaat de oorlog goed. Voor de arme Ervis Carcolo en de Gelukkige Vallei gaat hij behoorlijk slecht."

"Je maakt plannen voor zijn vernietiging," intoneerde Phade met een gedempte, beschuldigende stem. "Je zult hem doden! Arme Ervis Carcolo!"

"Hij verdient niet beter."

"Maar wat gebeurt er met de Gelukkige Vallei?"

Joaz Banbeck haalde zijn schouders op. "Die verandert ten goede."

"Zul je de heerschappij overnemen?"

"Ik niet!"

"Denk je eens in!" fluisterde Phade. "Joaz Banbeck, tiran van het Banbeckdal, de Gelukkige Vallei, de Fosforkloof, Glore, het Bergmeer, Clewhaven en de Grote Noordkloof."

"Ik niet," zei Joaz. "Misschien wil jij in mijn plaats regeren?"

"O! Zeker wel! Wat een veranderingen zou ik niet invoeren! Ik zou de sacerdotes aankleden in rode en gele linten. Ik zou hen bevelen te zingen en te dansen en meiwijn te drinken; de draken zou ik naar Arcadië in het zuiden sturen, op een paar zachtzinnige Hellevegen na om als kindermeisje op te treden. En geen woeste gevechten meer. Ik zou de harnassen verbranden en de zwaarden breken, ik zou —"

"Mijn lieve kleine fladderkever," zei Joaz lachend. "Wat zou je bewind kort duren!"

"Waarom? Waarom niet eeuwig? Als mannen geen middelen hebben om te vechten —"

"En als de Grondvormen landen, zou je dan bloemenslingers om hun nek hangen?"

"Pah. Die zien we nooit meer. Wat hebben ze eraan om een paar afgelegen dalen lastig te vallen?"

"Wie weet wat ze eraan hebben? Wij zijn vrije mensen — misschien de laatste vrije mensen in het heelal. Wie weet? En of ze terugkomen? Coralyne schittert fel aan de hemel!"

Phade vatte opeens belangstelling op voor de reliëfkaart. "En deze oorlog van je — verschrikkelijk! Val je aan, verdedig je?"

"Dat hangt van Ervis Carcolo af. Ik hoef alleen maar te wachten tot hij zich blootgeeft." Neerkijkend op de kaart voegde hij er bedachtzaam aan toe: "Hij is slim genoeg om mij te schaden, tenzij ik mij behoedzaam beweeg."

"En als de Grondvormen komen terwijl jij met Carcolo kibbelt?"

Joaz glimlachte. "Dan vluchten we allemaal naar de Kegels. En misschien vechten we allemaal."

"Dan vecht ik naast je," verklaarde Phade terwijl ze een dappere houding aannam. "We zullen het grote Grondvormruimteschip aanvallen, de hittestralen trotseren, de energiebliksems afslaan. We stormen helemaal tot aan de ingang en we trekken de neus van de eerste overvaller af die zich laat zien!"

"Op één punt slechts schiet jouw verstandige strategie te kort," zei Joaz. "Waar vindt men de neus aan een Grondvorm?"

"In dat geval," zei Phade, "grijpen we hun —" Ze draaide zich om bij een geluid in de hal. Joaz beende door de zaal, wierp de deur open. De oude portier Rife scharrelde naar binnen. "U heeft me bevolen u te roepen wanneer de fles omviel dan wel brak. Welnu, dat is allebei gebeurd, en onherstelbaar, nog geen vijf minuten geleden."

Joaz wrong zich langs Rife en rende de gang af.

"Wat betekent dit?" wilde Phade weten. "Rife, waarom is hij zo verstoord?"

Rife schudde gemelijk zijn hoofd. "Ik sta even verbijsterd als jij. Hij wijst mij een fles aan. 'Houd deze fles dag en nacht in de gaten.' Zo wordt mij bevolen. En ook: 'Als de fles breekt of valt, roep me dan ogenblikkelijk.' Ik zeg bij mezelf dat dit alle schijn heeft van een sinecure. En ik vraag mij af: acht Joaz mij zo seniel dat hij denkt dat ik tevreden ben met zulk namaakwerk als het in de gaten houden van een fles? Ik ben oud, mijn kaken trillen, maar ik ben niet van mijn verstand beroofd. Tot mijn verrassing breekt de fles! Het waarom is heel alledaags, dat geef ik toe: hij viel op de vloer. Niettemin, zonder te weten wat het allemaal betekent, gehoorzaam ik mijn bevelen en dus heb ik Joaz Banbeck in kennis gesteld van het gebeurde."

Phade had ongeduldig staan wachten. "Waar is die fles dan wel?"

"In de studio van Joaz Banbeck."

Phade ging er zo snel vandoor als de strakke schede om haar heupen toestond. Ze holde door een dwarstunnel, via een overdekte brug over Kergans Weg, daarna een helling op naar de vertrekken van Joaz.

Door de lange gang rende Phade, door de voorkamer waar een verbrijzelde fles op de vloer lag, de studio in, waar ze stomverwonderd bleef staan. Er was niemand te zien. Ze zag een reeks planken die een hoek met de muur maakten. Stil, schuchter, gleed ze de kamer door, tuurde omlaag in de werkplaats.

Daar zag ze een vreemd tafereel. Joaz stond er achteloos bij, koel glimlachend, terwijl aan de andere kant van de kamer een naakte sacerdote ernstige pogingen in het werk stelde om beweging te krijgen in een barrière die langs een deel van de muur was opgesprongen. Maar de heining was slim gesloten en de pogingen van de sacerdote waren vergeefs. Hij draaide zich om, blikte even naar Joaz en begon toen naar de deur van de studio te lopen.

Phade zoog haar adem in, deinsde achteruit.

De sacerdote kwam de studio in, liep naar de deur.

"Wacht even," zei Joaz. "Ik wil u spreken."

De sacerdote bleef staan, draaide zijn hoofd vragend om. Hij was jong, zijn gezicht was nietszeggend, leeg, bijna mooi. Een fijne, doorschijnende huid bedekte strak zijn bleke botten; zijn ogen, groot, blauw en onschuldig, schenen te staren zonder zich scherp te stellen. Zijn gestel was teer, hij was niet overvloedig met vlees bedeeld; zijn handen waren mager en zijn vingers trilden door een of ander soort onevenwichtigheid van zijn zenuwen. Op zijn rug, bijna tot aan zijn middel, hingen de manen van zijn lange lichtbruine haar.

Joaz ging nadrukkelijk zitten, zonder zijn ogen van de sacerdote af te nemen. Even later sprak hij met onheilspellende stem: "Ik vind uw gedrag verre van innemend." Deze mededeling vereiste geen reactie en dus zei de sacerdote niets.

Was het Phade's verbeelding? Of flitste er een vonk van wild vermaak in de ogen van de sacerdote die bijna meteen weer stierf? Maar weer reageerde hij niet. Joaz paste zich aan aan de eigenaardige regels volgens welke de communicatie met sacerdotes diende te geschieden en vroeg: "Wilt u soms gaan zitten?"

"Dat is onverschillig," zei de sacerdote. "Aangezien ik nu sta, zal ik blijven staan."

Joaz kwam overeind en pleegde een daad zonder weerga. Hij schoof de bank achter de sacerdote, gaf een slag tegen de knieholten, duwde de sacerdote met ferme hand neer op de bank. "Aangezien je nu zit," zei Joaz, "kun je net zo goed blijven zitten."

Zachtmoedig doch waardig ging de sacerdote staan. "Ik zal staan."

Joaz haalde zijn schouders op. "Zoals u wilt. Ik ben van plan u een paar vragen te stellen. Ik hoop dat u wilt meewerken en accuraat antwoorden."

De sacerdote knipperde als een uil met zijn ogen.

"Wilt u dat doen?"

"Zeker. Ik ga echter liever terug zoals ik gekomen ben."

Joaz negeerde deze opmerking. "Ten eerste, waarom komt u in mijn studeerkamer?"

De sacerdote sprak zorgvuldig, op de toon van iemand die tegen een kind praat. "Uw taal is vaag; ik raak verward en mag niet antwoorden, aangezien ik gezworen heb alleen de waarheid te spreken tegen eenieder die de waarheid nodig heeft."

Joaz installeerde zich weer in zijn stoel. "We hebben geen haast. Ik ben gereed voor een lange discussie. Laat me u dan dit vragen: had u impulsen die u me kunt uitleggen, die u overhaalden of dwongen naar mijn studio te komen?"

"Ja."

"Hoeveel van die impulsen hebt u herkend?"

"Ik weet het niet."

"Meer dan een?"

"Misschien."

"Minder dan tien?"

"Ik weet het niet."

"Hmm…Waarom bent u onzeker?"

"Ik ben niet onzeker."

"Waarom kunt u dan niet het aantal opgeven dat ik vroeg?"

"Zo'n aantal bestaat niet."

"Ik begrijp het. U bedoelt mogelijk dat er verscheidene elementen van een enkele drijfveer bestaan die uw hersenen aanspoorden signalen naar uw spieren te sturen opdat die u hierheen konden voeren?"

"Mogelijk."

Joaz' dunne lippen vertrokken zich in een flauwe triomfantelijke glimlach. "Kunt u een element van deze drijfveer beschrijven?"

"Ja."

"Doe dat dan."

Dat was een bevel waartegen de sacerdote bestand was. Iedere vorm van dwang die Joaz kende — vuur, het zwaard, dorst, verminking — betekende voor een sacerdote niet meer dan nietig ongemak; hij negeerde het alsof het niet bestond. Zijn persoonlijke innerlijke wereld was de enige werkelijke wereld; zowel handelen als reageren op de activiteiten van Volslagen Mensen vernederde hem; absolute lijdelijkheid, absolute openhartigheid waren zijn noodzakelijke handelwijzen. Hier iets van wetend kleedde Joaz zijn bevel anders in. "Kunt u een element bedenken van de drijfveer die u bewoog om hierheen te komen?"

"Ja."

"Welk element is dat?"

"Een verlangen om rond te dolen."

"Kunt u er nog een bedenken?"

"Ja."

"Welk is dat?"

"Een verlangen om lichaamsbeweging te krijgen door te lopen."

"Aha. Tussen haakjes, kan het zijn dat u mijn vragen probeert te ontwijken?"

"Ik beantwoord de vragen die u me stelt. Zolang ik dat doe, zolang ik mijn geest openstel voor allen die kennis zoeken want dat is ons geloof, kan er geen sprake zijn van ontwijken."

"Dat zegt u. Maar u hebt me nog geen enkel antwoord geven dat me tevredenstelt."

De reactie van de sacerdote op deze opmerking was een bijna onmerkbare vergroting van zijn pupillen.

"Uitstekend," zei Joaz. "Kunt u nog een element bedenken van deze ingewikkelde drijfveer waarover wij spreken?"

"Ja."

"Welk is dat?"

"Ik stel belang in antiquiteiten. Ik ben naar uw studeerkamer gekomen om uw relikwieën van de oude werelden te bewonderen."

"Echt waar?" Joaz trok zijn wenkbrauwen op. "Wat een geluk dat ik zulke fascinerende schatten bezit. Welke van mijn antiquiteiten wekken het meest uw belangstelling?"

"Uw boeken, uw kaarten, uw grote globe van de Aartswereld."

"De Aartswereld? Eden?"

"Dat is een van zijn namen."

Joaz tuitte zijn lippen. "Dus u komt hier om mijn antieke voorwerpen te bestuderen. Welnu, welke andere elementen bestaan er nog van die drijfveer?"

De sacerdote aarzelde een ogenblik. "Er is me gesuggereerd hierheen te komen."

"Door wie?"

"Door de Demie."

"Waarom suggereerde hij dat?"

"Ik ben er niet zeker van."

"Kunt u ernaar gissen?"

"Ja."

"Wat zijn uw gissingen dan?"

De sacerdote maakte een klein, achteloos gebaar met de vingers van een hand. "De Demie zou kunnen wensen een Volslagen Mens te worden, en poogt daarom de grondslagen van uw bestaan te leren kennen. Of de Demie zou kunnen wensen de handelsgoederenreglementen te veranderen. Of de Demie zou gefascineerd kunnen zijn door mijn beschrijvingen van uw antieke voorwerpen. Of de Demie is misschien nieuwsgierig naar de scherpte van uw kijkpanelen. Of…"

"Genoeg. Welke van deze gissingen, en andere gissingen die u nog niet genoemd hebt, acht u de meest waarschijnlijke?"

"Geen ervan."

Weer trok Joaz zijn wenkbrauwen op. "Hoe verklaart u dat?"

"Aangezien ieder gewenst aantal gissingen bedacht kan worden, is de noemer van iedere waarschijnlijkheidsbreuk variabel en wordt het hele concept betekenisloos."

Joaz grijnsde vermoeid. "Welk van de gissingen die u tot op dit moment voor de geest zijn gekomen lijkt u het meest aannemelijk?"

"Ik vermoed dat de Demie het wenselijk acht dat ik hier kom staan."

"Wat bereikt u ermee door hier te staan?"

"Niets."

"Dan stuurt de Demie u hier niet heen om te staan."

Op deze stelling gaf de sacerdote geen antwoord.

Joaz stelde zorgvuldig een nieuwe vraag op. "Wat denkt u dat de Demie hoopt dat u zult bereiken door hier te komen staan?"

"Ik geloof dat hij wil dat ik leer hoe Volslagen Mensen denken."

"En leert u hoe ik denk door hier te komen?"

"Ik leer een heleboel."

"Wat hebt u daaraan?"

"Ik weet het niet."

"Hoe vaak bent u in mijn studeerkamer geweest?"

"Zeven keer."

"Waarom bent juist u daarvoor uitgekozen?"

"De synode heeft mijn *tand* goedgekeurd. Ik zou de volgende Demie kunnen zijn."

Joaz zei over zijn schouder tegen Phade: "Zet thee." Toen richtte hij zich weer tot de sacerdote. "Wat is een *tand*?"

De sacerdote haalde diep adem. "Mijn *tand* is de voorstelling van mijn ziel."

"Hmm. Hoe ziet hij eruit?"

De uitdrukking van de sacerdote was onpeilbaar. "Hij kan niet beschreven worden."

"Heb ik er een?"

"Nee."

Joaz haalde zijn schouders op. "Dan kunt u mijn gedachten lezen." Stilte.

"Kunt u mijn gedachten lezen?"

"Niet goed."

"Waarom zou u mijn gedachten willen lezen?"

"Wij leven samen in het heelal. Omdat het ons niet is toegestaan te handelen, zijn we verplicht te weten."

Joaz glimlachte sceptisch. "Wat heb je aan kennis, als je niet mag handelen naar wat je weet?"

"De gebeurtenissen volgen de Rationale, zoals water in een kom loopt en een poel vormt."

"Bah!" zei Joaz opeens geïrriteerd. "Uw doctrine verplicht u om zich niet met onze zaken te bemoeien, maar toch staat u uw 'Rationale' toe om omstandigheden te scheppen waardoor de gebeurtenissen worden beïnvloed. Is dat juist?"

"Ik weet het niet zeker. Wij zijn een passief volk."

"Toch moet de Demie een plan hebben gehad toen hij u hierheen stuurde. Is dat niet juist?"

"Dat kan ik niet zeggen."

Joaz ging over op een ander onderwerp. "Waar gaat de tunnel achter mijn werkplaats heen?"

"Naar een grot."

Phade zette een zilveren pot neer voor Joaz. Hij schonk in en dronk nadenkend. Wedstrijden bestonden er in talloze variaties: hij en de sacerdote waren bezig aan een spel verstoppertje van woorden en ideeën. De sacerdote was geschoold in geduld en soepel ontwijken, wat Joaz kon bestrijden met vastberadenheid en trots. De sacerdote had het nadeel dat hij gedwongen was de waarheid te spreken; Joaz daarentegen moest tastend zijn weg zoeken alsof hij geblinddoekt was, onbekend met het doel dat hij zocht en onwetend van de prijs die er te winnen viel. Goed dan, dacht hij, laten we verder gaan. We zullen zien wiens zenuwen het eerst gaan rafelen. Hij bood de sacerdote thee aan, die weigerde door zijn hoofd te schudden, éénmaal, zo snel dat het alleen maar een korte huivering leek.

Joaz maakte een gebaar dat het hem allemaal gelijk was. "Mocht u spijs of lafenis wensen," zei hij, "maak dat dan alstublieft bekend. Ik geniet zo buitensporig van ons gesprek dat ik vrees dat ik het wellicht zal voortzetten tot de grens van uw geduld. U wilt vast en zeker liever gaan zitten."

"Nee."

"Zoals u wilt. Welaan, terug naar ons gesprek. Die grot die u noemde — wordt hij bewoond door sacerdotes?"

"Ik begrijp de vraag niet."

"Gebruiken sacerdotes die grot?"

"Ja."

Uiteindelijk, stukje bij beetje, trok Joaz er de informatie uit dat de grot verbonden was met een reeks kamers waarin de sacerdotes metaal smolten, glas kookten, aten, sliepen, hun rituelen verrichtten. Ooit was er een opening naar het Banbeckdal geweest, maar die was lang geleden al gedicht. Waarom? In de hele sterrengroep woedden oorlogen; bendes verslagen mensen namen de vlucht naar Aerlith en stichtten nederzettingen in kloven en dalen. De sacerdotes gaven de voorkeur aan een ongebonden bestaan en hadden hun grotten van de buitenwereld afgesloten. Waar was deze opening? De sacerdote klonk vaag, onbepaald. Ergens aan het noordelijke einde van het dal. Achter de Banbeckkegels? Mogelijk. Maar de handel tussen mensen en sacerdotes geschiedde bij een grotopening onder de berg Gethron. Waarom? Een kwestie van gewoonte, verklaarde de sacerdote. Bovendien was deze plek makkelijker te bereiken vanuit de Gelukkige Vallei en de Fosforkloof. Hoeveel sacerdotes woonden er in deze grotten? Onzekerheid. Sommigen waren misschien gestorven, anderen wellicht geboren. Hoeveel waren er naar schatting deze ochtend? Misschien vijfhonderd.

Op dit punt stond de sacerdote te wankelen en Joaz was hees. "Terug naar uw drijfveer — of de elementen van uw drijfveren — om naar mijn studio te komen. Houden die op een of andere manier verband met de ster Coralyne, en een mogelijke nieuwe komst van de Grondvormen, of grefs zoals ze eertijds werden genoemd?"

Opnieuw leek de sacerdote te aarzelen. Toen: "Ja."

"Zullen de sacerdotes ons helpen tegen de Grondvormen, mochten die komen?"

"Nee." Dit antwoord kwam kortaf en beslist.

"Maar ik veronderstel dat de sacerdotes willen dat de Grondvormen verjaagd worden?"

Geen antwoord.

Joaz formuleerde zijn vraag anders. "Wensen de sacerdotes dat de Grondvormen van Aerlith worden geweerd?"

"De Rationale vraagt ons ons afzijdig te houden van de zaken van mensen én van niet-mensen."

Joaz liet zijn lip krullen. "Stel dat de Grondvormen uw grotten binnendrongen, u meesleepten naar de planeet van Coralyne, wat dan?"

De sacerdote leek bijna te lachen. "Die vraag kan niet beantwoord worden."

"Zou u zich tegen de Grondvormen verzetten als die zo'n poging deden?"

"Ik kan uw vraag niet beantwoorden."

Joaz lachte. "Maar het antwoord is niet nee?"

De sacerdote beaamde dit.

"Hebt u dan wapens?"

De milde blauwe ogen van de sacerdote leken gesluierd te worden. Geheimzinnigheid? Moeheid? Joaz herhaalde zijn vraag.

"Ja," antwoordde de sacerdote. Zijn knieën knikten, maar hij richtte zich snel weer op.

"Wat voor soort wapens?"

"Talloze soorten. Projectielen, zoals stenen. Steekwapens, zoals gebroken stokken. Snij- en scheurwapens, zoals kookgerei." Zijn stem begon zwakker te worden, alsof hij afstand schiep. "Giften: arsenicum, zwavel, triventidum, zuur, zwartspoor. Brandwapens, zoals toortsen en lenzen om het zonlicht te bundelen. Wapens om te verstikken — touwen, stroppen, lussen en snoeren. Putten, om de vijand te verdrinken..."

"Ga zitten, rust uit," spoorde Joaz aan. "Uw opsomming interesseert mij, maar het totale effect lijkt niet doeltreffend. Hebt u nog andere wapens die de Grondvormen afdoende zouden verdrijven als ze u zouden aanvallen?"

Deze vraag, met opzet of door toeval, werd niet beantwoord.

De sacerdote zonk op zijn knieën, langzaam, alsof hij bad. Hij viel voorover op zijn gezicht, gleed toen op zijn zij. Joaz sprong naar hem toe, trok het hoofd omhoog aan het haar. De ogen, halfopen, onthulden een enge witte oogbol.

"Spreek!" commandeerde Joaz. "Antwoord op mijn laatste vraag! Hebt u wapens, of een wapen, om een aanval van de Grondvormen af te slaan?"

De bleke lippen bewogen. "Ik weet het niet."

Joaz fronste, tuurde in het wasbleke gezicht, deinsde verbijsterd achteruit. "Deze man is dood."

Hoofdstuk VII

PHADE KEEK OP VAN DE BANK waar ze lag te soezen, met een roze gezicht en verwarde haren. "Je hebt hem gedood!" riep ze met een gedempte stem van afschuw.

"Nee. Hij is gestorven — of liet zich sterven."

Phade wankelde met haar ogen knipperend door de kamer en belandde dicht naast Joaz die haar afwezig wegduwde. Phade trok een lelijk gezicht, haalde haar schouders op en marcheerde de kamer uit toen Joaz haar geen aandacht schonk.

Joaz ging weer zitten, starend naar het slappe lichaam. "Hij werd pas moe," mompelde hij, "toen ik in de buurt van geheimen kwam."

Weldra sprong hij overeind, liep naar de hal en stuurde Rife weg om een barbier te halen. Een uur later lag het lijk, ontdaan van zijn haar, op een houten draagbaar onder een laken en Joaz hield een ruwe pruik in zijn handen die van het lange haar was gemaakt.

De barbier vertrok; bedienden droegen het lijk weg. Joaz stond alleen in zijn studio, gespannen en met een licht gevoel in zijn hoofd. Hij legde zijn kleren af zodat hij naakt kwam te staan als de sacerdote. Voorzichtig trok hij de pruik over zijn schedel en bekeek zich in de spiegel. Wat was er anders, voor het vluchtig oog? Er ontbrak iets. De torc. Joaz sloot hem om zijn nek, bekeek nogmaals zijn spiegelbeeld, weifelend.

Hij liep de werkplaats in, aarzelde, maakte de val open, trok voorzichtig de stenen plaat weg. Op handen en knieën tuurde hij in de tunnel en omdat deze donker was haalde hij er een glazen flacon met lichtgevende algen bij. In het zwakke licht leek de tunnel verlaten. Zijn angsten van zich afzettend klauterde Joaz door de opening. De tunnel was smal en laag; hij bewoog zich behoedzaam voorwaarts, zijn zenuwen tintelend van oplettendheid. Hij hield vaak halt om te luisteren, maar hoorde niets, behalve het fluisteren van zijn eigen hartslag.

Na ongeveer honderd meter kwam de tunnel uit in een natuurlijke grot. Joaz bleef staan, besluiteloos, zijn oren spitsend. Lichtgevende flessen die op onregelmatige afstanden aan de muren waren bevestigd gaven enig licht, genoeg om de richting van de grot te onderscheiden, die noordelijk leek, evenwijdig aan de lengteas van het dal. Joaz ging weer op weg, om de paar meter staan blijvend om te luisteren. Voor zover hij wist, waren de sacerdotes een zachtmoedig en niet agressief volk, maar ze deden ook ontzettend geheimzinnig. Hoe zouden ze reageren op de aanwezigheid van een indringer? Joaz wist het niet, en ging daarom uiterst voorzichtig verder.

De grot rees, daalde, werd breder, smaller. Weldra stiet Joaz op bewijs dat hij gebruikt werd — kleine hokken, uitgehold in de wanden, verlicht door kandelaars die hoge flessen lichtgevend materiaal bevatten. In twee van de hokjes trof Joaz sacerdotes. De eerste sliep op een rieten mat, de tweede zat met gekruiste benen een toestand van verbogen metalen staven te fixeren. Ze schonken Joaz geen aandacht; met iets zelfverzekerder pas liep hij door.

De grot helde omlaag, werd breder als een hoorn des overvloeds, brak opeens door in een grot die zo immens was dat Joaz een geschrokken ogenblik dacht dat hij de nacht was ingestapt. De zoldering reikte voorbij het flikkeren van de talloze lampen, vuren en gloeiende flessen. Vooruit en links schenen smelters in bedrijf te zijn; daarna onttrok een bocht in de wand een deel van de grot aan het oog. Joaz ving een glimp op van een buizenconstructie van enkele lagen die een soort werkplaats scheen te zijn, want een groot aantal sacerdotes was er bezig met ingewikkelde activiteiten. Rechts stond een stapel balen; een reeks vaten bevatte goederen van onbekende aard. Voor het eerst zag Joaz sacerdotevrouwen. Het waren noch de nimfen noch de half- menselijke heksen waarvoor ze in het populaire geloof doorgingen. Net als de mannen leken ze bleek en bros, met scherp getekende trekken, net als de mannen bewogen ze zich zorgvuldig en nadrukkelijk en net als de mannen droegen ze alleen hun tot het middel reikende haar. Er werd weinig gesproken en niet gelachen; er hing eerder een sfeer van niet ongelukkige vreedzaamheid en concentratie. De grot ademde een gevoel van tijd, van gebruik en gewoonte. De stenen vloer was gepolijst door de eindeloze stappen van blote voeten; de adem van talrijke generaties had de muren verweerd.

Niemand stoorde zich aan Joaz. Hij bewoog zich langzaam vooruit, in de schaduwen blijvend, en hield stil bij de stapel balen. Rechts slonk de grot onregelmatig tot een immense horizontale koker, die wegliep, kronkelde, in elkaar schoof, alle werkelijkheid verloor in het fletse licht.

Joaz doorzocht met zijn ogen de hele enorme grot. Waar zou het arsenaal zijn, met de wapens waarvan de sacerdote hem door te sterven had verzekerd dat ze bestonden? Joaz richtte zijn aandacht weer op het linkerdeel, zijn ogen inspannend om details te zien in de vreemde gelaagde werkplaats die zich vijftien meter van de stenen vloer verhief. Een vreemd bouwwerk, dacht Joaz, die zijn nek uitrekte; de aard ervan kon hij niet begrijpen. Maar alle aspecten van de grote grot — zo dicht bij het Banbeckdal en zo afgelegen — waren vreemd en wonderlijk. Wapens? Die zouden overal kunnen zijn; in ieder geval durfde hij er niet langer naar te zoeken. Er viel verder niets te leren zonder de kans te lopen dat hij werd ontdekt. Hij ging terug zoals hij gekomen was — de donkere gang in, langs de hokjes aan de zijkant, waar de twee sacerdotes nog precies dezelfde houdingen hadden als de eerste keer — de ene sliep, de andere intens bezig met de toestand van gebogen metaal. Hij liep verder en verder. Was hij van zover gekomen? Waar was de spleet die naar zijn eigen kamers leidde? Was hij hem gepasseerd, moest hij ernaar zoeken? Paniek rees in hem op, maar hij ging verder, nauwkeurig kijkend. Daar, hij had de juiste weg gevolgd! Daar opende de spleet zich aan zijn rechterkant, een bijna geliefde en vertrouwde spleet. Hij dook erin, liep met lange glijdende passen, als een man onder water, zijn lichtgevende buis voor zich uit houdend. Voor hem rees een geestverschijning op, een lange witte gedaante. Joaz verstarde. De magere gedaante kwam onverbiddelijk op hem af. Joaz drukte zich tegen de wand. De gestalte liep op hem toe en kromp plotseling tot menselijke proporties. Het was de jonge sacerdote die Joaz had kaalgeknipt en voor dood had achtergelaten. Hij bleef tegenover Joaz staan, zijn milde blauwe ogen helder van verwijt en minachting. "Geef mij mijn torc."

Met verstijfde vingers verwijderde Joaz de gouden band. De sacerdote nam hem aan, maar maakte geen aanstalten hem zelf om te doen.

Hij keek naar het haar dat zwaar op Joaz' schedel rustte. Met een dwaze grijns nam Joaz de verwarde pruik af en bood hem aan de ander aan. De sacerdote sprong achteruit alsof Joaz een trol was geworden. Langs hem heen glijdend, zo ver van Joaz vandaan als de gang toestond, beende hij snel de tunnel uit. Joaz liet de pruik op de vloer vallen, staarde neer op de warrige hoop mensenhaar. Hij draaide zich om, keek de sacerdote na, een bleke verschijning die spoedig oploste in de schemer. Langzaam liep Joaz verder door de tunnel. Daar — een langwerpige lichtvlek, de opening naar zijn werkplaats. Hij kroop erdoor, terug in de ware wereld. Wild, met al zijn kracht, schoof hij de stenen plaat terug in het gat, sloeg de barrière ervoor die de sacerdote oorspronkelijk had gevangen.

Joaz' kleren lagen waar hij ze had laten vallen. Zich in een mantel wikkelend liep hij naar de deur, keek de voorkamer in, waar Rife zat te soezen. Joaz knipte met zijn vingers. "Haal metselaars, met mortel, staal en stenen."

Joaz baadde zich grondig, wreef zich keer op keer in met emulsie, spoelde zich steeds opnieuw af. Toen hij uit het bad kwam, bracht hij de wachtende metselaars naar zijn werkplaats en beval hen het gat te dichten.

Toen legde hij zich te ruste. Met een beker wijn in zijn hand liet hij zijn geest zwerven en dwalen. Herinnering ging over in gepeins, gepeins werd droom. Opnieuw wandelde Joaz de tunnel af, op voeten zo licht als distelpluis, door de lange grot, en de sacerdotes in hun hokjes hieven nu het hoofd om hem na te kijken. Eindelijk stond hij aan de rand van de enorme ondergrondse leegte en opnieuw keek hij met ontzag naar rechts en naar links. Nu zweefde hij over de vloer, langs sacerdotes die ernstig zwoegden boven vuren en aambeelden. Vonken stegen op uit retorten, blauw gas flakkerde boven smeltend metaal.

Joaz liep door naar een kleine kamer die in de rots was uitgehakt. Hier zat een oude man, mager als een lat, wiens manen sneeuwwit waren. De man bestudeerde Joaz met peilloze blauwe ogen en sprak, maar zijn stem was gedempt, onverstaanbaar. Hij sprak opnieuw: de woorden galmden luid in Joaz' geest.

"Ik heb u hier gebracht om u te waarschuwen, om te voorkomen dat u ons kwaad doet, zonder er zelf van te profiteren. Het wapen dat u zoekt bestaat niet en gaat uw verbeelding te boven. Verwijder het uit uw ambities."

Met grote inspanning wist Joaz te stamelen: "De jonge sacerdote ontkende het niet; dit wapen moet bestaan!"

"Alleen binnen de enge grenzen van een speciale interpretatie. De jongen kan niets anders dan de letterlijke waarheid spreken, en evenmin kan hij anders dan wellevend handelen. Hoe kunt u zich nog afvragen waarom wij ons afzijdig houden? Jullie Volslagen Mensen vinden zuiverheid onbegrijpelijk; u dacht zich te bevoordelen, maar bereikte niets anders dan een oefening in ratgelijke heimelijkheid. Om te voorkomen dat u het nog eens probeert met grotere vermetelheid, moet ik mij vernederen door de zaken recht te zetten. Ik verzeker u, dit zogenaamde wapen valt volledig buiten uw begrip."

Eerst schaamte en daarna verontwaardiging overspoelden Joaz. Hij riep uit: "U begrijpt niet hoe dringend het voor mij is! Waarom zou ik anders moeten optreden? Coralyne is dichtbij; de Grondvormen komen nader. Zijn jullie geen mensen? Waarom willen jullie ons niet helpen de planeet te verdedigen?"

De Demie schudde zijn hoofd, en het witte haar golfde hypnotisch traag. "Ik haal de Rationale aan: lijdzaamheid, volslagen en absoluut. Dit houdt eenzaamheid in, onschendbaarheid, berusting, vrede. Kunt u zich de zielennood voorstellen die ik riskeer door met u te praten? Ik kom tussenbeide, ik bemoei me met anderen, onder enorme pijn voor de geest. Laat er een eind aan zijn. Wij hebben uw studio bekeken, zonder u kwaad te doen, zonder uw waardigheid te krenken. U hebt een bezoek gebracht aan onze zaal, na eerst een edele jonge man vernederd te hebben. Laat het hierbij blijven, laat geen van beide partijen meer spioneren. Stemt u daarmee in?"

Joaz hoorde zijn stem antwoorden, helemaal zonder zijn bewuste bevel; hij klonk schriller en met meer neusklanken dan hem beviel. "U biedt deze overeenkomst aan nu u zich verzadigd heeft aan mijn geheimen, maar ik ken er niet een van u."

Het gezicht van de Demie leek kleiner te worden en te huiveren. Joaz las er minachting op, en in zijn slaap lag hij te woelen en te trekken. Hij deed zijn best met kalme, redelijke stem te spreken. "Kom, wij zijn samen mensen; waarom zouden we tegenover elkaar staan? Laat ons onze geheimen delen, laat ieder de ander helpen. Onderzoek mijn archieven, mijn kisten, mijn relikwieën op uw gemak, en sta mij dan toe dit niet-bestaande, maar bestaande wapen te bestuderen. Ik zweer dat het alleen tegen de Grondvormen gebruikt zal worden, ter bescherming van ons beiden."

De ogen van de Demie vonkten. "Nee."

"Waarom niet?" wilde Joaz weten. "U wilt toch niet dat ons kwaad geschiedt?"

"Wij zijn onbevangen en kennen geen hartstochten. Wij wachten op jullie uitsterven. Jullie zijn de Volslagen Mensen, en het laatste restant van de mensheid. En als jullie verdwenen zijn, zullen jullie donkere gedachten en grimmige plannen verdwenen zijn; moord en pijn en boosaardigheid zullen verdwenen zijn."

"Dat kan ik niet geloven," zei Joaz. "Misschien zijn er geen mensen meer in deze groep sterren, maar in de rest van het heelal? De Oude Heerschappij reikte ver; vroeg of laat keren de mensen terug op Aerlith."

De stem van de Demie werd klaaglijk. "Denkt u soms dat wij alleen spreken vanuit ons geloof? Twijfelt u aan onze kennis?"

"Het heelal is groot. De Oude Heerschappij reikte ver."

"Op Aerlith wonen de laatste mensen," zei de Demie. "De Volslagen Mensen en de sacerdotes. Jullie zullen verdwijnen: wij zullen de Rationale uitdragen als een roemrijke banier, door alle werelden van de hemel."

"En hoe transporteren jullie jezelf op deze missie?" vroeg Joaz sluw. "Kunnen jullie naar de sterren vliegen, even naakt als jullie over de vlakten lopen?"

"Er zal een manier zijn. De tijd is lang."

"Voor jullie plannen moet de tijd wel lang zijn. Zelfs op de planeten van Coralyne zijn mensen. Geknecht, vervormd in lichaam en geest, maar het zijn mensen. Het lijkt mij dat u zich vergist, dat u zich werkelijk alleen door uw geloof laat lijden."

De Demie zweeg. Zijn gezicht leek te verstrakken.

"Zijn dat geen feiten?" vroeg Joaz. "Hoe verenigt u die met uw geloof?"

De Demie zei zacht: "Feiten kunnen nimmer verenigd worden met geloof. Volgens ons geloof zullen deze mensen, als ze bestaan, ook verdwijnen. De tijd is lang; o, de werelden van helderheid: ze wachten ons!"

"Het is duidelijk," zei Joaz, "dat jullie aan de kant staan van de Grondvormen, dat jullie hopen dat wij uitgeroeid worden. Dat kan onze houding tegenover jullie alleen maar veranderen. Ik ben bang dat Ervis Carcolo gelijk had en ik ongelijk."

"Wij blijven passief," zei de Demie. Zijn gezicht werd wazig, leek in vlekkerige kleuren te zwemmen. "Zonder emotie zullen wij getuige zijn van het verscheiden van de Volslagen Mens, zonder te helpen of te hinderen."

Joaz sprak in woede: "Uw geloof, uw Rationale — hoe u het ook noemt — misleidt u. Ik uit dit dreigement: als u ons niet helpt, dan zult u lijden zoals wij lijden."

"Wij zijn passief, wij zijn onverschillig."

"En uw kinderen? De Grondvormen maken geen verschil tussen ons. Ze zullen u even vlot naar hun kooien voeren als ons. Waarom zouden wij vechten om u te beschermen?"

Het gezicht van de Demie vervaagde, ging schuil achter plekken doorzichtige mist; zijn ogen gloeiden als rot vlees. "We hebben geen bescherming nodig," loeide hij. "We zijn veilig."

"Jullie zullen ons lot delen," riep Joaz. "Dat beloof ik u!"

De Demie stortte opeens in tot een kleine droge schil, als een dode mug; ongelooflijk snel vloog Joaz terug door de grotten, de tunnels, door zijn werkplaats omhoog naar zijn studio, zijn slaapkamer waar hij nu met een ruk rechtop ging zitten, met starende ogen, een pijnlijke keel, een droge mond.

De deur ging open; het hoofd van Rife verscheen. "Heeft u geroepen, heer?"

Joaz keek door de kamer. "Nee. Ik heb niet geroepen."

Rife trok zich terug. Joaz ging weer liggen, staarde naar de zoldering. Hij had een hoogst eigenaardige droom gehad. Een droom? Een synthese van zijn eigen verbeelding? Of, waarschijnlijk genoeg, een confrontatie en uitwisseling tussen twee geesten? Onmogelijk om het zeker te weten, en misschien niet ter zake; de gebeurtenis bezat zijn eigen overtuigingskracht. Joaz zwaaide zijn benen over de rand van zijn slaapbank, knipperde met zijn ogen naar de vloer. Droom of samenspraak, het was allemaal gelijk. Hij stond op, trok sandalen aan en een gele bontmantel, hobbelde naargeestig gestemd naar de raadskamer en stapte een zonnig balkon op.

De dag was voor twee derde afgelopen. Boven de westelijke rotswanden hingen dichte schaduwen. Links en rechts strekte zich het Banbeckdal uit. Nooit had het welvarender of vruchtbaarder geleken, en ook nooit zo onwerkelijk, alsof hij een vreemde op de planeet was. Hij keek naar het noorden langs de immense stenen wal die steil oprees naar de Banbeckzoom. Ook die was onwerkelijk, een façade waarachter de sacerdotes woonden. Hij nam de rotswand schattend op, tekende er in gedachten de enorme grot op. De klif aan de noordkant van het dal kon nauwelijks meer zijn dan een schaal!

Joaz richtte zijn aandacht op het oefenveld waar Jaggers monter stampend verdedigingsmanœuvres uitvoerden. Hoe vreemd was de kwaliteit van het leven, dat Grondvorm en Jagger had geproduceerd, sacerdote en hemzelf. Hij dacht aan Ervis Carcolo en worstelde met een plotselinge ergernis. Carcolo was een hoogst onwelkome afleiding op dit moment; hij zou geen verdraagzaamheid tonen als Carcolo eindelijk rekenschap moest afleggen. Een lichte voetstap achter hem, de aanraking van bont, vrolijke handen, de geur van wierook. Joaz' zorgen vielen van hem af. Als er niet zulke schepsels bestonden als minstreelmaagden, dan was het noodzakelijk hen uit te vinden.

Diep onder de Banbeckwand, in een hokje dat verlicht werd door een kandelaar met twaalf buizen, zat rustig een naakte man met witte haren. Op een voetstuk ter hoogte van zijn ogen rustte zijn *tand*, een ingewikkelde constructie van gouden staven en zilverdraad, schijnbaar willekeurig gewoven en gebogen. De toevalligheid van het ontwerp was echter schijn. Iedere kromming symboliseerde een aspect van Uiteindelijk Bewustzijn; de schaduw die op de muur werd geworpen vertegenwoordigde de Rationale, voortdurend veranderend, steeds gelijk.

Het voorwerp was heilig voor de sacerdotes, en diende als bron van openbaring. Er kwam nooit een eind aan de studie van de *tand*: voortdurend werden er nieuwe intuïties onttrokken aan een tot dan toe over het hoofd geziene verhouding tussen hoek en kromming. De nomenclatuur was complex: ieder onderdeel, ieder knooppunt, bocht en kronkel had zijn eigen naam; ieder aspect van de verhoudingen tussen de verschillende onderdelen was eveneens in categorieën onderverdeeld. Zo was de cultus van de *tand*: duister, veeleisend, zonder middenwegen. Bij zijn puberteitsriten kon de jonge sacerdote de oorspronkelijke *tand* net zo lang bestuderen als hij wilde; daarna moest ieder van de pubers een duplicaat van de *tand* construeren, uitsluitend afgaand op zijn geheugen. Dan vond de belangwekkendste gebeurtenis van zijn hele leven plaats: het schouwen van zijn *tand* door de ouderen. In een ontzagwekkende stilte, uren achtereen, contempleerden ze zijn schepping, wogen de oneindig kleine variaties in proportie, hoeken, krommingen en bochten. Zo bepaalden ze de kwaliteit van de kandidaat, beoordeelden zij zijn persoonlijke kenmerken, bepaalden zijn begrip van het Uiteindelijk Bewustzijn, de Rationale en de Basis.

Af en toe onthulde de getuigenis van de *tand* een zo besmet karakter dat het ondraaglijk werd geoordeeld: de weerzinwekkende *tand* werd dan in een oven geworpen, het gesmolten metaal in een latrine gestort, en de ongelukkige kandidaat werd uitgestoten naar het oppervlak van de planeet, om daar op eigen benen te leven.

De naakte witharige Demie, zijn eigen prachtige *tand* schouwend, zuchtte, bewoog rusteloos. Hij was bezocht door een invloed die zo vurig was, zo hartstochtelijk, tegelijk zo wreed en teder, dat zijn geest bedrukt was. Ongevraagd sijpelde een donkere gedachte zijn geest binnen. Kan het zijn, vroeg hij zichzelf, dat wij onbewust afgedwaald zijn van de ware Rationale? Bestuderen wij onze *tands* met blinde ogen? Hoe moest men dit weten, o, hoe moest men dit weten! Alles is betrekkelijk eenvoudig en duidelijk in de rechtzinnigheid, maar hoe valt te ontkennen dat het goede op zichzelf onontkenbaar is? Absolute formuleringen zijn de onzekerste van allemaal, terwijl de onzekerheden het reëelst zijn.

Twintig mijl voorbij de bergen, in het lange bleke licht van de middag van Aerlith, smeedde Ervis Carcolo zijn eigen plannen. "Met durf, door hard toe te slaan, door diep te snijden kan ik hem verslaan! In besluitvaardigheid, in moed, in uithoudingsvermogen ben ik meer dan zijn gelijke. Hij zal mij niet nog eens voor gek zetten, mijn draken afslachten en mijn mannen doden! O, Joaz Banbeck, wat zal ik je terugbetalen voor je list!" Toornig hief hij zijn armen. "O, Joaz Banbeck, jij bleek schaap!" Carcolo sloeg met zijn vuist in de lucht. "Ik zal je verpletteren als een klomp droog mos!" Hij fronste zijn voorhoofd, wreef zijn ronde rode kin. "Maar hoe? Waar? Alle voordelen staan aan zijn kant!"

Carcolo peinsde over zijn strategie. "Hij verwacht dat ik aanval, zoveel is zeker. Zonder twijfel heeft hij weer een hinderlaag gelegd. Daarom zal ik iedere centimeter laten patrouilleren, maar ook dat zal hij verwachten en dus op zijn hoede zijn om te voorkomen dat ik donderend op zijn nek spring. Zal hij zich verstoppen achter Despoire, of langs de Noordwacht, om me te pakken als ik de Skanse oversteek? Zo ja, dan moet ik via een andere weg naderen — door de Schreierspas en onder Gethron door? Dan, als hij talmt met oprukken, ontmoet ik hem op de Banbeckzoom. En als hij vroeg is, dan besluip ik hem door de pieken en kloven."

Hoofdstuk VIII

Terwijl de koude ochtendregen op hem neer roffelde en het pad alleen verlicht werd door het flitsen van de bliksem, gingen Ervis Carcolo, zijn mannen en draken op weg. Toen de eerste vonk van zonlicht de berg Despoire trof, waren ze de Schreierspas al overgestoken.

Tot dusver gaat alles goed, dacht Carcolo uitgelaten. Hij stond rechtop in zijn stijgbeugels om de Breekstervlakte te overzien. Geen spoor te bekennen van de strijdmacht van Banbeck. Hij wachtte, de verre rand van de Noordwachtrichel afspeurend die zwart tegen de hemel afstak. Er ging een minuut voorbij, twee minuten; de mannen sloegen in hun handen, de draken gromden en mopperden kribbig. Carcolo's ribben begonnen te prikken van ongeduld; hij wriemelde met zijn handen en vloekte. Konden zelfs de allereenvoudigste plannen niet foutloos worden uitgevoerd? Maar nu flikkerde er een heliograaf op de Barchspits, en daarna een in het zuidoosten op de hellingen van de berg Gethron. Carcolo wuifde zijn leger voorwaarts; de weg over de Breekstervlakte was vrij. Omlaag uit de Schreierspas stroomde het leger van de Gelukkige Vallei. Eerst kwamen de Langhoornige Moordenaars, uitgerust met stalen pieken en met kammen van stalen haken; daarna de ziedende rode horde Hellevegen, met heen en weer schietende koppen terwijl ze draafden; en daarachter kwam het restant van de troepenmacht.

De Breekstervlakte spreidde zich weids voor hen uit, een rollende vlakte bezaaid met meteoorfragmenten die schitterden als vuurstenen bloemen op het grijsgroene mos. Aan alle kanten rezen majestueuze pieken op. De sneeuwkransen straalden felwit in het heldere licht van de morgen: op de bergen Gethron en Despoire, de Barchspits en ver in het zuiden de Klauwstreep.

De verkenners kwamen aanrijden van links en rechts en brachten gelijkluidende verslagen uit. Er was geen spoor te bekennen van Joaz Banbeck of zijn soldaten. Carcolo begon met een nieuwe mogelijkheid te spelen. Misschien had Banbeck zich niet verwaardigd mannen uit te sturen. Dit idee maakte hem razend en vervulde hem tegelijk met diepe vreugde: als dat het geval was, zou Joaz zwaar boeten voor zijn onachtzaamheid.

Halverwege de Breekstervlakte stootten ze op een kraal met twee-honderd van Banbecks Duivelskuikens. Twee oude mannen en een jongen zorgden voor de kraal en ze zagen de horde uit de Gelukkige Vallei met dodelijke angst naderen.

Maar Carcolo reed langs zonder de kraal te vernielen. Als hij van-daag won, behoorden de draken tot zijn buit; verloor hij, dan konden de kuikens hem geen schade toebrengen.

De oude mannen en de jongen stonden op het dak van hun plag-genhut en keken toe terwijl Carcolo en zijn troepen langstrokken — de mannen in zwarte uniformen met zwarte kleppetten en lange oor-flappen; de draken springend, kruipend, dravend, sjokkend naargelang hun aard, met glitterende schubben; het doffe rood en bruin van de Hellevegen; de giftige glans van de Blauwe Gruwels; de zwart-groene Duivels; de grijs met bruine Jaggers en Moordenaars. Ervis Carcolo reed op de rechterflank, Bast Givven in de achterhoede. En nu versnelde Carcolo het tempo, geplaagd door de angst dat Banbeck zijn Duivels en Jaggers tegen de Banbeckwand op zou drijven voor Carcolo ter plaatse kwam om hem weg te jagen — aangenomen dat Banbeck inderdaad in zijn slaap verrast was.

Maar Carcolo bereikte de zoom zonder zijn vijand te ontmoe-ten. Hij schreeuwde het uit van triomf, zwaaide met zijn pet. "Joaz Banbeck, de trage slak! Laat hem nu maar proberen de Banbeckwand te beklimmen!" En Ervis Carcolo bekeek het Banbeckdal met het oog van de veroveraar.

Bast Givven scheen niets van Carcolo's triomfantelijke roes te delen. Hij hield een onbehaaglijk oog op het noorden en het zuiden en achter zich gericht.

Carcolo hield hem gemelijk uit zijn ooghoek in de gaten en riep even later: "Ho, ho daar! Wat is er mis?"

"Misschien veel, misschien niets," zei Givven terwijl hij de omgeving afspeurde.

Carcolo blies zijn wangen op. Givven vervolgde, met de koele stem die Carcolo zo gruwelijk irriteerde: "Joaz Banbeck schijnt ons net als eerst te slim af te zijn."

"Waarom zeg je dat?"

"Oordeel zelf maar. Zou hij ons een voordeel gunnen zonder de prijs van een vrek te bedingen?"

"Onzin!" mopperde Carcolo. "De slak is log en vet van zijn vorige overwinning." Maar hij wreef over zijn kin en gluurde onbehaaglijk in het dal. Van hier leek het eigenaardig rustig. De akkers en kazernes waren merkwaardig stil. Het werd kil rond Carcolo's hart. Toen riep hij uit: "Kijk naar de fokkerij. Daar zijn de draken van Banbeck!"

Givven tuurde ingespannen naar het dal, keek toen even zijdelings naar Carcolo. "Drie Hellevegen in het ei." Hij richtte zich op en zette het hele dal uit zijn gedachten en onderwierp de pieken en richels in het noorden en oosten aan een nauwkeurig onderzoek. "Stel dat Banbeck voor dageraad op weg ging, naar de zoom is geklommen, bij de Glibbervallen, de Blauwe Vlakte is overgestoken —"

"En de Blauwe Kloof?"

"Hij vermijdt de Blauwe Kloof in het noorden, komt over de Barchrug, rept zich heimelijk over de Skanse en rond de Barchspits..."

Carcolo bestudeerde de Noordwachtrichel met nieuwe, geschrokken belangstelling. Een flits van beweging, het glinsteren van schubben?

"Terugtrekken!" bulderde Carcolo. "Naar de Barchspits! Ze zitten achter ons!"

Geschrokken verbraken zijn troepen de gelederen en vluchtten over de zoom naar de ruwe uitsteeksels van de Barchspits. Joaz, die merkte dat zijn strategie doorzien was, stuurde groepen Moordenaars uit om het leger uit de Gelukkige Vallei te onderscheppen, het gevecht aan te binden, de troepen te vertragen en hun zo mogelijk de gebroken hellingen van de spits te ontzeggen.

Carcolo dacht snel na. Zijn eigen Moordenaars rekende hij tot zijn beste troepen, en hij was er bijzonder trots op. Opzettelijk talmde hij nu, in de hoop de tirailleurs van Banbeck tot een gevecht te dwingen, ze vlug te vernietigen en toch nog de dekking van de hellingen van de Barchspits te bereiken.

Maar de Moordenaars van Banbeck weigerden dichtbij genoeg te komen en haastten zich om zo hoog mogelijk op de spits te komen. Carcolo stuurde zijn Hellevegen en Blauwe Gruwels vooruit; met een verschrikkelijk gesnauw bonden de twee rijen de slag aan. De Banbeck Hellevegen kwamen aanstormen, kregen Carcolo's Schrijdende Moordenaars tegenover zich en werden gedwongen tot een springende aftocht.

De hoofdgroep van Carcolo's strijdmacht, opgewonden door de aanblik van vluchtende vijanden, was niet te houden. Ze zwenkten weg van de spits en denderden de Breekstervlakte op. De Schrijdende Moordenaars haalden de Banbeck Hellevegen in, klommen erop, gooiden ze piepend en schoppend op hun rug en reten daarna de onbeschermde roze buiken open.

Banbecks Langhoornige Moordenaars kwamen aancirkelen, sloegen vanuit de flank toe op Carcolo's Schrijdende Moordenaars, spietsten ze met staalgepunte hoorns, doorboorden ze met lansen. Op een of andere manier zagen ze Carcolo's Blauwe Gruwels over het hoofd, tot die bovenop ze sprongen. Met bijlen en goedendags velden ze de Moordenaars en vermaakten zich er dan gruwelijk mee door op een gevelde Moordenaar te klauteren, zijn hoorn te grijpen, en vervolgens hoorn, huid en schubben af te ritsen, van kop tot staart. Zo raakte Joaz Banbeck dertig Hellevegen kwijt en iets van twee dozijn Moordenaars. Toch had de aanval een doel. Die stelde hem in staat zijn ridders, Duivels en Jaggers van de Noordwacht te laten afdalen vóór Carcolo de hellingen van de Barchspits wist te beklimmen.

Carcolo trok zich terug in een schuine lijn tegen de pokdalige hellingen op en ondertussen stuurde hij zes man over de vlakte naar de kraal waar de Duivelskuikens, bang voor het gevecht, door elkaar krioelden. De mannen braken de poorten open, sloegen de oude mannen neer en loodsten de jonge Duivels over de vlakte naar de troepen van Banbeck. De hysterische kuikens gehoorzaamden hun instinct, klampten zich vast aan de nek van onverschillig welke draak ze tegenkwamen die daardoor sterk in zijn bewegingen werd belemmerd, want zijn eigen instinct verhinderde hem het kuiken met geweld te verwijderen.

Deze list, een briljante improvisatie, schiep een immense wan-orde onder de Banbecktroepen. Ervis Carcolo viel nu uit alle macht aan op het midden van de verzameling Banbeckstrijders. Twee eskadrons Hellevegen waaierden uit om de mensen te bestoken; zijn Moordenaars — de enige categorie waarin hij Banbeck overtrof — wer-den uitgestuurd om de Duivels van de vijand bezig te houden, terwijl Carcolo's eigen Duivels, verwend, sterk, glanzend van olieachtige kracht, als slangen de Jaggers van Banbeck naderden. Ze schoten onder de grote bruine karkassen door en zwiepten de stalen bal van vijfen-twintig kilo aan de punt van hun staart tegen de binnenkant van de poten van de Jaggers.

Nu volgde er een daverende warboel. De gevechtslinies werden vaag, zowel mannen als draken werden verpletterd, uit elkaar gerukt, aan stukken gehakt. De lucht gierde van de kogels, floot van staal, galmde van het getrompetter, gefluit, geschreeuw, gekrijs en gebulder.

De roekeloos wilde tactieken van Carcolo kregen een resultaat dat gezien zijn troepenaantal buiten alle verhouding was. Zijn Duivels boorden zich steeds dieper in de verdwaasde en bijna hulpeloze Banbeck Jaggers, terwijl de Moordenaars en Blauwe Gruwels van Carcolo de Banbeck Hellevegen tegenhielden. Joaz Banbeck zelf, aan-gevallen door Hellevegen, redde het vege leven alleen door rond het gevecht te vluchten, waarna hij steun kreeg van een eskadron Blauwe Gruwels. In razernij blies hij het sein terugtrekken en zijn leger ging achteruit de hellingen af, met achterlating van reeksen worstelende en schoppende gestalten.

Carcolo wierp alle remmingen van zich af en ging in het zadel staan en gaf een teken dat zijn eigen Jaggers in het strijdperk moesten treden. Tot dan toe had hij ze gekoesterd als zijn eigen kinderen.

Schril roepend, hikkend, strompelden ze log het gewoel in, links en rechts grote happen vlees afrukkend, mindere draken uiteen-scheurend met hun armen, Hellevegen vertrappend, Blauwe Gruwels en Moordenaars grijpend en ze weeklagend en klauwend door de lucht smijtend. Zes Banbeckridders poogden het getij te keren door hun musketten van vlakbij in de demonische gezichten af te vuren; ze wer-den onder de voet gelopen en niet meer gezien.

Het gevecht verplaatste zich chaotisch naar de Breekstervlakte.

De kern van de strijd werd minder geconcentreerd, het voordeel van de Gelukkige Vallei verdween. Carcolo aarzelde, een uitbundig lang ogenblik. Hij en zijn troepen stonden nog in brand; de bedwelming van het onverwachte succes tintelde in hun hersens. Maar hier op Breekster, konden ze hier op tegen de grotere macht van Banbeck? De voorzichtigheid gebood dat Carcolo zich terugtrok op de Barchspits om het meeste profijt te trekken van zijn beperkte overwinning. Nu al was er een sterk peloton Duivels gevormd dat op het punt stond op te rukken tegen zijn karige aantal Jaggers. Bast Givven naderde, kennelijk wachtend op bevel om terug te trekken. Maar Carcolo talmde nog, genietend van de slachting die zijn armzalige zes Jaggers aanrichtten.

Bast Givvens zwaarmoedige gezicht stond streng. "Terugtrekken, terugtrekken! We worden uitgeroeid als hun flanken ons insluiten!"

Carcolo greep zijn elleboog. "Kijk! Zie je waar die Duivels zich verzamelen, kijk waar Joaz Banbeck heenrijdt! Zodra ze aanvallen, stuur dan van beide kanten zes Schrijdende Moordenaars; sluit hem in, dood hem!"

Givven deed zijn mond open om te protesteren, keek waar Carcolo heen wees, reed toen weg om zijn bevel uit te voeren.

Daar kwamen de Banbeck Duivels, stil en zelfverzekerd op weg naar de Jaggers van de Gelukkige Vallei. Joaz, rechtop in zijn zadel, sloeg hun vordering gade. Opeens zaten aan beide kanten de Schrijdende Moordenaars bovenop hem. Vier van zijn ridders en zes jonge kornetten schoten schreeuwend naar hem toe om hem te beschermen. Staal kletterde op staal en op schubben. De Moordenaars vochten met zwaard en goedendag; de ridders, wier musketten nutteloos waren, stelden zich teweer met hartsvangers en verdwenen een voor een in het gewoel. Steigerend hakte de Moordenaarskorporaal naar Joaz, die de slag wanhopig afweerde. De Moordenaar hief zwaard en goedendag tegelijk — en van vijftig meter afstand plofte er een kogel in zijn oor. Gek van pijn liet hij zijn wapens vallen, viel voorover op Joaz, kronkelend en schoppend. Blauwe Gruwels van Banbeck vielen aan; de Moordenaars schoten heen en weer over de spartelende korporaal, naar Joaz stekend, naar hem schoppend, eindelijk vluchtend voor de Blauwe Gruwels.

Ervis Carcolo kreunde van teleurstelling; slechts een halve seconde had hem de overwinning ontzegd. Joaz Banbeck, gekneusd, toegetakeld, misschien gewond, was levend ontkomen.

Over de kam van de heuvel kwam een ruiter: een ongewapende jongen die een wankelende Spin aanspoorde. Bast Givven maakte Carcolo op hem opmerkzaam. "Een boodschapper uit de vallei, met een dringend bericht."

De jongen sprong over de vlakte naar Carcolo, schreeuwend, maar zijn stem ging verloren in het lawaai. Eindelijk was hij dicht genoeg genaderd. "De Grondvormen, de Grondvormen!"

Carcolo zakte als een halflege zak in elkaar. "Waar?"

"Een enorm zwart schip, half zo breed als de vallei. Ik was op de hei, ik kon ontsnappen." Hij wees, jankend.

"Zeg wat, jongen!" zei Carcolo schor. "Wat doen ze?"

"Ik heb het niet gezien; ik kwam u waarschuwen."

Carcolo tuurde over het slagveld; de Duivels van Banbeck hadden bijna zijn Jaggers bereikt, die langzaam achteruitgingen, de koppen omlaag, de slagtanden volledig uitgestrekt.

Carcolo gooide in wanhoop zijn handen op; hij beval Givven: "Blaas de aftocht, staak de strijd!"

Met een witte doek zwaaiend reed hij het strijdgewoel rond naar waar Joaz Banbeck nog op de grond lag. De rillende Moordenaar werd net van zijn benen gelicht. Joaz staarde omhoog, zijn gezicht even wit als de doek van Carcolo. Toen hij Carcolo zag werden zijn ogen groot en donker, zijn mond strak.

Carcolo stamelde: "De Grondvormen zijn weer geland; ze hebben de Gelukkige Vallei overvallen, ze vernietigen mijn volk!"

Joaz Banbeck kwam geholpen door zijn ridders overeind. Hij stond te wankelen, met slappe armen, en keek Carcolo zwijgend aan.

Carcolo ging verder: "We moeten een wapenstilstand sluiten. Deze strijd is een verspilling! Laten we met al onze troepen naar de Gelukkige Vallei marcheren en de monsters aanvallen voor ze ons allemaal doden! Ach, denk je eens in wat we hadden kunnen bereiken met de wapens van de sacerdotes!"

Joaz bleef zwijgen. Tien seconden gingen voorbij. Carcolo riep boos: "Kom nu, wat zeg je ervan?"

Met schorre stem sprak Joaz: "Ik zeg: geen wapenstilstand. Jij hebt mijn waarschuwing in de wind geslagen, jij dacht het Banbeckdal te kunnen plunderen. Ik zal je geen genade betonen."

Carcolo's mond viel open, een rood gat onder de boog van zijn snorren. "Maar de Grondvormen —"

"Ga terug naar je troepen. Jij bent evengoed mijn vijand als de Grondvormen: waarom zou ik een keus tussen jullie twee maken? Bereid je voor om te vechten voor je leven; ik geef je geen wapenstilstand."

Carcolo trok zich terug, zijn gezicht even bleek als dat van Joaz. "Nooit zul je rust kennen. Ook al win je deze slag hier op de Breekster, toch zul je nimmer een overwinning smaken. Ik zal je achtervolgen tot je schreeuwt om verlossing."

Banbeck wenkte zijn ridders. "Ransel deze hond terug naar zijn soort."

Carcolo dwong zijn Spin achteruit, weg van de dreigende zwepen, en draafde heen.

Het getij van de strijd was gekeerd. De Banbeck Duivels waren langs zijn Blauwe Gruwels gebroken; een van zijn Jaggers was verdwenen; een tweede, geconfronteerd met drie oprukkende Duivels, liet zijn reusachtige kaken klappen, zwaaide met zijn monsterlijke zwaard. De Duivels sloegen en deden schijnaanvallen met hun stalen ballen, repten zich naar voren. De Jagger hieuw, verbrijzelde zijn zwaard op de rotsharde bepantsering van de Duivels; ze waren onder hem, smakten hun stalen ballen tegen zijn monsterlijke poten. Hij probeerde opzij te springen, viel toen zwaar om. De Duivels ritsten zijn buik open, en nu had Carcolo nog maar vijf Jaggers over.

"Terug!" schreeuwde hij. "Staak de strijd!"

Zijn troepen zwoegden tegen de Barchspits op, het front een kolkende massa schubben, pantsering, flikkerend metaal. Gelukkig voor Carcolo stond hij met zijn rug naar hoge grond, en na tien verschrikkelijke minuten slaagde hij erin een ordelijke terugtocht te organiseren. Er waren nog twee Jaggers gevallen; de drie resterende wisten desperaat te ontkomen. Met keien bombardeerden ze de aanvallers, die na een reeks uitvallen hun afstand bewaarden. Joaz was na het horen van Carcolo's nieuws hoe dan ook niet in de stemming om nog meer troepen kwijt te raken.

Wanhopig met zijn zwaard zwaaiend leidde Carcolo zijn troepen terug rond de spits, en daarna over de naargeestige Skanse. Joaz keerde terug naar het Banbeckdal. Het nieuws van de overval van de Grondvormen had zich overal verspreid. De mannen reden nadenkend en zwijgend terug, achter en boven zich kijkend. Zelfs de draken leken onder de indruk en waren onderling rusteloos aan het mopperen.

Toen ze de Blauwe Vlakte overstaken, ging de bijna altijd aanwezige wind liggen; de stilte van het land versterkte de deprimerende stemming. De Hellevegen begonnen net als de mensen naar de hemel te kijken. Joaz vroeg zich af hoe zij het wisten, hoe zij de Grondvormen konden waarnemen. Hij speurde zelf de hemel af en toen zijn leger de rotswand afdaalde meende hij hoog boven de Gethronberg een snel zwart vierkantje te zien, dat even later achter een rotspunt verdween.

Hoofdstuk IX

ERVIS CARCOLO EN DE RESTANTEN van zijn leger haastten zich halsoverkop de Skanse over, door de wildernis van ravijnen en kloven aan
de voet van Despoire, de kale woestenij ten westen van de Gelukkige
Vallei in. Alle pretenties van militaire precisie waren overboord geworpen. Carcolo ging voorop, zijn Spin krijtend van vermoeidheid, en
achter hem stampten ongeorganiseerd eerst de Moordenaars en
Blauwe Gruwels, op de hielen gezeten door Hellevegen, daarna de
Duivels, laag boven de grond terwijl hun stalen ballen over de rotsen
schraapten en vonken sproeiden. Ver in de achterhoede sjokten de
logge Jaggers met hun oppassers.

Aan de rand van de Gelukkige Vallei bleef het leger abrupt staan,
stampend en piepend. Carcolo sprong van zijn Spin, rende naar voren,
staarde in het dal.

Hij had het schip verwacht, maar de werkelijkheid van het ding
was zo confronterend en intens dat hij schrok. Het was een afgeplatte
cilinder, glanzend zwart, die in een groenteveld rustte niet ver van de
bouwvallige Gelukkige Stad. Gepolijste metalen schijven aan beide uiteinden zinderden en glinsterden met vluchtige zwemen kleur. Er waren
drie ingangen: voor, in het midden en achter, en vanuit de middensluis
liep een hellingbaan naar de grond.

De Grondvormen waren wreed efficiënt aan het werk gegaan. Uit
het dorp stroomde een ongeregelde rij mensen, opgedreven door
Zware Troepen. Als ze het schip naderden, liepen ze door een inspectie-
apparaat dat door een tweetal Grondvormen werd bediend. Een reeks
instrumenten en de ogen van de Grondvormen taxeerden iedere man,
vrouw en kind, classificeerden hen volgens een of ander systeem dat
niet direct duidelijk was, waarna de gevangenen hetzij de helling

werden opgedreven en het schip in, dan wel naar een cabine in de buurt werden gedwongen. Eigenaardig genoeg scheen de cabine nooit vol te raken, ongeacht hoeveel mensen er binnengingen.

Carcolo wreef met trillende vingers langs zijn voorhoofd, sloeg zijn ogen neer. Toen hij weer opkeek, stond Bast Givven naast hem en samen staarden ze in de vallei.

Achter hen klonk een kreet van alarm. Toen Carcolo zich snel omdraaide, zag hij een zwarte rechthoekige vlieger die vanaf de Gethron geruisloos omlaag zweefde. Met zijn armen zwaaiend rende Carcolo naar de rotsen, terwijl hij brullend bevel gaf dekking te zoeken. Draken en mannen haastten zich tegen de wanden op. De vlieger gleed boven hen langs. Er ging een luik in open van waaruit een lading granaten werd gelost. Ze troffen in een ratelend salvo de grond en er vlogen kiezelstenen de lucht in, rotssplinters, stukken bot, schubben, huid en vlees. Allen die geen dekking konden bereiken werden aan flarden gescheurd. De Hellevegen verging het redelijk goed. De Duivels, hoewel gekneusd en geschramd, hadden het allemaal overleefd. Twee van de Jaggers waren blind geworden en konden niet meer vechten tot er nieuwe ogen waren aangegroeid.

De vlieger gleed terug. Ettelijke mannen vuurden hun musketten af—een schijnbaar futiele daad van verzet, maar de vlieger werd geraakt en beschadigd. Hij kantelde, zwenkte, schoot in een brullende bocht omhoog, dook op zijn rug neer en botste in een schitterende oranje vuurgloed tegen de berg. Carcolo schreeuwde van maniakale vreugde, sprong op en neer, rende naar de rand van de klif, schudde met zijn vuist naar het schip beneden hem. Maar hij kalmeerde snel en stond er toen triest en huiverend bij. Toen keerde hij zich naar de slordige troep mannen en draken die weer omlaag waren gekropen. Carcolo schreeuwde hees: "Wat zeggen jullie? Zullen we vechten? Zullen we hen aanvallen?"

Het bleef stil; Bast Givven antwoordde met kleurloze stem: "We zijn machteloos. We kunnen niets bereiken. Waarom zelfmoord plegen?"

Carcolo wendde zich af, zijn hart te vol voor woorden. Givven sprak duidelijk de waarheid. Ze zouden de dood vinden of aan boord van het schip worden gesleept; en dan, op een wereld die te vreemd was om hem zich te kunnen voorstellen, zou er een onverdraaglijk akelig gebruik van hen worden gemaakt. Carcolo balde zijn vuisten, keek met bittere haat naar het westen. "Joaz Banbeck, jij hebt me dit aangedaan! Toen ik nog voor mijn volk had kunnen vechten heb jij mij opgehouden!"

"De Grondvormen waren al hier," zei Givven met onwelkome redelijkheid. "We hadden niets kunnen doen, omdat we niets hebben om iets mee te doen."

"We hadden kunnen vechten!" brulde Carcolo. "We hadden het Kruis af kunnen stormen, ze overstelpen met onze macht! Honderd krijgers en vierhonderd draken! Die zijn niet te versmaden!"

Bast Givven oordeelde dat verder debatteren zinloos was. Hij wees. "Nu onderzoeken ze onze fokkerijen."

Carcolo keek, lachte wild. "Ze zijn verbijsterd! Ze zijn vol ontzag! En daar hebben ze ook reden toe!"

Givven was het met hem eens. "Ik kan me voorstellen dat de aanblik van een Duivel of een Blauwe Gruwel, om van de Jaggers nog maar te zwijgen, hun stof tot nadenken geeft."

Beneden in de vallei was de wrede activiteit afgelopen. De Zware Troepen marcheerden het schip in; twee reusachtige mannen van drieënhalve meter hoog kwamen naar buiten, tilden de cabine op en droegen hem over de plank het schip in. Carcolo en zijn mannen sloegen hen met uitpuilende ogen gade. "Reuzen!"

Bast Givven grinnikte droog. "De Grondvormen staren naar onze Jaggers; wij staan paf van hun Reuzen."

Weldra begaven de Grondvormen zich terug in hun schip. De loopplank werd binnengehaald, de sluizen sloten zich. Uit een koepel in de boeg kwam een bundel energie die elk van de drie fokkerijen op zijn beurt raakte en ieder gebouw deed ontploffen in een fontein van zwarte stenen.

Carcolo kreunde zacht binnensmonds, maar zei niets.

Het schip huiverde, dreef omhoog; Carcolo brulde een bevel en mannen en draken renden naar dekking. Platliggend achter keien keken ze toe terwijl de zwarte cilinder oprees uit het dal en naar het westen dreef.

Carcolo lachte, een gekakel van leedvermaak, ontbloot van vreugde. Bast Givven keek hem zijdelings aan. Was Ervis Carcolo gek geworden? Hij wendde zich af. Het was van weinig belang.

Plotseling nam Carcolo een besluit. Hij beende naar een van de Spinnen, klom erop, draaide zich in het zadel om en zag zijn mannen aan. "Ik rijd naar het Banbeckdal. Joaz Banbeck heeft zijn best gedaan om mij te beroven; ik zal mijn best doen tegen hem. Ik geef geen bevelen. Kom mee of blijf hier, wat jullie willen. Denk alleen hieraan! Joaz Banbeck wilde ons niet toestaan de Grondvormen te bestrijden!"

Hij reed weg. De mannen staarden naar de geplunderde vallei, draaiden zich om en keken Carcolo na. Het zwarte schip gleed net over de berg Despoire. De vallei had niets meer voor ze. Mompelend en brommend riepen ze de dodelijk vermoeide draken, en gingen op weg over de naargeestige bergwand.

Ervis Carcolo stuurde zijn Spin in gestrekte draf door de Skanse. Ontzagwekkende rotspieken verhieven zich hoog aan weerskanten. De felle zon hing halverwege de zwarte hemel. Achter hem lagen de wallen van de Skanse; voor hem uit de Barchrug, de Barchspits en de Noordwachtrand. Zonder oog te hebben voor het feit dat zijn Spin was afgemat joeg Carcolo hem verder; grijsgroen mos vloog achteruit door de aanraking van zijn wilde poten, de smalle kop hing laag, schuim wapperde uit zijn kieuwspleten. Het kon Carcolo niets schelen. Zijn geest was ontdaan van alles behalve haat — voor de Grondvormen, voor Joaz Banbeck, voor Aerlith, voor de mens, voor de menselijke geschiedenis. In de buurt van de Noordwacht wankelde de Spin en viel. Hij bleef kreunend liggen, zijn nek uitgerekt, zijn poten slap. Carcolo stapte af, keek achterom over de golvende Skanse om te zien hoeveel van zijn troepen hem gevolgd waren. Een man op een rustig dravende Spin bleek Bast Givven te zijn, die weldra bij hem stopte. Hij bekeek de gevallen Spin. "Maak zijn buikriem los, dan herstelt hij zich sneller."

Carcolo keek boos, want hij meende een nieuwe klank te horen in Givvens stem. Toch boog hij zich over de gevallen draak en trok de brede bronzen gesp los. Givven stapte af, strekte zijn armen, masseerde zijn magere benen. Hij wees. "Het Grondvormschip daalt in het Banbeckdal."

Carcolo knikte bars. "Ik wil die landing graag bijwonen." Hij gaf de Spin een schop. "Kom, sta op, heb je nog niet lang genoeg uitgerust? Wil je soms dat ik loop?"

De Spin jankte van uitputting, maar worstelde zich toch overeind. Carcolo begon erop te klimmen, maar Bast Givven legde een weerhoudende hand op zijn schouder. Carcolo keek woedend achterom: wat een brutaliteit! Givven zei kalm: "Maak de buikriem vast, anders valt u op de stenen en breekt weer al uw botten."

Met een binnensmondse hatelijke opmerking zette Carcolo de gesp weer vast. De Spin gaf een kreet van wanhoop. Zonder zich eraan te storen steeg Carcolo op en de Spin kwam met trillende poten in beweging.

Vooruit rees de Barchspits op als de steven van een wit schip. Hij scheidde de Noordwachtrichel van de Barchrug. Carcolo stopte even om het landschap op te nemen. Hij trok aan zijn snorren.

Givven bleef tactvol zwijgen. Carcolo keek achterom over de Skanse naar de lusteloze sliert van zijn leger en sloeg linksaf.

Vlak onder Gethron en langs de Hoge Kegels daalden ze door een oude waterloop af naar de Banbeckzoom. Hoewel ze noodgedwongen langzaam hadden gereden, had het schip van de Grondvormen zich niet sneller bewogen en was het nu pas bezig met de landing. De schijven aan voor- en achtersteven wervelden met razende kleuren rond.

Carcolo gromde bitter. "Reken er maar op dat Joaz Banbeck krabt als hij jeuk heeft. Geen hond te bekennen; hij is in zijn tunnels gevlucht, met draken en alles." Zijn mond tuitend bracht hij een verwijfde parodie van Banbecks stem. " 'Ervis Carcolo, mijn beste vriend, er bestaat maar één antwoord op zo'n aanval. Graaf tunnels!' En ik antwoordde hem: 'Ben ik een sacerdote, dat ik onder de grond moet wonen? Graaf en delf jij maar, Joaz Banbeck, doe wat je wilt, ik ben maar een ouderwets man; ik ga alleen onder de rotsen als het moet.' "

Givven haalde nauwelijks merkbaar zijn schouders op.

Carcolo ging verder: "Tunnels of niet, ze peuteren hem er wel uit. Zo nodig breken ze het hele dal open. Aan kunstjes hebben ze geen gebrek."

Givven grinnikte sarcastisch. "Joaz Banbeck weet ook wel een kunstje of twee, zoals we tot onze schade hebben ondervonden."

"Laat hem vandaag twee dozijn Grondvormen vangen," snauwde Carcolo. "Dan geef ik toe dat hij slim is." Hij liep helemaal naar de rand van de afgrond en bleef daar in het volle zicht van het schip staan. Givven sloeg hem uitdrukkingsloos gade.

Carcolo wees. "Aha! Kijk daar!"

"Ik niet," zei Givven. "Ik heb te veel respect voor de wapens van de Grondvormen."

"Bah!" spuwde Carcolo. Toch ging hij iets achteruit. "Er lopen draken op Kergans Weg. Ondanks al Banbecks gepraat over tunnels." Hij tuurde een ogenblik of twee naar het noordelijke eind van het dal, wierp toen gefrustreerd zijn handen in de lucht. "Joaz Banbeck zal niet naar mij hier toekomen; ik kan niets doen. Tenzij ik naar het dorp wandel, hem opspoor en hem neersla, zal hij mij ontsnappen."

"Tenzij de Grondvormen jullie allebei pakken en in dezelfde kooi opsluiten," zei Givven.

"Bah!" mopperde Carcolo, en trad opzij.

Hoofdstuk X

DE KIJKPLATEN DIE HET Joaz Banbeck mogelijk maakten de hele vallei in de lengte en de breedte te overzien werden voor het eerst voor een praktisch doel gebruikt. Hij had het plan voor dit systeem opgevat terwijl hij zat te spelen met een stel oude lenzen en het al vlug weer van zich afgezet. Maar op een dag, toen hij handeldreef met de sacerdotes in de grot onder Gethron, had hij voorgesteld dat zij de optische apparatuur voor zo'n systeem ontwierpen en leverden.

De blinde oude sacerdote die het handeldrijven leidde, had dubbelzinnig geantwoord: de mogelijkheid van zo'n project zou onder zekere omstandigheden het overwegen wel waard kunnen zijn. Er gingen drie maanden voorbij: het plan raakte op de achtergrond van Joaz' gedachten. Toen informeerde de sacerdote in de handelsgrot of Joaz nog steeds van zins was het kijksysteem te installeren; zo ja, dan kon de optische installatie direct geleverd worden. Joaz stemde in met de prijs en ging naar het dal terug met vier zware kisten. Hij liet de nodige tunnels hakken, installeerde de lenzen, en merkte dat als hij de studeerkamer donker maakte, hij alle hoeken van het Banbeckdal onder zijn bereik had.

Nu, terwijl het Grondvormschip de hemel verduisterde, stond Joaz in zijn studeerkamer de landing van het enorme zwarte gevaarte gade te slaan.

Achterin de kamer weken kastanjebruine gordijnen uiteen. Daar stond minstreelmaagd Phade, die het weefsel met strakke vingers vasthield. Haar gezicht was bleek, haar ogen helder als opalen. Met schorre stem riep ze: "Het schip des doods; het is gekomen om zielen te oogsten!"

Joaz schonk haar een stenen blik en keerde zich weer naar het glasscherm. "Het schip is duidelijk te zien."

Phade rende naar voren, greep Joaz' arm, trok hem naar zich toe en keek hem aan. "Laten we proberen te ontsnappen! De bergen in, de Hoge Kegels; laat ze ons niet zo vroeg al pakken!"

"Niemand houdt je tegen," zei Joaz onverschillig. "Ontsnap waarheen je maar wilt."

Phade staarde hem wezenloos aan, keek toen naar het scherm. Het immense zwarte schip zonk onheilspellend nadrukkelijk. De schijven aan boeg en achtersteven glommen nu parelmoerkleurig. Phade keek nogmaals Joaz aan, likte haar lippen af. "Ben je niet bang?"

Joaz glimlachte flets. "Wat voor zin heeft het om te vluchten? Hun Spoorzoekers zijn sneller dan Moordenaars, gemener dan Hellevegen. Ze ruiken je op een mijl afstand, halen je feilloos uit het hart van de Kegels."

Phade rilde van bijgelovige angst. Ze fluisterde: "Laat ze mij dan dood meenemen; ik kan niet levend met hen meegaan."

Joaz vloekte opeens. "Kijk waar ze landen! In ons beste veld met bellegarde!"

"Wat maakt het uit?"

"Wat het uitmaakt? Moeten wij ophouden met eten omdat zij een bezoek afleggen?"

Phade keek hem versuft aan, zonder begrip. Ze liet zich langzaam op haar knieën zinken en begon de rituele gebaren van de Theürgische cultus te maken: handpalmen omlaag tegen beide zijden, langzaam omhoog tot de rug van de hand de oren raakte, onder gelijktijdig uitsteken van de tong. Steeds opnieuw, terwijl haar ogen hypnotisch gespannen in de leegte staarden.

Joaz negeerde de gebaren tot Phade, met haar gezicht verwrongen tot een fantastisch masker, begon te zuchten en piepen; toen wapperde hij met de panden van zijn jasje voor haar gezicht. "Hou op met dat dwaze gedoe!"

Phade zonk kermend op de vloer; Joaz' lippen vertrokken geërgerd. Ongeduldig hees hij haar overeind. "Luister jij, deze Grondvormen zijn geen spoken en geen engelen des doods; het zijn alleen maar bleke Hellevegen, de grondvormen van onze draken. Dus hou nu op met die idioterie, anders laat ik je door Rife weghalen."

"Waarom maak je je niet gereed? Je kijkt alleen en doet niets."

"Er is verder niets wat ik doen kan."

Phade slaakte een diepe, rillende zucht, staarde dof naar het scherm. "Ga je tegen ze vechten?"

"Natuurlijk."

"Hoe kun je je in hemelsnaam teweerstellen tegen hun wonderbaarlijke macht?"

"We doen wat we kunnen. Ze hebben onze draken nog niet ontmoet."

Het schip kwam tot rust in een paars met groene akker aan de overkant van het dal, nabij de opening van de Clybournekloof. De sluis gleed open, een loopplank rolde naar buiten. "Kijk," zei Joaz, "daar zie je ze."

Phade staarde naar de rare bleke gedaanten die aarzelend op de plank waren verschenen. "Ze lijken vreemd en verwrongen, als zilveren puzzels voor kinderen."

"Het zijn de Grondvormen. Uit hun eieren kwamen onze draken. Zij hebben hetzelfde gedaan met mensen. Kijk, daar zie je hun Zware Troepen."

In rijen van vier, exact gelijk lopend, kwamen de Zware Troepen het schip uit marcheren. Vijftig meter van het schip bleven ze staan. Het waren drie rotten van twintig man — korte mannen met massieve schouders, dikke nekken, strenge neergetrokken gezichten. Ze droegen een harnas gemaakt van overlappende zwarte en blauwe metalen schubben, een brede gordel met pistool en zwaard. Zwarte epauletten die over hun schouders staken steunden een korte ceremoniële flap van zwarte stof die over hun rug hing; op hun helmen stond een kam van scherpe stekels, hun kniehoge laarzen waren voorzien van trapmessen.

Nu reed een aantal Grondvormen uit. Hun rijdieren, wezens die nog maar in de verte op mensen leken, renden op handen en voeten, de rug hoog boven de grond. Hun hoofden waren lang en haarloos, hun lippen hingen los en trilden. De Grondvormen stuurden ze met achteloze klapjes van een rijzweep en eenmaal op de grond beland lieten ze ze levendig door de bellegarde galopperen. Intussen rolde een ploeg Zware Troepen een driewielig mechanisme van de loopplank en richtte de ingewikkelde snuit ervan op het dorp.

"Nooit eerder hebben zij zich zo zorgvuldig voorbereid," mompelde Joaz. "Hier komen de Spoorzoekers." Hij telde ze. "Twee dozijn maar?

Misschien zijn ze lastig te fokken. Bij de mens volgen de generaties elkaar maar langzaam op, terwijl draken ieder jaar een nest eieren leggen..."

De Spoorzoekers liepen opzij en bleven daar in een rusteloze groep staan. Het waren broodmagere schepsels van ruim twee meter lang met bolle zwarte ogen, een brede neus, en een kleine, terugwijkende mond die toegeknepen was alsof hij bedoeld was om te kussen. Van hun smalle schouders bengelden lange armen als touwen. Onder het wachten bewogen ze hun knieën op en neer, scherp de hele vallei opnemend, voortdurend rusteloos bewegend. Na hen kwam een groep Wapenvoerders — ongewijzigde mannen met wijde voorschoten en groen met gele hoeden. Ze brachten nog twee driewielige apparaten mee die ze meteen begonnen af te stellen en te testen.

De hele groep werd stil en gespannen. De Zware Troepen traden voorwaarts met bonkende, zwaarbenige passen, hun handen gereed bij hun pistolen en zwaarden. "Hier komen ze aan," zei Joaz. Phade maakte een gesmoord geluid van wanhoop, knielde, begon opnieuw met haar Theürgische gesticulaties. Vol afkeer beval Joaz haar te vertrekken en liep daarna naar een paneel uitgerust met zes directe communicatie-draden, die onder zijn toezicht waren geconstrueerd. Hij sprak in drie van de telefoons, vergewiste zich ervan dat zijn verdedigers waakzaam waren, en ging terug naar zijn geslepen glasschermen.

Door de akker kwamen de Zware Troepen aangemarcheerd, de zware gezichten hard, getekend met omlaag wijzende plooien. Aan beide flanken rolden de Wapenvoerders hun driewielige mechanismen voort, maar de Spoorzoekers bleven naast het schip wachten. Een tien-tal Grondvormen reed achter de Zware Troepen aan, met bolle wapens op hun rug.

Honderd meter van de poort naar Kergans Weg, buiten bereik van de musketten van Banbeck, hielden de indringers halt. Een van de Zware Troepen rende naar een van de karren van de Wapenvoerders, stak zijn schouders onder een tuig en ging rechtop staan. Nu droeg hij een grijze machine waaruit een paar zwarte bollen staken. De soldaat repte zich naar het dorp als een enorme rat, terwijl uit de zwarte bol-len een flux stroomde die bedoeld was om de zenuwstroompjes van de Banbeckverdedigers in de war te sturen en hen aldus roerloos te maken.

Er klonken ontploffingen, tussen de rotsen verschenen rookwolkjes in spleten en gaten. Naast de soldaat spatten kogels in de grond en sommige ketsten af op zijn harnas. Onmiddellijk spoten hittestralen uit het schip tegen de rotsen. In zijn studeerkamer stond Joaz te glimlachen. De rookwolkjes waren lokaas, de schoten zelf kwamen van andere plekken. Zigzaggend en met zijn lichaam rukkend ontweek de soldaat een regen van kogels en rende onder de poort door, waarboven twee mannen wachtten. Aangetast door de flux wankelden ze en verstijfden. Toch lieten ze een grote steen vallen die de soldaat raakte op de basis van zijn nek en hem tegen de grond smeet. Hij sloeg met zijn armen, op en neer, rolde om en om; toen sprong hij lenig overeind, sprintte de vallei weer in met grote sprongen en duiken om eindelijk te struikelen en halsoverkop tegen de grond te slaan, waarna hij schoppend en huiverend bleef liggen.

Het Grondvormleger zag dit zonder kennelijke zorgen of belangstelling aan.

Een ogenblik gebeurde er niets. Toen kwam er uit het schip een onzichtbaar trillingsveld dat over de rotswand speelde. Waar het brandpunt doel trof, stegen stofkolommen op en stortten losse stukken steen omlaag. Een man die op een richel lag, sprong overeind, dansend en springend, en dook vijftig meter diep naar zijn dood. Toen het veld een van Joaz' spioneergaten passeerde, drong de trilling door naar de studeerkamer waar hij een zenuwvermalend gejank deed ontstaan. Het veld streek verder langs de klif; Joaz wreef zijn pijnlijk bonzende hoofd.

Intussen vuurden de Wapenvoerders een van hun instrumenten af: eerst kwam er een gedempte ontploffing, daarna boog er een wiebelende grijze bol door de lucht. De bom, niet accuraat gericht, trof de poort en barstte open in een grote vlaag geelwit gas. Nogmaals explodeerde het mechanisme en deze keer raakte de bom precies Kergans Weg, die nu verlaten was zodat de bom geen effect had.

In zijn studeerkamer wachtte Joaz grimmig af. Tot nu toe hadden de Grondvormen alleen maar voorzichtige, bijna speelse stappen gezet; er zouden zeker ernstiger inspanningen volgen.

De wind verdreef het gas; de situatie bleef als tevoren. De enige slachtoffers waren tot zover de ene soldaat en een schutter van Banbeck geweest.

Nu kwam er uit het schip een lans van rode vlammen, grof en definitief. De rots bij de poort spatte uiteen; splinters zongen en floten; de Zware Troepen sjokten voorwaarts.

Joaz sprak in zijn telefoons, maande zijn kapiteins tot behoedzaamheid, opdat ze niet ingingen op schijnaanvallen en zich blootstelden aan een nieuwe gasbom.

Maar de Zware Troepen bestormden Kergans Weg — naar Joaz' mening een verachtelijk roekeloze daad. Hij gaf een kort bevel; uit gangen en tunnels zwermden zijn draken — Blauwe Gruwels, Duivels, Hellevegen.

De gedrongen Zware Troepen zagen het met afzakkende kaken aan. Hier waren onverwachte tegenstanders. Kergans Weg weergalmde van kreten en bevelen. Eerst trokken ze terug, toen, met de moed der wanhoop, vielen ze razend aan. Heen en weer door Kergans Weg woedde het gevecht. Bepaalde dingen werden al vroeg duidelijk. In de nauwe pas konden noch de pistolen van de Troepen, noch de met staal verzwaarde staarten van de Duivels doeltreffend gebruikt worden. Hartsvangers waren nutteloos tegen drakenpantsers, maar de scharen van de Blauwe Gruwels, de dolken van de Hellevegen, de bijlen, zwaarden, slagtanden en klauwen van de Duivels maakten bloedige metten met de Troepen. Een soldaat en een Helleveeg waren min of meer aan elkaar gewaagd; hoewel de soldaat, die de draak met zijn massieve armen beetgreep, zijn poten eraf rukte en zijn nek brak door hem naar achter te duwen, vaker won dan de draak. Maar als twee of drie Hellevegen tegenover een enkele soldaat stonden, dan was zijn lot bezegeld. Zodra hij er een aanviel, verpletterde een andere zijn benen, maakte hem blind of hakte zijn keel open.

Zo werden de Zware Troepen teruggedreven naar de bodem van het dal, met achterlating van twintig dode kameraden. De Banbeckmannen heropenden het vuur, maar ook nu weer met gering resultaat.

Joaz keek toe vanuit zijn studeerkamer, zich afvragend wat de volgende tactiek van de Grondvormen zou zijn. Het duurde niet lang voor hij opheldering kreeg. De Troepen formeerden zich opnieuw, bleven hijgend staan, terwijl de Grondvormen heen en weer reden en inlichtingen vroegen, vermaanden, raad gaven, berispten.

Uit het zwarte schip kwam een vlaag energie die de rotswand boven Kergans Weg trof, en de studeerkamer schudde van de klap.

Joaz stapte weg van zijn kijkschermen. Wat gebeurde er als een straal een van zijn lenzen trof? Zou de energie niet rechtstreeks in zijn richting worden geleid? Hij verliet de kamer toen deze sidderde onder het geweld van een nieuwe explosie.

Hij rende door een gang, een trap af, kwam uit in een van de centrale galerijen waar hij een schijnbare verwarring aantrof. Vrouwen en kinderen met bleke gezichten, die zich dieper in de berg terugtrokken, drongen langs draken en mannen in gevechtsuitrusting die een van de nieuwe tunnels inliepen. Joaz keek enkele ogenblikken toe om zich ervan te vergewissen dat paniek geen deel uitmaakte van de verwarring en toen sloot hij zich aan bij zijn soldaten in de tunnel naar het noorden.

In een vroeger tijdperk was een groot stuk van de rotswand aan de kop van de vallei afgekalfd, waardoor een puinhoop van rotsblokken en keien was ontstaan die de Banbeckkegels werd genoemd. Daar, in een spleet, was de opening van een nieuwe tunnel, en daar ging Joaz met zijn strijders heen. Achter hem, aan de andere kant van het dal, klonk het gerommel van ontploffingen toen het zwarte schip het dorp Banbeck begon te verwoesten.

Joaz gluurde om de hoek van een rotsblok en keek woedend toe toen grote platen rots van de klif begonnen te schilferen. Toen werden zijn ogen groot van verbazing, want de Grondvormtroepen hadden een buitengewone versterking gekregen. Hij zag acht Reuzen die tweemaal zo groot waren als een normale man — monsters met een borst als een ton, knoestig van arm en been, met bleke ogen en bossen strogeel haar. Ze torsten een bruin en rood pantser met zwarte epauletten en hadden zwaarden, goedendags en plofkanonnen die over hun schouder hingen.

Joaz dacht na. De aanwezigheid van de Reuzen was geen reden om zijn strategie te wijzigen, die toch maar onbestemd en intuïtief was. Hij moest erop voorbereid zijn verliezen te lijden, en kon alleen maar hopen dat hij de Grondvormen nog grotere verliezen kon toebrengen. Maar wat maalden zij om de levens van hun troepen? Minder dan hij om zijn draken gaf. En als zij het dorp verwoestten, het dal onbewoonbaar maakten, hoe kon hij hun dan overeenkomstige schade toebrengen? Hij keek over zijn schouder naar de hoge witte kliffen, zich afvragend hoe nauwkeurig hij de positie van de hal der sacerdotes had geschat. Nu moest hij in actie komen; het was tijd. Hij wenkte een kleine jongen, een van zijn eigen zoons, die diep ademhaalde, zich blindelings uit de dekking van de rotsen wierp en kriskras over de bodem van het dal rende. Een ogenblik later rende zijn moeder naar buiten om hem te grijpen en razendsnel weer in de Kegels te verdwijnen.

"Goed gedaan," complimenteerde Joaz hen. "Heel goed." Voorzichtig keek hij weer tussen de rotsblokken door. De Grondvormen staarden intensief in zijn richting.

Een lang ogenblik, terwijl Joaz tintelde van spanning, leek het dat ze zijn lokaas negeerden. Ze overlegden, namen een besluit, sloegen met hun zwepen op de leren billen van hun rijdieren. De wezens huppelden opzij, draafden toen naar de noordkant van het dal. De Spoorzoekers sloten zich bij de groep aan en daarna kwamen de Zware Troepen met een bonkende snelle pas. De Wapenvoerders volgden met hun driewielige mechanismen en log in de achterhoede kwamen de acht Reuzen. Over de akkers met bellegarde en wikke, over wijnstokken, heggen, bessenstruiken en aanplanten van oliepeul beenden de aanvallers, alles met een zekere sombere voldoening vernietigend.

De Grondvormen hielden voorzichtig halt voor de Banbeckkegels, terwijl de Spoorzoekers als honden vooruit renden, over de eerste keien klauterden, zich hoog oprichtend om de lucht te beproeven op geuren, turend, luisterend, wijzend, weifelend tegen elkaar kwetterend. De Zware Troepen kwamen er behoedzaam bij, en hun nabijheid spoorde de Zoekers aan. Alle voorzichtigheid in de wind slaand sprongen ze het hart van de Kegels in, en stootten piepende kreten van ontsteltenis en consternatie uit toen een tiental Blauwe Gruwels zich op hen stortte. Ze gristen naar hun hittepistolen en verbrandden in hun opwinding vriend en vijand zonder onderscheid. Glad en woest scheurden de Blauwe Gruwels hen aan repen. Om hulp krijsend, schoppend, spartelend, vluchtten degenen die daartoe in staat waren even overhaast als ze gekomen waren. Slechts twaalf van de oorspronkelijke vierentwintig bereikten de bodem van het dal. En zelfs toen ze nog aan hun vlucht bezig waren, zelfs toen ze het nog uitschreeuwden van opluchting dat ze aan de dood ontkomen waren, stortte een groep Langhoornige Moordenaars zich op hen, en de overlevende Spoorzoekers werden neergeslagen, opengereten, aan stukken gehakt.

De Zware Troepen rukten op met schorre kreten van woede terwijl ze hun pistolen richtten en met hun zwaarden zwaaiden, maar de Moordenaars trokken zich ijlings terug in de beschutting van de rotsblokken.

In de Kegels hadden de mannen van Banbeck zich de hittepistolen toegeëigend die de Spoorzoekers hadden laten vallen, en terwijl ze voorzichtig naar voren kwamen, probeerden ze de Grondvormen te verbranden. Maar omdat ze onbekend waren met de wapens lieten ze na de vlam scherp te stellen of te condenseren en de Grondvormen, die maar licht geschroeid werden, ranselden hun rijdieren snel buiten schootsafstand. De Zware Troepen hielden nog geen dertig meter voor de Kegels stil en vuurden een salvo explosieve kogels af die twee van de Banbeckridders doodden en de anderen tot de terugtocht dwongen.

Op discrete afstand namen de Grondvormen de situatie op. De Wapenvoerders kwamen erbij en terwijl ze op instructies wachtten, overlegden ze zacht met de rijdieren. Een van de Wapenvoerders werd nu geroepen en kreeg bevelen. Hij ontdeed zich van al zijn wapens en terwijl hij zijn lege handen in de lucht hield, marcheerde hij naar de rand van de Kegels.

Hij koos een kloof tussen twee stenen van drie meter hoog en liep vastberaden de rotsdoolhof in.

Een Banbeckridder escorteerde hem naar Joaz. Hier stonden toevallig ook een half dozijn Hellevegen. De Wapenvoerder bleef onzeker staan, paste zich aan, en benaderde de Hellevegen. Eerbiedig buigend begon hij te spreken. De Hellevegen luisterden zonder belangstelling en na een poos bracht een ridder hem bij Joaz.

"Draken regeren op Aerlith geen mensen," zei Joaz droog. "Hoe luidt je boodschap?"

De Wapenvoerder keek weifelend naar de Hellevegen, daarna somber naar Joaz. "Bent u gemachtigd voor het hele nest te spreken?" Hij sprak langzaam, met droge, lege stem, zijn woorden zorgvuldig kiezend.

Joaz herhaalde kortaf: "Hoe luidt je boodschap?"

"Ik breng een integratie van mijn meesters."

"Een 'integratie'? Ik begrijp je niet."

"Een integratie van de ogenblikkelijke vectoren van het lot. Een interpretatie van de toekomst. Zij wensen dat dit gevoel u in de volgende bewoordingen wordt overgebracht: 'Verspil geen levens, noch die van ons, noch die van jullie. Jullie zijn waardevol voor ons en zullen overeenkomstig deze waarde behandeld worden. Geef je over aan onze Regel. Staak de spilzieke vernietiging van onderneming.'"

Joaz fronste. "'Vernietiging van onderneming'?"

"Die term slaat op de inhoud van jullie genen. Dit is het slot van de boodschap. Ik raad u aan toe te geven. Waarom jullie bloed verspillen, waarom jezelf vernietigen? Kom nu met mij tevoorschijn; het is allemaal voor uw bestwil."

Joaz lachte bros. "Jij bent een slaaf. Hoe kun jij beoordelen wat het beste voor ons is?"

De Wapenvoerder knipperde met zijn ogen. "Welke keus hebben jullie? Alle resterende haarden van ongeorganiseerd leven moeten worden uitgeroeid. De makkelijkste manier is de beste." Hij neeg eerbiedig het hoofd naar de Hellevegen. "Als u aan mijn woorden twijfelt, raadpleeg dan uw eigen Geëerden. Zij zullen u dezelfde raad geven."

"Er zijn hier geen Geëerden," zei Joaz. "De draken vechten met ons en voor ons; zij zijn onze medesoldaten. Maar ik heb een tegenvoorstel. Waarom sluiten jij en je medemensen zich niet bij ons aan? Werp het juk van de slavernij af, word vrije mensen! Wij nemen het schip over en gaan de oude werelden van de mens zoeken."

De Wapenvoerder toonde alleen maar beleefde interesse. "'Werelden van de mens'? Die bestaan niet. Er resteren alleen nog enkele restanten zoals uzelf, in troosteloze streken. Allen moeten uitgeroeid worden. Zou u er niet de voorkeur aan geven de Regel te dienen?"

"Zou jij niet liever een vrij man worden?"

Het gezicht van de Wapenvoerder toonde een lichte verbijstering. "U begrijpt mij niet. Als u kiest —"

"Luister aandachtig," zei Joaz. "Jij en je kameraden kunnen je eigen meester zijn, tussen andere mensen leven."

De Wapenvoerder fronste zijn voorhoofd. "Wie zou er een wilde willen zijn? Van wie kunnen wij dan wetten, regering, leiding, orde verwachten?"

In weerzin wierp Joaz zijn handen op, maar deed nog een laatste poging. "Daar zal ik voor zorgen; die verantwoordelijkheid neem ik op mij. Ga terug, dood alle Grondvormen — de Geëerden, zoals jullie ze noemen. Dat zijn mijn eerste bevelen —"

"Ze doden?" De stem van de Wapenvoerder was zacht van schrik.

"Dood ze." Joaz sprak alsof hij het tegen een kind had. "Dan zullen wij mensen het schip overnemen. We gaan de werelden zoeken waar de mensen machtig zijn —"

"Zulke werelden bestaan niet."

"Die moeten er zijn! Eens zwierf de mens naar alle sterren aan de hemel."

"Niet meer."

"En Eden dan?"

"Ik weet er niets van."

Joaz maakte een hopeloos gebaar. "Sluit je je bij ons aan?"

"Wat zou de betekenis van zo'n daad zijn?" zei de Wapenvoerder zacht. "Kom mee, leg je wapens neer, onderwerp je aan de Regel." Hij blikte weifelend naar de Hellevegen. "Uw eigen Geëerden zullen passend behandeld worden, heb daarover geen angst."

"Dwaas die je bent! Die 'Geëerden' zijn slaven, net als jij een slaaf bent van de Grondvormen! We fokken ze om ons te dienen, net als jij gefokt bent! Wees tenminste zo fatsoenlijk om te erkennen hoe gedegenereerd je bent!"

De Wapenvoerder knipperde met zijn ogen. "U spreekt in bewoordingen die ik niet helemaal begrijp. U geeft zich niet over?"

"Nee. We zullen jullie allemaal doden, als we het zo lang uithouden."

De Wapenvoerder boog, draaide zich om, verdween tussen de rotsen. Joaz volgde hem om een blik op de bodem van het dal te slaan.

De Wapenvoerder bracht verslag uit aan de Grondvormen die conform hun aard onaandoenlijk luisterden. Toen gaven ze een bevel en de Zware Troepen vormden een rij en bewogen zich langzaam in de richting van de rotsen. Daarachter bonkten de Reuzen, hun plofkanonnen gereed, en ongeveer twintig Spoorzoekers, overlevenden van de eerste uitval. De Zware Troepen kwamen bij de rotsen, tuurden naar binnen.

De Spoorzoekers klauterden naar boven, speurend naar hinderlagen, zonder die te vinden, waarna ze seinen gaven. Heel behoedzaam gingen de Zware Troepen de Kegels binnen, noodgedwongen hun formatie verbrekend. Twintig passen rukten ze op, vijftig, honderd. Vermetel geworden sprongen de wraakzuchtige Spoorzoekers naar voren over de rotsblokken, en omhoog vlogen de Hellevegen.

Krijsend en vloekend klauterden de Spoorzoekers terug, achtervolgd door de draken. De Zware Troepen deinsden terug, zwaaiden toen hun wapens op, vuurden, en twee Hellevegen werden onder de laagste oksels geraakt, hun meest kwetsbare plek. Vallend tuimelden ze tussen de keien. Andere, razend geworden, sprongen bovenop de Troepen. Er klonk gebrul, gekerm, kreten van schrik en pijn. De Reuzen doemden op en breeduit grijnzend plukten ze de Hellevegen los, trokken hun koppen af en wierpen ze hoog over de rotsen. De Hellevegen die daartoe in staat waren repten zich terug, met achterlating van een half dozijn gewonde Troepen, waarvan twee met opengereten keel.

Opnieuw gingen de Troepen naar voren, terwijl de Spoorzoekers boven hen het terrein verkenden, maar nu voorzichtiger. De Spoorzoekers verstarden, schreeuwden een waarschuwing, de Troepen bleven abrupt staan, naar elkaar roepend, nerveus met hun wapens zwaaiend. Boven hen krabbelden de Spoorzoekers terug en uit de rotsen, over de rotsen, kwamen tientallen Duivels en Blauwe Gruwels. Zuur grijnzend vuurden de Troepen hun pistolen af; de lucht stonk van de brandende schubben, de ontplofte ingewanden. De draken stortten zich op de mannen, en nu begon er een verschrikkelijk gevecht tussen de rotsen, waar de pistolen, de goedendags, zelfs de zwaarden nutteloos waren door gebrek aan ruimte. De Reuzen kwamen log naar voren en werden op hun beurt aangevallen door Duivels. Verbijsterd verdween de idiote grijns van hun gezicht; onbeholpen sprongen ze weg van de met staal verzwaarde staarten, maar tussen de rotsen waren ook de Duivels in het nadeel. Hun stalen ballen kletterden vaker tegen rots dan tegen vlees.

De Reuzen herstelden zich en vuurden hun borstprojectoren af in het gewoel; Duivels werden evenzeer aan stukken gereten als Blauwe Gruwels en Zware Troepen, want de Reuzen maakten geen onderscheid.

Over de rotsen kwam een tweede golf draken — Blauwe Gruwels. Ze gleden neer op de hoofden van de Reuzen, al klauwend, stekend, scheurend. In razernij trokken de Reuzen aan de wezens, smeten ze tegen de grond, stampten erop en de Zware Troepen verbrandden ze met hun pistolen.

Om onnaspeurlijke redenen volgde er nu een pauze. Tien seconden, vijftien seconden verstreken zonder geluid, afgezien van het gejammer en gekerm van de gewonde draken en mannen. De lucht was zwaar van naderend onheil en hier kwamen de Jaggers, torenend uit de gangen. Even keken Reuzen en Jaggers elkaar aan. Toen tastten de Reuzen naar hun plofprojectoren, terwijl wederom Blauwe Gruwels omlaag sprongen en nu de armen van de Reuzen beetgrepen. De Jaggers stampvoetten vlug naar voren. Drakenarmen grepen zich vast aan Reuzenarmen; knuppels en goedendags zwaaiden door de lucht, drakenpantsers en mensenpantsers schuurden over elkaar. Man en draak tuimelden om en om, pijn, schrik en verminking negerend.

De worsteling verstomde; snikken en gierende ademstoten vervingen het gebrul en weldra liepen acht Jaggers, superieur in massa en natuurlijke bewapening, wankelend weg van acht vernietigde Reuzen.

Intussen hadden de Troepen zich gegroepeerd. Stap voor stap, met hittestralen de krijsende Gruwels, Hellevegen en Duivels verbrandend die hen achtervolgden, trokken ze zich terug naar de bodem van het dal, eindelijk van de rotsen verlost. De achtervolgende Duivels, die erop gebrand waren op het open veld te vechten, sprongen in hun midden terwijl uit de flanken Langhoornige en Schrijdende Moordenaars kwamen opzetten. In een roekeloze juichstemming vielen een stuk of tien mannen op Spinnen, met plofkanonnen die ze hadden buitgemaakt op de gevelde Reuzen, de Grondvormen en Wapenvoerders aan die naast de tamelijk nonchalante opstelling van hun driewielige wapens wachtten. De Grondvormen lieten hun menselijke rijdieren draaien en vluchtten schaamteloos terug naar het schip. De Wapenvoerders lieten hun wapens zwenken, richtten, en vuurden vlagen energie af. Een man viel, twee mannen, drie mannen — toen reden de anderen tussen de Wapenvoerders, die al gauw aan stukken waren gehakt, inclusief het welbespraakte individu dat als afgezant had gediend.

Juichend en schreeuwend zetten sommigen van de mannen de

achtervolging van de Grondvormen in, maar de menselijke rijdieren, die zich springend bewogen als monsterlijke konijnen, droegen de Grondvormen even snel als de Spinnen de mensen vervoerden. Uit de Kegels klonk een hoornsignaal; de bereden mannen bleven staan, keerden, galoppeerden terug.

De Troepen deden strompelend een paar stappen achter hen aan, maar bleven toen van pure uitputting staan. Van de oorspronkelijke drie rotten waren er niet voldoende mannen over om nog één rot samen te stellen. De acht Reuzen waren gesneuveld, plus alle Wapenvoerders en bijna de volledige groep Spoorzoekers.

De Banbeckstrijders waren maar net op tijd terug in de Kegels. Uit het zwarte schip spatte een salvo explosieve kogels die de rotsen verbrijzelden op het punt waar ze verdwenen waren.

Hoofdstuk XI

OP EEN DOOR DE WIND gepolijste rotskaap boven het dal hadden Ervis Carcolo en Bast Givven de veldslag waargenomen. De rotsen verborgen het grootste deel van de strijd; de kreten en het rumoer stegen zwak en blikkerig op, als het geluid van insecten. Ze zagen het glinsteren van drakenschubben, af en toe rennende mannen, schaduwen en flikkerende bewegingen, maar pas toen de gehavende strijdkrachten van de Grondvormen wegwankelden, werd de uitkomst van de slag onthuld. Carcolo schudde wrang verbijsterd zijn hoofd. "Die sluwe duivel, die Joaz Banbeck! Hij heeft ze afgeslagen, hij heeft hun beste troepen afgemaakt!"

"Het schijnt," zei Bast Givven, "dat draken bewapend met slagtanden, zwaarden en stalen ballen doeltreffender zijn dan mannen met pistolen en hittestralen — althans in een handgemeen."

Carcolo gromde. "Ik had het even goed kunnen doen, onder soortgelijke omstandigheden." Hij keek Givven kwaadaardig aan. "Vind je ook niet?"

"Zeker. Zonder enige twijfel."

"Natuurlijk," ging Carcolo verder, "had ik niet het voordeel dat ik voorbereid was. De Grondvormen verrasten mij, maar Joaz Banbeck had niet met die belemmering te kampen."

Hij keek weer in het dal, waar het Grondvormschip de Kegels bombardeerde. De rotsen versplinterden.

"Zijn ze van plan de bergwand helemaal de vallei uit te ploffen? In welk geval Joaz Banbeck natuurlijk geen schuilplaats meer zou hebben. Hun strategie is duidelijk. En daar heb je wat ik al verwachtte: reservetroepen!"

Nog eens dertig Zware Troepen waren de loopplank af komen

marcheren en stonden onbeweeglijk in het vertrapte veld voor het schip.

Carcolo sloeg zijn vuist in zijn hand. "Bast Givven, luister nu, luister aandachtig! Want het ligt in onze macht om een grootse daad te verrichten, om onze kansen te keren! Zie je daar de Clybournekloof, hoe die op het dal uitkomt, pal achter het schip van de Grondvormen?"

"Uw ambities zullen ons nog allemaal het leven kosten."

Carcolo lachte. "Kom, Givven, hoe vaak kun je sterven? Wat is een betere manier om je leven te verliezen dan tijdens de jacht op roem?"

Bast Givven draaide zich om, overzag de schamele restanten van het leger van de Gelukkige Vallei. "We kunnen roem verwerven door een half dozijn sacerdotes op hun kop te timmeren. Ons op het Grondvormschip storten is bepaald niet nodig."

"En toch," zei Ervis Carcolo, "moet dat gebeuren. Ik rij vooruit, jij verzamelt de troepen en volgt mij. We ontmoeten elkaar aan de kop van de Clybournekloof, aan de westkant van het dal!"

Hoofdstuk XII

VOETEN STAMPEND, nerveuze vloeken mompelend, wachtte Ervis Carcolo aan de kop van het ravijn van Clybourne. De ene ongelukkige mogelijkheid na de andere trok aan zijn verbeelding voorbij. De Grondvormen zouden kunnen zwichten voor de problemen van het Banbeckdal en vertrekken. Joaz Banbeck zou kunnen aanvallen over de velden om zijn dorp te behoeden voor verwoesting en zo zichzelf vernietigen. Misschien was Bast Givven niet in staat de ontmoedigde mannen en opstandige draken van de Gelukkige Vallei in bedwang te houden. Elk van deze situaties kon bewaarheid worden; elk ervan zou een eind maken aan Carcolo's dromen over roem en hem reduceren tot een gebroken man. Heen en weer ijsbeerde hij over het gegroefde graniet; iedere paar seconden tuurde hij neer in het dal; iedere paar seconden draaide hij zich om om de zwarte horizon af te zoeken naar de donkere gedaanten van zijn draken, naar de langere silhouetten van zijn mannen.

Naast het zwarte schip wachtten slechts twee rotten Zware Troepen — zij die de oorspronkelijke aanval hadden overleefd plus de reserves. Ze hurkten in zwijgende groepjes bijeen en keken naar de berekende verwoesting van Banbeckdorp. Brok voor brok spleten de spitsen, torens en kliffen die de inwoners van Banbeck hadden gehuisvest en gleden omlaag in een voortdurend groeiende massa puin. Een nog sterker bombardement was aan de gang tegen de Kegels. Rotsblokken braken als eieren; rotssplinters zweefden naar het dal.

Er ging een half uur voorbij. Carcolo ging treurig op een steen zitten.

Gerinkel, het sloffen van voeten. Carcolo sprong op. Slingerend over de horizon kwamen de schamele resten van zijn legers, de mannen ontmoedigd, de Hellevegen nors en weerbarstig, slechts een handvol Duivels, Blauwe Gruwels en Moordenaars.

Carcolo's schouders zakten in. Wat viel er te bereiken met zo'n nietige troep? Hij haalde diep adem. Hij moest een dapper gezicht tonen! Nooit de moed opgeven! Hij nam zijn rondborstige houding aan. Naar voren stappend riep hij: "Mannen en draken! Vandaag hebben wij nederlagen ondervonden, maar de dag is nog niet verstreken. De verlossing is nabij! Wij zullen ons wreken op de Grondvormen én op Joaz Banbeck!"

Hij tuurde naar de gezichten voor hem, hopend op tekenen van geestdrift. Ze keken hem zonder belangstelling aan. De draken, die er minder van begrepen, snoven zacht, sisten en fluisterden. "Mannen en draken!" brulde Carcolo. "Jullie vragen mij, hoe verwerven wij deze roem? En ik antwoord: volg mij, ik val aan! Vecht waar ik vecht! Wat betekent de dood voor ons, nu ons dal verwoest is?"

Opnieuw inspecteerde hij zijn troepen, en opnieuw trof hij slechts lusteloosheid en apathie. Carcolo bedwong de kreet van ergernis die in zijn keel oprees en wendde zich af. "Oprukken!" riep hij bars over zijn schouder. Op zijn ingezakte Spin klimmend reed hij de kloof in.

Het schip van de Grondvormen beukte nu even machtig los op de Kegels als op het dorp. Van zijn uitkijkpunt op de westelijke rand van het dal sloeg Joaz Banbeck de verwoesting gade van de ene vertrouwde gang na de andere. Vertrekken en zalen en gangen die met toewijding uit de rots waren gehouwen, bewerkt en versierd, generaties lang gepolijst — allemaal open, verwoest, verpulverd. Nu was het doelwit de spits die Joaz' privévertrekken herbergde, zijn studeerkamer, zijn werkplaats, het reliquarium van de Banbecks.

Joaz balde zijn vuisten keer op keer, razend om zijn machteloosheid. Het doel van de Grondvormen was glashelder. Ze waren van plan het Banbeckdal te verwoesten, de mensen van Aerlith zo volledig mogelijk uit te roeien, en wat kon hen daarvan weerhouden? Joaz bestudeerde de Kegels. De oude puinhelling was bijna helemaal tot aan de steile rotswand zelf versplinterd. Waar was de opening naar de grote zaal van de sacerdotes? Zijn vergezochte hypothesen werden steeds onwaarschijnlijker. Over nog een uur was de vernietiging van Banbeckdorp compleet.

Joaz probeerde een ziekmakend gevoel van hulpeloosheid te onderdrukken. Hij dwong zichzelf om na te denken. Een uitval over de bodem van het dal stond duidelijk gelijk met zelfmoord. Maar achter het zwarte schip begon een ravijn, dat leek op dat waarin Joaz verborgen stond te kijken: de Clybournekloof. De sluis van het schip stond wijd open, de Zware Troepen hurkten lusteloos op de grond. Joaz schudde met een zuur gezicht zijn hoofd. Ondenkbaar dat de Grondvormen zo'n voor de hand liggend gevaar over het hoofd zagen.

En toch — kon het niet zijn dat ze in hun arrogantie de mogelijkheid van zo'n brutale daad verwaarloosden?

Joaz kon geen besluit nemen. En nu spleet een spervuur van explosieven de spits uiteen waarin hij had gewoond. Het reliquarium, de oude schatkamer van de Banbecks, stond op het punt vernietigd te worden. Joaz maakte een blind gebaar, sprong overeind, riep de drakenruiter in wie hij het meeste vertrouwen had. "Verzamel de Moordenaars, drie pelotons Hellevegen, twee dozijn Blauwe Gruwels, tien Duivels, alle ridders. We klimmen naar de Banbeckzoom, we dalen af in de Clybournekloof, we vallen het schip aan."

De drakenruiter vertrok; Joaz gaf zich over aan sombere overpeinzingen. Als de Grondvormen hem in een val wilden laten lopen, dan slaagden ze daar nu in.

De drakenruiter kwam terug. "De strijdmacht staat gereed."

"We gaan."

Door het ravijn stroomden de mannen en draken, uitkomend op de Banbeckzoom. Naar het zuiden afslaand kwamen ze aan de kop van de kloof van Clybourne.

Een ridder in de voorhoede van de kolonne gaf opeens het sein halthouden. Toen Joaz bij hem kwam wees hij naar sporen op de bodem van de kloof. "Hier zijn onlangs mannen en draken langsgekomen."

Joaz bestudeerde de sporen. "Omlaag door het ravijn."

"Ja."

Joaz stuurde een groep verkenners uit die even later wild terug kwamen galopperen. "Ervis Carcolo, met mannen en draken, valt het schip aan!"

Joaz liet zijn Spin snel draaien, rende halsoverkop door de halfdonkere spleet, gevolgd door zijn leger.

Kreten en schreeuwen van het slagveld bereikten hun oren toen ze de mond van de kloof naderden. Toen hij het dal in kwam stormen trof

Joaz er een desperaat bloedbad aan. Draken en Zware Troepen hieuwen naar elkaar, staken, brandden, ploften. Waar was Ervis Carcolo? Joaz reed roekeloos naar de ingangssluis die wijd openstond. Ervis Carcolo had zich blijkbaar een weg in het schip gebaand. Een val? Of had hij Joaz' eigen plan om het schip in bezit te krijgen uitgevoerd? Hoe stond het met de Zware Troepen? Zouden de Grondvormen veertig strijders opofferen om een handvol mannen te vangen? Onredelijk, maar nu hielden de Zware Troepen stand. Ze hadden een falanx gevormd, ze concentreerden de energie van hun wapens op de draken die zich nog verweerden. Een val? Zo ja, dan was hij dichtgeklapt — tenzij Carcolo het schip al buitgemaakt had. Joaz verhief zich in het zadel, wenkte zijn mannen. "Aanvallen!"

De Zware Troepen waren gedoemd. Schrijdende Moordenaars hieuwen van boven, Langhoornige Moordenaars staken van onder toe, Blauwe Gruwels knepen, knipten, scheurden. Het gevecht was voorbij, maar Joaz was al met mannen en Hellevegen de loopplank opgestormd. Van binnen kwam het zoemen en bonzen van energie, en ook geluiden van mensen — kreten, schreeuwen van woede.

De enorme logge massa van het schip overdonderde Joaz. Hij bleef staan, tuurde onzeker in het schip. Achter hem wachtten zijn mannen, binnensmonds mompelend. Joaz vroeg zichzelf af: "Ben ik even dapper als Carcolo? Wat is dapperheid eigenlijk? Ik ben doodsbang. Ik durf niet naar binnen, ik durf niet buiten te blijven." Hij wierp alle voorzichtigheid overboord en galoppeerde naar voren, gevolgd door zijn mannen en een horde haastige Hellevegen.

Op hetzelfde moment wist Joaz dat Ervis Carcolo niet geslaagd was; boven hem sisten en zongen de kanonnen nog, en Joaz' kamers spatten in stukken. Een nieuw ontzaglijk salvo trof de Kegels, legde de naakte steen van de klif bloot, en wat tot dan verborgen was geweest — de rand van een hoge opening.

Joaz, in het schip, bleek zich in een voorkamer te bevinden. De binnendeur was gesloten. Hij gleed erheen, loerde door een rechthoekige ruit in wat een hal of gehoorzaal leek te zijn. Ervis Carcolo en zijn ridders hurkten tegen de verste wand, achteloos bewaakt door ongeveer twintig Wapenvoerders. Een groep Grondvormen zat in een nis aan de zijkant, ontspannen, rustig, in een contemplatieve houding.

Carcolo en zijn mannen waren niet helemaal onderworpen; opeens dook Carcolo razend vooruit. Een paarse knetterende energiestraal strafte hem, smeet hem terug tegen de wand.

In de nis zag een van de Grondvormen Joaz; hij stak flitsendsnel een arm uit en raakte een staf aan. Er klonk een alarmfluit en de buitendeur gleed dicht. Een val? Een noodprocedure? Het resultaat was hetzelfde. Joaz gebaarde naar vier zwaarbeladen mannen. Ze kwamen naar voren, knielden, plaatsten op het dek vier van de plofkanonnen die de Reuzen naar de Kegels hadden gedragen. Joaz zwaaide zijn arm op. De kanonnen brulden; metaal kraakte, smolt; bittere geuren doordrongen de sluis. "Opnieuw!" De kanonnen braakten vlammen; de binnendeur verdween. Wapenvoerders sprongen in de bres met stralende energiepistolen. Paars vuur sneed door de Banbeckrijen. Mannen kronkelden, krulden op, zegen ineen, vielen met verkrampte vingers en verwrongen gezichten. Voor de kanonnen konden reageren renden roodgeschubde gestalten vooruit. Hellevegen. Sissend en jankend zwermden ze over de Wapenvoerders heen, de hal in. Voor de nis met de Grondvormen bleven ze abrupt staan, alsof ze door verbijstering werden bevangen. De mannen die achter de draken aan drongen werden stil: zelfs Carcolo keek gefascineerd toe. De Grondvormen werden geconfronteerd met hun veranderde afstammelingen, en elk zag in de ander een karikatuur. De Hellevegen kropen onheilspellend nadrukkelijk naar voren; de Grondvormen wapperden met hun armen, floten, koerden. De Hellevegen sprongen in de nis. Er volgde een afgrijselijk getuimel en gekwaak; Joaz werd misselijk op een elementair niveau en wendde zich af. De worsteling was al gauw afgelopen. In de nis was het stil. Joaz draaide zich om en keek naar Ervis Carcolo, die terug staarde, stom van woede, vernedering, pijn en angst.

Toen hij eindelijk zijn stem terugvond, maakte Carcolo een onbeholpen dreigend en woedend gebaar. "Scheer je weg!" kraste hij. "Ik eis dit schip op. Tenzij je in je eigen bloed wilt baden — laat mij dan mijn verovering!"

Joaz snoof verachtelijk en keerde Carcolo zijn rug toe. Deze zoog zijn adem in en stortte zich met een gefluisterde vloek naar voren. Bast Givven greep hem vast, trok hem terug. Carcolo stribbelde tegen,

JACK VANCE

Givven sprak ernstige woorden in zijn oor en eindelijk kalmeerde
Carcolo, half huilend.

Intussen onderzocht Joaz de hal. De wanden waren kaal en grijs; het
dek had een vloer van buigzaam zwart schuim. Er was geen lichtbron
te zien, maar overal was licht dat werd uitgestraald door de wanden. De
lucht verkilde de huid en rook onaangenaam bitter. Een geur die Joaz
eerder niet had opgemerkt. Hij kuchte, zijn trommelvliezen galmden.
Een angstaanjagend vermoeden werd zekerheid; op zware benen rende
hij naar de sluis, zijn troepen wenkend. "Naar buiten, ze vergiftigen
ons!" Hij strompelde de loopplank op, nam diepe teugen van de frisse
lucht; zijn mannen en Hellevegen volgden hem en daarna kwamen
in een wankele ren Carcolo en zijn mannen. Onder de massa van het
enorme schip stond de groep naar adem te snakken, wankelend op
slappe benen, de ogen dof en troebel.

Boven hen, onkundig van hun aanwezigheid of onverschillig ervoor,
losten de scheepskanonnen een nieuw salvo. De spits met Joaz' kamers
wankelde, stortte in; de Hoge Kegels waren niet meer dan een hoop
rotssplinters en een hoge, gebogen opening. Binnen de opening zag
Joaz even een donkere vorm, een glans, een structuur...Toen werd
hij afgeleid door een onheilspellend geluid achter zijn rug. Uit een
sluis aan de andere kant van het schip was een nieuwe eenheid Zware
Troepen gekomen — drie nieuwe rotten van elk twintig mannen, begeleid door een dozijn Wapenvoerders met vier rollende projectoren.

Joaz werd slap van ontsteltenis. Hij keek naar zijn troepen; die waren
niet in staat om aan te vallen of te verdedigen. Er bleef maar één mogelijkheid over. Vluchten.

"Naar de Clybournekloof!" riep hij met dikke stem.

Strompelend, wankelend, vluchtten de restanten van de twee legers
onder de boeg van het reusachtige zwarte schip door. Achter hen marcheerden de Zware Troepen in keurige rijen, maar zonder haast.

Eenmaal om het schip heen verstijfde Joaz. In de opening van de
Clybournekloof wachtte een vierde rot Zware Troepen, met ook weer
een Wapenvoerder en zijn wapen.

Joaz keek naar links en naar rechts, op en neer door het dal. Waarheen
vluchten, waarheen? De Kegels? Die bestonden niet meer. Een lang-
zame, gewichtige beweging in de opening die vroeger door rotsen was

afgesloten, trok zijn aandacht. Er schoof een donker voorwerp naar buiten; een sluiter week opzij, een heldere schijf glitterde. Bijna tegelijk boorde een potlood van melkblauwe straling naar, in, dóór de achterste schijf van het Grondvormschip. Binnenin gierde gekwelde machinerie, tegelijkertijd omhoog en omlaag, aan beide uiteinden van het spectrum onhoorbaar eindigend. De glans van de schijven verdween; ze werden grijs, dof; het fluisteren van kracht en leven dat het schip doordrong, maakte plaats voor een doodse stilte; het schip zelf was dood, en zijn massa, die opeens niet meer werd gesteund, groef zich kreunend in de grond.

De Zware Troepen staarden ontzet naar de dode schaal die hen naar Aerlith had gebracht. Joaz maakte gebruik van hun besluiteloosheid en riep: "Terugtrekken! Naar het noorden — door het dal!"

De Zware Troepen volgden hen koppig; de Wapenvoerders riepen echter bevel dat ze moesten blijven staan. Ze plaatsten hun wapens, richtten ze op de grot achter de Kegels. In de opening bewogen naakte gedaanten zich met koortsige haast; langzaam werd er zware machinerie verschoven, nieuwe plekken licht en schaduw ontstonden en opnieuw sloeg de melkblauwe schacht van energie naar buiten. Hij was omlaag gericht; Wapenvoerders, wapens, twee derde van de Zware Troepen verdwenen als motten in een oven. De overlevende Troepen bleven staan, gingen onzeker terug naar het schip.

In de mond van de Clybournekloof wachtte het laatste rot Zware Troepen. De enkele Wapenvoerder daar boog zich over zijn driewielig mechanisme. Desastreus noodlottig zorgvuldig stelde hij het wapen in; in de donkere opening waren de naakte sacerdotes als razenden aan het werk, duwend, trekkend, terwijl de spanning op hun pezen en harten en geesten zich aan iedere man in het dal meedeelde. De schacht troebel blauw licht spoot het dal in, maar te vroeg. Hij smolt de rots honderd meter ten zuiden van de kloof, en nu kwam er uit het kanon van de Wapenvoerder een scheut oranje en groen vuur. Seconden later ontplofte de opening van de grot. Rotsen, lichamen, stukken metaal, glas en rubber beschreven bogen door de lucht.

Het geluid van de explosie echode door het dal. En het donkere ding in de grot was vernietigd, was niet meer dan rafels en repen metaal.

Joaz haalde driemaal diep adem, wierp met louter wilskracht

de effecten van het narcotische gas van zich af. Hij wenkte zijn Moordenaars. "Val aan; dood hen!"

De Moordenaars draafden erheen; de Zware Troepen lieten zich platvallen en richtten hun wapens, maar vonden kort daarop de dood. In de mond van de Clybournekloof rukten de laatste Troepen wild op, om ogenblikkelijk te worden aangevallen door Hellevegen en Blauwe Gruwels die hen zijdelings langs de klif genaderd waren. De Wapenvoerder werd doorboord door een Moordenaar; verdere tegenstand was er in het dal niet, en het schip lag open voor de aanval.

Joaz ging zijn mannen voor op de loopplank, door de sluis in de nu schemerige hal. De plofkanonnen die zijn mannen op de Reuzen hadden buitgemaakt, lagen waar ze ze hadden neergegooid.

Drie poorten kwamen op de hal uit, en die werden vlug doorgebrand. De eerste onthulde een wentelhelling; de tweede een lange, verlaten hal, bezet met rijen kooien; de derde een soortgelijke hal waarin de kooien in gebruik waren. Bleke gezichten keken over de randen van de kooien; bleke handen bewogen. Op en neer door de middengang marcheerden lompe vrouwen in grijze mantels. Ervis Carcolo rende naar binnen, stompte de vrouwen opzij en tuurde in de kooien. "Naar buiten," bulderde hij. "Jullie zijn gered, jullie zijn gered! Snel naar buiten nu het kan!"

Er werd maar weinig weerstand geboden door een half dozijn Wapenvoerders en Spoorzoekers, en helemaal geen door de twintig Mecaniciens — dit waren kleine, magere mannen met scherpe gezichten en donker haar — en al evenmin door de zestien resterende Grondvormen, en allen werden als gevangenen naar buiten geleid.

Hoofdstuk XIII

RUST HEERSTE IN HET DAL, de rust van uitputting. Mannen en draken lagen languit in de vertrapte akkers; de gevangenen stonden op een neerslachtig kluitje naast het schip. Af en toe klonk er een enkel geluid dat de stilte benadrukte — het kraken van afkoelend metaal in het schip, de val van een stuk steen van de verbrijzelde kliffen; af en toe gemompel van de bevrijde inwoners van de Gelukkige Vallei, die apart zaten van de overlevende soldaten.

Ervis Carcolo was de enige die rusteloos leek. Een poos lang stond hij met zijn rug naar Joaz en sloeg met de kwast van zijn schede op zijn dij. Hij keek naar de hemel waar Skene, een duizelingwekkend felle punt, vlak boven de kliffen in het westen hing, draaide zich toen om, bestudeerde de versplinterde opening aan de noordkant van het dal die gevuld was met de verwrongen restanten van de constructie van de sacerdotes. Hij gaf een laatste klap op zijn dij, keek naar Joaz Banbeck, draaide zich om en beende door de uitgeputte groep bewoners van de Gelukkige Vallei, bruuske bewegingen makend zonder bepaalde betekenis. Hier en daar bleef hij staan om iemand heftig toe te spreken of vleiend te bepraten, kennelijk met het doel zijn verslagen volk op te monteren en een hart onder de riem te steken.

Hierin slaagde hij niet, en even later draaide hij zich scherp om, marcheerde over de akker naar waar Joaz Banbeck languit op de grond lag. Carcolo staarde op hem neer. "Welaan," zei hij nors, "het gevecht is voorbij, het schip is veroverd."

Joaz richtte zich op zijn elleboog op. "Dat is waar."

"Laat er over één punt geen misverstand bestaan," zei Carcolo. "Het schip en de inhoud zijn van mij. Een oeroude regel stelt de rechten vast van degene die het eerst aanvalt. Op deze regel baseer ik mijn aanspraken."

Joaz keek verrast op, bijna geamuseerd. "Volgens een nog veel oudere regel heb ik het schip al in bezit genomen."

"Die aanspraak betwist ik!" zei Carcolo heftig. "Wie —"

Joaz stak vermoeid zijn hand op. "Zwijg, Carcolo! Je leeft alleen nog omdat ik ziek ben van bloed en geweld. Terg mijn geduld niet!"

Carcolo wendde zich af, met onderdrukte woede aan zijn schede rukkend. Hij keek op, keerde zich weer naar Joaz. "Hier komen de sacerdotes, die het schip eigenlijk verwoest hebben. Ik herinner je aan mijn voorstel, waardoor we deze verwoesting en slachting hadden kunnen voorkomen."

Joaz grijnsde. "Je voorstel deed je pas twee dagen geleden. Bovendien hebben de sacerdotes geen wapens."

Carcolo staarde hem aan alsof hij buiten zinnen was. "Hoe hebben ze het schip dan vernietigd?"

Joaz haalde zijn schouders op. "Ik kan er alleen maar naar raden."

Carcolo vroeg sarcastisch: "En wat raad je dan?"

"Ik vraag me af of zij het chassis van een ruimteschip hadden gebouwd. Ik vraag me af of zij de voortstuwingsstraal tegen het Grond-vormschip hebben gericht."

Carcolo perste zijn lippen twijfelend op elkaar. "Waarom zouden de sacerdotes een ruimteschip bouwen?"

"Daar komt de Demie aan. Waarom vraag je het hem niet?"

"Dat zal ik doen," zei Carcolo waardig.

Maar de Demie die gevolgd werd door vier jonge sacerdotes en liep alsof hij droomde, passeerde hem zonder te spreken.

Joaz ging op zijn knieën zitten en keek hem na. De Demie was kennelijk van plan over de loopplank in het schip te gaan. Joaz sprong overeind, volgde hem, versperde de toegang tot de plank. Beleefd vroeg hij: "Wat zoekt u, Demie?"

"Ik wil aan boord gaan van het schip."

"Met welk doel? Ik vraag het natuurlijk louter uit nieuwsgierigheid."

De Demie nam hem een ogenblik op zonder te antwoorden. Zijn gezicht was ingevallen en strak; zijn ogen glommen als ijsbloemen. Ten slotte antwoordde hij, met een stem die schor was van emotie: "Ik wil vaststellen of het schip gerepareerd kan worden."

Joaz dacht even na, en sprak toen op zachtzinnige, redelijke toon:

"Die kennis kan voor u van weinig belang zijn. Zouden de sacerdotes zich zo volkomen onder mijn bevel willen stellen?"

"Wij gehoorzamen niemand."

"In dat geval kan ik u moeilijk meenemen als ik vertrek."

De Demie draaide zich om en even leek het alsof hij weg zou lopen. Zijn blik viel op de verbrijzelde opening aan de andere kant van het dal, en hij keerde zich weer naar Joaz. Toen sprak hij niet met de afgemeten stem van de sacerdote maar in een uitbarsting van smart en woede. "Dit is uw werk. U staat daar te pronken. U vindt zichzelf heel vindingrijk en slim. U dwong ons in actie te komen, en zo onszelf en onze toewijding te schenden!"

Joaz knikte, met een flauwe, wrede grijns. "Ik wist dat de opening achter de Hoge Kegels moest liggen. Ik vroeg me af of u misschien een ruimteschip aan het bouwen was. Ik hoopte dat jullie je tegen de Grondvormen zouden verzetten, en zo mijn doel zouden dienen. Ik geef uw beschuldigingen toe. Ik heb u en uw bouwsel als wapen gebruikt, om mijzelf en mijn volk te redden. Heb ik kwaad gedaan?"

"Kwaad of goed — wie kan dat wegen? U hebt onze inspanningen van meer dan achthonderd Aerlithjaren verspild. U hebt meer vernield dan u ooit kunt vervangen."

"Ik heb niets vernield, Demie. De Grondvormen hebben jullie schip vernield. Als jullie hadden meegewerkt bij de verdediging van het Banbeckdal zou deze ramp nooit gebeurd zijn. Jullie kozen de neutraliteit, jullie waanden je immuun voor onze smart en pijn. Zoals u ziet was dat niet het geval."

"En intussen is onze arbeid van achthonderd en twaalf jaren voor niets geweest."

Joaz vroeg alsof hij het niet wist: "Waarom hadden jullie een ruimteschip nodig? Waar willen jullie heenreizen?"

De ogen van de Demie vlamden even intens op als Skene. "Als het mensenras verdwenen is, dan gaan wij op reis. Wij trekken door de Melkweg, wij bevolken de verschrikkelijke oude werelden opnieuw, en de nieuwe geschiedenis van het heelal begint op die dag, met het verleden weggewist alsof het nooit heeft bestaan. Als de grefs jullie vernietigen, wat kan ons dat schelen? Wij wachten alleen maar op de dood van de laatste mens in het heelal."

"Beschouwen jullie jezelf niet als mensen?"

"Wij zijn zoals jullie ons kennen — bovenmensen."

Bij Joaz' schouder lachte iemand ruw. Joaz keek en zag dat het Ervis Carcolo was. "'Bovenmensen'?" spotte Carcolo. "Arme naakte schooiers van de grotten. Waarmee kunnen jullie je superioriteit bewijzen?"

De mond van de Demie kromde zich omlaag, de groeven van zijn gezicht werden dieper. "Wij hebben onze *tands*. Wij hebben onze kennis. Wij hebben onze kracht."

Carcolo wendde zich af, opnieuw ruw lachend. Joaz zei met onderdrukte stem: "Ik voel meer medelijden met jullie dan jullie ooit voor ons hebben gevoeld."

Carcolo draaide zich weer om. "En waar hebben jullie geleerd hoe je een ruimteschip moet bouwen? Zelf bedacht? Of ontleend aan de werken van de mensen van voor jullie, de mensen uit de oude tijden?"

"Wij zijn de uiteindelijke mensen," zei de Demie. "Wij weten alles wat de mensen ooit hebben gedacht, gesproken of ontworpen. Wij zijn de laatsten en de eersten, en als de ondermensen zijn verdwenen, zullen wij de kosmos vernieuwen, even onschuldig en fris als regen."

"Maar de mensen zijn niet verdwenen en zullen ook niet verdwijnen," zei Joaz. "Terugslagen komen voor, ja, maar is het heelal niet groot? Ergens zweven de werelden van de mens. Met hulp van de Grondvormen en hun Mecaniciens zal ik het schip repareren en op weg gaan om deze werelden te vinden."

"Je zult vergeefs zoeken," zei de Demie.

"Bestaan deze werelden niet?"

"Het menselijk rijk is verdwenen; mensen bestaan alleen nog in zwakke groepjes."

"En Eden dan, het oude Eden?"

"Een mythe, niet meer."

"En mijn marmeren globe?"

"Een stuk speelgoed, een verbeeldingsrijk verzinsel."

"Hoe kunt u daar zeker van zijn?" vroeg Joaz, zorgelijk in weerwil van zichzelf.

"Heb ik niet gezegd dat wij de hele geschiedenis kennen? Wij kunnen in onze *tands* kijken en diep in het verleden zien, tot de herinneringen vaag en troebel worden, en nimmer herinneren wij ons de planeet Eden."

Joaz schudde koppig zijn hoofd. "Er moet een wereld bestaan waar de mens oorspronkelijk vandaan kwam. Noem hem Aarde of Tempe of Eden — ergens bestaat hij."

De Demie wilde iets zeggen, maar hield toen in een zeldzaam vertoon van besluiteloosheid zijn mond.

Joaz zei: "Misschien heeft u gelijk. Misschien zijn wij de laatste mensen. Maar ik zal gaan zoeken."

"Ik ga met je mee," zei Ervis Carcolo.

"Je hebt geluk als je morgen nog leeft," antwoordde Joaz.

Carcolo rechtte zijn rug. "Wijs mijn aanspraken op het schip niet zo achteloos van de hand."

Joaz zocht naar woorden, maar kon er geen vinden. Wat moest hij doen met de weerspannige Carcolo? Hij kon de hardvochtigheid niet opbrengen om te doen waarvan hij wist dat hij het moest doen. Hij stelde het uit, keerde Carcolo zijn rug toe. "Nu kent u mijn plannen," zei hij tegen de Demie. "Als u mij niet lastigvalt, zal ik u niet lastigvallen."

De Demie trad langzaam achteruit. "Ga dan. Wij zijn een passief volk; wij verachten onszelf voor onze daden van vandaag. Misschien was het onze grootste vergissing. Maar ga, zoek je vergeten wereld. Je zult slechts ergens tussen de sterren omkomen. Wij zullen wachten, zoals we altijd gewacht hebben." Hij draaide zich om en liep weg, gevolgd door de vier jongere sacerdotes, die al die tijd ernstig aan zijn zij hadden gestaan.

Joaz riep hem na: "En als de Grondvormen terugkomen? Vecht u dan met ons mee? Of tegen ons?"

De Demie gaf geen antwoord maar liep naar het noorden. Zijn lange witte haar zwaaide over zijn magere schouderbladen.

Joaz keek hem even na, keek links en rechts door het verwoeste dal, schudde verwonderd en verbaasd zijn hoofd, bestudeerde toen weer het grote zwarte schip.

Skene raakte de westelijke kliffen; meteen werd het licht zwakker, de lucht killer. Carcolo benaderde Joaz. "Vannacht houd ik mijn mensen hier in het Banbeckdal, en tegen de ochtend stuur ik ze naar huis.

Intussen stel ik voor dat jij met mij aan boord van het schip gaat om een voorlopig onderzoek in te stellen."

Joaz haalde diep adem. Waarom ging het hem niet makkelijker af? Tweemaal had Carcolo hem naar het leven gestaan en als de rollen omgekeerd waren zou hij Joaz geen genade hebben getoond. Hij dwong zich te handelen. Zijn plicht tegenover zichzelf, tegenover zijn mensen, tegenover zijn uiteindelijk doel was glashelder.

Hij riep zijn ridders die de buitgemaakte hittepistolen droegen. Ze kwamen naderbij.

Joaz zei: "Neem Carcolo mee naar de Clybournekloof. Executeer hem. Doe dit meteen."

Protesterend, brullend werd Carcolo meegesleurd. Joaz wendde zich met bezwaard gemoed af en zocht Bast Givven op. "Ik zie u aan voor een verstandig man."

"Als zodanig beschouw ik mijzelf."

"Ik stel u aan het hoofd van de Gelukkige Vallei. Neem uw volk mee, voor het donker valt."

Bast Givven liep zwijgend naar zijn mensen. Ze kwamen in beweging en vertrokken weldra uit het Banbeckdal.

Joaz stak het dal over naar de massa puin die Kergans Weg verstopte. Hij stikte bijna van woede toen hij de verwoesting bekeek en even wankelde zijn besluit. Zou het niet toepasselijk zijn om het zwarte schip naar Coralyne te vliegen en wraak te nemen op de Grondvormen? Hij liep rond naar de spits die zijn kamers had bevat en door een vreemd toeval stiet hij op een rond brok geel marmer.

Het op zijn handpalm wegend keek hij op naar de hemel waar Coralyne al rood stond te flikkeren, en probeerde orde te scheppen in zijn geest.

De mensen van het Banbeckdal waren uit de diepe tunnels tevoorschijn gekomen. Phade de minstreelmaagd kwam hem zoeken. "Wat een verschrikkelijke dag," mompelde ze. "Wat een afschuwelijke gebeurtenissen; wat een grootse overwinning."

Joaz wierp het stukje geel marmer terug in het puin. "Ongeveer zo denk ik er ook over. En waar het allemaal eindigt, niemand weet daar minder van dan ik."

Het laatste Kasteel

Hoofdstuk I

1

Tegen het einde van een stormachtige zomermiddag, toen de zon eindelijk tussen rafelige zwarte regenwolken doorbrak, werd Kasteel Janeil overweldigd en werden de bewoners gedood. Bijna tot op het laatste ogenblik twistten groeperingen uit de kasteelclans onderling over de vraag hoe men het noodlot op de juiste wijze onder ogen diende te zien. De hoge heren met het meeste prestige en de hoogste status verkozen de gehele onwaardige kwestie te negeren en wijdden zich aan hun gebruikelijke bezigheden, met meer noch minder vormelijkheid en nauwgezetheid dan gewoonlijk. Enkele kadetten, zo vertwijfeld dat ze op de rand van de hysterie verkeerden, namen de wapenen op en bereidden zich voor op het weerstreven van de laatste aanval. Weer anderen, wellicht een kwart van de kasteelbevolking, wachtten lijdzaam — welhaast gelukkig — af, gereed om boete te doen voor de zonden van het mensenras. Uiteindelijk overviel de dood allen zonder onderscheid, en allen putten zoveel voldoening uit hun sterven als dit in wezen onelegante proces hun toestond. De trotsen sloegen de bladzijden van hun prachtige boeken om, debatteerden over de kwaliteiten van een eeuwenoude essence, of liefkoosden een lievelings-Phane, en stierven zonder zich te verwaardigen aandacht te schenken aan dit feit. De heethoofden renden de modderige helling op die, de normale rede grof geweld aandoend, boven de borstweringen van Janeil uittorende. De meesten werden bedolven onder glijdende stenen, maar enkelen bereikten de top, alwaar ze zich schietend, houwend en stekend weerden tot zij zelf werden neergeschoten, verpletterd door halflevende krachtwagens, neergehouwen of -gestoken. De berouwvollen wachtten in de klassieke houding van boetedoening — geknield, het hoofd gebogen — en stierven, zo geloofden zij, in een proces waarin de Meks symbolen waren en de menselijke zonde de werkelijkheid. Ten slotte waren allen dood: heren, dames, Phanes in de paviljoens, Boeren in de stallen. Van allen die Janeil bewoond hadden, bleven alleen de Vogels in leven, die lompe, linkse en schorre wezens, die geen benul hadden van trots en trouw, die meer bezorgd waren om de gaafheid van hun huid dan om de waardigheid van hun kasteel. Terwijl de Meks over de borstweringen zwermden, verlieten de Vogels hun hokken en klapwiekten, onder het schreeuwen van schrille beledigingen, oostwaarts naar Hagedorn, nu het laatste kasteel op Aarde.

2

Vier maanden tevoren waren de Meks verschenen in het park tegenover Janeil, direct na het bloedbad van het Zee-eiland. De heren en dames van Janeil, rond de tweeduizend in getal, klommen naar de torens en balkons, kuierden over de Zonsondergangspromenade en keken van de transen en borstweringen neer op de bruingouden krijgers. Hun stemming was gecompliceerd: geamuseerde onverschilligheid, spottende verachting en een onderstroom van twijfel en bange vermoedens, alle het resultaat van drie fundamentele factoren: hun eigen hoogst verfijnde, subtiele beschaving, hun veilige positie achter de muren van Janeil, en het feit dat zij zich geen manier konden voorstellen waarop er verandering zou kunnen komen in die situatie.

De Meks van Janeil waren lang voordien vertrokken om zich bij de opstandelingen te voegen: slechts Phanes, Boeren en Vogels bleven over en hieruit een strafmacht samenstellen zou een karikaturale handeling zijn geweest. Op het ogenblik leek er ook geen behoefte te bestaan aan zo'n macht. Janeil werd onneembaar geacht. De muren, die zestig meter hoog waren, bestonden uit zwarte smeltrots die samengepakt was tussen de mazen van een zilverblauwe staallegering. Zonnecellen leverden energie voor alle behoeften van het kasteel en in geval van nood kon kunstmatig voedsel bereid worden uit kooldioxide en water-damp, en tevens siroop voor de Phanes, de Boeren en de Vogels. Die noodzaak meende men voorlopig evenwel niet te hoeven overwegen. Janeil kon zich in leven houden en was veilig, hoewel zich ongerief kon voordoen als er machinerie onklaar raakte, nu er geen Meks meer waren die konden repareren. Dat zou storend zijn, maar zeker niet tot wanhoop stemmen. Overdag haalden de heren die daartoe lust gevoel-den energie- en sportgeweren tevoorschijn en doodden zoveel Meks als de extreme afstand toeliet.

Na het vallen van de duisternis lieten de Meks krachtwagens en grondverzetmachines aanrukken en begonnen rond Janeil een dijk op te werpen. De bewoners van Janeil keken zonder begrip toe tot de dijk een hoogte van vijftien meter had bereikt en er aarde omlaag rolde tegen de muren van het kasteel. Toen werden de akelige bedoelingen van de Meks duidelijk, en treurige verwachtingen namen de plaats in van zorgeloosheid. Alle heren van Janeil waren zeer geleerd op minstens één kennisgebied; sommigen van hen waren theoretisch wiskundigen, terwijl anderen een diepgaande studie hadden gemaakt van natuur-wetenschappen. Enkele edellieden deden, bijgestaan door een ploeg Boeren voor de louter lichamelijke werkzaamheden, een poging het energiekanon weer in functionele staat te brengen. Ongelukkigerwijs was het kanon niet goed onderhouden. Verscheidene onderdelen waren blijkbaar verroest of beschadigd. Waarschijnlijk hadden deze onderdelen vervangen kunnen worden uit de werkplaatsen van de Meks op de tweede onderverdieping, maar niemand van de groep bezat enige kennis van de benamingssystemen van de Meks of de inrichting van het magazijn. Warrick Madency Arban* stelde voor dat een werkploeg Boeren het magazijn zou doorzoeken, maar gezien de beperkte geestelijke capaciteiten van de Boeren deed men niets en liep het hele plan om het kanon te herstellen op niets uit.

De hogere standen van Janeil keken gefascineerd toe terwijl de aarde rondom het kasteel hoger en hoger werd opgetast, in een cirkelvor-mige wal, een kraterwand gelijk. De zomer liep ten einde en op zekere stormachtige dag kwamen aarde en stenen boven de borstweringen

---

* Arban van de familie Madency in de clan Warrick.

van Janeil uit en begonnen neer te rollen in de piazza's en hoven; spoedig zou Janeil bedolven worden en zouden alle inwoners stikken.

Op dat ogenblik nam een groep impulsieve jonge kadetten, met meer elan dan waardigheid, de wapenen op en bestormde de helling. De Meks bekogelden hen met stenen en aarde, maar een handvol won zich een weg naar de top en vocht daar in een verschrikkelijke geestesvervoering.

Een kwartier duurde de strijd en de aarde raakte doordrenkt met regen en bloed. Eén roemrijk ogenblik veegden de kadetten de top schoon, en als niet het grootste deel van hun medestanders dood onder het puin had gelegen, had er van alles kunnen gebeuren. Maar de Meks hergroepeerden zich en rukten weer op. Tien mannen waren er nog over, toen zes, vier, één, geen. De Meks marcheerden de helling af, zwermden over de wallen en doodden met sombere vastberadenheid allen in het kasteel. Janeil, zevenhonderd jaar lang het thuis van fiere heren en sierlijke dames, was een levenloze steenklomp geworden.

3

De Mek was een mensachtig wezen, dat in zijn oorspronkelijke gedaante thuishoorde op een planeet van Etamin. Zijn taaie, roestbronzen huid glinsterde metalig, alsof hij was geolied of in de was gezet; de pennen die uit nek en schedel staken, glansden als goud en waren dan ook bedekt met een geleidende folie van koperchroom. Zijn zintuigen bevonden zich in trossen op de plekken waar bij mensen de oren zitten; zijn gezicht — het was vaak een schok als men door de lagere gangen liep en plots op een Mek stiet — bestond uit geplooide spieren en leek wel iets op een naakt menselijk brein. Zijn muil, een onregelmatige verticale spleet aan de basis van zijn 'gezicht', was een overbodig orgaan geworden sinds de siroopzak onder de huid van de schouders was ingeplant; de spijsverteringsorganen, die oorspronkelijk bedoeld waren om voedingsstoffen te onttrekken aan rottende moerasvegetatie en holtedieren, waren geatrofieerd. Doorgaans droeg de Mek geen kledij, behalve soms een werkvoorschoot of een gereedschapsgordel, en in het zonlicht gaf zijn roestig bronzen huid een fraai effect. Dit was de solitaire Mek, een in de grond even effectief wezen als de mens — misschien wel effectiever door zijn voortreffelijke hersens die ook als radiozendontvanger fungeerden. Als hij massaal opereerde, tussen duizend krioelende anderen, leek hij minder bewonderenswaardig, minder capabel: een hybride van ondermens en kakkerlak.

Bepaalde wijsgeren, in het bijzonder D.R. Jardine van Morgenlicht en Salonson van Tuang, achtten de Mek wezenloos, koel en nuchter, maar de diepzinnige Claghorn van Kasteel Hagedorn was een andere mening toegedaan. De emoties van de Mek, verklaarde Claghorn, verschilden van de menselijke emoties en waren voor de mens slechts in het vage te begrijpen. Na noest speurwerk toonde hij bij de Mek meer dan een dozijn emoties aan.

Dergelijke onderzoekingen ten spijt kwam de rebellie van de Meks als een volslagen verrassing, zelfs voor Claghorn, D.R. Jardine en Salonson. Waarom? vroeg iedereen. Hoe kon een groep die zo lang zo onderworpen was geweest, zulke moordzuchtige plannen hebben beraamd?

De redelijkste gissing was tevens de eenvoudigste: de Meks haatten onderworpenheid en de Aardemensen die hen uit hun natuurlijke omgeving hadden weggehaald. Zij die deze theorie weerspraken, beweerden dat men menselijke emoties en overtuigingen projecteerde op een niet-menselijk organisme, en dat de Meks juist alle reden hadden om dankbaarheid te gevoelen jegens de heren die hen bevrijd hadden uit de omstandigheden op Etamin Negen. Hierop placht de eerste groep te reageren met de vraag: "Wie projecteert er nu menselijke emoties?" En het antwoord van hun opponenten luidde dikwijls: "Aangezien niemand er het fijne van weet, is de ene projectie niet absurder dan de andere."

Hoofdstuk II

Kasteel Hagedorn prijkte op de top van een zwarte diorietrots die uitzag over een weids dal naar het zuiden. Hagedorn, groter en koninklijker dan Janeil, werd beschermd door muren met een omtrek van een mijl, en een hoogte van honderd meter. De borstweringen bevonden zich een volle driehonderd meter boven het dal, terwijl de torens, koepels en uitkijkposten nog hoger reikten. Twee wanden van de rotspunt, de oostelijke en de westelijke, rezen loodrecht uit het dal op. De minder steile noord- en zuidhellingen waren van terrassen voorzien en beplant met wijnranken, artisjokken, peren en granaat-appels. Een laan die opsteeg uit het dal, cirkelde rond de piek en kwam via een poort uit op het centrale plein. Hiertegenover stond de Grote Rotonda, die aan beide zijden geflankeerd werd door de hoge Huizen van de Achtentwintig Families.

Het oorspronkelijke kasteel, dat meteen na de terugkeer van de mens op Aarde was gebouwd, stond destijds op de plaats die nu door het plein werd ingenomen. De tiende Hagedorn had met een enorme ploeg Meks en Boeren de nieuwe muren gebouwd, waarna hij het oude kasteel liet afbreken. De Achtentwintig Huizen dateerden uit deze tijd, vijfhonderd jaar in het verleden.

Onder het plein lagen drie dienstverdiepingen, de stallen en garages op de onderste, vervolgens de werkplaatsen en woonverblijven van de Meks, dan de diverse opslagruimten, pakhuizen en speciale werk-plaatsen: de bakkerij, de brouwerij, het juweliersatelier, het arsenaal en dergelijke.

DE CLANS VAN HAGEDORN

hun kleuren en geassocieerde families:

Clans	Kleuren	Families
XANTEN	geel; zwarte biezen	Haude, Quay, Idelsea, Esledune, Salonson, Roseth.
BEAUDRY	donkerblauw; witte biezen	Onwane, Zadig, Prine, Fer, Sesune.
OVERWHELE	grijs, groen; rode rozetten	Claghorn, Abreu, Woss, Hinken, Zumbeld.
AURE	bruin, zwart	Zadhause, Fotergil, Marune, Baudune, Godalming, Lesmanic.
ISSETH	paars, donkerrood	Mazeth, Floy, Luder-Hepman, Uegus, Kerrithew, Bethune.

De eerste edelman van het kasteel, voor het leven gekozen, wordt Hagedorn genoemd.

De clanoudste, gekozen door de familieoudsten, draagt de naam van zijn clan, bijvoorbeeld: Xanten, Beaudry, Overwhele, Aure, Isseth — namen van zowel clans als clanoudsten.

De familieoudste, gekozen door de hoofden van de huishoudens, draagt de naam van zijn familie. Bijvoorbeeld Idelsea, Zadhause, Bethune, Claghorn: dit zijn zowel families als familieoudsten.

De overblijvende heren en dames dragen eerst de naam van de clan, dan die van de familie, en daarna de eigen naam. Bijvoorbeeld: Aure Zadhause Ludwick, afgekort tot A.Z. Ludwick, en Beaudry Fer Dariane, afgekort tot B.F. Dariane.

De huidige Hagedorn, de zesentwintigste in de lijn, was een Claghorn van de Overwheles. Zijn uitverkiezing had algemeen verrassing gewekt, omdat O.C. Charle, zoals hij voor zijn verheffing geheten was, een man zonder indrukwekkende persoonlijkheid was. Zijn elegantie, eruditie en flair waren niet groter dan normaal; hij was nooit opgevallen door een belangrijke oorspronkelijke gedachte. Zijn lichaamsproporties waren goed, zijn gezicht was vierkant en mager, zijn neus kort en recht, zijn voorhoofd welwillend en zijn ogen grijs en klein. Zijn gelaatsuitdrukking, die er gewoonlijk een van lichte afwezigheid was — mensen die hem wilden kleineren bezigden het woord 'wezenloos' — kon alleen door het iets laten zakken van de oogleden, door het fronsen van de wilde blonde wenkbrauwen, van het ene moment op het andere koppig en nors worden, iets waarvan O.C. Charle, of Hagedorn, zich niet bewust was.

Zijn ambt, hoewel het weinig of geen wettelijk gezag uitoefende, had een doordringende invloed op het kasteelleven, en de stijl van de heer die Hagedorn was, had op ieder zijn weerslag. Daarom was de keuze van een Hagedorn een kwestie van niet gering belang, en onderworpen aan honderden overwegingen, en het kwam maar zelden voor dat een kandidaat geen enkele ongepastheid had begaan, niet één keer zich schuldig had gemaakt aan een vergrijp tegen het fatsoen. Over deze blamages van vroeger werd dan met onthutsende openhartigheid gedebatteerd. Hoewel de kandidaten nimmer openlijk aanstoot mochten nemen, liepen er onvermijdelijk vriendschappen op de klippen, werden rancunes aangewakkerd en reputaties geruïneerd. De verheffing van O.C. Charle betekende een compromis tussen twee groeperingen in de Overwheles, aan welke clan het voorrecht van de keuze was toegevallen. De twee heren tussen wie O.C. Charle een compromis vormde, waren beiden zeer geacht, maar onderscheidden zich door een fundamenteel verschillende houding ten opzichte van het bestaan. De eerste was de begaafde Garr van de familie Zumbeld. Hij verbeeldde de traditionele deugden van Kasteel Hagedorn: hij was een beroemd connaisseur van essences en hij kleedde zich met absoluut savoir zonder dat ooit maar een vouw of slag van de karakteristieke Overwhele-rozet uit de plooi was. Hij paarde zorgeloosheid en flair aan waardigheid; zijn conversatie sprankelde van briljante toespelingen en zinswendingen;

als hij eenmaal op dreef raakte, was zijn geestigheid bijzonder bijtend; hij kon citeren uit ieder literair werk van enig belang; hij weerde zich vaardig op de luit met negen snaren en werd bijgevolg herhaaldelijk gevraagd bij het Schouwen van Antieke Tabberds. Hij was een kenner van de oudheid en zijn eruditie werd door niemand betwist. Hij kende de locatie van iedere grote stad van de Oude Aarde en kon urenlang uitweiden over de geschiedenis van de oude tijden. Zijn militaire deskundigheid werd op Hagedorn door niemand geëvenaard en daarbuiten slechts door D.K. Magdah van Kasteel Delora en misschien door Brusham van Tuang. Fouten? Gebreken? Men wist er maar weinig te noemen: overdreven vormelijke nauwgezetheid die wellicht kon worden uitgelegd als muggenzifterij; een vermetele vasthoudendheid die men meedogenloos zou kunnen noemen. O.Z. Garr kon men nimmer afdoen als lauw of besluiteloos en zijn moed was boven alle twijfel verheven. Twee jaar tevoren had een zwervende troep Nomaden zich in het Lucernedal gewaagd en daar Boeren vermoord, vee gestolen en zich zelfs verstout een pijl in de borst van een Isseth-kadet te schieten. O.Z. Garr riep onverwijld een strafexpeditie van Meks bijeen, laadde ze aan boord van een tiental krachtwagens en zette de achtervolging van de Nomaden in, die hij uiteindelijk inhaalde bij de Drenerivier, nabij de ruïnes van de kathedraal van Worster. De Nomaden waren met veel meer dan verwacht en ook sluwer, en ze bleken niet van zins halsoverkop rechtsomkeert te maken en met de staart tussen de benen te vluchten. Tijdens het gevecht toonde O.Z. Garr een voorbeeldig gedrag. Hij leidde de strijd vanuit de zetel van zijn krachtwagen, geflankeerd door een tweetal Meks die met schilden de pijlen afweerden. Het treffen eindigde met een verwarde vlucht van de Nomaden: zij lieten zevenentwintig magere, in zwarte mantels gehulde lijken achter op het slagveld terwijl slechts twintig Meks het leven verloren.

O.Z. Garrs tegenstander in de verkiezing was Claghorn, de oudste van de Claghorn-familie. Net als bij O.Z. Garr was het verfijnde raffinement van de samenleving van Kasteel Hagedorn voor Claghorn even natuurlijk als het zwemmen voor een vis. Hij was niet minder erudiet dan O.Z. Garr, zij het veel minder veelzijdig. Zijn voornaamste studiegebied waren de Meks, hun fysiologie, hun linguïstische gewoonten en hun sociale patronen. Claghorns conversatie ging dieper dan die van O.Z. Garr, maar was minder onderhoudend en niet zo scherp; hij bezigde maar zelden de buitensporige stijlfiguren en toespelingen die Garrs gesprekken kenmerkten, en gaf de voorkeur aan een onopgesmukte manier van spreken. Claghorn hield geen Phanes; O.Z. Garrs vier bij elkaar passende Vluchtig Fijnsierlijken waren wonderen van verrukking, en bij het Schouwen van Antieke Tabberds werden Garrs presentaties zelden overtroffen. Het belangrijkste contrast tussen de twee mannen was hun wijsgerige stellingname. O.Z. Garr, traditionalist, fervent toonbeeld van zijn samenleving, onderschreef de leerstellingen van deze samenleving zonder enig voorbehoud. Gekweld werd hij door twijfel noch schuld; hij gevoelde geen behoefte de omstandigheden te wijzigen die meer dan tweeduizend heren en dames een zeer rijk leven toestonden. Van Claghorn, hoewel hij geenszins een Boeteling was, was bekend dat hij onvrede had met de algemene teneur van het leven op Kasteel Hagedorn en hij debatteerde daar zo overtuigend over dat veel mensen weigerden naar hem te luisteren omdat het hun dan onbehaaglijk te moede werd. Maar er heerste een ondefinieerbare malaise die wel zo diep ging dat Claghorn veel invloedrijke medestanders bezat.

Toen de tijd aanbrak dat er gestemd moest worden, verwierf O.Z. Garr noch Claghorn voldoende steun. Ten langen leste werd het ambt toegekend aan een edelman die er zelfs op zijn meest optimistische ogenblikken nooit op gerekend had, een waardig en stijlvol heer zonder grote diepgang, die niet spotziek was, maar evenmin erg levendig, minzaam, maar niet geneigd een kwestie tot een onaangename beslissing door te zetten: O.C. Charle, de nieuwe Hagedorn.

Een half jaar later, in de donkere uren voor het aanbreken van de dag, ontruimden de Meks van Hagedorn hun verblijven en vertrokken, met medeneming van krachtwagens, gereedschap, wapens en elektrische apparatuur. De daad was blijkbaar al lang van tevoren voorbereid, want tegelijkertijd vertrokken de Meks van de overige acht kastelen op soortgelijke wijze.

De aanvankelijke reactie op Kasteel Hagedorn was evenals elders ongeloof, gevolgd door verbijstering en woede, en daarna — toen de te verwachten gevolgen van de daad overdacht werden — een bang gevoel van naderend onheil.

De nieuwe Hagedorn, de oudsten van de clans en bepaalde andere notabelen die door Hagedorn waren aangewezen, kwamen bijeen in de officiële raadskamer om van gedachten te wisselen over de kwestie. Ze zaten aan een lange tafel met een roodfluwelen tafelkleed, met Hagedorn aan het hoofd, Xanten en Isseth aan zijn linkerzijde, Overwhele, Aure en Beaudry aan zijn rechter. Hierna kwamen de anderen, onder wie O.Z. Garr, I.K. Linus, A.G. Bernal, een zeer begaafd wiskundig theoreticus, en B.F. Wyas, een wijs kenner van de oudheid, die de ligging van vele oude steden had opgespoord, waaronder Palmyra, Lübeck, Eridu, Zanesville, Burton-on-Trent en Massilia. De raad bestond verder uit bepaalde familieoudsten: Marune en Beaudune van Aure, Quay, Roseth en Idelsea van Xanten, Uegus van Isseth en Claghorn van Overwhele.

Allen zaten tien minuten zwijgend aan de tafel terwijl ze hun gedachten ordenden en de daad van psychische aanpassing volvoerden die bekend stond als 'intressie'.

Ten slotte sprak Hagedorn. "Het kasteel moet plots zijn Meks ontberen. Onnodig te zeggen dat dit een ongemakkelijke situatie is, die zo spoedig mogelijk dient te worden bijgesteld. Hierover, daarvan ben ik zeker, zijn we het allen eens."

Hij keek de tafel rond. Allen staken bewerkte ivoren tabletten naar voren om instemming te betuigen — allen, behalve Claghorn, die zijn tablet echter niet rechtop zette om daarmee zijn afkeuring bekend te maken.

Isseth, een streng heer met grijs haar die ondanks zijn zeventig jaren nog een luisterrijke indruk maakte, sprak op grimmige toon: "Ik zie geen reden voor overpeinzing of talmen. Wat wij moeten doen is duidelijk. Toegegeven zij dat de Boeren slechts pover materiaal zijn om een gewapende macht uit samen te stellen. Toch moeten wij dat doen, en hen uitrusten met sandalen en jassen en wapens zodat ze ons niet te schande maken, en wij moeten hen onder een goede leider stellen: O.Z. Garr of Xanten. Vogels kunnen de boosdoeners opsporen, waarna wij de Boeren op hen af zullen sturen met het bevel er eens goed de schrik in te jagen, en ze vervolgens in marstempo naar huis te geleiden."

Xanten, vijfendertig jaar oud — buitensporig jong voor een clanoudste — en een beruchte stokebrand, schudde zijn hoofd. "Het idee is aantrekkelijk doch onuitvoerbaar. Boeren kunnen simpelweg niet tegen Meks op, hoe we hen ook zouden oefenen."

Deze bewering was onloochenbaar juist. De Boeren, kleine andromorfen, die oorspronkelijk van Spica Tien kwamen, waren niet zozeer bedeesd als wel niet in staat om een agressieve daad te plegen.

Een sombere stilte daalde over de tafel neer. Uiteindelijk sprak O.Z. Garr: "De ellendelingen hebben onze krachtwagens gestolen, anders zou ik in de verleiding komen uit te rijden en de schobbejakken met een zweep naar huis te jagen."*

"Een kwestie die mij verbluft," zei Hagedorn, "is die van de siroop. Natuurlijk hebben ze meegenomen wat ze konden dragen. Maar als die voorraad eenmaal uitgeput is, wat dan? Zullen ze verhongeren? Ze kunnen onmogelijk weer terugvallen op hun oude voedingspatroon. Waaruit bestond dat ook weer? Moerasmodder? Zeg Claghorn, jij bent de expert in deze zaken. Kunnen de Meks weer overgaan op een dieet van modder?"

"Nee," zei Claghorn. "De organen van de volwassenen zijn geatrofieerd. Als een jong met het oude voedingspatroon begon, zou het waarschijnlijk wel in leven blijven."

"Net wat ik dacht." Hagedorn tuurde gewichtig naar zijn ineengevlochten handen om te verhullen dat hij geen enkel opbouwend voorstel wist te doen.

Een heer in het donkerblauw van de Beaudrys verscheen in de

---

* Dit is niet meer dan een benadering van een vertaling, die niet in staat is de scherpte van de taal te doen uitkomen. Verscheidene woorden hebben geen huidige equivalenten. 'Skirkling', als in 'skirkling jagen', beduidt een koortsachtige vlucht, halsoverkop in alle richtingen, vergezeld van een bevende, bibberende of rukkende beweging. 'Volithen' betekent nonchalant met een kwestie spelen, waarin besloten ligt dat de betrokken persoon een zo titanische macht bezit dat alle moeilijkheden verbleken tot verachtelijke beuzelarijen. 'Raudlebogs' zijn de semi-intelligente wezens van Etamin Vier die naar de Aarde zijn gebracht, aanvankelijk zijn opgeleid tot tuinlieden en later tot bouwvakarbeiders, waarna ze in schande naar huis werden gestuurd wegens bepaalde weerzinwekkende gewoonten, die ze weigerden op te geven. De uitspraak van O.Z. Garr zou daarom beter te vertalen zijn met iets als: "Waren er krachtwagens bij de hand, dan zou ik volithend uitrijden met een zweep om de raudlebogs skirkling naar huis te jagen."

deuropening. Hij stak zijn rechterarm omhoog en boog toen, zodat zijn vingers over de vloer veegden.

Hagedorn rees overeind. "Kom voorwaarts, B.F. Robarth; welk nieuws brengt u?" Want dat was de betekenis van de buiging van de nieuwaangekomene.

"Het nieuws is een boodschap die uitgezonden is door Halcyon. De Meks hebben een aanval gedaan; ze hebben het kasteel in brand gestoken en vermoorden allen. De radio zwijgt sinds enkele ogenblikken."

Allen raakten ten prooi aan heftige emoties en sommigen sprongen overeind. "Is iedereen vermoord?" vroeg Claghorn met verstikte stem.

"Ik ben er zeker van dat Halcyon nu niet meer bestaat."

Claghorn staarde nietsziend voor zich uit. De anderen bespraken het gruwelijk bericht met stemmen die zwaar van ontzetting waren.

Hagedorn riep de raad tot de orde. "Dit is onmiskenbaar een buitengewone situatie — wellicht de ernstigste van onze gehele geschiedenis. Ik kom er eerlijk voor uit dat ik geen afdoende tegenmaatregel weet te opperen."

Overwhele vroeg: "Hoe is de situatie van de overige kastelen? Zijn zij nog veilig?"

Hagedorn richtte zich tot B.F. Robarth. "Wilt u zo goed zijn een algemene radio-oproep aan alle kastelen te verzenden en te informeren naar hun toestand?"

Xanten merkte op: "De andere kastelen zijn even kwetsbaar als Halcyon: vooral Zee-eiland en Delora, en ook Maraval."

Claghorn maakte zich los van zijn overpeinzingen. "Naar mijn mening moeten de heren en dames van deze kastelen overwegen hun toevlucht te nemen tot Janeil, of Hagedorn, tot de opstand de kop is ingedrukt."

Sommigen rond de tafel keken hem verrast en verwonderd aan. O.Z. Garr informeerde met een stem als zijde: "U stelt zich voor dat de edellieden van deze kastelen ijlings de vlucht nemen wegens het triomfantelijk snoeven van de lagere standen?"

"Zeker, mochten ze de wens koesteren in leven te blijven," antwoordde Claghorn minzaam. Claghorn, die van gevorderde middelbare leeftijd was, was sterk en zwaargebouwd en had grijszwart haar, luisterrijke groene ogen en een manier van optreden die grote, maar streng in bedwang gehouden innerlijke kracht suggereerde. "Vluchten houdt onvermijdelijk een zeker verlies van waardigheid in," vervolgde hij. "Als O.Z. Garr een elegante manier weet te opperen om de benen te nemen, dan zal ik die graag aanhoren, daar in de komende dagen dit talent voor allen een uitkomst kan blijken te zijn."

Hagedorn kwam tussenbeide voor O.Z. Garr kon antwoorden. "Laten wij ons tot de kwestie bepalen. Ik beken dat ik mij niet kan voorstellen waar dit allemaal heen moet. De Meks hebben zich moordenaars getoond: hoe kunnen wij hen ooit weer in dienst nemen? Maar doen wij dat niet — welnu, op zijn minst zullen wij in sobere omstandigheden verkeren totdat wij een nieuwe ploeg technici weten te vinden en opleiden. Hierover moeten wij onze gedachten laten gaan."

"De ruimteschepen!" riep Xanten uit. "Die moeten wij ogenblikkelijk veiligstellen!"

"Hoe nu?" vroeg Beaudry, een heer met een gelaat als uit rots gehouwen. "Hoe bedoelt u, de schepen veiligstellen?"

"Ze moeten gevrijwaard worden van schade! Wat anders? Zij zijn onze band met de Thuiswerelden. Waarschijnlijk hebben de onderhouds-Meks de hangars niet in de steek gelaten, omdat zij ons de toegang tot de schepen zullen willen ontzeggen als ze werkelijk van plan zijn ons uit te roeien."

"Misschien wenst u met een ploeg Boeren naar de hangars te marcheren om ze onder streng toezicht te plaatsen?" suggereerde O.Z. Garr op ietwat hooghartige toon. Tussen hem en Xanten bestond een lange geschiedenis van rivaliteit en weerzin, over en weer.

"Misschien is dat onze enige hoop," zei Xanten. "Maar hoe vecht men met een ploeg Boeren? Het is beter dat ik naar de hangars vlieg en de situatie verken. Intussen kunnen u en anderen met militaire deskundigheid wellicht het rekruteren en oefenen van een militie van Boeren ter hand nemen."

"In dezen wacht ik het resultaat van de beraadslagingen af," zei O.Z. Garr. "Mocht blijken dat de optimale koers ons noopt die weg in te slaan, dan zal ik natuurlijk mijn capaciteiten dienaangaande ten volle aanwenden. Als uw eigen vermogens het best tot hun recht komen in het bespioneren van de activiteiten van de Meks, dan hoop ik dat u zo grootmoedig wilt zijn deze taak op u te nemen."

De twee heren keken elkaar fel aan. Een jaar tevoren was hun vijand-schap bijna uitgelopen op een duel. Xanten, een lange edelman met slanke ledematen en op een nerveuze manier actief, bezat een grote natuurlijke flair, maar spreidde tevens een te vlotte natuur tentoon om voor het predicaat absolute elegantie in aanmerking te komen. De tra-ditionalisten vonden hem 'strhoss', hetgeen duidde op een gedrag dat mank ging aan een bijna onmerkbare laksheid en gebrek aan vormelijk-heid: niet de best mogelijke keus voor een clanoudste.

Xanten antwoordde op minzame toon: "Ik zal mij met genoegen van deze taak kwijten. Daar spoed van belang is, zal ik het risico nemen van overijldheid beschuldigd te worden en terstond vertrekken. Hopelijk keer ik morgen terug om verslag uit te brengen."

Hij stond op, maakte een ceremoniële buiging voor Hagedorn, bracht een tweede groet die de gehele raad omvatte en verliet de zaal.

Hij begaf zich naar het Huis Esledune, waar hij op de twaalfde verdieping een appartement bezat: vier kamers gemeubileerd in de stijl die Vijfde Dynastie werd genoemd, naar een periode in de geschiedenis van de Thuiswerelden bij Altair, vanwaar de mensen teruggekeerd waren naar de Aarde. Zijn huidige gemalin Araminta, een dame van de familie Onwane, was afwezig, wat Xanten goed uitkwam. Nadat zij hem met vragen zou hebben bestookt, zou zij zijn simpele uitleg van de hand wijzen en eerder een rendez-vous in zijn buitenhuis vermoeden. Om de waarheid te zeggen was Araminta hem gaan vervelen en hij had reden om aan te nemen dat ook zij op hem uitgekeken was — of wellicht had zijn hoge rang haar toch minder vaak de gelegenheid gegeven om pronklievend de scepter te zwaaien bij sociale activiteiten dan zij had verwacht. Kinderen hadden zij achterwege gelaten. Araminta's dochter uit een vorige verbintenis was op haar naam geschreven. Haar volgende kind moest op naam van Xanten komen, wat hem zou beletten een tweede kind te verwekken.* Xanten trok zijn gele raadskledij uit

---

* Het inwonertal van Kasteel Hagedorn lag vast: iedere heer en iedere dame was een enkel kind toegestaan. Mocht onverhoopt een tweede worden geboren, dan diende de ouder iemand te vinden onder degenen die nog geen nakomeling hadden die genegen was zich over het kind te ontfermen, of hij moest zien zich er op andere manier van te ontdoen. Het kind overdragen aan de Boetelingen was de gebruikelijke procedure.

en kleedde zich, geholpen door een jongen van de Boeren, in een donkergele jachtbroek met zwarte biezen, een zwart jasje en zwarte laarzen. Hij trok een kap van zacht zwart leer over zijn hoofd en hing een buidel over zijn schouder waarin hij wapens borg: een veermes, een energiepistool.

Buiten het appartement liet hij de lift komen en daalde af naar het arsenaal in het eerste souterrain, waar hij in normale tijden door een Mek-bediende geholpen zou zijn. Nu was Xanten tot zijn grote ergernis gedwongen zelf achter de balie te gaan en hier en daar te rommelen tot hij vond wat hij zocht. De Meks hadden de meeste sportgeweren meegenomen, alle kogelwapens en zware energiegeweren; een veeg teken, dacht Xanten. Eindelijk had hij een stalen slingerzweep, reservebatterijen voor zijn pistool, een koppel brisantgranaten en een sterke verrekijker bij elkaar gezocht.

Hij liep terug naar de lift en ging naar de bovenste verdieping, treurig denkend aan de lange klim die hem te wachten stond als de machinerie uiteindelijk onklaar raakte, nu er geen Meks meer waren die reparaties konden uitvoeren. Hij dacht aan de woedeaanvallen die starre traditionalisten als Beaudry zouden krijgen en schoot grinnikend in de lach: spannende dagen lagen in het verschiet!

Op de bovenste verdieping gekomen liep hij naar de borstwering en vandaar naar de radiokamer. Gewoonlijk zaten hier drie Mek-specialisten, met de apparatuur verbonden door draden naar hun pennen. Zij tikten de berichten uit zodra die binnenkwamen. Nu stond B.F. Robarth voor het mechanisme, onzeker aan de knoppen draaiend, met een wrange trek van afkeer en wrevel om zijn mond.

"Verder nog nieuws?" vroeg Xanten.

B.F. Robarth grijnsde zuur. "De mensen aan het andere eind schijnen even onbekend te zijn met deze vervloekte warboel als ik. Af en toe hoor ik stemmen. Ik geloof dat de Meks Kasteel Delora aanvallen."

Claghorn was na Xanten de radiokamer binnengekomen. "Heb ik u goed verstaan? Is Delora gevallen?"

"Nog niet, Claghorn. Maar wel zo goed als. De muren van Delora zijn weinig meer dan een schilderachtige ruïne."

"Ellendige toestand!" mompelde Xanten. "Hoe kunnen denkende wezens zulk kwaad beramen? Na al die eeuwen — wat weten we eigenlijk weinig van ze!" Nog terwijl hij sprak drong het tot hem door hoe tactloos zijn opmerking was: Claghorn had veel tijd besteed aan het bestuderen van de Meks.

"De daad zelf is niet verbazingwekkend," zei Claghorn kort. "De geschiedenis van de mens kent duizend precedenten."

Licht verrast dat Claghorn de menselijke geschiedenis in verband bracht met een kwestie die de ondermensen betrof, vroeg Xanten: "U bent nooit op de hoogte geweest van dit boosaardige aspect van het karakter van de Meks?"

"Nee. Helemaal niet."

Claghorn leek zeer gevoelig op dit punt, vond Xanten. Wel begrijpelijk, alles welbeschouwd. Claghorns fundamentele doctrine zoals hij die uiteengezet had, voorafgaand aan de keuze van de nieuwe Hagedorn was geenszins eenvoudig, en Xanten begreep haar niet helemaal, noch onderschreef hij wat hij als de doelstellingen ervan aanzag, maar het was duidelijk dat de opstand van de Meks Claghorn het gras onder de voeten had weggemaaid. Vermoedelijk tot bittere voldoening van O.Z. Garr, die zich nu wel gesterkt zou voelen in zijn traditionalistische overtuigingen.

Claghorn zei kortaf: "Het leven dat wij geleid hebben kon niet eeuwig duren. Een wonder dat het nog zo lang heeft kunnen doorgaan."

"Misschien wel," zei Xanten vergoelijkend. "Welaan, alles verandert. Wie weet? Misschien smeden de Boeren wel plannen om ons voedsel te vergiftigen... Ik moet gaan." Hij boog voor Claghorn, die hem kort toeknikte, en voor B.F. Robarth, waarna hij het vertrek verliet.

Hij beklom de wenteltrap — het was bijna een ladder — naar de hokken waar de Vogels in onoverwinnelijke wanorde woonden en waar ze zich bezighielden met gokken, ruziemaken en een versie van het schaakspel waarvan de regels ondoorgrondelijk waren voor iedere edelman die getracht had ze te begrijpen.

Kasteel Hagedorn hield honderd Vogels, die verzorgd werden door een ploeg Boeren die veel van de dieren te verduren hadden en voor wie de Vogels de opperste minachting koesterden. De Vogels waren opzichtige, praatzieke wezens, rood, geel of blauw gepigmenteerd, met een lange nek, een heen en weer flitsende nieuwsgierige kop en een aangeboren oneerbiedigheid waar geen discipline of onderwijs tegen gewassen was. Toen ze Xanten in het oog kregen, hieven ze een koor van honende kreten aan: "Iemand wil een ritje maken! Zwaar ding!" "Waarom laten de brallende tweevoeters zelf geen vleugels groeien?" "Mijn vriend, vertrouw nooit een Vogel! We zullen je naar de hemel dragen, en dan laten we je op je achterwerk vallen!"

"Stilte!" riep Xanten. "Ik heb zes snelle, zwijgzame Vogels nodig voor een belangrijke opdracht. Zijn er die deze taak aankunnen?"

"Of er zijn die deze taak aankunnen, vraagt hij!" "*A ros ros ros!* En dat terwijl we al een week niet gevlogen hebben!" "Stilte? We zullen je stilte geven, Geel en Zwart!"

"Kom dan. Jij. En jij. En jij met het wijze oog. Jij daar. Jij met de scheve schouder. En jij met de groene pompon. Naar de mand."

De aangewezen Vogels stonden smalend, mopperend en scheldend op de Boeren toe dat hun siroopzakken gevuld werden en huppelden toen met de vleugels slaand naar de rieten mand waarnaast Xanten wachtte. "Naar het ruimtestation in Vincenne," gebood hij. "Vlieg hoog en geruisloos. Er zijn vijanden in het land. Wij moeten onderzoeken of er schade is toegebracht aan de ruimteschepen."

"Op naar het station, dan!" Elk van de Vogels greep een stuk touw beet dat vastgemaakt was aan een geraamte boven de mand; de zetel werd opgetild met een ruk die bedoeld was om Xantens kaken op elkaar te laten klappen, en toen vlogen de Vogels op, lachend, elkaar vervloekend dat niet ieder een gelijk deel van de last droeg, maar uiteindelijk spanden ze zich allemaal in en vlogen met een gecoördineerd klapwieken van de zesendertig stel vleugels. Tot Xantens opluchting werden ze allengs minder praatziek. Ten slotte vlogen ze zwijgend naar het zuiden met een snelheid van tachtig of negentig kilometer per uur.

De namiddag liep al ten einde. Het oude landschap, waar zovelen gekomen en gegaan waren, waar zoveel overwinningen waren gevierd en zoveel rampen hadden plaatsgevonden, raakte overdekt met een kantwerk van lange zwarte schaduwen. Naar beneden kijkend bedacht Xanten dat het mensenras weliswaar uit deze aarde was ontstaan, en zijn onmiddellijke voorouders dit land al zevenhonderd jaar in bezit hadden, maar dat de Aarde nog steeds een vreemde wereld was. De reden was natuurlijk allesbehalve geheimzinnig en evenmin geworteld in een paradox. Na de Oorlog van de Zes Sterren had de Aarde drieduizend jaar braak gelegen, onbevolkt op een handvol ellendige stakkers na die de ramp op een of andere manier hadden overleefd en half barbaarse nomaden waren geworden. Toen, zevenhonderd jaar geleden, hadden bepaalde rijke heren van Altair, gedeeltelijk gemotiveerd door politieke onvrede, maar niet minder gedreven door een gril, besloten om terug te keren naar de Aarde. Dat was de oorsprong van de negen statige forten, en van de edelen, en van de staf van gespecialiseerde andromorfen... Xanten vloog nu over een gebied waar een kenner van de oudheid opgravingen had laten verrichten, waarbij een plein van witte steen was blootgelegd, een gebroken obelisk, een omgevallen standbeeld... Door een spontane gedachtenassociatie prikkelde deze aanblik Xantens geest tot een verbazingwekkend visioen, zo eenvoudig en toch zo groots dat hij in alle richtingen met nieuwe ogen om zich heen keek. Het visioen toonde hem de Aarde, opnieuw bevolkt met mensen, het land bebouwd, de nomaden verdreven naar de wildernis.

Op dit moment was zulks een vergezochte voorstelling. En terwijl hij de zachte contouren van de Oude Aarde onder zich door zag glijden, richtte Xanten zijn gedachten op de rebellie van de Meks die zijn leven zo abrupt, zo schokkend had veranderd.

Claghorn stelde al tijden dat geen enkele menselijke conditie eeuwig duurde, met daarin besloten dat hoe gecompliceerder die conditie was, hoe ontvankelijker zij was voor verandering. In welk geval de al zevenhonderd jaar durende continuïteit van Kasteel Hagedorn — een zo kunstmatige, zo buitensporige en zo gecompliceerde samenleving als maar mogelijk was — een verbazingwekkend feit werd. Claghorn had zijn stelling verder uitgebouwd. Daar verandering onvermijdelijk was, redeneerde hij dat de dames en heren de overgang moesten verzachten door op de veranderingen te anticiperen en die beheerst te laten verlopen. Die doctrine werd heftig bestreden. De traditionalisten plakten al Claghorns ideeën het etiket van aantoonbare drogreden op en wezen op de stabiliteit van het leven op het kasteel als bewijs van de levensvatbaarheid ervan. Xanten helde aanvankelijk over naar de ene kant en later naar de andere, maar voelde zich bij geen van beide denkwijzen emotioneel betrokken. O.Z. Garrs traditionalisme had hem eigenlijk iets in de richting van de denkbeelden van Claghorn gedreven, en nu leek het erop dat de gebeurtenissen deze wijsgeer in het gelijk hadden gesteld. Er was verandering gekomen, en die had hardvochtig en met grof geweld toegeslagen.

Natuurlijk moesten er nog bepaalde vragen beantwoord worden. Waarom hadden de Meks juist dit tijdstip gekozen om in opstand te komen? De omstandigheden waren al vijfhonderd jaar gelijk gebleven en nimmer eerder hadden de Meks van onvrede blijk gegeven. In feite hadden ze in het geheel niets van gevoelens laten merken, hoewel anderzijds ook niemand ooit de moeite had genomen daarnaar te vragen — behalve Claghorn.

De Vogels zwenkten naar het oosten om het Ballaratgebergte te ontwijken, westelijk waarvan de ruïnes lagen van een grote stad die nooit tot volle tevredenheid geïdentificeerd had kunnen worden. Onder de Vogels lag nu het dal van Lucerne, een vruchtbaar akkerbouwgebied. Als men zeer geconcentreerd keek, wist men soms nog de grenzen van de verschillende landerijen te onderscheiden. In de verte werden reeds de hangars zichtbaar waar de Meks zorg droegen voor het onderhoud van vier ruimteschepen die het gezamenlijk eigendom waren van Hagedorn, Janeil, Tuang, Morgenlicht en Maraval, hoewel ze om uiteenlopende redenen nooit gebruikt werden.

De zon ging onder. Op de metalen wanden van de hangars twinkelde en flakkerde een oranje licht. Xanten riep instructies naar de Vogels: "Cirkel omlaag. Land achter die rij bomen, maar vlieg zo laag dat niemand het ziet."

Op stijve vleugels daalden de Vogels in kringen naar de grond met de zes lelijke nekken naar de bodem gestrekt. Xanten was voorbereid op de schok van de landing: de Vogels schenen nooit zacht te kunnen neerkomen als ze een heer droegen. Was de lading daarentegen iets waarbij zij zich betrokken voelden, dan werd geen paardenbloempluis gestoord door de schok.

Xanten bewaarde vakkundig het evenwicht, in plaats van te vallen en om te rollen zoals de Vogels het liefst zagen. "Jullie krijgen allemaal siroop," zei hij. "Rust uit, maak geen lawaai, ruzie niet. Als ik morgen bij zonsondergang niet hier terug ben, vlieg dan weer naar Kasteel Hagedorn en meld dat Xanten de dood heeft gevonden."

"Vrees niet!" riepen de Vogels. "Wij zullen eeuwig wachten!" "In ieder geval tot zonsondergang morgen!" "Dreigt er gevaar, komt u in nood — *a ros ros ros!* Roep dan de Vogels!" "*A ros!* Wij zijn verscheurend woest als onze woede gewekt is!"

"Ik wou dat het waar was," antwoordde Xanten. "De Vogels zijn aartslafaards, dat is welbekend. Toch waardeer ik het medeleven. Denk aan mijn instructies, en wees bovenal stil! Ik wil niet aangevallen en neergesabeld worden alleen omdat jullie lawaai maken!"

De Vogels slaakten verontwaardigde kreten. "Onrecht, onrecht! Wij zijn stil als de dauw!"

"Goed." Xanten verwijderde zich haastig om te vermijden dat ze hem verder nog raadgevingen en geruststellingen achterna schreeuwden.

Eenmaal door het bos gelopen, kwam hij bij een open veld. Aan de overzijde ervan, honderd meter bij hem vandaan, zag hij de achterkant van de eerste hangar. Hij dacht na. Hij moest met verscheidene factoren rekening houden. Ten eerste: de onderhouds-Meks, die door de metalen wanden afgeschermd waren van radiocontact, waren daardoor misschien nog niet op de hoogte van de opstand. Maar dat was niet erg waarschijnlijk, concludeerde hij, gezien de verder zo zorgvuldige planning. Ten tweede: de Meks, die voortdurend met hun soortgenoten in contact stonden, traden op als een collectief organisme. De som fungeerde doeltreffender dan de afzonderlijke onderdelen, en het individu was niet geneigd tot het nemen van initiatieven. De bewaking zou dan waarschijnlijk ook scherp zijn. Ten derde: als ze verwachtten dat iemand een omzichtige nadering zou kunnen wagen, zouden ze beslist de meeste aandacht besteden aan de route die hij van plan was te nemen.

Xanten besloot nog tien minuten in de schaduwen te wachten tot de ondergaande zon achter hem de eventuele wachtposten het sterkst zou verblinden.

Er verstreken tien minuten. De hangars, gepolijst door het afnemende zonlicht, rezen hoog en breed en volkomen stil op. Op de tussenliggende weide wuifde en golfde lang gouden gras in een koel windje… Xanten haalde diep adem, hees zijn buidel op, verschikte zijn wapens en schreed voorwaarts. Het kwam niet bij hem op door het gras te kruipen.

Zonder aangeroepen te worden bereikte hij de achterkant van de eerste loods. Toen hij zijn oor tegen het metaal drukte, hoorde hij niets.

Hij liep naar de hoek van het gebouw, keek eromheen: geen teken van leven. Xanten haalde zijn schouders op. Uitstekend: naar de deur dan.

Toen hij langs de hangar liep, wierp de ondergaande zon een lange zwarte schaduw voor hem uit. Hij kwam bij een deur in het kantoor van de hangar. Omdat er met angstig dralen niets te winnen viel, duwde Xanten de deur open en liep naar binnen.

De kantoorkamers waren verlaten. De bureaus, waaraan eeuwen geleden bedienden hadden gezeten terwijl ze facturen en connossementen uitrekenden, waren leeg en stofvrij gepoetst. De computers en geheugenbanken, zwartgelakt met glazen ruitjes en witte en rode schakelaars, zagen eruit of ze de vorige dag geïnstalleerd waren.

Xanten liep naar de ruit die uitkeek op de werkvloer van de hangar. Het venster bevond zich in de schaduw onder een van de schepen.

Hij zag geen Meks. Maar op de vloer, uitgelegd in nette rijen en stapels, lagen elementen en modules van het regelmechanisme van het schip. Dienstluiken in de romp manifesteerden zich als zwarte gaten om aan te geven waar de apparatuur verwijderd was.

Xanten stapte de hangar in. Het ruimteschip was onklaar gemaakt, onbruikbaar. Hij keek de nette rijen onderdelen langs. Bepaalde geleerden van verscheidene kastelen waren deskundig in de theorie van het tijdruimtetransport, S.X. Rosenbox van Maraval had zelfs een stel vergelijkingen afgeleid die, omgezet in machinerie, het ergerlijke Hamus-effect elimineerden. Maar niet één heer, al zou hij zijn eer schenden door eigenhandig gereedschap aan te raken, zou weten hoe hij de op de vloer uitgestalde mechanismen moest terugplaatsen en afregelen. Het boze werk was gedaan, maar wanneer? Dat was onmogelijk te zeggen.

Xanten ging terug via het kantoor, liep de schemerende buitenlucht in en begaf zich naar de volgende hangar. Opnieuw zag hij geen Meks, opnieuw vond hij een schip ontdaan van de regelmechanismen. In de derde loods trof hij dezelfde situatie aan.

Bij de vierde hangar komend bespeurde hij zwakke geluiden die op activiteit duidden. Door het raam van het kantoor kijkend zag hij Meks die op hun gebruikelijke efficiënte manier aan het werk waren, in een stilte die griezelig aandeed.

Xanten, toch al onbehaaglijk door het sluipen door het bos, werd helemaal woedend toen hij zijn bezit doodkalm vernietigd zag worden. Hij schreed de hangar in. Zich op de dij slaand om de aandacht te trekken, riep hij met strenge stem: "Breng de onderdelen weer op hun plaats! Hoe durven jullie ongedierte zich zo te gedragen?"

De Meks wendden hun nietszeggende gezicht naar hem toe, en namen hem op met de glanzend zwarte lenzentrossen aan weerskanten van hun hoofd.

"Wat?" bulderde Xanten. "Jullie aarzelen?" Hij haalde zijn stalen zweep tevoorschijn, die gewoonlijk eerder een symbolisch attribuut was dan een strafinstrument en liet hem tegen de vloer knallen. "Gehoorzaam! Deze belachelijke rebellie is nu afgelopen!"

De Meks aarzelden, en de loop van de gebeurtenissen was nog onbeslist. Geen van hen maakte een geluid, hoewel ze berichten uitwisselden, de omstandigheden taxeerden, tot een algemene opinie kwamen. Xanten kon hun die tijd niet toestaan. Hij marcheerde naar voren en sloeg met zijn zweep naar de enige plek waar de Meks pijn voelden: het op een bos touw lijkende gezicht. "Aan je plichten!" bulderde hij. "Een fraaie onderhoudsploeg zijn jullie! Jullie lijken eerder een bende slopers!"

De Meks maakten het zachte, blazende geluid dat van alles kon betekenen. Ze deinsden achteruit en nu zag Xanten er bovenaan de ladder naar het schip een staan: een Mek die groter was dan alle die hij ooit had gezien en op een of andere manier was hij anders. Deze Mek nu richtte een kogelpistool op Xantens hoofd. Met een zwierig, ongehaast gebaar ranselde Xanten een Mek weg die met een mes naar voren was gesprongen en zonder zich te verlagen tot het richten van zijn wapen, vuurde en vernietigde hij de Mek op de ladder, op hetzelfde moment dat diens kogel langs zijn hoofd floot.

De andere Meks waren echter al tot de aanval overgegaan. En masse stortten ze zich op Xanten. Verachtelijk tegen de scheepsromp leunend schoot Xanten ze af, eenmaal het hoofd bewegend om een brok metaal te ontwijken, eenmaal de hand uitstekend om een werpmes op te vangen en terug te smijten in het gezicht van de werper.

De Meks trokken zich terug en Xanten vermoedde dat ze tot een nieuwe tactiek besloten hadden: ze gingen wapens halen of wilden hem in de hangar opsluiten. Hier viel hoe dan ook verder niets te bereiken. Hij baande zich met de zweep een weg naar het kantoor. Terwijl gereedschappen, metalen staven en stukken smeedijzer het glas achter hem troffen, liep hij door het kantoor en de nacht in.

De volle maan kwam op, een reusachtige bol die een rokerige saffraangele gloed wierp als een antieke lamp. Mek-ogen waren niet goed berekend op de nacht en Xanten wachtte dan ook bij de deur. Weldra stormden de Meks naar buiten en hij hieuw naar hun nek zodra ze uit de deur kwamen.

Hierop trokken de overlevenden zich terug in de hangar. Zijn mes afvegend liep Xanten terug zoals hij gekomen was zonder links of rechts te kijken. Opeens bleef hij staan. De nacht was nog jong. Zijn aandacht werd opgeëist door iets wat hem in herinnering kwam: de Mek die op hem geschoten had. Deze was groter geweest, had misschien een donkerder bronskleur dan normaal, maar wat meer betekende, hij had een ondefinieerbare houding gehad, bijna een houding van gezag — hoewel dat woord, gebruikt voor een Mek, ongerijmd klonk, niet op zijn plaats. Anderzijds moest iemand de opstand voorbereid, het plan beraamd hebben. Het zou de moeite waard kunnen zijn de verkenningstocht voort te zetten, hoewel hij reeds de inlichtingen bezat die het doel van zijn reis waren geweest.

Xanten keerde op zijn schreden terug en stak het landingsveld over naar de woonverblijven en garages. En weer, fronsend van ergernis, voelde hij zich genoodzaakt zich heimelijk te gedragen. Wat een tijden, dat een heer rond moest sluipen om wezens als de Meks te ontlopen! Hij benaderde omzichtig de garages, waar een zestal krachtwagens stond te doezelen.* Xanten bekeek ze eens. Ze waren allemaal van

---

* De krachtwagens, evenals de Meks oorspronkelijk moeraswezens van Etamin Negen, waren grote rechthoekige platen spierweefsel, opgehangen in een rechthoekig frame en tegen zonlicht, insecten en knaagdieren beschermd door een kunstmatige vacht. Siroopzakken waren aangesloten op hun spijsverteringsstelsel en draden leidden naar motorische knooppunten in hun rudimentaire hersens. De spieren waren verbonden met tuimelaars die rotors en aandrijfwielen in beweging brachten. De krachtwagens, zuinig in het gebruik, volgzaam, en met een lange levensduur, werden voornamelijk gebruikt voor zwaar transportwerk, grondverzet, ploegen en andere inspannende werkzaamheden.

dezelfde soort, een metalen frame met vier wielen en voorop een schepblad voor grondverzet. De siroopvoorraad moest in de buurt zijn. Weldra vond Xanten een bak die verscheidene vaten siroop bevatte. Hij laadde een tiental vaten op een wagen en sneed de rest met zijn mes open zodat de siroop op de grond gutste. De Meks gebruikten siroop van een iets andere samenstelling: hun voorraad zou op een andere plaats opgeslagen zijn, vermoedelijk in de verblijven.

Xanten besteeg een krachtwagen, draaide de 'wakker' sleutel om, tikte op de rijknop en haalde een hefboom over die de wielen op achteruit schakelde. De krachtwagen reed schokkend naar achter. Xanten stopte hem, draaide hem zodat hij naar de verblijven wees. Hetzelfde deed hij met de overige drie wagens, waarna hij ze stuk voor stuk in beweging zette. Ze rolden vooruit; de schepbladen sneden de metalen wand van de verblijven open en het dak zakte in. De wagens reden verder, de hele barak door en verpletterden alles wat ze voor de wielen kwam.

Xanten knikte uiterst voldaan en liep terug naar de wagen die hij voor zichzelf had gereserveerd. Hij klom erop en wachtte. Er kwamen geen Meks uit de verblijven. Blijkbaar waren die verlaten en was de hele ploeg bezig in de hangars. Maar hopelijk waren de siroopvoorraden vernietigd en zouden er velen omkomen door uithongering.

Uit de richting van de hangars kwam een enkele Mek, blijkbaar aangetrokken door het lawaai van de vernieling. Xanten dook ineen, en toen de Mek langs hem liep, liet hij zijn zweep om de stoere nek kronkelen. Hij gaf een ruk aan het handvat, en de Mek sloeg tegen de grond.

Xanten sprong van de wagen af en pakte het wezen zijn kogelpistool af. Ook dit was een van de grote Meks, en nu ontdekte Xanten dat de Mek geen siroopzak had: het was een Mek in natuurlijke staat. Verbazingwekkend! Hoe bleef het wezen in leven? Plotseling doemden er vele vragen op — en misschien zouden daarvan nu enkele beantwoord worden. Met een voet op het hoofd van het wezen staand, hakte Xanten de lange antennes af die achter uit de schedel staken. Nu was de Mek geïsoleerd, alleen, op eigen krachten aangewezen — een situatie die de dapperste Mek tot apathie reduceerde.

"Erop!" beval Xanten. "Achterin de wagen!" Hij knalde met zijn zweep om zijn woorden kracht bij te zetten.

Eerst leek de Mek geneigd hem te trotseren, maar na een klap of twee gehoorzaamde hij. Xanten ging ook zitten en startte de kracht-wagen. Vervolgens stuurde hij hem naar het noorden. De Vogels zouden hem én de Mek niet kunnen dragen. In elk geval zouden ze zo schril schreeuwen en klagen dat hij ze evengoed meteen kon geloven. Misschien wachtten ze wel tot het afgesproken uur, misschien niet; waarschijnlijk brachten ze de nacht in een boom door, ontwaakten de volgende ochtend in een nors humeur en vlogen dan regelrecht terug naar Kasteel Hagedorn.

De hele nacht rolde de krachtwagen voort, met Xanten op de stoel en zijn gevangene ineengedoken achterop.

Hoofdstuk III

1

DE HEREN EN DAMES van de kastelen, hoe zelfverzekerd ook, hielden er niet van zich 's nachts buiten het kasteel te begeven, uit wat sommigen honend bijgelovige angst noemden. Anderen herinnerden aan reizigers die naast ineengezegen ruïnes door de nacht waren overvallen en vervolgens visioenen hadden aanschouwd: spookachtige muziek, of het jammeren van maanmirkins, of de verre hoorns van schimmige jagerslieden. Anderen hadden bleke lila en groene lichten gezien, en geesten die met lange passen door het woud schreden; en de abdij van Hode, nu een klamme bouwval, was berucht om zijn Witte Feeks en de schrikwekkende tol die zij eiste.

Er waren honderd van zulke gevallen bekend en hoewel de nuchteren schimpten, reisde niemand onnodig 's nachts over het land. Als geesten werkelijk rondspookten over het toneel van tragedies en verscheurde harten, dan moest het landschap van de Oude Aarde het thuis zijn van schimmen en verschijningen zonder tal — vooral die streek waar Xanten op zijn krachtwagen nu doorheen reed, waar iedere steen, ieder veld, ieder dal en iedere laagte een dikke korst van menselijke ervaringen torste.

De maan rees hoog op; de wagen rolde in noordelijke richting over een oeroude weg waarvan de gebarsten betonplaten bleek oplichtten in het schijnsel van de maan. Tweemaal zag Xanten opzij van de weg flakkerende oranje lichtjes en eenmaal meende hij in de schaduw van een hoge cipres een lange, roerloze gedaante te zien staan die hem zwijgend gadesloeg terwijl hij passeerde.

De gevangengenomen Mek zon op wraak, dat wist Xanten heel goed. Zonder zijn pennen zou hij zich onpersoonlijk gemaakt voelen, verbijsterd zijn, maar Xanten hield zich voor dat het niettemin niet goed zou zijn als hij in slaap viel.

De weg voerde door een stad waarvan nog enkele bouwwerken overeind stonden. Zelfs de Nomaden namen nooit hun toevlucht tot deze oude steden, een miasma vrezend of wellicht de geur van smart.

De maan kwam in het zenit. Het land strekte zich uit in honderd nuances van zilver, zwart en grijs. Om zich heen kijkend dacht Xanten dat er, ondanks de aanzienlijke geneugten van het beschaafde leven, wel iets te zeggen viel voor de ruimte en de eenvoud van het Nomadenland. De Mek maakte een steelse beweging. Xanten keek zelfs niet om. Hij liet zijn zweep in de lucht knallen. De Mek werd weer rustig.

De hele lange nacht reed de krachtwagen over de oude weg terwijl de maan in het westen wegzonk. De oostelijke horizon gloeide groen en citroengeel op en weldra, toen de bleke maan verdween, rees de zon boven de verre streep van de bergen. Op dat moment ontwaarde Xanten rechts van zich een rooksliert.

Hij liet de wagen halthouden. Op zijn zetel staand bespeurde hij een kampement van nomaden, een halve kilometer van hem vandaan. Hij telde dertig of veertig tenten van verschillende afmetingen en een stuk of tien aftandse krachtwagens. Op de hoge tent van de hoofdman zag hij een zwart ideogram dat hij dacht te herkennen. Als hij gelijk had, dan was dit de stam die nog niet lang geleden het gebied van Hagedorn had geschonden en door O.Z. Garr was verjaagd.

Xanten ging weer zitten, bracht zijn kleren in orde, spoorde de krachtwagen aan en stuurde die naar het kamp.

Honderd mannen in zwarte mantels, lang en mager als fretten, sloegen zijn nadering gade. Tien van hen sprongen met pijl en boog gereed naar voren en legden aan op zijn hart. Xanten schonk hun een hooghartige blik, reed door tot aan de tent van de hoofdman en stopte daar. Hij ging staan. "Hoofdman," riep hij. "Ben je wakker?"

De leider van de stam trok het zeildoek open dat zijn tent afsloot, gluurde naar buiten en kwam na een ogenblik tevoorschijn. Net als de anderen droeg hij een kledingstuk van slap zwart laken dat lichaam en hoofd tegelijk omhulde. Zijn gezicht stak naar voren door een vierkante opening: bijna dichtgeknepen blauwe ogen, een bespottelijk lange neus, een spitse en scheve kin.

Xanten knikte hem afgemeten toe. "Kijk," zei hij. Hij wees met zijn duim naar de Mek achterop de wagen. De ogen van de hoofdman flitsten naar het wezen, bekeken het een tiende van een seconde. Toen richtte hij zijn onderzoekende blik weer op Xanten. "Zijn soort is in opstand gekomen tegen de edelen," legde Xanten uit. "Ze zijn bezig alle mensen op Aarde af te slachten. Daarom doen wij van Kasteel Hagedorn de nomaden dit aanbod. Kom naar Kasteel Hagedorn. Daar zullen wij jullie voedsel geven, van kledij voorzien en bewapenen. We zullen jullie oefenen in discipline en de kunsten van de geregelde oorlogvoering. Wij zullen het deskundigste leiderschap verschaffen dat ons ter beschikking staat. Vervolgens zullen wij de Meks uitroeien, hen van de Aarde verdrijven. Na de campagne zullen wij jullie in technische vaardigheden oefenen, waarna jullie winstgevende en interessante carrières mogen nastreven in dienst van de kastelen."

De hoofdman antwoordde niet meteen. Toen spleet zijn verweerde gezicht open in een woeste grijns. Hij sprak met een stem die Xanten verrassend goed gemoduleerd voorkwam. "Dus die beesten zijn eindelijk opgestaan om jullie aan stukken te scheuren! Jammer dat ze zo lang gewacht hebben! Wel, voor ons is het allemaal gelijk. Jullie zijn allebei onaardse wezens en vroeg of laat zal jullie gebeente gezamenlijk verbleken."

Xanten veinsde onbegrip. "Als ik u goed begrepen heb, verklaart u dat, geconfronteerd met een aanval van vreemden, alle mensen gezamenlijk moeten strijden; en dan, na de overwinning, nog hechter moeten samenwerken tot ieders voordeel. Heb ik het juist?"

De grijns op het gezicht van de hoofdman verflauwde niet.

"Jullie zijn geen mensen. Alleen wij van de Aardse bodem en het Aardse water zijn mensen. Jullie en je griezelige slaven zijn allemaal vreemden. Wij wensen jullie succes in je gezamenlijke slachtpartij."

"Welaan," zei Xanten, "ik had u dan toch goed begrepen. Een beroep op uw loyaliteit treft geen doel, dat is duidelijk. En uw eigenbelang? Wanneer de Meks er niet in slagen de edellieden uit de kastelen te verdrijven, zullen zij zich tegen de nomaden keren en hen doden alsof het mieren zijn."

"Als ze ons aanvallen, zullen wij tegen hen strijden," verklaarde de hoofdman. "Doen ze niets, dan kunnen ze hun gang gaan."

Xanten blikte nadenkend naar de hemel. "Zelfs nu nog zouden wij bereid kunnen zijn een contingent nomaden in dienst te nemen op Kasteel Hagedorn, teneinde een kader te vormen dat later een grotere groep zou kunnen africhten."

Van opzij riep een man op smalende toon: "Dan naaien jullie zeker een zak op onze rug waar je jullie siroop in kan gieten, hè?"

Xanten antwoordde effen: "De siroop is hoogst voedzaam en vervult alle lichamelijke behoeften."

"Waarom eten jullie het zelf dan niet?"

Xanten verwaardigde zich niet hierop te antwoorden.

De hoofdman sprak: "Als jullie ons wapens willen leveren, dan zullen we die aannemen en gebruiken tegen ieder die ons aanvalt. Maar verwacht niet van ons dat we jullie verdedigen. Als jullie voor je leven vrezen, verlaat dan de kastelen en wordt nomaden."

"Voor ons leven vrezen?" riep Xanten uit. "Wat een onzin! Nimmer! Kasteel Hagedorn is onneembaar, evenals Janeil, en de meeste andere kastelen."

De hoofdman schudde gedecideerd het hoofd. "Als we dat wilden, konden we Hagedorn op ieder gewenst moment innemen en alle windbuilen in hun slaap doden."

"Wat?" kreet Xanten woedend. "Spreekt u in ernst?"

"Zeker. Op een zwarte nacht zouden we een man omhoog sturen aan een reuzenvlieger en hem op de borstwering laten landen. Hij zou een touw laten zakken en ladders ophalen en binnen een kwartier is het kasteel van ons."

Xanten trok aan zijn kin. "Vernuftig, maar onpraktisch. De Vogels zouden zo'n vlieger opmerken. Of de wind zou op het kritieke moment gaan liggen... Dit doet alles niet ter zake. De Meks laten geen vliegers op. Ze zijn van plan met veel vertoon tegen Janeil en Hagedorn ten strijde te trekken; dan, als ze gedwarsboomd worden, blazen ze de aftocht en gaan op Nomaden jagen."

De hoofdman deed een stap achteruit. "Wat dan nog? Soortgelijke pogingen van de bewoners van Hagedorn hebben wij overleefd. Lafaards zijn het, allemaal. Man tegen man, met gelijke wapens, zouden wij jullie drek laten eten, zoals gepast is voor honden."

Xanten fronste elegant minachtend de wenkbrauwen. "Ik vrees

dat u uw plaats vergeet. U spreekt tegen een clanoudste van Kasteel Hagedorn. Alleen vermoeienis en verveling weerhouden mij ervan u te straffen met deze zweep."

"Gah," zei de hoofdman. Hij wees met een vinger naar een van zijn boogschutters. "Spiets deze brutale kwast aan je pijl."

De schutter wilde gehoorzamen, maar Xanten, die zoiets verwacht had, vuurde zijn energiepistool af waardoor pijl, boog en handen van de schutter verdwenen.

Hij zei: "Ik zie dat ik jullie zelfs het minste respect voor je beteren moet bijbrengen, dus wordt het toch de zweep." De hoofdman bij de scalp grijpend liet hij de zweep volleerd een, twee, drie keer om de smalle schouders kronkelen. "Laat dit voldoende zijn. Tot vechten kan ik jullie niet dwingen, maar ik kan wél eerbied afdwingen."

Hij sprong op de grond, pakte de hoofdman beet en wierp hem achterop de wagen naast de Mek. Toen keerde hij de wagen en verliet het kamp. De rugleuning van de stoel beschermde hem tegen eventuele pijlen.

De hoofdman krabbelde overeind en trok zijn dolk. Xanten wendde het hoofd iets om. "Pas op! Of ik bind je aan de wagen en dan kun je er in het stof achteraanrennen."

De man aarzelde, maakte een spuwend geluid tussen zijn tanden en stapte naar achter. Hij keek naar zijn dolk, stak hem met een grom weer in de schede. "Waar breng je me heen?"

Xanten stopte. "Niet verder. Ik wilde je kamp slechts waardig verlaten zonder een regen van pijlen te hoeven ontwijken. Je mag uitstappen. Ik neem aan dat je nog steeds weigert je mannen in dienst te stellen van Kasteel Hagedorn?"

Opnieuw maakte de hoofdman het geluid tussen zijn tanden. "Als de Meks de kastelen verwoest hebben, zullen wij de Meks uitroeien, en dan zal de Aarde bevrijd zijn van sterrenwezens."

"Jullie zijn een bende onhandelbare wilden. Goed, stap uit, keer terug naar je kamp. Denk voortaan eerst goed na voor je je nogmaals oneerbiedig gedraagt tegen een clanoudste van Kasteel Hagedorn."

"Bah," mopperde de hoofdman. Hij sprong van de wagen en beende over de weg terug naar zijn kamp.

2

Tegen de middag bereikte Xanten het Verre Dal aan de rand van de landerijen van Hagedorn. Vlakbij lag het dorp van de Boetelingen: ontevredenen en zenuwzieken naar de mening van de heren en dames van Hagedorn, en volgens alle maatstaven een merkwaardig groepje. Enkelen van hen hadden een benijdenswaardige rang bekleed, sommige anderen waren geleerden van erkende bekwaamheid, maar weer anderen waren personen zonder waardigheid of reputatie die de meest bizarre en extreme filosofieën aanhingen. Allen verrichtten nu zware arbeid die niet verschilde van de taak van de Boeren, en allen schenen pervers te genieten van wat volgens de normen van het kasteel vuil, armoedig en vernederend was.

Zoals te verwachten viel, waren ze allesbehalve eensgezind in hun geloofsbelijdenis. Sommigen konden het best betiteld worden als 'non-conformisten' of 'afgescheidenen'; een andere groep bestond uit 'lijdzame boetelingen', en nog weer anderen, een minderheid, stonden een dynamisch programma voor.

Tussen kasteel en dorp was weinig omgang. Af en toe ruilden de Boetelingen fruit of gepolijst hout tegen gereedschap, spijkers en medicijnen; of de heren en dames vormden een groep en gingen de Boetelingen gadeslaan bij het dansen en zingen. Xanten had het dorp bij verscheidene van zulke gelegenheden bezocht en hij werd wel aangetrokken door de ongekunstelde charme en het informele gedrag van de bewoners tijdens hun spel. Toen hij nu langs het dorp kwam, sloeg hij een weggetje in dat zich tussen hoge braambesstruiken slingerde en uitkwam op een klein grasveld waar geiten en koeien graasden. Xanten stopte de wagen in de schaduw en vulde de siroopzak. Hij keek om naar zijn gevangene. "En jij? Als je siroop nodig hebt, giet jezelf dan vol. Maar nee, je hebt geen zak. Van wat leef je dan? Modder? Onsmakelijk eten. Ik ben bang dat hier geen geschikte vette modder naar je smaak is. Drink siroop of knabbel op gras, wat je maar wilt; ga echter niet te ver van de wagen, want ik kijk met nauwlettend oog."

De Mek, in een hoekje van de wagen zittend, gaf geen teken dat hij er iets van begreep, en kwam evenmin in beweging om gebruik te maken van Xantens aanbod. Xanten liep naar een trog. Hij hield zijn handen onder het stroompje dat uit de loden pijp kwam, spoelde zijn gezicht af en dronk daarna een slok of twee uit zijn holle hand.

Toen hij zich omdraaide, zag hij dat een tiental mensen van het dorp op hem toeliepen. Een van hen kende hij goed, een man die Godalming had kunnen worden, of zelfs Aure, als hij niet aangestoken was geweest door de leer van het boete doen.

Xanten groette beleefd. "A.G. Philidor. Ik ben het, Xanten."

"Xanten, natuurlijk. Maar hier ben ik A.G. Philidor niet meer, slechts Philidor."

Xanten boog. "Mijn verontschuldigingen; ik heb de strikte onbuigzaamheid van jullie informele levenswijze veronachtzaamd."

"Spaar me je geestigheid," zei Philidor. "Waarom kom je ons een geschoren Mek brengen? Om te adopteren soms?" Dit laatste was een toespeling op de gewoonte van de edellieden om overtollige baby's naar het dorp te brengen.

"Wie praalt er nu met zijn geestigheid? Maar hebben jullie het nieuws dan nog niet gehoord?"

"Hier komt het nieuws altijd het allerlaatst. De nomaden zijn beter op de hoogte."

"Bereid je dan voor op verrassingen. De Meks zijn in opstand gekomen tegen de kastelen. Halcyon en Delora zijn verwoest, en allen gedood; wellicht onderhand ook andere kastelen."

Philidor schudde zijn hoofd. "Ik ben niet verrast."

"Wel, maak je je dan geen zorgen?"

Philidor dacht na. "Alleen in dit opzicht. Onze plannen, toch al niet makkelijk uitvoerbaar, worden nu onwezenlijker dan ooit."

"Het komt mij voor," zei Xanten, "dat jullie geconfronteerd zullen worden met een ernstig gevaar. De Meks zijn blijkbaar van zins ieder spoor van de mensheid uit te roeien. Jullie zullen niet ontkomen."

Philidor haalde zijn schouders op. "Wellicht bestaat dat gevaar…We zullen beraadslagen en beslissen wat ons te doen staat."

"Ik kan een voorstel doen dat jullie misschien wel aanstaat," zei Xanten. "Onze eerste zorg geldt uiteraard het onderdrukken van de rebellie. Er zijn minstens tien gemeenschappen van Boetelingen, met een totale bevolking van twee- of drieduizend, misschien meer. Ik stel voor dat wij een korps van bijzonder gedisciplineerde troepen rekruteren en oefenen, bevoorraad uit de arsenalen van het kasteel en aangevoerd door de deskundigste militaire theoretici van Hagedorn."

Philidor staarde hem ongelovig aan. "Je verwacht dat wij, Boetelingen, jullie soldaten worden?"

"Waarom niet?" zei Xanten nonchalant. "Jullie leven staat evenzeer op het spel als het onze."

"Niemand sterft vaker dan één keer."

Op zijn beurt toonde Xanten zich geschokt. "Wat? Kan dit een voormalig heer van Hagedorn zijn die hier spreekt? Is dit het gezicht dat een man met trots en moed het gevaar toewendt? Is dit de les van de geschiedenis? Natuurlijk niet! Ik hoef je hierin niet te onderwijzen; je bezit dezelfde kennis als ik."

Philidor knikte. "Ik weet dat de geschiedenis van de mens niet bestaat uit zijn technische triomfen, zijn overwinningen, zijn prestaties. Zijn geschiedenis is een samengesteld geheel, een mozaïek van een miljard stukken, het verslag van ieders verzoening met zijn geweten. Dit is de ware geschiedenis van het ras."

Xanten maakte een luchtig gebaar. "A.G. Philidor, wat een smartelijke simplificatie! Waan je mij bot? Er bestaan vele soorten geschiedenis. Ze werken op elkaar in. Jij legt de nadruk op het morele. Maar de uiteindelijke basis van het morele is overleven of ten onder gaan. Wat het overleven bevordert, is goed, wat tot de dood leidt is slecht."

"Goed gesproken!" verklaarde Philidor. "Maar laat mij een gelijkenis te berde brengen. Mag een natie van een miljoen inwoners een wezen vernietigen dat anders allen met een dodelijke ziekte zou besmetten? Ja, zal je zeggen. En dan: tien uitgehongerde dieren achtervolgen jou, verlangend naar voedsel. Zal je ze doden om je leven te redden? Ja, zal je weer zeggen, ook al dood je er nu meer dan je er redt. En dan: een man woont in een hut in een eenzaam dal. Honderd ruimteschepen dalen neer uit de hemel en trachten hem te vernietigen. Mag hij deze schepen uit zelfverdediging vernietigen, ook al is hij maar alleen en zijn zij met honderdduizend? Misschien zeg je ja. En als een hele wereld, een heel ras van wezens, de strijd aanbindt met deze ene man? Mag hij allen doden? En als de aanvallers mensen zijn als hij? En als hij het wezen uit het eerste voorbeeld was, dat een hele wereld zou besmetten?

Zie je, op geen enkel gebied volstaat een enkele toetssteen. Wij hebben gezocht en niets gevonden. Daarom, op het gevaar af tegen de overleving te zondigen, hebben wij — ik althans; ik kan alleen namens mijzelf spreken — heb ik een zedenleer gekozen die me tenminste mijn gewetensrust gunt. Ik dood niets. Ik vernietig niets."

"Pfah," zei Xanten verachtelijk. "Als een peloton Meks dit dal inkwam en je kinderen begon te doden, zou je ze niet verdedigen?"

Philidor kneep zijn lippen op elkaar en wendde zich af. Een andere man sprak: "Philidor heeft een zedenleer uiteengezet. Maar wie is in staat zich voortdurend aan zijn leer te houden? Philidor, of ik, of jij, zou in zo'n geval op zijn morele besluit kunnen terugkomen."

Philidor zei: "Kijk om je heen. Is er hier iemand die je herkent?"

Xanten liet zijn blikken over de groep gaan. Dichtbij zag hij een meisje van buitengewone schoonheid. Ze droeg een witte jurk en in het donkere haar dat over haar schouder krulde, had ze een rode bloem. Xanten knikte. "Ik zie het meisje dat O.Z. Garr wilde opnemen in zijn huishouden."

"Precies," zei Philidor. "Herinner je je de situatie?"

"Heel goed," antwoordde Xanten. "Er werd krachtig bezwaar gemaakt door de Raad van Notabelen — alleen al omdat het in strijd was met onze wetten op de bevolkingsbeperking. O.Z. Garr poogde de wet te omzeilen. 'Ik houd Phanes,' zei hij. 'Soms heb ik er wel zes, of zelfs acht, en niemand uit een woord van protest. Ik zal dit meisje Phane noemen en haar tussen de overigen houden.' Ik en anderen protesteerden. De kwestie liep bijna op een duel uit. O.Z. Garr werd gedwongen het meisje op te geven. Ik kreeg haar onder mijn hoede en ik bracht haar naar het Verre Dal."

Philidor knikte. "Dit is juist. Welnu, wij probeerden Garr van zijn voornemen af te brengen. Hij weigerde en bedreigde ons met zijn jachtgroep van dertig Meks. Wij traden opzij. Zijn wij moreel volmaakt? Zijn wij sterk of zwak?"

"Soms is het beter," zei Xanten, "om het morele te negeren. Ook al is O.Z. Garr een heer en zijn jullie maar Boetelingen…Zo ook in het geval van de Meks. Zij verwoesten de kastelen, en alle mensen op Aarde slachten ze af. Als het nastreven van een moreel verantwoord gedrag betekent dat men de gebeurtenissen apathisch aanvaardt, dan zeg ik: weg met de moraal!"

Philidor grinnikte wrang. "Een opmerkelijke situatie! De Meks zijn net als de Boeren en de Vogels en de Phanes gewijzigd, getransporteerd en geknecht voor het plezier van de mens. Dit is de oorzaak van ons schuldgevoel, de schuld waarvoor wij moeten boeten, en nu wil jij dat we het nog erger maken!"

"Het is een vergissing om al te zeer over het verleden te tobben," zei Xanten. "Maar toch, als jullie de vrijheid om te tobben willen bewaren, dan stel ik voor dat jullie de Meks bestrijden, of op zijn minst een veilig heenkomen zoeken in de kastelen."

"Ik niet," zei Philidor. "Misschien geven anderen er wel de voorkeur aan."

"Blijf je wachten tot je gedood wordt?"

"Nee. Ik en ongetwijfeld nog anderen zullen ons verschuilen in de verre bergen."

Xanten klauterde weer aan boord van zijn krachtwagen. "Mocht je van gedachten veranderen, kom dan naar Kasteel Hagedorn."

Hij vertrok.

De weg liep verder door het dal, klom tegen een heuvel op, stak de kam over. In de verte, afgetekend tegen de hemel, stond Kasteel Hagedorn.

Hoofdstuk IV

1

XANTEN BRACHT VERSLAG UIT aan de raad.

"De ruimteschepen kunnen niet gebruikt worden. De Meks hebben ze onklaar gemaakt. Ieder plan om hulp te vragen aan de Thuiswerelden wordt hiermee zinloos."

"Dit is droevig nieuws," zei Hagedorn met een grimas. "Welaan — het is niet anders."

Xanten vervolgde: "Terugkerend per krachtwagen stiet ik op een stam Nomaden. Ik riep de hoofdman bij mij en zette hem de voordelen uiteen van het dienen van Kasteel Hagedorn. Ik vrees dat het de nomaden ontbeert aan zowel elegantie als volgzaamheid. De hoofdman reageerde zo nors dat ik vol walging vertrok.

"In het Verre Dal bezocht ik het dorp van de Boetelingen en deed aldaar een soortgelijk aanbod, maar zonder succes. De Boetelingen zijn even idealistisch als de nomaden lomp. Beide groepen zijn geneigd tot vluchten. De Boetelingen spraken erover dat ze de wijk zouden nemen naar de bergen. De nomaden trekken zich vermoedelijk terug in de steppen."

Beaudry snoof verachtelijk. "Wat schieten ze op met vluchten? Misschien winnen ze er een paar jaar mee, maar uiteindelijk vinden de Meks hen allemaal, tot de laatste man: zo methodisch zijn zij."

"Intussen," verklaarde O.Z. Garr gemelijk, "hadden wij hen tot een doeltreffend strijdcorps kunnen organiseren, tot aller voordeel. Ach, laat ze maar sterven; wij zijn veilig."

"Veilig, ja," zei Hagedorn somber. "Maar wat gebeurt er als de stroom uitvalt? Als de liften het begeven? Als de luchtcirculatie stopt zodat we stikken of bevriezen? Wat dan?"

O.Z. Garr schudde grimmig het hoofd. "Wij moeten ons voorbereiden op onwaardige experimenten, zo mogelijk met eer en elegantie. Maar de machinerie van het kasteel is degelijk en ik verwacht de eerste vijf tot tien jaar maar weinig mankementen en verval. En in die tijd kan veel gebeuren."

Claghorn, die lui achteroverleunde, nam eindelijk het woord. "Dit is in wezen een lijdzaam voornemen. Net als bij het vluchten van de nomaden en de Boetelingen kijkt het niet verder dan het ogenblik."

O.Z. Garr sprak op zorgvuldig beleefd gehouden toon: "Claghorn weet heel goed dat ik voor niemand onderdoe in hoffelijke openhartigheid, en evenmin in optimisme en directheid: kortom het tegendeel van lijdzaamheid. Maar ik weiger eenvoudig aan een onnozel klein ongemak serieuze aandacht te besteden. Hoe kan hij deze procedure als lijdzaam bestempelen? Heeft het waardige en eervolle hoofd van de Claghorns een voorstel dat onze status, onze maatstaven, ons zelfrespect doeltreffender handhaaft?"

Claghorn knikte langzaam, met een flauwe glimlach die O.Z. Garr verfoeilijk zelfvoldaan vond. "Er bestaat een eenvoudige en afdoende methode om de Meks te verslaan."

"Welaan dan!" riep Hagedorn uit. "Waarom nog geaarzeld? Laat horen!"

Claghorn keek de met rood fluweel belegde tafel langs, nam alle gezichten op: de koelbloedige Xanten; Beaudry, zwaar, star, de gelaatsspieren oudergewoonte in een uitdrukking die onaangenaam veel op een smalende grijns leek; de oude Isseth, even knap, kaarsrecht en vitaal als de kranigste kadet; Hagedorn, bezorgd, sip, zijn verbluffte hulpeloosheid maar al te evident; de elegante Garr; Overwhele, woedend vooruitblikkend op de ongemakken van de toekomst; Aure, die met zijn ivoren tablet speelde, verveeld, gemelijk, of verslagen; de anderen, die twijfel toonden, blijk gaven van bange voorgevoelens, hooghartigheid, duistere wrok, ongeduld; en in het geval van Floy een stille glimlach — of zoals Isseth het later betitelde, een imbeciele grijns — die bedoeld was om duidelijk te maken dat hij absoluut niets te maken wilde hebben met deze onbeduidend irritante kwestie.

Claghorn taxeerde de gezichten en schudde zijn hoofd. "Op het moment zal ik dit plan niet aansnijden, daar ik vrees dat het onuitvoerbaar is. Maar ik moet erop wijzen dat Kasteel Hagedorn in geen geval meer zijn zal als vroeger, ook al overleven wij de aanval van de Meks."

"Pah!" riep Beaudry uit. "We verliezen onze waardigheid, we worden bespottelijk, als we alleen maar over die beesten spreken!"

Xanten nam het woord. "Een onsmakelijk onderwerp, dat is het zeker, maar vergeet niet: Halcyon is verwoest, en Delora ook, en wie weet welke kastelen meer nog. Laten wij ons hoofd niet in het zand steken! De Meks waaien niet weg wanneer we hen negeren."

"In ieder geval," zei O.Z. Garr, "is Janeil veilig en wij zijn het ook. De mensen van de andere kastelen, tenzij ze al vermoord zijn, zouden er goed aan doen ons gedurende het ongemak te bezoeken, als zij tegenover zichzelf de vernedering van de vlucht kunnen rechtvaardigen. Zelf geloof ik dat de Meks spoedig weer in het gareel zullen terugkeren, omdat ze hun oude plaats weer willen innemen."

Hagedorn schudde somber het hoofd. "Ik kan dat maar moeilijk geloven. Maar goed, we verdagen de vergadering."

2

Het radiografische communicatiesysteem was het eerste onderdeel van het arsenaal van elektrische en mechanische toestellen dat het begaf. Dat gebeurde al zo gauw en was zo ingrijpend dat sommige van de theoretici, met name I.K. Harde en Uegus, het toeschreven aan sabotage door de vertrekkende Meks. Anderen merkten op dat het systeem nooit ten volle te vertrouwen was geweest, dat de Meks zelf gedwongen waren geweest voortdurend aan de installatie te sleutelen, en dat het defect raken eenvoudig een gevolg was van de povere constructie. I.K. Harde en Uegus inspecteerden de logge apparatuur, maar de oorzaak van het falen sprong niet in het oog. Na een half uur samenspraak concludeerden zij dat iedere poging om het systeem te repareren, vergde dat het toestel van de grond af opnieuw ontworpen en gebouwd zou worden, wat weer de fabricage zou inhouden van gloednieuwe onderdelen alsmede de bijbehorende test- en ijkapparatuur. "Dit is natuurlijk ondoenlijk," verklaarde Uegus in zijn verslag aan de raad. "Zelfs het eenvoudigste bruikbare toestel zou ettelijke manjaren van een technicus vereisen. Wij hebben niet één enkele technicus ter beschikking. Derhalve moeten we wachten tot geoefende en bereidwillige arbeidskrachten beschikbaar komen."

"Achteraf bezien," verklaarde Isseth, het oudste clanhoofd, "is het duidelijk dat we in veel opzichten verre van vooruitziend zijn geweest. Wat maakt het uit dat de bewoners van de Thuiswerelden vulgaire lieden zijn! Verstandiger mensen dan wij zouden de band met andere werelden behouden hebben."

"Gebrek aan verstand en vooruitziendheid waren de remmende factoren niet," beweerde Claghorn. "Het contact werd ontraden omdat de vroegere heren niet wilden dat de Aarde onder de voet werd gelopen door parvenu's van de Thuiswerelden. Zo ligt de zaak."

Isseth gromde wat en maakte aanstalten een weerwoord te geven, maar Hagedorn sprak haastig: "Ongelukkig genoeg, zoals Xanten ons bericht heeft, zijn de ruimteschepen vernield, en weliswaar bezitten sommigen onder ons diepgaande kennis van de theoretische aspecten, maar wie kan het eigenlijke werk verrichten? Ook al waren de hangars en de schepen nog in onze handen."

O.Z. Garr deelde mee: "Geef mij zes pelotons Boeren en zes krachtwagens uitgerust met zware energiekanonnen, en ik herover de hangars; op dat punt bestaan er geen moeilijkheden!"

Beaudry zei: "Dat is tenminste iets om mee te beginnen. Ik zal assistentie verlenen bij het oefenen van de Boeren, en hoewel ik niets weet van het bedienen van kanonnen, kan men op mij rekenen voor alle nodige raad."

Hagedorn keek de aanwezigen langs, trok fronsend aan zijn kin. "Dit programma levert problemen op. In de eerste plaats beschikken wij slechts over die enkele krachtwagen waarin Xanten van zijn verkenningstocht terugkeerde. En dan, hoe staat het met onze energiekanonnen? Heeft iemand ze geïnspecteerd? De Meks was het onderhoud toevertrouwd, doch het is mogelijk, waarschijnlijk zelfs, dat zij ook daarmee streken hebben uitgehaald. O.Z. Garr, men acht u als deskundig militair theoreticus; wat kunt u ons in dit verband mededelen?"

"Tot op heden heb ik geen inspectie uitgevoerd," verklaarde O.Z. Garr. "Vandaag zal de Uitstalling van Antieke Tabberds ons allen

bezighouden tot het Uur van het Waarderen van de Zonsondergang."*
Hij keek op zijn horloge. "We zouden nu de vergadering wel kunnen
schorsen, tot ik in staat ben gedetailleerde inlichtingen te verschaffen
met betrekking tot de kanonnen."

Hagedorn knikte met zijn zware hoofd. "Het wordt inderdaad laat.
Verschijnen uw Phanes vandaag?"

"Slechts twee ervan," antwoordde O.Z. Garr. "De Lazule en het Elfde
Mysterie. Ik kan niets geschikts vinden voor de Vluchtig Fijnsierlijke
en evenmin voor mijn kleine Blauwe Fee, terwijl de Gloriana nog
onderricht behoeft. Vandaag moeten de Variflors van B. Z. Maxelwane
de aandacht het best belonen."

"Ja," zei Hagedorn. "Zulks vernam ik reeds. Welaan, tot morgen dan.
Ah, Claghorn, u heeft iets te zeggen?"

"Inderdaad ja," zei Claghorn minzaam. "Wij hebben al zeer weinig tijd tot onze beschikking. Het is het beste wanneer wij er zo goed
mogelijk gebruik van maken. Ik twijfel ernstig of troepen Boeren enig
nut hebben; Boeren tegen de Meks uitsturen staat gelijk met konijnen
op wolven laten jagen. Wat wij nodig hebben, zijn geen konijnen, maar
panters."

"Ah, ja," zei Hagedorn zwak. "Ja, inderdaad."

"Waar zullen wij dan panters halen?" Vragend keek Claghorn de
tafel rond. "Kan niemand een vindplaats opperen? Hoe jammer. Welnu,
dagen er geen panters op, dan zullen wij het wel met konijnen moeten
stellen. Laten we dan aan de slag gaan met het omtoveren van konijnen
in panters en wel ogenblikkelijk. Ik stel voor dat we alle feesten en
schouwspelen uitstellen tot onze toekomst veiliger is."

Hagedorn fronste, opende zijn mond om te spreken, sloot hem
weer. Hij keek Claghorn onderzoekend aan om zich ervan te vergewissen of deze een grap had gemaakt of niet. Toen zag hij weifelend naar
de anderen.

---

* De letterlijke betekenis van de eerste term had nog inhoud; de betekenis van
de tweede was verloren gegaan en de zinsnede was nu nog louter formalisme,
gaf dat uur van de late middag aan wanneer er bezoeken werden afgestoken
en wijnen, likeuren en essences werden geproefd: kortom, een periode
van ontspanning en lichte conversatie voorafgaande aan de meer formele
feestelijkheden van het diner.

Beaudry lachte nogal schril. "Het schijnt dat de geleerde Claghorn in paniek raakt."

O.Z. Garr verklaarde: "Voorzeker, in alle waardigheid kunnen wij toch niet dulden dat de brutaliteit van onze bedienden ons tot zodanige koortsige onrust opzweept. Zelfs het noemen van de kwestie maakt mij al beschaamd."

"Ik schaam mij niet," zei Claghorn met de kalme zelfvoldaanheid die O.Z. Garr zo irriteerde. "Ik zie niet in waarom u dan wel. Ons leven wordt bedreigd, in welk geval beschamende zaken, en al het andere, van ondergeschikt belang worden."

O.Z. Garr rees overeind, met een bruuske groet in Claghorns richting, een groet die bedoeld was als een belediging. Claghorn stond eveneens op en groette op soortgelijke manier, maar zo ernstig en overdreven dat Garrs belediging belachelijk werd gemaakt. Xanten, die een hartgrondige hekel aan O.Z. Garr had, schoot in de lach.

O.Z. Garr aarzelde, en toen, aanvoelend dat het in deze omstandigheden niet stijlvol geoordeeld zou worden als hij op de kwestie doorging, schreed hij het vertrek uit.

3

Het Schouwen van Antieke Tabberds, een jaarlijkse praalvertoning van Phanes uitgedost in weelderige kledij, vond plaats in de Grote Rotonda aan de noordkant van het centrale plein. Ongeveer de helft van de heren, doch minder dan een kwart van de dames, hield Phanes. Dit waren schepsels afkomstig uit de grotten van de maan van Albireo Zeven, een volgzaam ras, zowel speels als toegenegen. Na verscheidene duizenden jaren van selectieve teelt waren het sylfen van prikkelende schoonheid geworden. Gehuld in een teer gaas dat ontsprong aan poriën achter hun oren, langs hun bovenarmen en omlaag over hun rug, waren zij de onschuldigste aller schepsels, altijd verlangend te plezieren, ijdel op een ongekunstelde manier. De meeste heren bezagen hen met genegenheid, maar af en toe gingen er geruchten over dames die een bijzonder gehate Phane in ammonia onderdompelden, hetgeen de vacht deed klitten en het fijne gaas voor altijd vernielde.

Met een heer die bedwelmd raakte door de schoonheid van een

Phane werd de spot gedreven. De Phane, hoewel zij zorgvuldig geteeld werd om op een teer meisje te lijken, raakte verfomfaaid en werd mager als ze seksueel benut werd en haar gaas verkleurde en werd slap, en dan wist iedereen dat die en die heer zijn Phane misbruikt had. In elk geval in dit opzicht konden de vrouwen van het kasteel zich superieur tonen, en dat deden ze door zich zo buitensporig verleidelijk te gedragen dat de Phanes naast hen de meest argeloze en broze natuurwezens leken. De levensduur van de Phane bedroeg zo'n dertig jaar, en gedurende de laatste tien daarvan, nadat ze haar schoonheid verloren had, hulde ze zich in een mantel van grijs gaas en verrichtte huishoudelijke taken in boudoir, keuken, provisiekamer, kinderkamer en kleedruimte.

Het Schouwen van Antieke Tabberds was meer een gelegenheid voor het bewonderen van Phanes dan van tabberds, hoewel deze laatste, die geweven waren van Phane-gaas, zelf van grote schoonheid waren.

De eigenaars van de Phanes zaten op een van de lagere rijen, gespannen van verwachting en trots, opgetogen als een van hun Phanes een uitzonderlijk magnifiek schouwspel bood, tot een zwart humeur vervallend wanneer de rituele poses niet sierlijk en elegant werden uitgevoerd. Tijdens de vertoning werd er traditionele, ingetogen muziek op de luit gemaakt door een heer van een andere clan dan de eigenaar van de Phane. Het werd nimmer een openlijke wedstrijd en toejuichingen waren niet toegestaan, maar alle toeschouwers beslisten voor zichzelf welke de betoverendste en sierlijkste van alle Phanes was en de reputatie van de eigenaar nam daardoor toe.

Ditmaal begon door het vertrek van de Meks het schouwen bijna een half uur te laat. Bepaalde haastige improvisaties waren nodig gebleken. Maar de heren en dames van Hagedorn waren niet in de stemming om kritisch te worden en sloegen geen acht op de vergissingen die soms gemaakt werden door het tiental Boerenjongens dat zijn best deed de voor hen nieuwe taken te verrichten. De Phanes waren betoverend als altijd, ze bogen zich, wiegden, kronkelden op de klaaglijke tonen van de luit, lieten hun vingers fladderen alsof ze regendruppels probeerden te vangen, doken plots ineen en gleden een eind weg, waarna ze stokstijf overeind sprongen en ten slotte buigend van het podium huppelden.

Halverwege het programma kwam een Boer schuchter de Rotonda binnengeschuifeld en fluisterde op dringende toon tegen de kadet die kwam informeren wat hij wilde. Onmiddellijk hierop begaf de kadet zich naar de glanzend gitzwarte loge van Hagedorn. Deze heer luisterde, knikte, sprak enkele korte woorden en ging weer kalm en ontspannen zitten alsof de boodschap van geen belang was geweest, waarna de heren en dames gerustgesteld hun aandacht weer op het schouwspel richtten.

De voorstelling werd vervolgd. Het tweetal van O.Z. Garr gaf een fraaie vertoning weg, maar algemeen vond men dat Lirlin, een jonge Phane die toebehoorde aan Isseth Floy Gazuneth en voor het eerst openbaar getoond werd, de bekoorlijkste uitvoering gaf.

De Phanes kwamen voor de laatste maal op en voerden samen een deels geïmproviseerd menuet op, waarna ze een laatste half vrolijke, half spijtige groet brachten en verdwenen. De heren en dames zouden zich nu nog enkele minuten in hun loges ophouden, onderwijl essences drinkend, de vertoning besprekend, zaken en overdrachten regelend. Hagedorn zat fronsend met zijn handen te draaien. Ineens kwam hij overeind. Ogenblikkelijk viel er een stilte over de rotonda.

"Ik breng ongaarne een wanklank in zo'n plezierige samenkomst," zei Hagedorn. "Maar het is gepast dat iedereen weet welk nieuws ik zojuist ontvangen heb. Kasteel Janeil wordt belegerd. De Meks hebben zich in groten getale voor de muren verzameld, met honderden krachtwagens. Ze hebben het kasteel omsingeld met een dijk die elk doeltreffend gebruik van Janeils energiekanonnen uitsluit.

"Er is geen direct gevaar voor Janeil en het valt moeilijk te begrijpen wat de Meks hopen te bereiken, daar de muren van Janeil een volle zestig meter hoog zijn.

Het nieuws is niettemin somber en het betekent dat wij te zijner tijd een dergelijke omwalling kunnen verwachten — hoewel het nog moeilijker te begrijpen is hoe de Meks ons hopen te ontrieven. Ons water onttrekken wij aan vier bronnen diep in de bodem. Wij hebben grote voorraden voedsel. Onze energie krijgen we van de zon. Zo nodig kunnen wij water condenseren uit de lucht en tevens ons voedsel samenstellen uit de lucht — zo is mij verzekerd door onze grote biochemisch theoreticus, I.B. Ladisname. Niettemin — zo luidt het nieuws. Denk ervan wat u wilt. Morgen vergadert de Raad van Notabelen."

Hoofdstuk V

1

"Welaan," zei Hagedorn tot de raad, "laten wij ditmaal afzien van formaliteiten. O.Z. Garr: hoe staat het met onze kanonnen?"

Gekleed in het magnifieke grijs met groene uniform van de Overwhele Dragonders, legde O.Z. Garr zorgvuldig zijn helm op de tafel, met de pluim rechtop. "Van de twaalf kanonnen lijken er vier naar behoren te functioneren. Vier zijn gesaboteerd door het doorknippen van de aansluitkabels. Nog eens vier zijn gesaboteerd op een wijze die zich onttrok aan een nauwkeurig onderzoek. Ik heb een half dozijn Boeren gerekruteerd die enige mate van technische vaardigheid aan de dag leggen en ze gedetailleerd geïnstrueerd. Momenteel houden zij zich bezig met het herstel van de kabels. Tot zover mijn inlichtingen met betrekking tot de kanonnen."

"Dat is redelijk goed nieuws," zei Hagedorn. "Hoever zijn wij gevorderd met het voorgestelde corps gewapende Boeren?"

"Daar wordt aan gewerkt. A.F. Mull en O.A. Berzelius inspecteren nu de Boeren, met het doel een groep in te lijven en te oefenen. Ik kan geen optimistische voorspellingen doen aangaande de militaire kundigheid van zo'n corps, zelfs als het geoefend en geleid wordt door heren als A.F. Mull, O.A. Berzelius en mijzelf. De Boeren zijn een vriendelijk, schuchter ras, wonderwel geschikt voor het wieden van onkruid, doch zonder enige ruggengraat als het op vechten aankomt."

Hagedorn keek de aanwezigen langs. "Zijn er nog andere suggesties?"

Beaudry sprak op ruwe, boze toon. "Als de schurken ons onze krachtwagens maar gelaten hadden, dan hadden we de kanonnen daarop kunnen monteren — daartoe zijn de Boeren tenminste wel in staat. Dan zouden wij naar Janeil kunnen rijden en de honden vanachter neermaaien."

"Deze Meks lijken wel duivels!" verklaarde Aure. "Wat kunnen zij in vredesnaam toch in de zin hebben? Waarom, na al deze eeuwen, moeten zij opeens allemaal gek worden?"

"Die vraag stellen wij ons allemaal," zei Hagedorn. "Xanten, u bent van uw verkenningstocht teruggekeerd met een gevangene. Hebt u gepoogd hem te ondervragen?"

"Nee," antwoordde Xanten. "Om de waarheid te zeggen was ik hem helemaal vergeten."

"Waarom niet getracht hem uit te horen? Misschien kan hij ons een nuttige aanwijzing verschaffen."

Xanten knikte instemmend. "Ik kan het proberen. Eerlijk gezegd verwacht ik er niets van."

"Claghorn, u bent de expert op het gebied van de Meks," zei Beaudry nu. "Zou u de wezens in staat hebben geacht tot zo'n complex plan? Wat hopen ze ermee te winnen? Onze kastelen?"

"Zij zijn zeer zeker in staat tot het maken van precieze en zorgvuldige plannen," antwoordde Claghorn. "Hun meedogenloosheid verrast mij — wellicht meer dan het geval zou moeten zijn. Ik heb nooit gemerkt dat ze onze wereldse goederen begeren, en ze vertonen geen tekenen van wat wij als de essenties van de beschaving zien: een verfijnd gebruik van de zintuigen en zo meer. Ik heb dikwijls gedacht — deze hoogmoedigheid wil ik niet vereren met de status van een theorie — dat de structurele logica van een brein heel wat belangrijker is dan wij wel menen. Onze eigen hersens vallen op door het volkomen ontbreken van een rationele structuur. In aanmerking nemend op welke lukrake manier onze gedachten gevormd worden, geregistreerd, geïndexeerd en wederom opgeroepen uit het geheugen, is iedere redelijke daad een wonder. Misschien zijn wij niet in staat tot redelijk denken: misschien is alle denken een stel impulsen die opgeroepen worden door de ene emotie, gecontroleerd door een andere, en goedgekeurd door een derde. In tegenstelling hiermee zijn de hersens van de Mek een wonder van schijnbaar zorgvuldige constructie. De hersens zijn ruwweg kubusvormig en bestaan uit microscopische cellen die onderling verbonden zijn door organische vezels, langgerekte moleculen met een verwaarloosbare elektrische weerstand. In iedere cel bevindt zich een vloeistof met een variabel geleidingsvermogen en diëlektrische eigenschappen, een gecompliceerd mengsel van metaaloxiden. De hersens zijn in staat in een ordelijk patroon grote hoeveelheden informatie op te slaan. Geen enkel feit gaat verloren, tenzij het met opzet vergeten wordt, en dat is een vermogen dat de Meks bezitten. De hersens fungeren ook als radiozendontvanger, wellicht ook als radarzender en -ontvanger, hoewel dit maar een gissing is. Wat het Mek-brein te kort komt, is emotionele kleur. De ene Mek is precies als de andere, zonder enige waarneembare persoonlijkheidsdifferentiatie. Dit is kennelijk een functie van hun communicatiestelsel; het is ondenkbaar dat er onder zulke omstandigheden een unieke persoonlijkheid ontstaat. Zij dienden ons doeltreffend en — naar wij dachten — trouw, zonder gevoelens omtrent hun toestand, zonder trots te zijn op hun prestaties, en evenmin met wrok of schaamte. Zonder enig gevoel. Ze haatten ons niet en hielden ook niet van ons, en ook nu doen ze dat niet. Het is moeilijk om ons een voorstelling te maken van dit emotionele vacuüm, terwijl ieder van ons bij alles iets voelt. Wij leven in een maalstroom van emoties. Zij zijn evenzeer van emoties gespeend als een brok ijs. Ze kregen voedsel en onderdak en leefden in het algemeen op een manier die hen bevredigde. Waarom zijn ze in opstand gekomen? Ik heb er langdurig over nagedacht, maar de enige reden die ik vermag te formuleren lijkt zo bespottelijk en onredelijk dat ik weiger haar serieus te nemen. Mocht dit evenwel toch de juiste verklaring zijn…" Zijn stem stierf weg.

"Wel?" zei O.Z. Garr vragend. "Wat dan?"

"Dan — het maakt niet uit. Ze hebben zich de uitroeiing van het menselijk ras voorgenomen. Mijn bespiegelingen veranderen daar niets aan."

Hagedorn richtte zich tot Xanten. "Dit alles zou u van nut moeten zijn bij uw verhoor."

"Ik wilde juist voorstellen dat Claghorn mij bijstaat, als hij daar lust toe gevoelt," zei Xanten.

"Zoals u wilt," zei Claghorn, "maar naar mijn mening zijn de inlichtingen die u van het wezen verneemt, welke die ook mogen zijn, niet ter zake. Onze enige zorg is het vinden van een middel om de Meks af te slaan en ons leven te redden."

"En afgezien van het leger 'panters' waarop u bij onze vorige bijeenkomst zinspeelde, kunt u geen subtiel wapen bedenken?" vroeg Hagedorn treurig. "Een toestel om elektrische resonantie in hun hersens op te wekken, of iets van dien aard?"

"Dat is niet uitvoerbaar," antwoordde Claghorn. "Bepaalde organen in hun hersens functioneren als zekering. Hoewel het wellicht mogelijk is dat ze in de tussentijd dan niet kunnen communiceren." Na een ogenblik vervolgde hij nadenkend: "Wie weet? A.G. Bernal en Uegus zijn theoretici met een diepgaande kennis van zulke projectie-methoden. Misschien zouden zij zo'n toestel kunnen construeren, of verschillende exemplaren, voor het geval deze nodig blijken te zijn."

Hagedorn knikte weifelend, keek toen Uegus aan. "Is dit mogelijk?"

Uegus fronste. " 'Construeren'? Ik kan zeker zo'n instrument ontwerpen. Maar de onderdelen — waar zijn die? Verspreid door de opslagruimten, kriskras door elkaar, en sommige ervan werken en andere niet. Om iets zinvols te bereiken moet ik mij verlagen tot het niveau van een leerling, een Mek." Hij was vertoornd en zijn stem werd hard van klank. "Ik kan moeilijk geloven dat het nodig is dat ik hierop wijs. Acht u mij en mijn talenten dan van zo weinig waarde?"

Hagedorn haastte zich hem gerust te stellen. "Vanzelfsprekend niet! Ik in ieder geval zou er niet over piekeren uw waardigheid te krenken!"

"Nimmer!" beaamde Claghorn. "Niettemin, tijdens de huidige noodtoestand zullen we merken dat de omstandigheden ons tot onwaardige handelingen zullen dwingen, tenzij wij ons daar zelf toe dwingen."

"Uitstekend," zei Uegus met een van humor gespeend lachje om de mond. "U gaat met mij mee naar het magazijn. Ik zal aanwijzen welke onderdelen op tafel moeten komen en gemonteerd moeten worden, en u verricht de arbeid. Wat zegt u daarvan?"

"Ik zeg ja, en met genoegen, als ik van enig werkelijk nut kan zijn. Evenwel kan ik niet als werkman voor tien theoretici tegelijk fungeren. Willen een of meer anderen naast mij assisteren?"

Niemand zei iets. De stilte was volledig, alsof alle aanwezige heren de adem inhielden.

Hagedorn opende zijn mond, maar Claghorn was hem voor. "Neem mij niet kwalijk, Hagedorn, maar hier zijn we dan eindelijk op een kernpunt gestoten, en nu moet er een fundamenteel besluit worden genomen."

Hagedorn keek vertwijfeld de raadsleden langs. "Heeft iemand hierop commentaar dat hout snijdt?"

"Claghorn moet doen wat zijn aangeboren natuur hem voorschrijft," verklaarde O.Z. Garr met zijn beminnelijkste stem. "Ik kan hem geen bevelen geven. Wat mijzelf aangaat, ik kan nimmer mijn status als heer van Hagedorn verlagen. Dit is voor mij even natuurlijk als ademhalen; wordt hieraan ooit getornd, dan word ik een travestie van een edelman, een grotesk masker van mijzelf. Dit is Kasteel Hagedorn en wij vertegenwoordigen het toppunt van menselijke beschaving. Ieder compromis betekent daarom een vernedering; iedere opportunistische verlaging van onze normen betekent ontering. Ik heb het woord 'noodtoestand' horen gebruiken. Wat een betreurenswaardig sentiment! Het snappen en snauwen van ratten als de Meks het woord 'noodtoestand' waardig keuren, is naar mijn mening ongepast voor een heer van Hagedorn!"

Een instemmend gemompel deed de ronde.

Claghorn leunde ver naar achter in zijn zetel, met zijn kin op zijn borst en leek zich te ontspannen. Zijn heldere blauwe ogen gingen van het ene gezicht naar het andere en bleven toen rusten op het gelaat van O.Z. Garr, die hij met onbevangen belangstelling opnam. "Blijkbaar doelt u met uw woorden speciaal op mij," zei hij, "en ik ben mij welbewust van uw boosaardige intentie. Maar dat is van gering belang." Hij verplaatste zijn blik naar de zware kroonluchter van diamant en smaragd. "Belangrijker is dat de raad als geheel, mijn oprechte inspanningen ten spijt, uw standpunt schijnt te steunen. Ik kan niet langer aandringen, uitleggen en vermanen en ik zal Kasteel Hagedorn dan ook nu verlaten. Ik vind de atmosfeer hier verstikkend. Ik hoop dat u de aanval van de Meks zult overleven, maar acht die kans niet groot. De Meks zijn een handig, vindingrijk ras dat niet gehinderd wordt door gewetensbezwaren of vooroordelen, en wij hebben hun kwaliteiten lang onderschat."

Hij stond op en stak zijn ivoren tablet in de gleuf. "Ik wens u allen vaarwel."

Hagedorn sprong haastig op en stak smekend zijn armen uit. "Vertrek niet in boosheid, Claghorn! Denk er nog eens over na! Wij hebben uw wijsheid nodig, uw deskundigheid!"

"Dat staat vast," zei Claghorn. "Maar meer nog is het nodig dat u handelt naar de goede raad die ik reeds gegeven heb. Tot het zover is, missen wij een gemeenschappelijk uitgangspunt en is iedere verdere uitwisseling van gedachten zinloos en vermoeiend." Na een korte, iedereen omvattende groet verliet hij het vertrek.

Langzaam nam Hagedorn weer plaats. De anderen maakten onbehaaglijke gebaren, kuchten, keken naar de kroonluchter, bestudeerden hun ivoren tabletten. O.Z. Garr mompelde iets tegen B.F. Wyas naast hem, die plechtig knikte. Hagedorn sprak, en zo te zien was hij onder de indruk van het voorval: "Wij zullen de aanwezigheid van Claghorn missen, zijn doordringende, zij het onorthodoxe inzicht… Wij hebben weinig bereikt. Uegus, misschien wilt u nadere aandacht schenken aan de desbetreffende projector. Xanten, u zou de gevangengenomen Mek ondervragen. O.Z. Garr, u ziet ongetwijfeld toe op de reparatie van de kanonnen… Afgezien van deze ondergeschikte zaken lijken wij geen algemeen plan de campagne te hebben ontwikkeld, om onszelf of Janeil te helpen."

Marune zei: "Hoe vergaat het de overige kastelen? Bestaan die nog? We hebben geen nieuws gehad. Ik stel voor dat we naar ieder kasteel Vogels zenden om de situatie te verkennen."

Hagedorn knikte. "Ja, dat is een verstandig voorstel. Misschien wilt u hiervoor zorgdragen, Marune?"

"Dat zal ik doen."

"Goed. Dan gaan wij nu uiteen."

2

De Vogels die uitgezonden waren door Marune van Aure keerden een voor een terug. Hun verslagen ontliepen elkaar weinig:

"Zee-eiland is verlaten. Marmeren zuilen liggen kriskras over het strand. De Paarlkoepel is ingestort. Er drijven lijken in de Watertuin."

"Maraval stinkt naar de dood. Heren, Boeren, Phanes — allen dood! Helaas! Zelfs de Vogels zijn verdwenen!"

"Delora: *a ros ros ros!* Een troosteloos tafereel! Geen teken van leven!"

"Alume is verwoest. De grote houten deur is verbrijzeld. De Groene Vlam is gedoofd."

"In Halcyon is niets. De Boeren zijn in een kuil gedreven."

"Tuang: stilte."

"Morgenlicht: dood."

Hoofdstuk VI

DRIE DAGEN LATER bond Xanten zes Vogels aan een draagstoel en beval ze eerst in een wijde cirkel rond het kasteel te vliegen en vervolgens zuidwaarts naar het Verre Dal.

De Vogels uitten hun gebruikelijke klachten en stormden toen met grote lompe sprongen over het dak, zodat Xanten gevaar liep meteen weer op de stenen te belanden. Toen ze eindelijk los waren, vlogen ze in een grote spiraal omhoog: ver in de diepte werd Kasteel Hagedorn een gedetailleerde maquette, waarin ieder Huis zich kenmerkte door zijn unieke verzameling koepels en torens, zijn eigen opvallende daklijn, zijn lange wapperende banier.

De Vogels voerden de opgedragen cirkel uit, scheerden over de kammen en toppen van de Noordrand, toen, optornend tegen de wind, zweefden ze weg naar het Verre Dal.

Xanten en de Vogels vlogen over het oogstrelende domein van Hagedorn; over boomgaarden, akkers, wijngaarden, dorpen van Boeren. Ze staken het Maudemeer met zijn paviljoens en steigers over, de weiden erachter waar het rundvee en de schapen van het kasteel graasden, en kwamen weldra boven het Verre Dal aan de grens van Hagedorn-land.

Xanten gaf aan waar hij wilde landen; de Vogels, die liever dichter bij het dorp waren neergestreken, waar ze alles hadden kunnen zien wat zich daar afspeelde, mopperden en schreeuwden van woede en zetten Xanten zo ruw neer dat als hij er niet op verdacht was geweest, hij door de schok met een bijzonder onwaardige buiteling uit de mand gevlogen zou zijn.

Xanten stapte zonder elegantie uit, maar bleef tenminste overeind. "Wacht hier op mij!" beval hij. "Loop niet te ver weg; probeer geen zwierige kunstjes met de draagbanden. Als ik terugkom wil ik zes rustige Vogels zien, keurig in het gelid, met draagbanden die niet in de knoop zitten. Geen geruzie, denk daaraan! Geen luid gejammer, dat niet goedgunstig bejegend zal worden! Laat alles zijn zoals ik bevolen heb!"

De Vogels morden, stampten met de voeten, lieten hun nek heen en weer schieten en maakten beledigende opmerkingen, maar zo zacht dat Xanten ze niet verstond. Na hun een laatste vermanende blik te hebben toegeworpen, liep hij de laan af die naar het dorp voerde.

De struiken waren zwaar van rijpe bramen en een aantal meisjes uit het dorp vulde er manden mee. Onder hen bevond zich het meisje dat O.Z. Garr voor eigen gebruik had willen bestemmen. Toen hij haar passeerde, bleef Xanten staan en groette haar hoffelijk. "Wij hebben elkander eerder ontmoet, als ik het mij goed herinner."

Het meisje glimlachte, droevig en schalks tegelijk. "Uw geheugen bedriegt u niet. Wij hebben elkaar ontmoet in Hagedorn, waar ik gevangen zat. En later, toen u mij hier bracht, na donker, toen ik uw gezicht niet kon zien." Ze stak hem haar mand toe. "Heeft u honger? Wilt u wat bessen?"

Xanten nam er een paar uit de mand. In de loop van het gesprek vernam hij dat het meisje Glys Heidezoet heette en dat ze haar ouders niet kende maar dat het vermoedelijk edellieden van Hagedorn waren die hun geboortequotum overschreden hadden. Xanten zag haar nog nauwlettender aan dan eerst, doch bespeurde geen gelijkenis met een van de families van Hagedorn. "Misschien bent u afkomstig van Kasteel Delora. Als ik al enige familiegelijkenis zie, dan met de Cosanza's van Delora, die bekend staan om de schoonheid van hun dames."

"U bent niet getrouwd?" vroeg zij.

"Nee," zei Xanten, en inderdaad had hij zijn relatie met Araminta de dag tevoren verbroken. "En u?"

Ze schudde haar hoofdje. "Anders zou ik zeker geen bramen plukken; dat werk is voorbehouden aan maagden...Waarom bent u naar het Verre Dal gekomen?"

"Om twee redenen. De eerste: om u te zien." Verrast hoorde Xanten zichzelf dat zeggen. Maar het was waar, besefte hij met een tweede schok van verrassing. "Ik heb nooit echt met u gesproken en ik heb me altijd afgevraagd of u even charmant en opgewekt als knap was."

Ze haalde de schouders op en Xanten kon niet vaststellen of ze aangenaam getroffen was of niet. Complimenten van een edelman waren soms een inleiding tot een treurig naspel. "Welnu, ik ben ook gekomen om met Claghorn te spreken."

"Hij is ginds," zei zij toonloos, wat koel zelfs, en wees. "Hij woont in dat huisje."

Ze wijdde zich wederom aan het plukken van bessen. Xanten boog en ging op weg naar het huis dat zij had aangeduid.

Gekleed in een wijde kniebroek van grof grijs linnen was Claghorn bezig met een bijl takken te kloven tot kachelgrote houtjes. Bij het zien van Xanten staakte hij zijn zwoegen, leunde op de bijl en veegde zijn voorhoofd af. "Ah, Xanten, blij je te zien. Hoe gaat het met de mensen van Hagedorn?"

"Zoals eerst. Er is weinig te melden. Maar daarvoor ben ik niet gekomen."

Claghorn steunde op de steel van zijn bijl en nam Xanten met zijn heldere blauwe ogen op.

"Bij onze laatste vergadering," ging Xanten verder, "stemde ik erin toe de gevangen Mek te verhoren. Aldus gedaan hebbende, verdriet het mij zeer dat je niet aanwezig was om te helpen, want dan had je wellicht bepaalde onduidelijkheden in zijn antwoorden kunnen ophelderen."

"Vertel het maar," noodde Claghorn. "Misschien kan ik dat alsnog doen."

"Na de bijeenkomst van de raad daalde ik af naar de opslagruimte waar de Mek was opgesloten. Het ontbrak hem aan voedsel; ik gaf hem siroop en een emmer water, waar hij met mate van dronk en vervolgens uitte hij een verlangen naar gehakte schaaldieren. Ik liet een keukenhulp komen en zei hem deze spijs te halen en vervolgens nuttigde de Mek er enkele pannen vol van. Zoals ik aangeduid heb is het een vreemde Mek, even lang als ikzelf en zonder sirooopzak. Ik bracht hem over naar een ander vertrek, een opslagkamer voor bruin pluche meubilair, en beval hem plaats te nemen.

"Ik keek naar de Mek en de Mek keek naar mij. De pennen die ik verwijderd had, groeiden weer aan; waarschijnlijk kon hij opnieuw Meks op afstand ontvangen. Hij leek een superieur dier, en toonde onderdanigheid noch eerbied, en hij antwoordde zonder aarzelen op mijn vragen.

"Eerst merkte ik op: 'De edellieden van de kastelen zijn verbijsterd door de opstand van de Meks. Wij namen aan dat jullie bestaan bevredigend was. Vergisten wij ons?'

" 'Blijkbaar.' Ik weet zeker dat het dit woord was dat hij uitte, hoewel ik de Meks nimmer tot enige vorm van geestigheid in staat had geacht.

" 'Goed,' zei ik. 'Wat scheelde er dan aan?'

" 'Dat moet toch duidelijk zijn,' antwoordde hij. 'Wij wensten niet langer te sloven op uw bevel. Wij wensten ons leven te leiden naar onze eigen, traditionele normen.'

"Dat antwoord verbaasde mij. Ik wist helemaal niet dat de Meks normen kenden, laat staan traditionele."

Claghorn knikte. "De reikwijdte van de geestelijke activiteiten van de Meks heeft mij evenzeer verrast."

"Ik maakte de Mek verwijten: 'Waarom ons doden? Waarom onze levens vernietigen teneinde die van jullie te verrijken?' Zodra ik de vraag gesteld had, realiseerde ik mij dat ik haar onhandig had ingekleed. De Mek realiseerde zich dit ook, geloof ik; maar in antwoord seinde hij heel snel en naar ik meen was het dit: 'Wij wisten dat we beslissend moesten optreden. Jullie eigen protocol maakte dit noodzakelijk. Wij hadden kunnen teruggaan naar Etamin Negen, maar wij geven de voorkeur aan deze wereld, de Aarde, en wij zullen haar tot de onze maken, met onze eigen prachtige glijbanen, kuipen en koesterhellingen.'

"Dat leek wel duidelijk, maar ik voelde dat er meer achter stak. Ik zei: 'Dat kan ik nog begrijpen. Maar waarom doden, waarom vernietigen? Jullie hadden naar een andere streek kunnen gaan. Wij zouden jullie niet lastig hebben gevallen.'

" 'Ondoenlijk, volgens jullie eigen denkwijze. Eén wereld is te klein voor twee concurrerende rassen. Jullie waren van plan ons terug te sturen naar het troosteloze Etamin Negen!'

" 'Bespottelijk!' zei ik. 'Absurd, een verzinsel. Denk je dat ik onnozel ben?'

" 'Wij weten het zeker,' hield het wezen vol. 'Twee notabelen van Kasteel Hagedorn streden om het hoogste ambt. Een van hen verzekerde ons dat als hij gekozen werd, dit zijn levenswerk zou zijn.'

" 'Een belachelijk misverstand,' verzekerde ik hem. 'Eén man, een waanzinnige, spreekt niet namens alle mensen!'

" 'Nee? Eén Mek spreekt namens alle Meks. Wij denken met één geest. Geldt dat voor de mensen dan niet?'

" 'Ieder denkt voor zichzelf. De waanzinnige die jullie deze dwaasheid wijsmaakte, is een boos man. Maar nu is de zaak tenminste duidelijk. Wij zijn niet van plan jullie naar Etamin Negen te zenden. Zullen jullie je terugtrekken van Janeil, je naar een ver land begeven en ons in vrede laten?'

" 'Nee,' antwoordde hij. 'Daarvoor is het nu te laat. Wij zullen alle mensen vernietigen. De waarheid van de stelling is onbetwistbaar: één wereld is te klein voor twee rassen.'

" 'Helaas moet ik je dan doden,' zei ik hem. 'Zulke daden zijn mij niet welgevallig, maar als de gelegenheid zich voordeed, zou jij zoveel mogelijk edellieden doden.' Hierop besprong het wezen mij en ik doodde het met kalmer gemoed dan wanneer het naar mij had zitten staren.

"Nu weet je alles. Het schijnt dat of jij, of O.Z. Garr de aanzet tot de ramp heeft gegeven. Was het O.Z. Garr? Onwaarschijnlijk. Onmogelijk. Daarom ben jij het, Claghorn, jij, wiens geweten deze last moet torsen!"

Claghorn keek fronsend naar zijn bijl. "Last, ja. Schuld, nee. Argeloos, ja. Verdorven, nee."

Xanten trad achteruit. "Claghorn, jouw gevoelloze kalmte verbijstert me! Vroeger, als rancuneuze lieden zoals O.Z. Garr jou krankzinnig noemden —"

"Vrede, Xanten!" riep Claghorn uit. "Dit gekrakeel wordt beschamend. Wat heb ik verkeerd gedaan? Mijn fout is dat ik te veel probeerde te doen. Falen is tragisch, maar het gezicht van een teringlijder dat over de beker van de toekomst hangt, is erger. Ik was voornemens Hagedorn te worden. Dan zou ik de slaven naar huis gestuurd hebben. Dat mislukte en de slaven kwamen in opstand. Dus spreek verder geen woord. Het onderwerp verveelt me. Je hebt geen idee hoe jouw uitpuilende ogen en je kromme rug mij deprimeren."

"Goed, verveel jij je maar," riep Xanten. "Keur mijn ogen af, mijn rug — maar wat zeg je van de duizenden doden?"

"Hoelang zouden ze anders geleefd hebben? Levens zijn zo

goedkoop als vissen in de zee. Ik stel voor dat je je verwijten vergeet en evenveel energie besteedt aan het redden van je leven. Besef je wel dat er een manier bestaat? Je staart me wezenloos aan. Ik verzeker je dat het waar is wat ik zeg, maar van mij zal je die manier nooit te horen krijgen."

"Claghorn," zei Xanten. "Ik ben hier gekomen om je arrogante kop van je schouders te knallen —" Claghorn, die hem niet langer aandacht schonk, stond alweer houtjes te hakken.

"Claghorn!" riep Xanten. "Luister naar mij!"

"Xanten, ga elders staan roepen, wil je? Debatteer maar met je Vogels."

Xanten draaide zich om en marcheerde de laan af. De bramenplukkende meisjes keken hem vragend aan, gingen hem uit de weg. Xanten hield halt om de laan op en neer te kijken. Glys Heidezoet was nergens te zien. Vol nieuwe woede liep hij verder. Toen bleef hij abrupt staan. Op een omgevallen boom honderd meter van de Vogels af zat Glys Heidezoet een grashalm te inspecteren of het een verbazingwekkend voorwerp uit het verleden was. Wonderlijk genoeg hadden de Vogels Xanten werkelijk gehoorzaamd en wachtten in betrekkelijke orde.

Xanten keek naar de hemel, schopte tegen de aarde. Diep ademhalend liep hij op het meisje toe. Hij zag dat ze een bloem in haar lange losse haar had gestoken.

Na een ogenblik of twee keek ze op en bestudeerde zijn gezicht. "Waarom bent u zo boos?"

Xanten sloeg op zijn dij. Toen ging hij naast haar zitten. "Boos? Nee. Ik ben buiten zinnen van ergernis, machteloosheid. Claghorn is even weerspannig als een scherpe steen. Hij weet hoe Kasteel Hagedorn gered kan worden, maar weigert zijn geheim prijs te geven."

Glys Heidezoet lachte — een vlot, vrolijk geluid, volkomen anders dan alles wat Xanten ooit op het kasteel had gehoord. "Een geheim? Terwijl zelfs ik het weet?"

"Het moet een geheim zijn. Hij wil het mij niet vertellen."

"Luister. Als u bang bent dat de Vogels het horen, dan zal ik het fluisteren." Ze sprak enkele woorden in zijn oor.

Misschien bedwelmde haar zoete adem zijn geest, maar de essentie van haar onthulling wist niet tot zijn bewustzijn door te dringen. Hij bracht een wrang geluid voort. "Dat is geen geheim! Alleen maar wat de prehistorische Scythen bathos noemden. Ontering voor de edellieden! Dansen wij soms met de Boeren? Serveren wij de Vogels essences en debatteren wij met hen over de schoonheid van onze Phanes?"

"'Ontering'?" Ze sprong overeind. "Dan is het ook een ontering voor u om met mij te praten, om hier met mij te zitten, om bespottelijke suggesties te doen —"

"Ik heb geen suggesties gedaan!" protesteerde Xanten. "Ik zit hier in alle fatsoen —"

"Te veel fatsoen, te veel eer!" Met een vertoon van hartstocht dat hem verbijsterde rukte Glys de bloem uit haar haar en smeet hem op de grond. "Daar! Weg van hier!"

"Nee," zei Xanten plotseling nederig. Hij bukte zich, raapte de bloem op, kuste hem, stak hem terug in haar haren. "Ik ben niet overdreven eervol. Ik zal mijn best doen." Hij legde zijn handen op haar schouders, maar ze weerde hem af.

"Zeg mij," zei ze streng op een heel volwassen toon, "bezit jij soms van die eigenaardige insectenvrouwen?"

"Ik? Phanes? Ik bezit geen Phanes."

Hierop ontspande Glys Heidezoet zich en stond toe dat Xanten haar omhelsde, terwijl de Vogels kakelden, brullachten en vulgaire krabgeluiden met hun vleugels maakten.

Hoofdstuk VII

1

DE ZOMER TROK VOORBIJ. Op dertig juni vierden Janeil en Hagedorn het Bloemenfeest, ondanks het feit dat de dijk al hoog om Janeil oprees. Kort daarop vloog Xanten met zes van de beste Vogels 's nachts Janeil binnen en stelde aan de Raad van Notabelen voor dat het kasteel door Vogels geëvacueerd zou worden — zoveel mogelijk mensen, allen die wensten te vertrekken. De raadsleden luisterden met een stenen gezicht en gingen zonder zijn voorstel enig commentaar waardig te keuren over tot andere zaken.

Xanten keerde terug naar Kasteel Hagedorn. Omzichtig, slechts sprekend met vertrouwde kameraden, haalde hij tegen de veertig kadetten en heren over tot zijn overtuiging. Maar de strekking van zijn programma kon hij natuurlijk niet geheimhouden.

De eerste reactie van de traditionalisten bestond uit spotternij en aantijgingen van lafheid. Op aandrang van Xanten werden door zijn vurige medestanders geen duels aangegaan of geaccepteerd.

Op de avond van de negende september viel Kasteel Janeil. Het nieuws werd naar Hagedorn overgebracht door opgewonden Vogels, die de grimmige tijding telkens en telkens weer vertelden, met steeds hysterischer stemmen.

Hagedorn, nu met ingevallen wangen en vermoeid, riep werktuiglijk de raad bijeen. Deze nam nota van de benauwende omstandigheden. "Dan zijn wij het laatste kasteel! De Meks kunnen ons geen kwaad berokkenen, dat is ondenkbaar; ze kunnen twintig jaar lang dijken bouwen rond onze muren zonder enig ander effect dan dat ze hun tijd zoetbrengen. Wij zijn veilig: toch is het een vreemde, onheilspellende gedachte als we ons realiseren dat uiteindelijk, hier in Kasteel Hagedorn, de laatste edellieden van het ras wonen!"

Xantens stem was gespannen van oprechte bekeringsdrang: "Twintig jaar, vijftig jaar — wat betekent dat voor de Meks? Als ze ons eenmaal omsingelen, ons belegeren, dan zitten wij in de val. Begrijpen jullie dat dit onze laatste kans is om te ontsnappen uit de grote kooi die Kasteel Hagedorn zal worden?"

"'Ontsnappen', Xanten? Wat een woord! Schande!" hoonde O.Z. Garr. "Neem je ellendige bende mee en ontsnap! Naar steppe, moeras of toendra. Ga heen als je wilt, met je lafaards, maar wees zo goed deze onafgebroken schrille alarmkreten te staken."

"Garr, ik ben tot een bepaalde overtuiging gekomen sinds ik een 'lafaard' ben geworden. De wil om in leven te blijven is een goed moreel uitgangspunt. Dit heb ik uit de mond van een geacht wijsgeer vernomen."

"Pah! Wie dan wel?"

"A.G. Philidor, als u dan beslist het naadje van de kous moet weten."

O.Z. Garr sloeg zich tegen het voorhoofd. "U heeft het over Philidor de Boeteling? Dat is er een van het meest extreme soort, een Boeteling die meer boete doet dan alle anderen samen! Xanten, wees redelijk, als u wilt."

"Wij hebben allen nog jaren voor de boeg," zei Xanten toonloos, "als wij ons bevrijden van het kasteel."

"Maar het kasteel is ons leven!" zei Hagedorn verbluft. "Xanten, wat zouden wij nog zijn zonder het kasteel? Wilde beesten? Nomaden?"

"We zouden in leven zijn."

O.Z. Garr snoof luid van afkeer en wendde zich af om een gobelin te inspecteren.

Hagedorn schudde vertwijfeld en verbijsterd het hoofd. Beaudry strekte zijn handen naar de hemel. "Xanten, u berooft ons van onze kracht. U komt hier binnen en belast ons met dit afschuwelijke gevoel dat wij ons dringend moeten haasten. Maar waarom? In Kasteel Hagedorn zijn wij zo veilig als in de armen van onze moeder. Wat winnen wij ermee door alles aan de kant te gooien — eer, waardigheid, comfort, beschaafde verfijningen — met geen andere reden dan om door de wildernis te kunnen sluipen?"

"Janeil was ook veilig," antwoorde Xanten. "Wat is er vandaag nog over van Janeil? Iedereen is dood, de tapijten en gobelins zijn beschimmeld, de wijn is verzuurd. Wat we winnen door te gaan 'sluipen', is de zekerheid dat we in leven blijven. En ik ben ook veel meer van plan dan alleen maar 'sluipen'."

"Ik kan honderd situaties bedenken waarin de dood beter is dan het leven!" snauwde Isseth. "Moet ik onteerd en in schande sterven? Waarom mag ik mijn laatste jaren niet in waardigheid doorbrengen?"

B.F. Robarth kwam de raadskamer in. "Raadsleden, de Meks naderen Kasteel Hagedorn."

Hagedorn wierp een wilde blik in het rond. "Zijn wij het eens over wat wij moeten doen?"

Xanten maakte een moedeloos gebaar. "Iedereen moet doen wat hem goeddunkt. Ik redeneer niet meer: ik heb gedaan wat ik kon. Hagedorn, wilt u de vergadering verdagen zodat wij onze gang kunnen gaan? Zodat ik kan gaan 'sluipen'?"

"De raad is verdaagd," zei Hagedorn en allen begaven zich naar de borstweringen.

Over de laan die het kasteel in leidde, sloften drommen Boeren van het omringende land met tassen en zakken op de schouders. Aan de andere kant van het dal, aan de rand van het Bartholomeus-bos, ontwaarde men een massa krachtwagens en een vormeloze bruingele massa: Meks.

Aure wees naar het westen. "Ziet — daar komen ze, door de Lange Laagte!" Hij draaide zich om naar het oosten. "En ziet: daar bij de Bambrug: Meks!"

Als één man wendden de heren zich naar het noorden. O.Z. Garr wees naar een linie bruingouden gedaanten. "Daar wachten ze, het ongedierte! Ze hebben ons ingesloten! Welnu, laat ze maar wachten!" Hij schreed bruusk weg, nam de lift naar het plein en liep snel naar Huize Zumbeld, waar hij de rest van de middag met zijn Gloriana werkte, van wie hij grote dingen verwachtte.

2

De volgende dag voltooiden de Meks de belegering. Rond Kasteel Hagedorn werd grote activiteit ontplooid: er verschenen schuren, magazijnen, barakken. Binnen deze omheining, vlak buiten bereik van de kanonnen, wierpen krachtwagens aardhopen op.

's Nachts werden de aardhopen in de richting van het kasteel verlengd, en evenzo de volgende nacht. Ten slotte werd het doel hiervan duidelijk: ze waren bedoeld om tunnels of gangen te beschermen die naar de rotspiek leidden waarop het kasteel stond. De volgende dag bereikten enkele aardhopen de voet van de rots. Weldra begon er een reeks krachtwagens beladen met rotspuin uit de openingen van de gangen te stromen. Ze kwamen eruit, losten hun vracht en reden opnieuw de tunnels in.

Acht van deze bovengrondse tunnels werden aangelegd. Uit elk ervan werden zonder ophouden ladingen aarde en steen gehaald, afgeknabbeld van de rots waarop het kasteel rustte. Ten langen leste werd het de edellieden die zich op de muren verdrongen duidelijk wat de bedoeling van het werk was.

"Ze doen helemaal geen poging ons te bedelven," zei Hagedorn. "Ze ondermijnen eenvoudig de rots!"

Op de zesde dag van het beleg begon een groot stuk van de rotshelling te trillen. Het zakte omlaag en een hoge piek die bijna tot de voet van de kasteelmuren liep, stortte neer.

"Als dit zo doorgaat," mompelde Beaudry, "krijgen we nog minder tijd dan Janeil."

"Komaan dan," riep O.Z. Garr opeens actief. "Laten we onze kanonnen uitproberen. We zullen hun verwenste tunnels opblazen, en wat moeten de schurken dan?" Hij begaf zich naar het dichtstbijzijnde kanon en riep om Boeren om het dekzeil te komen verwijderen.

Xanten, die toevallig in de buurt was, zei: "Laat mij u bijstaan." Hij rukte het zeil weg. "Schiet nu, als u zo goed wilt zijn."

O.Z. Garr staarde hem bevreemd aan. Toen sprong hij naar voren en liet de grote projector ronddraaien totdat hij op een tunnel was gericht. Hij trok aan de grote hefboom; de lucht voor de geringde loop knetterde, golfde en er flikkerden paarse vonken op. Het doelwit begon te stomen, werd zwart, daarna donkerrood en gleed toen in elkaar als een fel oplichtende krater. Maar de onderliggende aarde, zes meter dik, isoleerde te goed: de gesmolten poel werd witheet, maar niet breder of dieper.

Plotseling begon het kanon te ratelen. Er was kortsluiting in de stroomvoorziening ontstaan doordat de isolatie van de kabels verteerd was. Het kanon zweeg. O.Z. Garr inspecteerde het mechanisme boos en teleurgesteld; toen, met een gebaar van afkeer, wendde hij zich af. De kanonnen hadden blijkbaar maar een beperkt nut.

Twee uur later stortte aan de oostkant van de piek opnieuw een grote massa rots neer en nog vlak voor zonsondergang gleed er van de westelijke wand een soortgelijke plaat af, op het punt waar de muur van het kasteel in een bijna ononderbroken lijn van de onderliggende rotswand oprees.

Om middernacht vertrokken Xanten en zijn medestanders met hun kinderen en gemalinnen uit Kasteel Hagedorn. Zes ploegen Vogels pendelden van het vliegdak naar een grasveld nabij het Verre Dal en lang voor dageraad was de voltallige groep overgebracht. Er was niemand om hen vaarwel te zeggen.

3

Een week later viel er opnieuw een brok van de oostwand weg, met medeneming van een stuk van de fundering van smeltrots. Bij de tunnelmonden in de diepte waren de bergen uitgegraven puin nu verontrustend groot geworden.

Het in terrassen verdeelde zuidelijke deel van de rotswand werd als laatste aangepakt. De meest spectaculaire beschadigingen hadden in het oosten en westen plaatsgevonden. Opeens, een maand na het begin van het beleg, gleed er een enorm brok terras omlaag, waardoor er een grillige kloof achterbleef die dwars door de laan liep. De beeltenissen van notabelen van vroeger die op gezette afstanden op de balustrade langs de laan waren geplaatst, vielen te pletter.

Hagedorn riep de raad bijeen. "De omstandigheden," zei hij in een fletse poging tot scherts, "zijn niet verbeterd. Onze meest pessimistische verwachtingen zijn overtroffen: een mistroostige situatie. Ik beken dat ik niet geniet van het vooruitzicht om dood te vallen te midden van mijn verbrijzelde bezittingen."

Aure maakte een vertwijfeld gebaar. "Dergelijke gedachten spoken ook mij door de geest! De dood — wat dan nog? Allen moeten sterven! Maar als ik aan mijn kostbare bezittingen denk, word ik misselijk. Mijn boeken vertrapt! Mijn broze vazen vermorzeld! Mijn tabberds verscheurd! Mijn tapijten bedolven! Mijn Phanes gewurgd! Mijn overgeërfde kroonluchters kapotgesmeten! Dat zijn ware nachtmerries!"

"Uw bezittingen zijn niet minder kostbaar dan de onze," zei Beaudry kortaf. "Niettemin, ze hebben geen eigen leven: als wij verdwenen zijn, wie maalt er dan om wat ermee gebeurt?"

Marune huiverde. "Een jaar geleden heb ik achttien dozijn flessen essence van eerste kwaliteit opgeslagen, twaalf dozijn Groene Regen, drie dozijn elk van Balthazar en Faidor. Denk daar eens aan, als u zich een tragedie wilt voorstellen!"

"Hadden we het maar geweten," kreunde Aure. "Ik zou — ik zou…" Zijn stem stierf weg.

O.Z. Garr stampte ongeduldig met de voet op de vloer. "Laat ons tot elke prijs jammerklachten vermijden! Wij hadden een keus, weet u nog? Xanten smeekte ons te vluchten: nu sluipen en foerageren hij en zijn soort samen met de Boetelingen in de noordelijke bergen. Wij verkozen te blijven, ten goede of ten kwade, en ongelukkig genoeg valt ons het kwade ten deel. Wij dienen dit feit als heren onder ogen te zien."

Hiermee stemde de raad melancholiek in. Hagedorn haalde een fles onbetaalbare Rhadamanth tevoorschijn en schonk in met een gulle overvloed die tot voor kort ondenkbaar zou zijn geweest. "Daar wij geen toekomst hebben, drink ik op ons roemrijke verleden!"

Die nacht bespeurde men hier en daar ongeregeldheden binnen de ring van de Mek-blokkade; brand op vier verschillende plaatsen, een zwak rumoer van schorre kreten. De volgende dag leek het of het tempo van de werkzaamheden iets afgenomen was.

's Middags viel er niettemin weer een reusachtig segment van de oostwand af. Een ogenblik hierna spleet de oostelijke muur koninklijk langzaam los en tuimelde omlaag, zodat de achterzijde van zes grote Huizen werd blootgelegd.

Een uur na zonsondergang landde er een span Vogels op het vliegdak. Xanten sprong uit de mand. Hij holde de wenteltrap naar de borstwering af en vandaar naar het plein voor Hagedorns paleis.

Geroepen door een verwant verscheen Hagedorn in de deur. Verrast staarde hij naar Xanten. "Wat doet u hier? Wij verwachtten dat u veilig in het noorden zoudt zijn met de Boetelingen."

"De Boetelingen zitten niet veilig in het noorden," antwoordde Xanten. "Ze hebben zich bij ons aangesloten. Wij strijden tegen de Meks."

Hagedorns mond viel open. "Strijden? Heren vechten tegen de Meks?"

"Zo krachtig mogelijk."

Hagedorn schudde vol verwondering het hoofd. "Ook de Boetelingen? Ik had begrepen dat ze van plan waren naar het noorden te vluchten."

"Dat hebben sommigen ook gedaan, onder wie A.G. Philidor. Maar er zijn verschillende groeperingen onder de Boetelingen, net als hier het geval is. De meesten zijn nog geen twintig kilometer van hier. Hetzelfde geldt voor de Nomaden. Sommigen zijn gevlucht met hun krachtwagens. De rest doodt Meks met fanatieke geestdrift. Gisteravond heeft u ons werk kunnen zien. We hebben vier magazijnen in brand gestoken, sirooptanks vernield, honderd of meer Meks gedood, plus een stuk of tien krachtwagens. We hebben verliezen geleden, die hard aankomen doordat we maar met weinigen zijn, en er zijn veel Meks. Daarom ben ik hier. We hebben meer mannen nodig. Kom en vecht naast ons!"

Hagedorn draaide zich om en gebaarde naar het centrale plein. "Ik zal de mensen uit hun Huizen roepen. Spreek dan tegen allen."

4

De Vogels, bitter klagend over zoveel zwoegen, werkten de hele nacht door om alle heren over te brengen die, ontnuchterd door de op handen zijnde verwoesting van Kasteel Hagedorn, nu bereid waren hun bezwaren opzij te zetten en voor hun leven te vechten. De onwrikbare traditionalisten weigerden nog steeds hun eer in gevaar te brengen maar Xanten stelde hen opgewekt gerust: "Blijf dan hier, en sluip door het kasteel als evenzoveel stiekeme ratten. Troost u er maar mee dat u beschermd wordt, de toekomst houdt weinig méér voor u in."

Velen die hem hoorden, schreden vol walging heen.

Xanten kwam weer bij Hagedorn. "En u? Komt u mee of blijft u hier?"

Hagedorn slaakte een diepe zucht, een gekreun bijna. "Kasteel Hagedorn heeft afgedaan. Wat er ook moge geschieden, ik ga mee."

5

De situatie was abrupt veranderd. De Meks, die zich in een niet volledig gesloten cirkel rond het kasteel hadden gelegerd, hadden niet gerekend op tegenstand vanaf het omringende land en op slechts weinig verzet vanuit het kasteel. Bij het situeren van hun verblijven en siroopdepots waren ze alleen uitgegaan van de makkelijke bereikbaarheid daarvan en met de mogelijkheid dat ze deze zouden moeten verdedigen, was geen rekening gehouden. Bijgevolg konden de aanvalsgroepen de barakken en voedseltanks dicht naderen, schade toebrengen en zich weer terugtrekken voordat zijzelf ernstige verliezen begonnen te lijden. De Meks die langs de Noordrand lagen, werden bijna voortdurend aangevallen en ten slotte met grote verliezen verdreven. De cirkel om het kasteel werd een halve cirkel; en twee dagen later, toen nog eens vijf sirooptanks verwoest waren, trokken de Meks zich nog verder terug. Ze wierpen wallen op voor de twee tunnelmonden aan de zuidkant van de rotspiek en vestigden daar een min of meer verdedigbare stelling, maar in plaats van te belegeren werden zij nu zelf belegerd, ook al kwamen er nog steeds krachtwagens vol puin uit de rots.

Binnen hun wallen concentreerden de Meks hun resterende voorraden siroop, gereedschappen, wapens, munitie. Het gebied buiten de wallen was 's nachts felverlicht en werd bewaakt door Meks met geweren, hetgeen een frontale aanval ondoenlijk maakte.

Een dag lang hielden de mensen zich op in de omringende boomgaarden terwijl ze de nieuwe situatie bestudeerden. Toen werd een nieuwe tactiek geprobeerd. Zes lichte draagstoelen werden in elkaar getimmerd en geladen met blazen die gevuld waren met licht ontvlambare olie, waaraan een brisantgranaat was bevestigd. Aan elk van deze constructies werden tien Vogels toegevoegd en om middernacht werden ze de lucht ingezonden. Ieder span werd begeleid door een man. Hoog vliegend zweefden de Vogels toen door het duister boven de stelling van de Meks en lieten daar de brandbommen vallen. Ogenblikkelijk stond het terrein in lichterlaaie. Het siroopdepot vatte vlam; gewekt door de vlammen rolden de krachtwagens koortsachtig heen en weer, Meks en voorraden verpletterend, met elkaar botsend, de verschrikking van het vuur aanzienlijk versterkend. De overlevende Meks zochten hun toevlucht in de tunnels. Enkele schijnwerpers vielen uit en profiterend van de verwarring ondernamen de mensen een aanval op de wallen. Na een kortstondig, verbitterd gevecht doodden zij alle schildwachten en namen positie in bij de ingang van de tunnels, die nu het restant van het Mek-leger herbergden.

De opstand van de Meks leek neergeslagen.

Hoofdstuk VIII

1

DE VLAMMEN DOOFDEN. De menselijke soldaten — driehonderd mannen uit het kasteel, tweehonderd Boetelingen en ongeveer driehonderd Nomaden — verzamelden zich rond de opening van de tunnels en bespraken de hele nacht methoden om af te rekenen met de opgesloten Meks. Bij zonsopgang gingen de mannen wier gemalinnen en kinderen nog in het kasteel waren die ophalen. Ze keerden terug met een groep heren uit het kasteel onder wie Beaudry, O.Z. Garr, Isseth en Aure. Die begroetten hun voormalige gelijken, Hagedorn, Xanten, Claghorn en anderen monter, maar wel met een zekere zuinige gereserveerdheid die aanduidde dat mensen die tegen de Meks streden alsof het hun gelijken waren, voorgoed een deel van hun prestige verloren hadden.

"Wat gaat er nu gebeuren?" vroeg Beaudry aan Hagedorn. "De Meks zitten in de val, maar jullie kunnen ze er niet uit krijgen. Het is niet onmogelijk dat ze binnenin siroop voor de krachtwagens hebben opgeslagen; ze kunnen het nog wel maanden uithouden."

O.Z. Garr, die de situatie opnam vanuit het standpunt van de militaire theoreticus, bracht een strategisch plan te berde. "Haal de kanonnen naar beneden — of laat uw ondergeschikten dat doen — en posteer ze op de krachtwagens. Als het ongedierte voldoende verzwakt is, rij dan de wagens naar binnen en roei ze allemaal uit, behalve voldoende arbeidskrachten voor het kasteel. Vroeger hadden we er vierhonderd aan het werk, wat wel genoeg zou zijn."

"Ha!" riep Xanten uit. "Het doet me groot genoegen om je mee te delen dat dat nooit zal gebeuren! Als er Meks in leven blijven, dan repareren ze de sterrenschepen en geven ons les in het onderhoud, en dan brengen we hen en de Boeren terug naar hun eigen werelden."

"Hoe wilt u dan dat wij in leven blijven?" informeerde O.Z. Garr kil.

"Jullie hebben de siroopgenerator. Rust jezelf maar uit met zakken en drink siroop."

Garr wierp het hoofd in de nek en staarde koel langs zijn neus. "Dit is jouw stem, alleen de jouwe, en het is alleen jouw brutale opinie. Er zijn nog anderen met een stem. Hagedorn — jij was vroeger een heer. Is dit ook jouw zienswijze, dat de beschaving maar moet afsterven?"

"Die hoeft niet af te sterven," zei Hagedorn, "vooropgesteld dat wij allen, jullie evengoed als wij, de handen uit de mouwen steken. Er kunnen geen slaven meer zijn. Daarvan ben ik overtuigd."

O.Z. Garr draaide zich om en beende de laan naar het kasteel op, gevolgd door de meest traditioneel geaarde van zijn vrienden. Enkelen traden opzij en spraken onderling met gedempte stem, soms met duistere blikken naar Xanten en Hagedorn.

Wat later klonk er plots een kreet van de muren van het kasteel: "De Meks! Ze nemen het kasteel in! Ze stromen uit de lage gangen! Val aan, red ons!"

De mannen op de grond staarden verbluft omhoog. Voor hun ogen zwaaiden de kasteeldeuren dicht.

"Hoe is dat nu mogelijk?" vroeg Hagedorn verbouwereerd. "Ik zweer dat ze allemaal in de tunnels zijn verdwenen."

"Het is maar al te duidelijk," zei Xanten bitter. "Terwijl ze het kasteel ondermijnden, groeven ze een tunnel naar de onderste verdiepingen!"

Hagedorn liep naar voren alsof hij in zijn eentje de rots wilde bestormen. "We moeten ze eruit drijven. Het is ondenkbaar dat ze ons kasteel plunderen!"

"Helaas," zei Claghorn, "houden de muren ons even doeltreffend buiten als eerst de Meks."

"We kunnen een groep mannen omhoog zenden met Vogels! Als ze eenmaal voet aan de grond hebben, kunnen wij de Meks opjagen en uitroeien!"

Claghorn schudde het hoofd. "Ze kunnen ons op de borstwering en op het vliegdak opwachten en de Vogels neerschieten terwijl ze naderen. Ook al kregen we er voet aan de grond, het zou tot hevig bloedvergieten komen: voor ieder van hen die gedood werd, zou er een van ons vallen. En nog altijd hebben zij een overmacht van drie of vier tegen één."

Hagedorn kreunde: "De gedachte dat zij feest vieren tussen mijn bezittingen, rondflaneren in mijn kleren, mijn onbetaalbare essences verbrassen — ik word misselijk!"

"Luister!" zei Claghorn. Uit de hoogte hoorden ze hese kreten van mensen, het knetteren van kanonnen. "Sommigen stellen zich tenminste teweer op de muren!"

Xanten liep naar een groepje Vogels die eindelijk eens onder de indruk waren en vol ontzag voor de gebeurtenissen. "Til mij op boven het kasteel, buiten het bereik van kogels, naar waar ik zien kan wat de Meks doen!"

"Pas op, pas toch op!" kraste een van de Vogels. "Boze dingen gebeuren er in het kasteel!"

"Doet er niet toe, breng mij naar boven, hoog boven de muren!"

De Vogels hesen hem op, zwenkten in een wijde cirkel rond de rots en over het kasteel, ver genoeg erboven om veilig te zijn voor de geweren van de Meks. Naast de kanonnen die nog werkten stonden dertig mannen en vrouwen. Tussen de statige Huizen, de Rotonda en het Paleis, overal waar de kanonnen niet reikten, krioelde het van Meks. Het grote plein was bezaaid met lijken, van heren, dames en hun kinderen — allen die verkozen hadden in Kasteel Hagedorn te blijven.

O.Z. Garr stond achter een van de kanonnen. Toen hij Xanten in het oog kreeg gaf hij een schreeuw van hysterische woede, zwiepte de loop van het kanon omhoog en vuurde. De krijsende Vogels trachtten opzij te zwenken, maar de energieflits verzengde er twee. Vogels, draagstoel en Xanten stortten in een slordige warboel neer. Als door een wonder herkregen de vier nog levende Vogels hun evenwicht en vijfentwintig meter boven de grond vertraagden ze met een koortsige reuzeninspanning hun val, zweefden nog even en zonken toen op de grond. Xanten wankelde uit de warboel van mand en riemen. Er renden mannen op hem af. "Ben je in orde?" riep Claghorn.

"Ja. En ook beangst." Xanten haalde diep adem en ging toen op een steen zitten.

"Wat geschiedt daarboven?" vroeg Claghorn dringend.

"Ze zijn allemaal dood," antwoordde Xanten, "op een stuk of twintig na. Garr is gek geworden. Hij vuurde op mij."

"Kijk! Meks op de borstwering!" riep A.L. Morgan.

"Daar!" riep een ander. "Mensen! Ze springen!...Nee, ze worden gegooid!"

Sommigen waren mensen, anderen Meks die ze met zich mee-sleurden; afschuwelijk langzaam tuimelden ze naar hun dood. Toen vielen er geen meer. Kasteel Hagedorn was in handen van de Meks.

Xanten bestudeerde het gecompliceerde silhouet van het kasteel, dat tegelijk vertrouwd was en vreemd. "Het zal hun niet lukken om het daar uit te houden. We hoeven alleen maar de zonnecellen te vernieti-gen en ze kunnen geen siroop meer maken."

"Laten wij dat nu meteen doen!" riep Claghorn. "Voor ze er zelf aan denken en de kanonnen bemannen! Vogels!"

Hij liep weg om bevelen te geven en even later stegen er veertig Vogels op die elk twee stenen ter grootte van een mensenhoofd droe-gen. Ze cirkelden om het kasteel heen en keerden weldra terug met het bericht dat de zonnecellen vernietigd waren. Xanten merkte op: "Alles wat ons nu nog te doen staat, is de uitgang van de tunnels afsluiten zodat ze ons niet onverhoeds kunnen overvallen — en dan geduld oefenen."

"En de Boeren in de stallen, en de Phanes?" vroeg Hagedorn met ellendige stem.

Xanten schudde plechtig het hoofd. "Hij die nog geen Boeteling was, moet het nu worden."

Claghorn mompelde: "Ze houden het twee maanden uit — niet langer."

Maar er verstreken twee maanden, toen drie en vier; op een goede morgen weken de grote kasteeldeuren open en een broodmagere Mek wankelde naar buiten. Hij seinde: "Mensen: wij verhongeren. Wij heb-ben jullie schatten bewaard. Geef ons leven of wij verwoesten alles eer wij sterven."

Claghorn antwoordde: "Dit zijn onze voorwaarden. Wij schenken jullie het leven. Jullie moeten het kasteel schoonmaken, de lijken verwijderen en begraven. Jullie moeten de ruimteschepen repareren en ons alles leren wat jullie ervan weten. Dan zullen wij jullie overbrengen naar Etamin Negen."

2

Vijf jaar later hadden Xanten en Glys Heidezoet en hun twee kinderen reden om van hun huis aan de Sande naar het noorden te reizen. Ze maakten van de gelegenheid gebruik om Kasteel Hagedorn te bezoeken, waar nu nog maar twintig of dertig mensen woonden, onder wie Hagedorn.

Hij was ouder geworden, dacht Xanten. Zijn haar was wit; zijn gezicht, eens open en hartelijk, was mager, bijna wasachtig bleek. Xanten kon niet uitmaken hoe zijn stemming was.

Ze stonden in de schaduw van een walnotenboom. Kasteel en rots torenden hoog boven hen uit. "Dit is nu een museum," zei Hagedorn. "Ik ben de conservator, en dat zal de functie van alle Hagedorns na mij zijn, want er zijn hier ontelbare schatten om te bewaren en te verzorgen. Nu al is er een gevoel van antiquiteit over het kasteel gedaald. De Huizen worden veelvuldig bezocht door geesten. Ik zie ze vaak, vooral op de avond van feesten… Ach, dat waren nog eens tijden, nietwaar, Xanten?"

"Ja inderdaad," zei Xanten. Hij aaide zijn kinderen over hun hoofd. "Maar ik voel er niets voor naar die tijd terug te keren. Wij zijn nu mensen, op onze eigen wereld, iets wat nooit eerder het geval is geweest."

Hagedorn beaamde dat wat weemoedig. Hij keek op naar het reusachtige bouwwerk, alsof dit de eerste keer was dat zijn oog erop viel. "De mensen van de toekomst — wat zullen zij denken van Kasteel Hagedorn? Zijn schatten, zijn boeken, zijn tabberds?"

"Ze zullen komen, en zullen zich verbazen," zei Xanten. "Bijna zoals wij vandaag."

"Er is veel om zich over te verbazen. Kom je binnen, Xanten? Er liggen nog flessen edele essence te rijpen."

"Dank je, nee," zei Xanten. "Het zou maar oude herinneringen oproepen. Wij gaan weer op weg, en nu meteen, denk ik."

Hagedorn knikte droevig. "Ik begrijp het heel goed. Tegenwoordig verval ik zelf ook vaak tot dromerij. Wel, tot ziens, en reis met plezier naar huis."

"Dat zullen we doen, Hagedorn. Dank je en tot ziens."

De wonderbaarlijke verrichtingen van Sam Salazar

Hoofdstuk I

DE KRIJGSMACHT VAN FORT FAIDE bewoog zich in oostelijke richting over het grasland: een kolonne van honderd ridders, vijfhonderd infanteristen, een karavaan wagens. Voorop reed Lord Faide, een lange man in de eerste jaren van volwassenheid, mager en katachtig, met een ongezond vaalbleek gezicht. Hij was gezeten in de voorouderlijke wagen van de Faides, een bootvormig voertuig dat twee passen boven het mos zweefde. Naast zijn zwaard en dolk droeg hij zijn voorouderlijke wapens.

Een uur voor zonsondergang kwam een paar verkenners in volle galop terug naar de kolonne. Hun stomphoofdige paarden draafden op de manier van honden. Lord Faide remde zijn wagen af. Achter hem hielden zijn verwanten, de mindere ridders en het voetvolk met de leren hoofdkappen halt; in de achterhoede kwamen de bagagewagens en de hoogwielige karren van de jinxmannen tot stilstand.

De verkenners naderden met halsbrekende snelheid. Op het laatste ogenblik trokken ze hun paarden opzij. Lange ruige benen schopten, ronde hoeven ploegden door het mos. De verkenners sprongen omlaag en renden naar voren. "De weg naar Fort Ballant is versperd!"

Lord Faide rees op uit zijn zetel, staarde oostwaarts over de grijsgroene velden. "Hoeveel ridders? Hoeveel mannen?"

"Geen ridders, geen mannen, Lord Faide. De Eersten hebben een bos geplant tussen het Noordelijk en het Zuidelijk Wildwoud." Lord Faide stond even in gepeins verzonken, toen nam hij weer plaats en drukte op de regelknop. De wagen maakte een suizend geluid, schokte, bewoog vooruit. De ridders gaven hun paarden de sporen; de infanteristen hervatten hun sloffende gang. In de achterhoede kwamen de bagagewagens krakend in beweging, samen met de zes karren van de jinxmannen.

De zon, groot, bleek en ietwat rose getint, verzonk in het westen. Het Noordelijk Wildwoud doemde op aan de linkerkant, gescheiden van het Zuidelijk Wildwoud door een strook steenachtige grond die slechts schaars begroeid was met plekken mos. Toen de zon achter de horizon verdween tekende de nieuwe aanplant zich af; een tere nieuwe vegetatie die de twee stukken bos verbond als een kanaal tussen twee zeeën.

Lord Faide liet zijn wagen stoppen, stapte uit op het mos. Hij nam het landschap op, gaf toen het sein dat er een kamp moest worden opgeslagen. De wagens werden in een kring gezet, de nodige spullen uitgeladen. Lord Faide sloeg de activiteit enige ogenblikken gade, met scherpe, kritische blik, toen draaide hij zich om en liep hij de gras-velden op in de lavendelkleurige en groene schemer. Vijftien mijl naar het oosten wachtte zijn laatste vijand op hem: Lord Ballant van Fort Ballant. Denkend aan het gevecht van de volgende dag voelde Lord Faide zich redelijk zeker van de uitkomst. Zijn troepen waren gehard in een tiental veldtochten; zijn verwanten waren trouw en oprecht. Opper-Jinxman van Fort Faide was Hein Huss, en geassocieerd met hem waren drie van de machtigste jinxmannen van Pangborn: Isak Comandore, Adam McAdam, en de opmerkelijke Enterlin, samen met hun groepen kabaalmannen, spreukmeesters en leerjongens. Alles bij elkaar een indrukwekkend gezelschap. Er moesten dan ook enige obstakels overwonnen worden: Fort Ballant werd goed verdedigd; Lord Ballant zou een halsstarrig gevecht leveren; Anderson Grimes, de Opper-Jinxman van Ballant, was efficiënt en werd hogelijk geroemd. Bovendien was nu het Eerste Volk lastig met zijn nieuwe aanplant die de kloof tussen het Noordelijk en Zuidelijk Wildwoud dichtte. De Eersten waren een bleek en zwak ras, geen partij voor mensen in gevechten van man tegen man, maar ze beschermden hun bossen met vallen en strikken.

Lord Faide vloekte binnensmonds. Het Noordelijk of Zuidelijk Wildwoud omtrekken zou een oponthoud van drie dagen betekenen, en dat was onverdraaglijk.

Lord Faide keerde terug naar het kamp. De vuren waren ontstoken, de kookpotten pruttelden, er waren ordelijke rijen slaapholen in het mos gegraven. Binnen de kring van wagens verzorgden de ridders hun paarden; Lord Faide's tent was opgezet op een heuveltje, naast de antieke strijdwagen.

Lord Faide maakte een snelle inspectieronde, zag ieder detail, sprak geen woord. De jinxmannen kampeerden iets ter zijde van de soldaten. De leerlingen en mindere spreukmeesters bereidden voedsel, terwijl de jinxmannen en kabaalmannen in hun tenten de kabinetten en kasten opruimden en de wanorde wegwerkten die door het hobbelen van de karren was ontstaan.

Lord Faide liep de tent van de Opper-Jinxman in. Hein Huss was een reusachtige man met armen en benen zo zwaar als boomstammen, een tors als een ton. Zijn gezicht was rose en kalm, zijn ogen helder als water; zijn hoofd was begroeid met stijve grijze borstels, en niet bedekt met de kap die jinxmannen gewoonlijk droegen tegen het verliezen van uitgevallen haar. Hein Huss verlaagde zich niet tot dergelijke voorzorgsmaatregelen; het was zijn gewoonte om te brommen, terwijl hij zijn tanden liet zien in een grijns van oor tot oor: "Waarom zou iemand mij, de oude Hein Huss, proberen te beheksen? Ik ben zo onschadelijk. Eenieder die het waagde, zou zekerlijk sterven, van schaamte en wroeging."

Lord Faide trof Huss in de weer bij zijn kabinet. De deuren stonden wijd open en onthulden honderden kleine poppen, allemaal voorzien van een haarlok, een stukje stof, een afgeknipte vingernagel, en besmeerd met een beetje zweet, speeksel, feces, bloed. Lord Faide wist heel goed dat een van deze poppetjes hemzelf voorstelde. Hij wist ook dat Hein Huss het zonder aarzelen af zou staan als hij er om vroeg. Zijn *mana* ontleende Huss deels aan zijn enorme zelfvertrouwen, aan het moeiteloze gemak van zijn kunnen. Hij keek Lord Faide aan en las de vraag in zijn gedachten. "Lord Ballant wist niets van de nieuwe aanplant. Anderson Grimes heeft hem er nu van op de hoogte gesteld, en Lord Ballant verwacht dat het u een oponthoud oplevert. Grimes heeft zich in verbinding gesteld met Fort Gisborne en het Wolkkasteel. Vannacht gaan driehonderd man op mars om het garnizoen van Fort Ballant te versterken. Over twee dagen komen ze aan. Lord Ballant is tamelijk opgetogen."

Lord Faide ijsbeerde door de tent. "Kunnen we door deze aanplant heen trekken?"

Hein Huss maakte een zwaar geluid van afkeuring. "Er zijn vele toekomsten. In sommige van deze toekomsten trekt u door het bos. In sommige niet. Ik kan mijn wil niet opleggen aan de toekomst."

Lord Faide had lang geleden geleerd zijn ongeduld te beteugelen als jinxmannen dergelijke schijnbaar pedante uitspraken deden. Hij bromde: "Of ze zijn heel stom, of heel stoutmoedig om de graslanden op deze wijze te beplanten. Ik kan me niet voorstellen wat ze van zins zijn."

Hein Huss dacht na, kwam toen met tegenzin met een idee. "Wat gebeurt er als ze vanuit het Noordelijk Wildwoud naar het westen planten, naar het Bos van Sarrow? Of vanuit het Zuidelijk Wildwoud naar het Oude Bos in het westen?"

"Dan is Fort Faide bijna geheel omringd door bos."

"En als ze het Bos van Sarrow verbinden met het Oude Bos?"

Lord Faide verstarde. Zijn ogen werden bedachtzame spleten. "Dan is Fort Faide omsingeld. Wij zouden gevangen zitten. Hoe staat het met deze nieuwe aanplant, gaan ze ermee verder?"

"Dat is me verteld."

"Wat hopen ze zo te bewerkstelligen?"

"Ik weet het niet. Misschien hopen ze de Forten van elkaar af te zonderen, de planeet van mensen te zuiveren. Misschien willen ze alleen maar veilige banen tussen de wouden aanleggen."

Lord Faide overwoog dit. Huss' laatste idee klonk heel redelijk. In de eerste eeuwen van de mensenkolonie hadden sportieve jongelieden met knuppels en lansen op de Eersten gejaagd, en die uiteindelijk van hun velden verdreven naar de bossen. "Blijkbaar zijn ze slimmer dan we beseften. Adam McAdam beweert dat ze niet denken, maar hij schijnt zich te vergissen."

Hein Huss haalde zijn schouders op. "Adam McAdam stelt denken gelijk met de cerebrale processen van de mens. Hij kan niet telepathisch met Eersten communiceren, en leidt daaruit af dat ze niet 'denken'. Maar ik heb hen geobserveerd op de Woudmarkt, en ze handelen intelligent genoeg."

Hij hief zijn hoofd op, scheen te luisteren, reikte toen in zijn kabinet en haalde behoedzaam de strop rond de nek van een van de poppen aan. Buiten de tent klonk plotseling gehoest en een gierend snakken naar adem. Huss grijnsde, en maakte de strop losser. "Dat is de leerjongen van Isak Comandore. Hij hoopt een Hein Huss-pop te voltooien. Ik moet zeggen dat hij met ijver aan de slag is gegaan. Hij gaat zelfs zo ver dat hij wanneer maar mogelijk de voeten van de pop in mijn voetafdrukken plaatst."

Lord Faide liep naar de flap van de tent. "We breken het kamp vroeg op. Wees waakzaam, ik heb misschien uw hulp nodig." Hij verliet de tent.

Hein Huss ging door met het ordenen van zijn kabinet. Weldra werd hij gewaar dat zijn rivaal naderde, Jinxman Isak Comandore, die het ambt van Opper-Jinxman met allesverterende hartstocht begeerde. Huss sloot zijn kabinet en hees zich overeind.

Comandore trad de tent binnen. Hij was een lange man, krom en spichtig. Zijn wigvormige hoofd was bedekt met grove, roestbruine krullen; hete roodbruine ogen tuurden onder zijn rode wenkbrauwen uit. "Ik bied mijn volledige rechten op Keyril aan, en zal de maskers, de hoofdtooi, en de amuletten erbij doen. Van alle demonen die ooit beraamd zijn is hem de breedste publieke bijval te beurt gevallen. Het uiten van de naam Keyril is het halve werk bij een bezetenheid. Keyril is een waardevol bezit. Meer kan ik niet geven."

Maar Huss schudde zijn hoofd. Comandore's verlangen gold de volledige nabootsing van Tharon Faide, de oudste zoon van Lord Faide, compleet met kleren, haar, huid, wimpers, tranen, feces, zweet en speeksel — de enige die er was, want Lord Faide bewaakte zijn zoon angstvalliger dan zichzelf. "Je brengt je bod op overtuigende wijze," antwoordde Huss, "maar mijn eigen demonen zijn voldoende. De naam Dant jaagt zeker evenveel angst aan als die van Keyril."

"Ik doe er nog vijf haren bij van Jinxman Clarence Sears; het zijn de laatste, want hij is nu volkomen kaal."

"Laat ons van het onderwerp afstappen; ik houd het simulacrum."

"Zoals je wilt," zei Comandore ruw. Hij blikte door de flap van de tent. "Die bokkenschietende leerjongen ook. Hij plaatst de voeten van de pop achterstevoren in jouw afdrukken."

Huss opende zijn kabinet en knipte met zijn vinger tegen een van de poppen. Buiten de tent klonk een verrast gegrom. Huss grinnikte. "Hij is jong en doet zijn best, en misschien is hij wel slim, wie weet?"

Hij liep naar de opening in de tent en riep: "Hé, Sam Salazar, wat doe je daar? Kom toch binnen."

De leerjongen Sam Salazar kwam met zijn ogen knipperend de tent in. Hij was een gedrongen jongen met een rood en rond gezicht waar een tamelijk slordige massa stroblond haar overheen hing. In een hand droeg hij een grove pop met een buikje, die kennelijk Hein Huss moest voorstellen.

"Je verbaast zowel je meester als mij," zei Huss. "Misschien verbergt je dwaasheid een methode, maar wij slagen er niet in die te herkennen. Daarnet bijvoorbeeld plaatste je mijn simulacrum achterstevoren in mijn voetstappen. Ik voel een rukje aan mijn voet, en jij boet voor je onhandigheid."

Sam Salazar vertoonde weinig tekenen van verlegenheid. "Jinxman Comandore heeft me gewaarschuwd dat we erop bedacht moeten zijn voor onze ambities te lijden."

"Als jouw ambitie het jinxmanschap is," merkte Comandore scherp op, "dan zul je je moeten beteren."

"De knaap is slimmer dan je denkt," zei Hein Huss. "Kijk." Hij nam de jongen de pop uit handen, spuugde in de mond, trok een haar uit zijn hoofd en stak die in een gaatje in de kop. "Nu heeft hij een nabootsing van Hein Huss, en met weinig moeite verkregen. En, Leerjongen Salazar, hoe ga je mij beheksen?"

"Natuurlijk zou ik dat nooit durven. Ik wilde alleen maar de kale plekken in mijn kabinet opvullen."

Hein Huss knikte goedkeurend. "Een goede reden, even goed als iedere andere. Uiteraard bezit je ook een simulacrum van Isak Comandore?"

Sam Salazar blikte ongemakkelijk naar Comandore. "Hij laat geen enkel spoor achter. Als er maar een open fles in het vertrek staat ademt hij achter zijn hand."

"Bespottelijk!" riep Huss uit. "Comandore, waarvoor ben je bevreesd?"

"Ik ben conservatief," merkte Comandore droog op. "U heeft een aardig gebaar gemaakt, maar op een kwade dag bezit een vijand dat simulacrum; dan zult u uw vertoon van moed betreuren."

"Ach. Mijn vijanden zijn allemaal dood, op een of twee na die er niet voor durven uit te komen." Hij gaf Sam Salazar een forse dreun op zijn schouder. "Morgen, Leerjongen Salazar, staan je grootse dingen te wachten."

"Wat voor soort grootse dingen?"

"Eer, edele zelfopoffering. Lord Faide moet het Eerste Volk om toestemming smeken om het Wildwoud door te mogen trekken, wat hem ergert. Maar smeken zal hij. Morgen, Sam Salazar, zal ik jou uitkiezen om voorop te gaan naar de onderhandelingen, om de vallen, zeisen, en kuilen onschadelijk te maken voor de belangrijke persoon die jou zal volgen."

Sam Salazar schudde zijn hoofd en trad achteruit. "Er zijn ongetwijfeld anderen die meer recht hebben op deze eer; ik rijd liever in de wagens in de achterhoede."

Comandore wenkte hem de tent uit. "Je doet wat je bevolen wordt. Laat ons alleen; we hebben lang genoeg naar je leerlinggebabbel geluisterd."

Sam verdween. Comandore wendde zich weer tot Hein Huss. "Terugkomend op het gevecht van morgen, Anderson Grimes is bijzonder vaardig met demonen. Als ik het me juist herinner, heeft hij de volgende demonen ontwikkeld en met succes gepropageerd: Pont, die slaap verspreidt; Everid, een toornig wezen; Deigne, een macht van vrees. We moeten opletten dat we bij het strijden tegen deze effecten elkaar niet neutraliseren."

"Dat is waar," bromde Huss. "Ik probeer Lord Faide er al lang van te overtuigen dat een enkele Jinxman — de Opper-Jinxman — doeltreffender kan werken dan een hele groep waarvan de leden elkaar in het vaarwater zitten. Maar hij wordt verteerd door eerzucht en wil niet luisteren."

"Misschien wil hij zich ervan verzekeren dat er andere, even doelmatige jinxmannen aanwezig zijn als het voortschrijden der jaren de Opper-Jinxman krachteloos maakt."

"De toekomst heeft de keus uit vele paden," beaamde Hein Huss. "Lord Faide zou er goed aan doen spoedig naar een opvolger voor mij uit te zien, zodat ik enkele jaren de tijd heb hem te trainen. Ik ben voornemens alle ondergeschikte jinxmannen in te lichten en ten slotte de meest veelbelovende uit te kiezen. Morgen laat ik u de demonen van Anderson Grimes."

Isak Comandore knikte beleefd. "Een wijze beslissing om de verantwoordelijkheid te delegeren. Als ik het gewicht van mijn jaren voel drukken hoop ik met soortgelijke voorzorg te handelen. Goedenacht, Hein Huss. Ik ga mijn demonenmaskers in orde brengen. Morgen moet Keyril schrijden als een reus."

"Goedenacht, Isak Comandore."

Comandore repte zich de tent uit, en Hein Huss ging op zijn kruk zitten. Sam Salazar krabde aan het tentzeil. "Wat is er, jongen?" gromde Huss. "Waarom hang je hier rond?"

Sam Salazar zette de pop van Hein Huss op tafel. "Ik heb geen lust deze pop te houden."

"Gooi hem dan in een sloot," sprak Hein Huss bars. "Je moet ophouden mij met domme streken te ergeren. Je dringt je aan mij op. Maar je weet dat je Comandore's groep niet zonder zijn uitdrukkelijke toestemming kunt verlaten."

"En als ik zijn toestemming verkrijg?"

"Dan zul je je zijn vijandschap op de hals halen. Hij zal zijn kabinet openen; en in tegenstelling tot mij ben je kwetsbaar voor een beheksing. Ik raad je aan tevreden te zijn waar je bent. Isak Comandore is een uiterst vaardig jinxman en kan je een heleboel leren."

Sam Salazar aarzelde nog. "Jinxman Comandore, hoewel vaardig, staat onverdraagzaam tegenover nieuwe ideeën."

Hein Huss verplaatste zijn gewicht op de kruk, en bestudeerde Sam Salazar met zijn heldere ogen. "Wat voor nieuwe gedachten zijn dit? Je eigen?"

"De gedachten zijn nieuw voor mij, en voor zover ik weet ook voor Isak Comandore. Maar hij wil het beamen noch ontkennen."

Hein Huss zuchtte, installeerde zijn grootse omvang iets comfortabeler. "Spreek dan, beschrijf deze gedachten, dan zal ik hun nieuwheid bepalen."

"Eerst dacht ik na over bomen. Ze zijn gevoelig voor licht, vocht, wind, druk. Gevoeligheid impliceert gevoel. Zou een man in de ziel van een boom deze gevoelens kunnen waarnemen? Als een boom tot bewustzijn in staat was, zou zo'n vermogen van pas komen. Men zou bomen op strategische plaatsen tot schildwachten kunnen maken, en hun gevoelens naar believen kunnen meebeleven."

Hein Huss keek sceptisch. "Een amusante opvatting, maar niet uitvoerbaar. Het lezen van gedachten, bezitneming, teleziendheid, alle soortgelijke vermogens, vereisen psychische congruentie als basisvoorwaarde. De onderhavige geesten moeten zich op een bepaald niveau met elkaar kunnen identificeren. Tenzij er sympathie optreedt, is er geen band. Een boom staat ver bij de mens vandaan; de gedachtenbeelden van mens en boom zijn onvergelijkbaar. Meer dan een zwakke vonk van begrip zou dan ook een waar wonder van jinxmanschap zijn."

Sam Salazar knikte treurig. "Dat besefte ik, en eens hoopte ik de nodige vereenzelviging machtig te worden."

"Daarvoor zou je een plant moeten worden. Want de boom zal nooit een mens worden."

"Zo redeneerde ik ook," vervolgde Sam Salazar. "Ik begaf mij naar een groepje bomen, waar ik een hoge conifeer uitkoos. Ik begroef mijn voeten in de aarde, ik stond daar zwijgend en naakt — in het zonlicht, in de regen; bij dageraad, 's middags, bij het vallen van de avond, om middernacht. Ik sloot mijn geest voor mensengedachten, mijn oren voor geluid. Ik nam geen voedsel tot mij, behalve regen en zon. Ik stuurde wortels vanuit mijn voeten en takken uit mijn romp. Dertig uur stond ik zo, en twee dagen later nog eens dertig uur, en na twee dagen weer dertig uur. Ik maakte mij tot een boom, zo veel als mogelijk is voor een wezen van vlees en bloed."

In Hein Huss welde het gorgelen op dat erop duidde dat hij zich vermaakte. "En kwam je tot medegevoel?"

"Niets van nut," bekende Sam Salazar. "Ik voelde iets van de gewaarwordingen van de boom — de activiteit van licht, de rust van het donker, de koelte van de regen. Maar visuele en gehoorsindrukken — niets. Ik heb geen spijt van de beproeving. Het was een nuttige exercitie."

"Een interessante poging, al gaf hij dan geen uitsluitsel. Het idee is bepaald niet van verbazingwekkende originaliteit, maar het empiricisme — om een archaïsch woord te gebruiken — van je methode is stoutmoedig, en streek Isak Comandore zonder twijfel tegen de haren in, want hij moet niets hebben van het bijgeloof van onze voorouders. Ik veronderstel dat hij je heeft gewaarschuwd tegen beuzelarij, metafysica, en inspirationalisme."

"Inderdaad," zei Sam Salazar. "Hij heeft me langdurig toegesproken."

"Isak Comandore is soms niet in staat om de meest voor de hand liggende waarheid geloofwaardig te maken. Maar ik geef je het voorbeeld van Lord Faide, die zichzelf een verlicht man acht, vrij van bijgeloof. Toch rijdt hij in zijn zwakke wagen, hij draagt een pistool dat zestienhonderd jaar oud is, en hij verlaat zich op Hellemond om Fort Faide te beschermen."

"Misschien verlangt hij — onbewust — naar de oude magische tijden," opperde Sam Salazar nadenkend.

"Misschien," beaamde Hein Huss. "En jij eveneens?"

Sam Salazar aarzelde. "De dagen van weleer hebben een sfeer van romantiek, een soort van wilde grandeur. Maar vanzelfsprekend," voegde hij er snel aan toe, "kan mystiek de orthodoxe logica niet vervangen."

"Natuurlijk niet," stemde Hein Huss in. "Ga nu; ik moet nadenken over de gebeurtenissen die de volgende dag brengen zal."

Sam Salazar vertrok, en grommend en kreunend hees Hein Huss zich overeind. Hij liep naar de opening in de tent en keek naar het kamp. Alles was nu rustig. De vuren waren geslonken tot gloeiende sintels, de krijgslieden lagen in de kuilen die ze in het mos hadden gegraven. In het noorden en zuiden lagen de bossen. Tussen de bomen en verder op de velden flikkerden zwakke lichtjes: de Eersten verzamelden de spoorzaden van het mos. Hein Huss werd zich bewust van een persoonlijkheid in de nabijheid. Hij wendde het hoofd en zag de omwikkelde gestalte van Jinxman Enterlin, die zijn gezicht verborg, alleen op fluisterende toon sprak, en zijn natuurlijke gang vermomde door met stijve benen te lopen. Op deze wijze hoopte hij zijn kwetsbaarheid voor vijandige jinxmannen te verminderen. Terloopse mededelingen over falend gezichtsvermogen, stijve gewrichten, vergeetachtigheid, melancholie, misselijkheid, konden van beslissende betekenis zijn bij pogingen tot beheksen. Jinxmannen gaven zich daarom een houding van volmaakte gezondheid en viriliteit, ook al moesten ze zich op de tast voortbewegen of sloegen ze dubbel van kramp.

Huss riep naar Enterlin, en tilde de flap van zijn tent op. Enterlin kwam binnen; Huss ging naar zijn kabinet en haalde een fles tevoorschijn. Hij schonk likeur in twee stenen kommen. "Slechts een hartversterking, vrij van betekenis."

"Goed," fluisterde Enterlin, terwijl hij de kom uitkoos die het verst bij hem vandaan stond. "Tenslotte moeten wij jinxmannen ons af en toe ter ontspanning vermommen als mensen." Hij keerde Huss zijn rug toe om de kom door een spleet van zijn kap naar zijn mond te kunnen brengen en te drinken. "Verfrissend," fluisterde hij. "Dat hebben we nodig; morgen moeten we werken."

Huss produceerde zijn galmende grinniklach. "Morgen waagt Isak Comandore zijn demonen aan die van Anderson Grimes. De anderen vervullen slechts mindere taken."

Enterlin scheen Hein Huss verbaasd op te nemen achter de zwarte sluier die voor zijn ogen hing. "Comandore zal genieten van deze gelegenheid. Zijn heftigheid drukt mij ter neder, en hij is iemand wiens macht zich voedt met succes. Hij is een man van vuur, u bent een man van ijs."

"IJs dooft het vuur."

"Vuur smelt soms ijs."

Hein Huss haalde zijn schouders op. "Het maakt niet uit, ik word moe. De tijd haalt ons allen in. Pas een ogenblik geleden toonde een jonge leerling mij aan mezelf."

"Als machtig Jinxman, als Opper-Jinxman bij de Faides, hebt u reden om trots te zijn."

Hein Huss leegde de stenen kom en zette hem opzij. "Nee. Ik sta naar mijn idee aan de top van mijn professie, en verder kan ik niet gaan. Alleen Sam Salazar de leerjongen wil naar meer universele kennis zoeken; hij komt bij mij om raad, en ik weet niet wat ik hem zeggen moet."

"Vreemde woorden, vreemde woorden!" fluisterde Enterlin. Hij begaf zich naar de opening. "Ik ga nu," fluisterde hij. "Ik maak een wandeling over de velden. Misschien zal ik de toekomst zien."

"Er bestaan vele toekomsten."

Enterlin verdween ruisend in het duister. Hein Huss maakte rommelende en kreunende geluiden terwijl hij zich naar zijn bank begaf, waar hij meteen in slaap viel.

Hoofdstuk II

DE NACHT WAS VOORBIJ. Flakkerend met een zweem van rose en groen hees de zon zich over de horizon. De nieuwe aanplant van de Eersten was in silhouet zichtbaar, een spaarzaam aantal jonge boompjes tegen de groene en lavendelkleurige hemel. De troepen braken het kamp met geoefende handen op. Lord Faide schreed naar zijn wagen en sprong erin; de machine zakte door onder zijn gewicht. Hij drukte op een knop en de wagen zweefde naar voren, zwaar als een van water verzadigde boomstam.

Een mijl voor de nieuwe strook bos hield hij halt en stuurde hij een bode naar de karren van de jinxmannen. Hein Huss trad zwaar naar voren, gevolgd door Isak Comandore, Adam McAdam en Enterlin. Lord Faide richtte zich tot Hein Huss. "Stuur iemand naar de Eersten om te praten. Zeg hun dat we door het bos willen trekken, zonder hen kwaad te doen, maar dat we wreed zullen reageren op vijandelijkheden."

"Ik zal zelf gaan," bood Huss aan. Hij wendde zich tot Comandore. "Leen me je onstuimige leerling, als je wilt. Ik kan hem goed gebruiken."

"Als hij een netelkuil onschadelijk maakt door erin te struikelen zal dat zijn eerste nuttige daad zijn," zei Comandore. Hij wenkte Sam Salazar, die met tegenzin naar voren kwam. "Loop voor Opper-Jinxman Hein Huss uit zodat hij geen vallen of zeisen ontmoet. Neem een staf mee om in het mos te porren."

Zonder geestdrift leende Sam een lans van een van de infanteristen. Hij en Huss gingen op weg, langs de flauwe helling die vroeger het Noordelijk Wildwoud van het Zuidelijk scheidde. Hier en daar was het mos onderbroken door steenklompen; verspreid groeiden baybesbomen, bosjes teerplant, gemberthee, en rooskruid.

Een halve mijl voor het nieuwe bos bleef Huss staan. "Pas nu op, want hier beginnen de vallen. Blijf uit de buurt van heuveltjes, want deze verbergen vaak zwaaizeisen; vermijd mos met een lichtblauwe kleur; het is dood of ziek en bedekt mogelijk een valstrik of een netelkuil."

"Waarom kunt u de vallen niet met helderziendheid opsporen?" vroeg Sam Salazar tamelijk stuurs. "Dit lijkt me een uitstekende gelegenheid om zulke talenten aan te wenden."

"Een voor de hand liggende vraag," sprak Huss kalm. "Je moet echter weten dat als het eigen voordeel of de veiligheid van de jinxman op het spel staan zijn emoties hem parten spelen. Ik zou overal vallen zien en nooit weten of het door helderziendheid of angst kwam. In dit geval is een lans een betrouwbaarder instrument dan mijn geest."

Sam Salazar maakte een gebaar dat hij het begreep en ging op pad, met Hein Huss achter zich aan. Aanvankelijk prikte hij behoedzaam met zijn lans en ontdekte twee vallen, toen vorderde hij vlotter; zo vlot zelfs dat Huss hem vermanend toeriep: "Pas op, tenzij je de dood wilt verzoeken!"

Sam Salazar vertraagde gedienstig zijn pas. "Overal rondom ons zijn vallen, maar ik zie een patroon, of dat geloof ik althans."

"Aha, zit het zo? Onthul mij dit patroon, als je wilt. Ik ben maar Opper-Jinxman, en onwetend."

"Kijk. Als we lopen waar kortelings de spoorzaden zijn geoogst, zijn we veilig."

Hein Huss gromde. "Voorwaarts dan. Waarom talm je? We moeten vandaag strijd leveren tegen Fort Ballant."

Tweehonderd meter verder stond Sam Salazar abrupt stil.

"Ga verder, jongen, ga verder!" mopperde Hein Huss.

"De wilden bedreigen ons. U kunt hen net achter de zoom van het nieuwe bos zien. Ze hebben blaaspijpen die ze op ons richten." Hein Huss tuurde, hief toen het hoofd en riep de Eersten in hun sissende taal aan.

Er verstreek een ogenblik of twee, toen kwam een van de wezens naar voren, een naakte humanoïde gestalte, lelijk als een demonenmasker. Onder zijn armen bolden de schuimzakken op, met de oranje schuimspleten naar voren gericht. Zijn rug was gerimpeld los vel. De huid diende als blaasbalg voor de schuimzakken. De vingers van de reusachtige handen liepen uit in beitelvormige messen, het hoofd was gevat in chitine. De ogen met hun miljarden facetten zwollen op aan beide zijden van het hoofd, en gloeiden als zwarte opalen. Ze gingen zonder duidelijke scheiding over in het chitine. Dit was een vertegenwoordiger van de oorspronkelijke bewoners van de planeet, die tot de komst van de mens de grazige velden hadden bewoond, hun legers maakten in het mos, en zich beschermden achter grote massa's van het schuim dat door de zakken onder hun armen werd uitgescheiden.

Het wezen kwam naderbij, bleef staan. "Ik spreek namens Lord Faide van Fort Faide," zei Huss. "Uw aanplant verspert zijn weg. Hij wenst dat u hem erdoorheen gidst, zodat zijn mannen de bomen niet beschadigen en de vallen niet laten afgaan die u tegen uw vijanden heeft geplaatst."

"Mensen zijn onze vijanden," antwoordde de autochtoon. "U mag net zoveel vallen laten afgaan als u wenst; daarvoor zijn ze bedoeld." Hij stapte naar achteren.

"Een moment," zei Hein Huss streng. "Lord Faide moet doorgelaten worden. Hij trekt ten strijde tegen Lord Ballant. Hij wenst de Eersten niet te bevechten. Daarom is het wijs om hem zonder belemmering door de aanplant te gidsen."

Het wezen dacht even na. "Ik zal hem gidsen." Hij schreed over het mos naar de krijgsmacht.

Achter hem kwamen Hein Huss en Sam Salazar. De autochtoon, wiens benen flexibeler bewogen dan die van een mens, stak het pad over, en bleef af en toe staan om de grond voor hem te bestuderen.

"Ik sta verbaasd," vertelde Sam Salazar aan Hein Huss. "Ik begrijp de handelingen van dit wezen niet."

"Dat is niet verwonderlijk," gromde Huss. "Hij is een Eerste, jij bent een mens. Er is geen basis voor begrip aanwezig."

"Daar ben ik het niet mee eens," zei Sam ernstig.

"Wat?" Huss nam de leerjongen met een afkeurende blik op. "Jij twist met mij, Hoofd-Jinxman Hein Huss?"

"Alleen in beperkte zin," zei Sam. "Ik zie een basis voor begrip in onze gemeenschappelijke wil tot overleven."

"Een gemeenplaats," gromde Hein Huss. "Aangenomen dat wij beiden evenveel belangstelling hebben, waarom sta je dan verbaasd?"

"Vanwege het feit dat hij eerst weigerde en daarna erin toestemde om ons door de aanplant te gidsen."

Hein Huss knikte. "Blijkbaar is dat te danken aan de inlichting die hem halverwege werd verstrekt, namelijk dat we tegen Fort Ballant ten strijde trekken. Daardoor is hij van gedachten veranderd."

"Dat is duidelijk," zei Sam Salazar. "Maar denkt u zich eens in —"

"Jij maant mij tot denken?" bulderde Hein Huss.

"—hier hebben we iemand van de Eersten, op het oog een zonder speciale bevoegdheid, die meteen een belangrijke beslissing neemt. Is het een van hun leiders? Leven ze in anarchie?"

"Vragen stellen is makkelijk," zei Hein Huss bars. "Het is niet zo makkelijk ze te beantwoorden."

"Kortom —"

"Kortom, ik weet het niet. In ieder geval zien ze graag dat wij elkaar doden."

Hoofdstuk III

DE DOORTOCHT DOOR HET NIEUWE BOS verliep zonder incidenten. Een mijl naar het oosten trad de autochtoon ter zijde en zonder formaliteiten keerde hij terug naar het woud. De krijgsmacht, die in ganzenpas had gemarcheerd, hergroepeerde zich. Lord Faide riep Hein Huss bij zich en maakte een ongebruikelijk gebaar; hij nodigde de jinxman uit naast hem te komen zitten in de wagen. Het antieke voertuig zakte door en het mechanisme gierde en ratelde. Lord Faide was in een zeer goede stemming en negeerde het lawaai. "Ik vreesde dat we gedwongen zouden worden tot een tijdrovende twist. Hoe staat het met Lord Ballant? Kunt u zijn gedachten lezen?"

Hein Huss opende zijn geest. "Niet duidelijk. Hij weet van onze doortocht. Hij is verontrust."

Lord Faide lachte sardonisch. "Zeer terecht! Luister, ik zal het plan voor de strijd ontvouwen zodat allen hun inspanningen kunnen coördineren."

"Heel goed."

"We naderen over een brede linie. Ballants grootste wapen is natuurlijk Vulkaan. Een lokvogel moet mijn harnas dragen en vooroprijden. De blonde leerling is misschien de minst noodzakelijke man van het gezelschap. Op deze wijze zullen we leren waartoe Vulkaan in staat is. Net als onze eigen Hellemond is hij gebouwd om schepen uit de ruimte af te weren en bestrijkt hij de grond direct rond het fort niet. Daarom zullen we verspreid oprukken, en tweehonderd meter van het fort hergroeperen. Op dit punt zullen de jinxmannen Lord Ballant uit zijn fort drijven. Ongetwijfeld heeft u hiertoe plannen opgesteld."

Nors antwoordde Huss dat dit het geval was. Zoals vele jinxmannen liet hij graag voorkomen dat zijn macht voldoende was om iedere situatie voor de vuist weg te beheersen.

Lord Faide was niet in de stemming voor zulke grappen en drong aan op verdere informatie. Ieder woord wegend onthulde Hein Huss zijn voornemen. "Ik heb bepaalde invloeden voorbereid die de verdedigers van Fort Ballant zullen verwarren en hen naar buiten zullen drijven. Jinxman Enterlin zal aan zijn kabinet zitten, gereed om terug te slaan als Lord Ballant beveelt dat u behekst wordt. Anderson Grimes zal ongetwijfeld een demon — waarschijnlijk Everid — in de soldaten van Ballant laten varen; op onze beurt zal Jinxman Comandore de demon Keyril in een even groot of groter aantal Faide krijgslieden sturen. En Keyril is nog afschuwelijker en schrikwekkender."

"Goed. Wat verder nog?"

"Meer is niet nodig, als uw mannen goed vechten."

"Kun je de toekomst zien? Hoe eindigt deze dag?"

"Er bestaan vele toekomsten. Sommige jinxmannen — Enterlin bijvoorbeeld — beweren een draad te zien die door het doolhof leidt; zelden hebben zij het bij het rechte eind."

"Roep Enterlin hier."

Hein Huss maakte brommend zijn afkeuring kenbaar. "Dat is onwijs, als u de overwinning op Fort Ballant wenst te behalen."

Lord Faide nam de massieve jinxman van onder zijn zwaarmoedige zwarte wenkbrauwen op. "Waarom zeg je dit?"

"Als Enterlin een nederlaag voorspelt, zult u de moed verliezen en slecht vechten. Als hij een overwinning voorspelt, wordt u overmoedig en ook dan vecht u slecht."

Lord Faide maakte een gemelijk gebaar. "De jinxmannen scheppen luidkeels op tot ze op de proef worden gesteld. Dan vinden ze altijd wel redenen om op hun standpunt terug te komen, om nadere kwalificaties toe te voegen."

"Ha, ha!" blafte Hein Huss. "U verwacht wonderen, geen eerlijk jinxmanschap. Ik spuw —" Hij spuwde.

"Ik voorspel dat het speeksel het mos zal treffen. De waarschijnlijkheid is hoog. Maar er zou een insect tussen mij en het mos kunnen vliegen. Een van de Eersten zou uit het mos kunnen oprijzen. De kans is klein. Het volgende moment is er slechts één toekomst. Een minuut later zijn er vier. Vijf minuten later twintig. Een miljard toekomsten zijn nog niet voldoende om alle mogelijkheden van morgen uit te drukken. Van dit miljard zijn sommige waarschijnlijker dan andere. Het is waar dat deze waarschijnlijke toekomsten soms een geringe invloed hebben op het brein van de jinxman. Maar tenzij hij volkomen onpersoonlijk en ongeïnteresseerd is, zijn zijn eigen verlangens sterker dan die invloed. Enterlin is een vreemd man. Hij verbergt zich, hij heeft geen eetlust. Soms zijn zijn voorspellingen juist. Niettemin raad ik u af hem te raadplegen. U kunt zich beter verlaten op de praktische en reële toepassingen van het jinxmanschap."

Lord Faide zei niets.

De kolonne marcheerde over de bodem van een laagte; de wagen was met gemak langs de helling gegleden. Nu kwamen ze aan een verhoging in het terrein; en het mechaniek kermde zo heftig dat Lord Faide zich gedwongen zag stil te houden.

Hij dacht na. "Zodra we over de top zijn, zijn we zichtbaar vanuit Fort Ballant. Nu moeten we ons verspreiden. Stuur de minst waardevolle man in je groep naar voren — de leerling die het mos beproefde. Hij moet mijn helm en borstkuras dragen en in de wagen rijden."

Hein Huss stapte uit, liep terug naar de karren, en weldra kwam Sam Salazar naar voren. Lord Faide bekeek het rode, ronde gezicht met afkeer. "Kom nader," beval hij kort. Sam Salazar gehoorzaamde. "Jij zult nu in mijn plaats rijden," zei Lord Faide. "Let goed op. Deze stang legt de wagen een voorwaartse beweging op. Deze arm stuurt — naar rechts, naar links. Om te stoppen zet men de stang naar de eerste stand terug."

Sam Salazar wees naar sommige van de overige armen, hefbomen, schakelaars en knoppen. "En deze?"

"Die worden nooit gebruikt."

"En deze wijzerplaten, wat is hun betekenis?"

Lord Faide krulde zijn lippen. Hij stond op het punt in een van zijn plotselinge woedeaanvallen uit te barsten. "Aangezien hun nut voor mij onbelangrijk is, is het voor jou twintigmaal zo onbelangrijk. Welnu. Zet deze kap op je hoofd, en deze helm. Pas op dat je niet zweet."

Sam Salazar zette aarzelend de luisterrijke zwarte en groene helm van Faide op zijn hoofd, met daaronder een kap van laken.

"Nu dit kuras."

Het kuras was gemaakt van groene en zwarte metalen maliën, met links en rechts een scharlaken drakenkop.

"Nu de mantel." Lord Faide wierp de zwarte mantel over Sams schouders. "Waag je niet te dicht bij Fort Ballant. Je hebt tot doel het vuur van Vulkaan tot je te trekken. Beweeg rond het fort, buiten bereik van pijlen. Als je door een pijl gedood wordt, is het hele bedrog voor niets geweest."

"U heeft liever dat ik door Vulkaan gedood word?" informeerde Sam Salazar.

"Nee. Ik wil de wagen en de helm sparen. Dit zijn relikwieën van grote waarde. Voorkom dat ze vernietigd worden. De list zal waarschijnlijk niemand misleiden; maar gebeurt dat wel, en trekt de wagen het vuur van Vulkaan, dan moet ik de wagen opofferen. Ga nu op mijn plaats zitten."

Sam Salazar klom in de wagen en installeerde zich op de zetel.

"Ga rechtop zitten," bulderde Lord Faide. "Hoofd in de nek! Je moet voor Lord Faide doorgaan! Niet wegkruipen!"

Sam Salazar rechtte zijn rug. "Om geheel voor Lord Faide door te gaan zou ik temidden van de krijgslieden moeten lopen, terwijl iemand anders in de wagen reed."

Lord Faide keek hem woedend aan, grinnikte toen wrang. "Doe wat ik bevolen heb."

Hoofdstuk IV

ZESTIENHONDERD JAAR TEVOREN, terwijl in de ruimte een oorlog woedde, had een groep kapiteins wier thuishavens vernietigd waren zijn toevlucht gezocht op Pangborn. Om zich tegen wraakzuchtige vijanden te beschermen bouwden ze grote forten, voorzien van de wapens uit de ontmantelde ruimteschepen.

De oorlogen verplaatsten zich naar andere delen van de ruimte, Pangborn werd vergeten. De nieuwkomers dreven het Eerste Volk naar de bossen, zaaiden en oogstten in de valleien langs de rivieren. Fort Ballant, evenals Fort Faide, het Wolkkasteel, Boghoten en de rest, keek uit over een van deze valleien. Vier korte torens van een dichte zwarte materie ondersteunden een enorm parasoldak, en waren verbonden door muren die tot tweederde van de hoogte van de torens reikten. Op de nok van het dak huisvestte een koepel het wapen Vulkaan, dat overeenkwam met Hellemond van Faide.

Toen de krijgsmacht van Faide de top van de heuvel bereikt had, bleken de enorme poorten reeds gesloten te zijn. De borstweringen tussen de torens waren afgeladen met boogschutters. In overeenstemming met de strategie van Lord Faide naderden de aanvallers over een breed front. In het midden reed Sam Salazar, schitterend uitgedost in het harnas van Lord Faide. Hij spande zich echter weinig in om voor Lord Faide door te gaan. In plaats van fier rechtop te zitten zat hij in elkaar gedoken op de rand van de zetel, en zijn helm hing scheef. Lord Faide zag het walgend aan. De tegenzin van de leerling om vernietigd te worden was begrijpelijk; als zijn toneelspel Lord Ballant niet vermocht te overtuigen werd de voorvaderlijke wagen van Faide wellicht gespaard. In ieder geval was Vulkaan bemand; de wapenverzorger van Ballant was zichtbaar in de koepel en de loop van het wapen stak onder een dreigende hoek naar buiten.

Blijkbaar werkte de tactiek van de verspreide opmars. De aanvallers boden nergens een aanlokkelijk doelwit. De mannen van Faide rukten vlot op tot tweehonderd meter van het fort, buiten het bereik van Vulkaan, zonder vuur te trekken: eerst de ridders, dan de infanteristen, vervolgens de hobbelende karren van de tovenaars. De traag bewegende wagen van Faide lag ver achter; iedere twijfel dat het een list betrof moest nu wel uitgebannen zijn.

Leerling Salazar vond zijn geïsoleerde positie niet aangenaam, en in de hoop de snelheid van de wagen te verhogen draaide hij aan een paar van de overige schakelaars. Van onder de bodem klonk een krijsend geluid: de wagen beefde en begon te stijgen. Sam Salazar tuurde over de rand, gooide een been buitenboord om te springen. Lord Faide rende schreeuwend en gebarend op hem af. Sam Salazar trok haastig zijn been terug en zette de schakelaars in hun oorspronkelijke stand. De wagen viel als een steen. Hij sloeg de schakelaars weer omhoog, zodat de val minder hard aankwam.

"Eruit!" brulde Lord Faide. Hij graaide de helm weg, deelde een klap uit waarvan de leerjongen ondersteboven tuimelde. "Uit dat harnas; terug naar je plichten!"

Sam Salazar repte zich terug naar de karren van de jinxmannen waar hij hielp met het opzetten van Isak Comandore's tent. Op de vloer lag een zwart tapijt met rode en gele patronen. Comandore's kabinet, zijn stoel en zijn kist werden binnengebracht en in een vat werd wierook aangestoken. Recht voor de poort zag Hein Huss toe op de montage van een rijdend platform, veertig voet hoog en zestig voet lang. De inhoud werd met een zeil voor Fort Ballant verborgen gehouden.

Intussen had Lord Faide een afgezant uitgestuurd die Lord Ballant tot overgave maande. Lord Ballant talmde met zijn antwoord, in de hoop de aanval zo lang mogelijk op te houden. Als hij het anderhalve dag kon uithouden zouden de versterkingen van Fort Gisborne en het Wolkkasteel Lord Faide misschien tot de terugtocht dwingen.

Lord Faide wachtte slechts tot de jinxmannen hun voorbereidingen voltooid hadden, toen zond hij een tweede boodschapper, die Lord Ballant nog twee minuten de tijd gaf om zich over te geven.

Er verstreek een minuut, twee minuten. De afgezanten draaiden zich om en marcheerden terug naar het kamp.

Lord Faide sprak tot Hein Huss: "U bent voorbereid?"

"Ik ben gereed," rommelde Hein Huss.

"Jaag hen naar buiten."

Huss hief zijn arm; het zeil viel van zijn enorme stellage zodat een geschilderde afbeelding van Fort Ballant werd onthuld. Huss trok zich terug in zijn tent, en sloot de flappen. De fel brandende komforen verlichtten de gezichten van Adam McAdam, acht kabaalmannen, en zes van de spreukmeesters. Ieder van hen werkte aan een tafel met enkele tientallen poppen en een klein, gloeiend komfoor. De kabaalmannen en spreukmeesters werkten met poppen die de krijgslieden van Fort Ballant voorstelden; Huss en Adam McAdam bedienden zich van nabootsingen van de ridders van Ballant. Lord Ballant zou niet behekst worden tenzij hij een jinx tegen Lord Faide beval — een hoffelijkheid van de Lords jegens elkaar.

Huss riep: "Sebastian!"

Sebastian, een van Huss' spreukmeesters, die bij de ingang van de tent stond te wachten, antwoordde: "Gereed, meneer."

"Begin de vertoning."

De toeschouwers in Fort Ballant zagen de afbeelding in brand vliegen. Vlammen lekten uit de ramen, het dak begon te gloeien en stortte in. In de tent namen de twee jinxmannen, de kabaalmannen en de spreukmeesters de poppen ter hand, dompelden ze onder in de hitte van de komforen, concentreerden zich, reikten naar de geest van de man wiens pop ze verbrandden. In het fort werden de mensen onrustig. Velen begonnen zich voor te stellen dat ze het vuur konden voelen, wat sterker werd toen hun geest gevoeliger werd voor de gedachte aan vuur.

Lord Ballant merkte de onrust op. Hij wenkte zijn Opper-Jinxman Anderson Grimes. "Begin met de tegenbeheksing."

Aan de voorkant van het fort werd een afbeelding ontrold die nog groter was dan die van Hein Huss. Het stelde een gruwelijk beest voor. Het stond op vier poten en tilde met een paar handen twee mannen op, van wie het de hoofden afbeet. De kabaalmannen van Grimes pakten intussen de poppen op die de krijgslieden van Faide voorstelden, staken die in modellen van het getoonde beest, en sloten de scharnierende kaken, terwijl ze steeds indrukken van vrees en walging projecteerden. En de strijders van Faide, die naar het monster staarden, voelden afgrijzen en werden slap.

In de tent van Huss walmden de komforen en smeulden de poppen. De ogen van de tovenaars staarden, hun voorhoofden glinsterden. Af en toe snakte een van de werkers naar adem — een teken dat zijn projectie doorgedrongen was tot een vijandelijke geest. Binnen het fort begonnen de soldaten te mompelen, naar hun brandende huid te slaan. Ze keken elkaar vreesachtig aan, merkten elkaars symptomen op. Eindelijk begon er een te schreeuwen en aan zijn harnas te rukken. "Ik brand! De vermaledijde heksen verbranden mij!"

Zijn pijn verergerde het onbehagen van de anderen; het rumoer in het fort begon aan te zwellen.

Lord Ballants oudste zoon, zijn geest gepenetreerd door Hein Huss zelf, sloeg met zijn gepantserde vuist op zijn schild. "Ze verbranden me! Ze verbranden ons allemaal! Beter te vechten dan te branden!"

"Vechten! Vechten!" klonken de stemmen van de gekwelde mannen.

Lord Ballant zag de verwrongen gezichten aan, waarvan sommige blaren en brandwonden vertoonden. "Onze eigen betovering jaagt hen gruwelijke angst aan; wacht nog een moment!" smeekte hij.

Zijn broer schreeuwde schor: "Jouw buik wordt niet door Hein Huss in de vlammen geroosterd, maar de mijne wel! Wij kunnen een gevecht tussen beheksers niet winnen; wij moeten een gevecht op de wapens strijden!"

Lord Ballant riep wanhopig: "Wacht, onze tegenbetovering werkt al! Ze zullen in doodsangst vluchten; wacht, wacht!"

Zijn neef rukte zich het kuras van het lijf. "Het is Hein Huss! Ik voel hem! Mijn been ligt in het vuur, de duivel lacht tegen mij. Daarna komt mijn hoofd, zegt hij. Vecht, of ik storm alleen naar buiten om te vechten!"

"Goed dan," sprak Lord Ballant fatalistisch. "We zullen vechten. Eerst gaat het beest naar buiten. Dan volgen wij en vellen hen in hun doodsangst."

De poorten van het fort zwaaiden plotseling open. Naar buiten sprong wat het afgebeelde monster leek te zijn: de poten bewogen, de armen zwaaiden, de ogen rolden, de muil stiet vervaarlijke geluiden uit. Normaal zouden de Faide-soldaten het monster herkend hebben voor wat het was: een model dat gedragen werd op de ruggen van drie paarden. Maar hun gedachten waren beïnvloed; ze waren aangestoken door de angst en deinsden terug met slap langs hun lichaam hangende armen. Achter het monster vandaan galoppeerden de ridders van Ballant, gevolgd door de infanteristen. De aanval won aan gewicht en denderde het centrum van Faide binnen. Lord Faide bulderde bevelen; de discipline deed zich gelden. De ridders van Faide stelden zich op in drie pelotons, en stortten zich aan alle zijden op de mannen van Ballant, terwijl de infanteristen een stroom van pijlen in de oprukkende soldaten joegen.

Lord Ballant zag dat zijn uitval er niet in was geslaagd de strijdkrachten van Faide te overweldigen. Om zijn eigen soldaten te sparen gaf hij bevel tot de terugtocht. Zijn strijders begonnen zich ordelijk terug te trekken naar het fort.

De ridders van Faide volgden hen op de hielen, in de hoop de binnenplaats te bereiken. Direct achter hen kwam een zwaarbeladen wagen die geduwd werd door gepantserde paarden en als een wig in de poort zou worden opgesteld.

Lord Faide riep een bevel: een reservepeloton van tien ridders viel aan vanuit de flank, stootte door achter de hoofdmacht van de Ballant ruiters, reed door het voetvolk, vocht zich binnen in het fort en maaide de poortwachters neer.

Lord Ballant schreeuwde tegen Anderson Grimes: "Ze zijn binnen! Schiet op met je vervloekte demon! Als hij ons helpen kan, laat hem dat dan doen!"

"Bezetenheid is geen kwestie van een ogenblik," mompelde de jinxman. "Ik heb tijd nodig."

"Er is geen tijd! Over tien minuten zijn we allemaal dood!"

"Ik zal mijn best doen. Everid, Everid, kom snel!"

Hij haastte zich naar zijn werkkamer, zette het demonenmasker op, smeet handenvol wierook op het komfoor. Tegen een van de muren stond een grote gestalte: zwart, met spleetogen, zonder neus. Grote witte slagtanden staken uit zijn verhemelte; hij stond op zware, gebogen benen, zijn armen reikten naar voren om te grijpen. Anderson Grimes dronk een beker siroop, liep langzaam heen en weer. Er verstreek een ogenblik.

"Grimes!" klonk de stem van Ballant buiten het vertrek. "Grimes!"

Een stem sprak: "Treed binnen zonder vrees."

Lord Ballant, uitgerust met zijn voorvaderlijk wapen, kwam binnen. Hij deinsde onwillekeurig terug. "Grimes!" fluisterde hij.

"Grimes is niet hier," zei de stem. "Ik ben hier. Treed binnen!"

Lord Ballant kwam met stijve benen naar voren. Het vertrek was donker, afgezien van de zwakke gloed van het komfoor. Anderson Grimes hurkte in een hoek, het hoofd onder het demonenmasker gebogen. De schaduwen dansten en pulseerden met gedaanten en gezichten, vormen die worstelden om vast te worden.

"Breng uw krijgslieden binnen," zei de stem. "Breng ze met vijf tegelijk, vraag hen slechts naar de vloer te kijken tot ze bevel krijgen hun blik te verheffen."

Lord Ballant trok zich terug; in het vertrek was geen geluid te horen.

Er ging een ogenblik voorbij; toen schuifelden vijf uitgeputte soldaten met neergeslagen ogen het vertrek in.

"Kijk langzaam op," zei de stem. "Kijk naar het oranje vuur. Adem diep in. Kijk dan naar mij. Ik ben Everid, Demon van de Haat. Kijk mij aan. Wie ben ik?"

"U bent Everid, Demon van de Haat," stamelden de soldaten.

"Ik sta rondom jullie, in een dozijn gedaanten … ik kom nader. Waar ben ik?"

"U bent nabij."

"Nu ben ik jullie. Wij zijn samen."

Plotseling ontstond er een huiverende beweging onder de soldaten. Hun ruggen rechtten zich, hun gezichten verwrongen.

"Ga," zei de stem. "Ga rustig naar de binnenplaats. Over enkele minuten trekken wij ten strijde. Wij zullen doden."

De vijf schreden weg. Vijf anderen namen hun plaats in.

De Ballant-soldaten hadden zich teruggetrokken op de poort; binnen waren zeven Faide ridders nog in leven. Met de rug tegen de muur hielden ze de mannen van Ballant bij het poortmechanisme vandaan.

In het Faide kamp riep Huss naar Comandore: "Everid is opgestaan. Roep Keyril op."

"Stuur de mannen," kwam Comandore's stem, laag en hardvochtig.

"Stuur mij de mannen. Ik ben Keyril."

In het fort marcheerden twintig krijgslieden de binnenplaats op. Hun schreden waren voorzichtig, aarzelend, traag. Hun gezichten hadden hun individualiteit verloren, ze waren verwrongen en leken eigenaardig veel op elkaar.

"Behekst!" fluisterden de soldaten van Ballant. Ze deinsden achteruit. De zeven ridders van Faide werden door angst bevangen. Maar de twintig soldaten negeerden hen en marcheerden de poort uit. De ridders van Ballant weken uiteen; een ogenblik lang werd het gevecht onderbroken. Toen sprongen de twintig als tijgers naar voren. Hun zwaarden glinsterden en schitterden in vlammende bogen. Ze doken in elkaar, schoten omhoog, sprongen; Faide armen, benen en hoofden werden afgehouwen. Er werd ingehakt op de twintig, maar de slagen schenen geen effect te hebben.

De aanval van Faide haperde, stortte in. Het harnas van de ridders gaf geen bescherming tegen de duivelse zwaarden. Zij trokken zich terug. De twintig bezeten soldaten renden over het open terrein naar het voetvolk, met grote passen en hakkend en scheurend. De infanteristen vochten een ogenblik lang, toen weken ook zij. Ze draaiden zich om en vluchtten.

Vanachter de tent van Comandore verschenen dertig soldaten van Faide, traag en stijf marcherend. Net als bij de bezeten krijgslieden van Ballant waren hun gezichten gelijk — het verschil tussen de mannen die door Everid bezeten waren en zij die door Keyril bezeten waren, was het verschil tussen het gezicht van Everid en dat van Keyril.

Keyril en Everid vochten, door gebruik te maken van de soldaten, zonder vrees, zonder terugtrekken, zonder genade. Hakken, houwen, snijden. Armen, benen, gespleten rompen. Hoofdloze lichamen vochten momentenlang door voor ze instortten. Pas wanneer een lichaam aan stukken was gehakt loste de demonische vitaliteit op. Weldra waren er geen mannen van Everid meer, en nog slechts vijftien van Keyril. Deze hinkten en strompelden en struikelden naar de poort die nog in handen was van ridders van Faide. De ridders van Ballant traden hen wanhopig tegemoet, wetend dat dit het beslissende moment was.

Met sprongen, boosaardig grijnzend met hun verminkte gezichten, houwend met onvermoeibare armen hakten de soldaten een gat in het ijzer. De Faide ridders stortten zich met overwinningsgekrijs achter hen aan. De strijd verplaatste zich naar de binnenplaats, en het leed nu geen twijfel meer hoe het gevecht zou eindigen. Fort Ballant was veroverd.

In zijn tent haalde Isak Comandore diep adem. Hij huiverde, smeet zijn demonenmasker van zich af. Op de binnenplaats verstarden de twaalf overblijvende krijgslieden, ze rilden, snakten naar adem, hun bloed stroomde uit hun lichaam, en ze stierven.

Lord Ballant schreed zwaaiend met zijn voorvaderlijk wapen naar buiten, de laatste ridderlijke daad in een ridderlijk leven. Hij richtte over het bloedige terrein op Lord Faide, haalde de trekker over. Het wapen braakte een kortstondige vloed van licht uit; Lord Faide's huid tintelde en zijn haar rees te berge. Het wapen knetterde, werd kersrood, en smolt. Lord Ballant smeet het weg, trok zijn zwaard en schreed uitdagend naar Lord Faide.

Deze had geen lust in onnodig vechten en gaf een wenk aan zijn soldaten. Een vlucht pijlen maakte een einde aan Lord Ballants leven en bespaarde hem het ongemak van een formele executie.

Verder werd er geen weerstand geboden. De verdedigers smeten hun wapens neer, marcheerden grimmig naar buiten en knielden neer voor Lord Faide, terwijl binnen in het fort de Ballant-vrouwen zich overgaven aan rouw en smart.

Hoofdstuk V

LORD FAIDE WILDE NIET in Fort Ballant talmen, want zijn overwinningen bereidden hem geen vreugde. Er moesten duizend beslissingen
worden genomen, daaraan viel niet te ontkomen. Zes van de naaste
verwanten van Lord Ballant werden zonder verwijl neergestoken en
de titel werd opgeheven. De anderen van de clan werd de keus gelaten:
een eed van levenslange trouw en een bescheiden losprijs, of de dood.
Slechts twee mannen kozen met felle haat in hun ogen de dood. Zij
werden ogenblikkelijk neergestoken.

Lord Faide had zijn streven nu verwezenlijkt. Meer dan duizend
jaar lang hadden de heersers van de forten om de macht gestreden;
nu eens overheerste de een, dan weer de ander. Niemand had ooit
tevoren zijn gezag over het ganse continent uitgebreid — wat zoveel
betekende als de heerschappij over de planeet, want al het overige land
was zonverschroeide rots of eeuwig ijs. Fort Ballant had lange tijd Lord
Faide's campagne om de macht gedwarsboomd; en nu — succes, totaal
en volledig. De heren van het Wolkkasteel en Fort Gisborne moesten
nog een afstraffing krijgen, aangezien beiden, toen ze een gelegenheid
zagen om Lord Faide te overweldigen, zich achter Lord Ballant hadden
geschaard. Maar dat waren zaken die aan Hein Huss konden worden
overgelaten.

Voor de eerste keer in zijn leven voelde Lord Faide een spoor van
onzekerheid. Wat nu? Er waren geen wezenlijke tegenstanders meer
over. Het Eerste Volk moest teruggeslagen worden, maar dat was geen
groot probleem; ze waren talrijk, maar weinig meer dan wilden. Hij wist
dat er uiteindelijk onder zijn verwanten en bondgenoten ontevreden-
heid en geschillen zouden ontstaan. Door gebrek aan actie en verveling
zou ergernis ontluiken; leeglopende lieden zouden het voor en tegen

van snode daden tegen elkaar afwegen. Zelfs de trouwste vazallen zouden zich de veldtochten met heimwee herinneren en smachten naar de opwinding, de mogelijkheid tot afreageren, de losbandigheid van het oorlog voeren. Op de een of andere manier moest hij middelen vinden om de energie van zoveel actieve mensen te benutten. Hoe en waar, dat was het probleem. Door wegen aan te laten leggen? Door nieuw bouwland aan de velden te ontrukken? Jaarlijkse toernooien?

Lord Faide fronste om de ontoereikendheid van zijn oplossingen, maar zijn verbeeldingskracht ontbeerde traditie. De oorspronkelijke kolonisten van Pangborn waren militairen, en hadden een zekere hoeveelheid praktische kennis meegebracht, maar weinig meer. De verhalen die van generatie op generatie werden doorverteld, beschreven de enorme ruimteschepen die met magische snelheid en zekerheid vlogen, de magische wapens, de oorlogen in de lege ruimte, maar vertelden niets over de menselijke geschiedenis of de verworvenheden van de beschaving. En zo voelde Lord Faide, bron van macht en succes, maar zonder doel om zijn kracht op te richten, zich gemelijker en zwaarmoediger dan ooit.

Somber inspecteerde hij de buit van Fort Ballant. De voorwerpen boezemden hem weinig belang in. Ballants voorvaderlijke wagen werd niet meer gebruikt, maar pronkte in een glazen kast. Hij bestudeerde het wapen Vulkaan, maar dit kon niet verplaatst worden. In ieder geval was het waardeloos, zijn magie voor eeuwig verloren. Lord Faide wist nu dat Lord Ballant bevel had gegeven Vulkaan op zijn strijdwagen te richten, maar dat het wapen geweigerd had zijn veelgeroemde vuur te spuwen. Lord Faide zag met hooghartig vermaak dat Vulkaan zwaar verwaarloosd was. Het metaal was aangetast door roest, de buitenste pijp was door matig schoonmaken verwrongen, waardoor de kracht van de magie zonder twijfel verminderd was. In Fort Faide zag men zulke verwaarlozing niet! Wapenverzorger Jambart liefkoosde Hellemond met absolute toewijding. Elders bevonden zich andere antieke toestellen, interessant maar nutteloos — hetzelfde soort rariteiten dat de planken en kasten van Fort Faide vulde. (Eigenaardig, die mannen van weleer! dacht Lord Faide: erg handig, maar ook primitief en onpraktisch. Nu was dat anders; sinds de donkere tijden van zestienhonderd jaar geleden waren er enorme vorderingen gemaakt. De ouden hadden bijvoorbeeld ingewikkelde fetisjen van metaal en glas nodig gehad om met elkaar te communiceren. Lord Faide hoefde slechts zijn wensen te uiten; Hein Huss kon zijn geest honderd mijl in het rond laten kijken en horen, en Lord Faide's woorden overbrengen.) De ouden hadden dozijnen van zulke voorwerpen geconstrueerd, maar de oude magische kracht was versleten en ze functioneerden blijkbaar niet meer. Het voorvaderlijk wapen van Lord Ballant was gesmolten, nadat het Lord Faide slechts een prikkelend gevoel had gegeven. Stel je voor dat een leger dat zo bewapend was een peloton door demonen bezeten krijgslieden probeerde te weerstaan! Een slachting onder de onschuldige duivels!

Tussen de schatten van Ballant merkte Lord Faide een tiental oude boeken en verscheidene spoelen microfilm op. De boeken waren waardeloos, pagina na pagina vol onbegrijpelijk jargon; de microfilms waren evenmin te ontcijferen. Opnieuw verbaasde Lord Faide zich sceptisch over de ouden. Knap, natuurlijk, maar gezien de harde feiten waren ze weinig verder dan het Eerste Volk; geen van beide beschikte over telepathie of helderziendheid of kon demonen bevelen. En de magie van de ouden: school er niet een heleboel overdrijving in de legenden? Vulkaan bijvoorbeeld. Een grap. Lord Faide peinsde over zijn eigen Hellemond. Maar nee — Hellemond was zeker betrouwbaarder; Jambart kuiste en poetste het wapen dagelijks en hij waste de hele koepel iedere maand met oude wijn. Als de zorg van mensenhanden tot trouw kon bewegen, dan stond Hellemond gereed om Fort Faide te verdedigen!

Nu was verdedigen niet langer noodzakelijk. Faide was soeverein. Denkend aan de toekomst nam Lord Faide een beslissing. Er zouden niet langer fortheersers op Pangborn zijn; hij zou de titel afschaffen. De bewoning van de forten zou geleidelijk overgedragen worden aan betrouwbare rentmeesters, op jaarbasis. De vroegere Lords zouden verhuizen naar gerieflijke, maar onverdedigbare landhuizen, en privélegers zouden verboden worden. Natuurlijk mochten ze hun jinxmannen houden, maar die zouden verantwoording verschuldigd zijn aan hemzelf — misschien middels een vergunningenstelsel. Hij moest de zaak met Hein Huss bespreken. Maar dat was een zaak voor de toekomst. Nu wilde hij slechts zijn zaken afhandelen en terugkeren naar Fort Faide.

Er was weinig meer te doen. De overlevende verwanten van Ballant stuurde hij naar huis, nadat Hein Huss nieuwe poppen met hun wezen had geïmpregneerd. Mochten ze hun losgelden niet betalen, dan zouden enkele vlammetjes of een paar maagkrampen hen makkelijk weer op het rechte pad brengen. Fort Ballant zou Lord Faide graag in brand hebben gestoken, maar het bouwmateriaal van de ouden was bestand tegen vuur. Om eventuele pretendenten naar de erfenis van Ballant af te schrikken gaf Lord Faide bevel dat alle relikwieën en erfstukken naar de binnenplaats gebracht moesten worden, en vervolgens liet hij zijn mannen een voor een, te beginnen met de hoogste rangen, kiezen. Zo werd de rijkdom van Ballant verdeeld. Zelfs de jinxmannen werden uitgenodigd te kiezen, maar zij verafschuwden de oude kleinoden als waardeloze producten van bijgeloof. De mindere spreukmeesters en leerlingen rommelden door de restanten, en vonden af en toe een over het hoofd gezien juweel of onduidelijk gereedschap. Isak Comandore keek geërgerd toe toen hij Sam Salazar onder een stapel oude boeken zag wankelen. "En wat ben je hiermee van plan?" blafte hij. "Waarom belast je je met rommel?"

Sam Salazar liet het hoofd hangen. "Ik heb geen bepaald doel. Zonder twijfel hadden de ouden wijsheid, of althans kennis. Misschien kan ik deze symbolen van kennis aanwenden om mijn begrip te scherpen."

Comandore hief zijn handen walgend ten hemel. Hij richtte zich tot Hein Huss die in de buurt stond. "Eerst beeldt hij zich in dat hij een boom is en gaat hij in de modder staan; nu denkt hij het jinxmanschap te bereiken door oude symbolen te bestuderen."

Huss haalde zijn schouders op. "Het waren mensen zoals wij, en hoewel beperkt waren ze niet geheel van alle verstand ontbloot. Een zekere aapachtige handigheid is benodigd om deze voorwerpen te fabriceren."

"Aapachtige handigheid kan solide jinxmanschap niet vervangen," kaatste Isak Comandore terug. "Dat is iets waar ik nauwelijks voldoende nadruk op kan leggen; ik heb het Salazar honderd keer ingeprent. En kijk hem nu eens."

Huss gromde onmededeelzaam. "Ik begrijp niet wat hij hoopt te bereiken."

Sam Salazar poogde het te verklaren, zoekend naar woorden om een gedachte uit te drukken die niet bestond. "Ik dacht het schrift misschien te ontcijferen, al was het alleen maar om te begrijpen wat de ouden dachten, en misschien om een of twee van hun kunsten te leren nabootsen."

Comandore rolde met zijn ogen. "Welke vijand behekste mij toen ik erin toestemde je als leerling aan te nemen? Ik kan twintig beheksingen in een uur verrichten, meer dan een van de ouden in een heel leven."

"Niettemin," zei Sam Salazar, "zie ik dat Lord Faide in zijn voorvaderlijke wagen rijdt, en dat Lord Ballant ons streefde te doden met Vulkaan."

"Ik zie," zei Comandore met dierlijke kalmte, "dat mijn demon Keyril Lord Ballants Vulkaan overwon, en dat ik in mijn kar Lord Faide in zijn wagen ver achter me kan laten."

Sam Salazar wist beter dan verder te twisten. "U heeft gelijk, Jinxman Comandore, helemaal gelijk. Ik erken mijn fout."

"Ontdoe je dan van die rommel en maak je nuttig. Morgenochtend keren we terug naar Fort Faide."

"Zoals u wenst, Jinxman Comandore." Sam Salazar wierp de boeken terug tussen de rommel.

Hoofdstuk VI

DE BALLANT-CLAN WAS VERSPREID, Fort Ballant leeggeroofd. Lord Faide en zijn mannen dineerden somber in de grote hal, bediend door zwijgend Ballant-personeel.

Fort Ballant was op dezelfde schitterende schaal gebouwd als Fort Faide. De grote hal was dertig meter lang, vijftien meter breed, vijftien meter hoog, betimmerd met panelen van het bleke inheemse hardhout dat tot een rijke honingkleur was opgepoetst. Reusachtige zwarte balken steunden de zoldering: hieraan hingen kandelabers, ingewikkelde constructies van groen, paars en blauw glas, doorschoten met oude, maar nog heldere lichtvlekken. Aan een van de muren hingen portretten van alle Lords van Ballant — honderdvijf ernstige gezichten in een verscheidenheid van kostuums. Eronder bevond zich een genealogische kaart van drie meter hoog die de afstamming van de Ballants en hun banden met de andere edele clans aangaf. Nu hing er een troosteloze sfeer in de hal, en de honderdvijf dode gezichten waren zonder betekenis en leeg.

Lord Faide dineerde vreugdeloos, en wierp strenge zijdelingse blikken naar zijn verwanten, die zich te vrolijk gedroegen. Lord Ballant, bedacht hij, had zich gedragen zoals hij onder dezelfde omstandigheden had gedaan; grove uitgelatenheid leek hem onkies, bijna alsof Lord Faide zelf oneerbiedig werd behandeld. Zijn volgelingen voelden zijn stemming al gauw aan, en het banket werd met meer decorum vervolgd.

De jinxmannen zaten apart in een zijvertrek. Anderson Grimes, voormalig Opper-Jinxman van Fort Ballant, zat naast Hein Huss, waar hij zijn nederlaag manmoedig poogde te vergeten. Tenslotte had hij zich verdienstelijk van zijn taak gekweten tegenover vier machtige tegenstanders, en hij had geen reden om te denken dat zijn *mana* verminderd was. De vijf jinxmannen discussieerden over het gevecht, terwijl de kabaalmannen en spreukmeesters eerbiedig toeluisterden. Het gedrag van de door demonen bezeten troepen gaf aanleiding tot de meeste discussies. Anderson Grimes erkende dat zijn opvatting van Everid een absoluut dierlijke, botte kracht was, angstaanjagend door zijn onstuitbare energie. De andere jinxmannen beaamden dat hij onmiskenbaar slaagde in het projecteren van deze kwaliteiten; Hein Huss wees er echter op dat Isak Comandore's Keyril, even wreed en energiek als Everid, tevens een zekere mate van slimme boosaardigheid kende, hetgeen de bezeten soldaat tot een effectiever wapen maakte.

Anderson Grimes gaf toe dat dit heel wel het geval kon zijn, en dat hij zelfs zo'n vermeerdering van Everids karakteristieken had overwogen.

"Volgens mij," zei Huss, "is de meest doeltreffende demon snel genoeg om de slagen van brute demonen zoals Keyril en Everid te vermijden. Ik noem mijn eigen Dant als voorbeeld. Een door Dant bezeten soldaat kan een Everid of een Keyril makkelijk verslaan, louter door zijn behendigheid. Bij een ontmoeting van deze soort verliezen de Everids en de Keyrils weldra hun vermogen om angst aan te jagen, zodat de helft van het effect verloren gaat."

Isak Comandore wierp een priemende, hete blik op Huss. "U uit een veronderstelling alsof het een feit is. Ik heb Keyril met voldoende listigheid geformuleerd om zulk vertoon van snelheid teniet te doen. Ik geloof vast dat Keyril de meest vreeswekkende van alle demonen is."

"Het zou kunnen," rommelde Hein Huss bedachtzaam. Hij wenkte een bediende en gaf instructies. De man temperde het licht een weinig. "Ziet," zei Hein Huss. "Daar is Dant. Hij komt deelnemen aan het banket." Aan de andere kant van het vertrek doemde Dant op, gestreept als een tijger, een wezen van buigzaam metaal, met vier verschrikkelijke armen, en een stomp zwart hoofd dat een en al gapende muil leek te zijn.

"Ziet," kwam de schorre stem van Isak Comandore. "Daar is Keyril."

Keyril leek veel meer op een mens en was bewapend met een ploertendoder. Dant ontwaarde Keyril. De kaken gaapten nog wijder, en hij ging met een sprong in de aanval.

Het gevecht was een gruwelijk iets; de twee demonen rolden,

draaiden, beten, schuimden rond de bek, uitten geluidloze krijsen, scheurden elkaar aan stukken. Plotseling sprong Dant opzij, cirkelde met duizelingwekkende snelheid rond Keyril, sneller, sneller; werd wazig, een wilde schittering van kleur die een hoog, klagend geluid scheen voort te brengen, dat hoger en hoger werd. Keyril hakte er woest op los met zijn ploertendoder, leek toen zwak en flets te worden. Het licht dat eens Dant was geweest, vlamde wit op, explodeerde in een mentale schreeuw; Keyril was verdwenen en Isak Comandore lag kreunend voorover.

Hein Huss haalde diep adem, veegde zijn gelaat af, keek met een voldane grijns om zich heen. Het ganse gezelschap zat stokstijf voor zich uit te staren, met uitzondering van leerling Sam Salazar, die de blik van Hein Huss met een vrolijke glimlach beantwoordde.

"Zo," gromde Huss hijgend van inspanning, "acht jij jezelf verheven boven de illusie? Smaal jij om een van Hein Huss' beste prestaties?"

"Nee nee!" riep Sam Salazar, "ik wil niet oneerbiedig zijn! Ik wil leren, daarom keek ik naar u in plaats van naar de demonen. Wat kunnen zij mij leren? Niets!"

"Ah," zei Huss, vermurwd, "en wat heb je geleerd?"

"Ook niets," zei Sam Salazar, "maar ik zit er in ieder geval niet bij als een vis."

Comandore's stem klonk zacht, maar knetterde van toorn. "Jij ziet in mij een gelijkenis met een vis?"

"U zonder ik natuurlijk uit, Jinxman Comandore, natuurlijk," verklaarde Sam Salazar.

"Ga naar mijn kabinet als je wilt, Sam Salazar, en breng mij de pop die jouw evenbeeld is. De bediende brengt een kom water, en dan zullen we wat pret maken. Met jouw kennis van vissen kun je misschien onder water ademhalen. Zo niet — dan stik je misschien."

"Liever niet, Jinxman Comandore," zei Sam Salazar. "Overigens, met uw permissie neem ik nu ontslag uit uw dienst."

Comandore wenkte een van zijn kabaalmannen. "Haal de pop van Salazar. Aangezien hij niet langer mijn leerling is, is het wel heel waarschijnlijk dat hij zal stikken."

"Komaan, Comandore," zei Huss nors. "Kwel de jongen niet. Hij is onschuldig en een weinig suf. Laat dit een vreedzame maaltijd zijn."

"Zeker, Hein Huss," zei Comandore. "Waarom niet? Er is ruimschoots tijd om deze brutale aap te tuchtigen."

"Jinxman Huss," zei Sam Salazar, "sinds ik nu van mijn taken jegens Jinxman Comandore ontheven ben, wilt u mij misschien in uw dienst aanvaarden."

Hein Huss maakte een geluid van opperste walging. "Jij bent mijn verantwoordelijkheid niet."

"Er bestaan vele toekomsten, Hein Huss," zei Sam Salazar. "Dat heeft u zelf gezegd."

Hein Huss keek de leerjongen met zijn heldere ogen aan, "Ja, er bestaan vele toekomsten. En ik geloof dat we vanavond de volle reikwijdte van het jinxmanschap hebben aanschouwd. Ik geloof dat nimmermeer zulke macht en vaardigheid aan dezelfde tafel verzameld zullen zijn. Wij zullen een voor een sterven en er zal niemand zijn die in onze voetsporen kan treden. Ja, Sam Salazar. Ik neem je aan als leerling. Isak Comandore, hoor je mij? Deze jongen hoort nu bij mijn troep."

"Ik moet schadeloos gesteld worden," gromde Comandore.

"Je begeerde mijn pop van Tharon Faide, de enige die er bestaat. Hij is van jou."

"Aha!" kreet Isak Comandore terwijl hij overeind sprong. "Hein Huss, ik dank u! U bent waarlijk edelmoedig! Ik dank u en aanvaard het aanbod!"

Hein Huss wenkte Sam Salazar. "Verhuis je bezittingen naar mijn wagen. Laat je vanavond niet meer zien."

Sam Salazar boog waardig en verliet de hal.

Het banket duurde voort, maar nu vulde iets van melancholie het vertrek. Weldra kwam een bode van Lord Faide waarschuwen dat allen naar bed moesten, want de groep keerde bij dageraad terug naar Fort Faide.

Hoofdstuk VII

DE ZEGEVIERENDE TROEPEN van Faide verzamelden zich op het veld voor Fort Ballant. Als afscheidsgebaar beval Lord Faide dat de grote poort van zijn hengsels getrokken moest worden, zodat de toegang hem nimmer meer versperd kon worden. Maar zelfs na zestienhonderd jaar waren de scharnieren bestand tegen de kracht die de paarden konden opbrengen, en de poortdeuren bleven op hun plaats.

Lord Faide aanvaardde de mislukking goedschiks en zei zijn neef Renfroy vaarwel, die hij tot rentmeester had benoemd. Hij klom in zijn wagen, ging zitten en verschoof de schakelaar. De wagen kreunde en bewoog zich voorwaarts. Daarachter kwamen de ridders en het voetvolk, dan de bagagewagen, beladen met buit, en ten slotte de karren van de jinxmannen.

Drie uur lang trok de kolonne over de bemoste velden. Fort Ballant verdween in de verte; voor hen uit doemden het Noordelijk en Zuidelijk Wildwoud op, die de gehele westelijke horizon donker kleurden. Waar eens de open doorgang was geweest vormde de nieuwe aanplant van het Eerste Volk een iets lagere en minder intense vlek dan de oude bossen.

Twee mijl voor de zoom van het bos liet Lord Faide de kolonne halthouden en zijn ridders bij zich komen. Hein Huss daalde zwaar van zijn kar en liep naar de voorhoede.

"In geval van tegenstand," zei Lord Faide tot zijn ridders, "waag je dan niet in het bos. Blijf bij de kolonne en wees te allen tijde op je hoede voor vallen."

Hein Huss sprak: "Wenst u dat ik weer onderhandel met de Eersten?"

"Nee," zei Lord Faide. "Het is bespottelijk dat ik aan wilden toestemming moet vragen om over mijn eigen land te rijden. We gaan zoals we gekomen zijn; als ze ons lastig vallen, des te erger voor hen."

"U bent vermetel," zei Huss eenvoudig, doch oprecht.

Lord Faide keek op hem neer met opgetrokken zwarte wenkbrauwen. "Welke schade kunnen zij aanrichten als we hun vallen vermijden? Schuim naar ons blazen?"

"Het ligt niet op mijn weg om te adviseren of te waarschuwen," zei Huss. "Ik wijs er echter op dat zij een zelfvertrouwen aan de dag leggen dat niet ontspruit aan bewuste zwakheid; bovendien droegen ze buizen, kennelijk holle grashoutstengels, wat op projectielen duidt."

Lord Faide knikte. "Zonder twijfel. Maar de ridders dragen harnas, de soldaten schilden. Het is niet juist dat ik, Lord Faide van Fort Faide, mijn weg zodanig kies dat het de grillen van de Eersten bevredigt. Dit moet duidelijk worden gemaakt, zelfs al veroorzaakt de demonstratie een dozijn of meer lijken van Eersten."

"Aangezien ik geen soldaat ben," merkte Hein Huss op, "zal ik mij op de achtergrond houden, en eerst dan oversteken als de weg veilig is."

"Zoals je wilt." Lord Faide trok het vizier van zijn helm omlaag. "Voorwaarts."

De kolonne kwam in beweging en ging richting woud over het oude pad, dat nog duidelijk te volgen was in het mos. Heer Faide reed voorop met naast zich zijn broeder Gethwin Faide en zijn neef Mauve Dermont-Faide.

De stoet legde een halve mijl af, en nog een. Nu was het woud nog duizend meter van de krijgsmacht verwijderd. De grote zon hing in het zenit en stortte zijn warmte en licht naar beneden. De lucht droeg de olieachtige geur van doorn- en teerstruik. De stoet vorderde nu behoedzamer. De harnassen rammelden, de hoeven ploften gedempt over het mos, de wagenwielen piepten, maar niemand sprak.

Heer Faide richtte zich op in zijn wagen en speurde naar vijandelijke activiteiten. Wachtend in de schaduw aan de rand van het oude woud, op honderd meter gaans van de nieuwe bomen, verschenen de bleke gedaanten van de Eersten. Heer Faide schonk hun geen aandacht en veranderde zijn snelheid niet.

Vijfhonderd meter van het bos wendde Heer Faide zich om teneinde zijn troepen te bevelen een enkele rij te vormen, toen hij plotseling een gat in het mos zag vallen, waar zijn broeder Gethwin in verdween. Er klonk geratel, een klap en het gillen van het gespietste paard. Gethwin krijste van pijn toen het schoppende paard hem tegen de scherpe staken dreef. Mauve Dermont-Faide, die naast Gethwin had gereden, kon zijn paard niet in bedwang houden, dat wegsprong van de kuil en op een op scherp gestelde trekker landde. Uit het mos schoot een boomstam omhoog die bezaaid was met doorns van een voet lengte als de stekel van een schorpioen. De doorns doorboorden Mauves pantser en zijn borst en de doorschietende boomstam rukte hem van zijn paard af en nam hem mee, zodat hij gillend en kronkelend in de lucht bleef hangen. De punt van de zeis smakte tegen de wagen van Heer Faide en versplinterde. De wagen werd opzij geslagen en Heer Faide moest zich aan de voorruit vastgrijpen om niet te vallen.

De kolonne was tot stilstand gekomen. Enkele mannen renden naar de kuil toe, maar Gethwin lag twintig voet diep, verpletterd onder zijn paard. Andere mannen namen Mauve van de nog trillende zeis af, maar ook hij was dood.

Heer Faide had tintelend kippenvel gekregen van haat en razernij. Hij staarde naar het woud. Daar stonden de Eersten roerloos. Heer Faide wenkte Bernard, de sergeant van de voetsoldaten. "Twee mannen met lansen moeten de grond voor ons beproeven. Alle anderen moeten hun pijlen gereedhouden. Op mijn teken spiesen we de monsters."

De twee mannen kwamen naar voren en terwijl ze voor Heer Faide's wagen marcheerden, sondeerden ze de bodem.

Heer Faide nam weer plaats. "Voorwaarts."

De kolonne bewoog zich langzaam in de richting van het bos. Alle mannen waren gespannen en op hun hoede. De lansen van de twee mannen in de voorhoede braken weldra door het mos en onthulden een netelval — een kuil vol netels, ieder blad zwaar van rijpe zuur-bollen. Voorzichtig baanden ze zich er een weg langs, waarbij ieder in de voetsporen van zijn voorganger trad.

Aan de zijde van Lord Faide reden nu zijn twee neven, Scolford en Edwin. "Kijk," zei Lord Faide met strakke, ruwe stem. "Deze vallen zijn na onze vorige doortocht gelegd; een boosaardige daad."

"Maar waarom gidsten ze ons de vorige keer dan?"

Lord Faide glimlachte bitter. "Ze hoopten dat we bij Fort Ballant zouden sterven. Maar we hebben hen teleurgesteld."

"Kijk, ze dragen buizen," zei Scolford.

"Misschien blaaspijpen," opperde Edwin.

Scolford was het er niet mee eens. "Ze kunnen niet met hun schuimspleten blazen."

"We zullen het spoedig weten," zei Lord Faide. Hij rees overeind en riep naar de achterhoede: "Hou de pijlen gereed!"

De soldaten hieven hun kruisbogen. De kolonne vorderde traag, was nu nog slechts honderd meter van de nieuwe bomen verwijderd. De witte gestalten van de Eersten bewogen onrustig aan de zoom van het woud. Verscheidene van hen hieven hun buizen op, en leken te mikken.

Een van de buizen wees naar Lord Faide. Hij zag dat een klein zwart voorwerp de opening verliet en met grote snelheid naar hem toe schoot. Hij hoorde een gezoem, dat aanzwol tot een raspend, klikkend gefluit. Hij dook omlaag achter het windscherm; het projectiel dook hem na, en trof de ruit alsof het een steen was. Verkreukeld viel het op het voordek van de wagen — het was een zwaar, zwart insect als een wesp. Uit zijn gebroken snuit stroomde een trage okergele vloeistof, de hoornige vleugels klapperden zwak, de ogen als halters waren op Lord Faide gericht. Met zijn gepantserde vuist verpletterde hij het insect.

Achter hem troffen andere wespen ridders en soldaten; Corex Faide-Battaro kreeg de snuit dwars door zijn vizier in zijn oog, maar het harnas van de andere ridders weerde de overige insecten af. Het voetvolk had echter geen bescherming: de wespen begroeven zich half in hun vlees. De soldaten schreeuwden het uit van pijn, klauwden de wespen van zich af, en drukten op de wonden. Corex Faide-Battaro stortte van zijn paard, rende blind over het veld, en viel na vijftien meter in een val. De getroffen soldaten begonnen te stuiptrekken, vielen toen neer op het mos, spartelden, sprongen op en renden met fladderende armen rond, maakten wilde salto's, voorwaarts, achterwaarts, schuimend en schoppend.

In het woud hieven de Eersten hun buizen weer. Lord Faide brulde: "Rijg die wezens aan de pijlen! Boogschutters, schiet!" De kruisbogen snorden, de pijlen schoten naar de stille witte gedaanten. Een paar van hen wankelden en sloften doelloos weg; de meesten echter trokken de pijlen uit of negeerden ze. Ze namen capsules uit kleine zakken, en hielden ze bij de uiteinden van de buizen.

"Pas op de wespen!" riep Lord Faide. "Sla met de schilden! Dood de vervloekte dingen in hun vlucht!"

Het raspen van de hoornige vleugels klonk opnieuw; sommige van de soldaten konden de moed opbrengen om de bevelen van Lord Faide op te volgen, en sloegen de wespen uit de lucht. Anderen werden getroffen; een tweede vlucht was in aantocht. De kolonne veranderde in een kluwen van worstelende, hurkende mannen.

"Infanteristen, terugtrekken!" riep Lord Faide woedend. "Voetvolk terug! Ridders naar mij toe!"

De soldaten vluchtten terug langs het pad en verscholen zich achter de bagagewagens. Dertig van hen lagen stervend of dood op het mos.

Lord Faide riep zijn ridders toe met een stem als een hoorn: "Stijg af, volg mij langzaam! Pas op je helm, hou de wespen bij je ogen vandaan! Een stap tegelijk, achter de wagen! Edwin, kom naast mij in de wagen, en beproef het pad met je lans. Eenmaal in het bos zijn er geen vallen meer. Dan vallen we aan!"

De ridders vormden een rij achter de wagen. Lord Faide reed langzaam voorwaarts terwijl zijn familielid Edwin de grond voor de wagen testte. De Eersten zonden nog een dozijn wespen die zich vergeefs op de bepantsering stortten. Toen was het stil. Geen geluid meer, geen activiteit. De Eersten keken onverstoorbaar toe terwijl de ridders naderden, stap voor stap.

Edwins lans bespeurde een val, en de kolonne boog opzij. Nog een val — en de kolonne werd van de nieuwe aanplant afgeleid naar het woud. Stap voor stap, meter voor meter — weer een val, nog een weg, en nu bevond de kolonne zich nog slechts vijfentwintig meter van het woud. Een val links, een val rechts: het veilige pad leidde rechtstreeks naar een reusachtige boom met zware takken. Twintig meter, vijftien meter, toen trok Lord Faide zijn zwaard.

"Maak je gereed om aan te vallen, en dood tot je armen moe worden!"

Uit het woud klonk een krakend geluid. De takken van de enorme boom beefden en zwaaiden op en neer. De ridders staarden, een ogenblik verlamd. De boom kantelde voorover, de ridders poogden uit alle macht te vluchten — naar achter, opzij. Vallen openden zich; de ridders vielen op scherpe staken. De boom viel om; de takken kraakten de gepantserde lichamen alsof het noten waren; beknelde mannen schreeuwden hees, uit de vallen klonken kreten, de brekende takken zochten met veel gekraak naar een evenwicht. Lord Faide was tegen de vloer van de wagen geslagen, en de wagen was kreunend in het mos gedrukt. Zijn eerste instinctieve handeling was de schakelaar in de ruststand zetten; toen kwam hij wankelend overeind, klauterde tussen de takken door omhoog. Een bleek niet-menselijk gezicht tuurde naar hem; hij zwaaide zijn vuist en verpletterde de bolle facettenogen. Brullend van razernij werkte hij zich door de takken. Sommige ridders deden hetzelfde, hoewel bijna een derde verpletterd of gespietst was.

De Eersten kwamen haastig naar voren, gewapend met enorme doorns, zo lang als zwaarden. Maar nu kon Lord Faide ze van dichtbij bekampen. Sissend van wraakgierige vreugde sprong hij middenin de aanvallers, zwaaide zijn zwaard met beide handen alsof hij door een demon bezeten was. De overlevende ridders voegden zich bij hem en de bodem lag weldra bezaaid met verminkte Eersten. Langzaam trokken deze zich terug, zonder een spoor van opwinding. Lord Faide riep zijn ridders met tegenzin terug. "We moeten degenen die beklemd zitten te hulp komen, allen die nog leven."

Zo goed mogelijk werden de takken weggekapt en de gewonde ridders tevoorschijn gehaald. In sommige gevallen had het zachte mos de klap van de boom opgevangen. Zes ridders waren dood, vier anderen hopeloos gekneusd. Deze vier bracht Lord Faide zelf de *coup de grâce* toe. Na tien minuten hakken en kappen was de wagen van Lord Faide vrijgemaakt, terwijl de Eersten zonder interesse toekeken vanuit het woud. De ridders wilden nogmaals aanvallen, maar Lord Faide gaf bevel tot de terugtocht. Zonder gehinderd te worden keerden ze terug zoals ze gekomen waren, naar de bagagewagens.

Lord Faide hield appèl. Van de oorspronkelijke krijgsmacht was minder dan tweederde over. Lord Faide schudde bitter het hoofd. Hoe ergerlijk dat hij zo argeloos in de val was gelopen! Hij draaide zich bruusk om en schreed naar het eind van de kolonne, naar de wagens van de tovenaars.

De jinxmannen zaten rond een klein vuur en dronken thee. "Wie van jullie gaat dit bosongedierte beheksen? Ik wil hun dood — bezocht door ziekte, kramp, blindheid, de pijnlijkste aandoeningen die u kunt bedenken!"

De stilte die hier op volgde was algemeen. De jinxmannen nipten aan hun thee.

"Wel?" vroeg Lord Faide. "Hebben jullie geen antwoord? Maak ik mezelf niet duidelijk?"

Hein Huss schraapte zijn keel, spuwde in het vuur. "Uw wensen zijn duidelijk. Ongelukkigerwijs kunnen wij de Eersten niet beheksen."

"En waarom niet?"

"Om technische redenen."

Lord Faide wist dat het nutteloos was om een discussie aan te gaan. "Moeten we dan rond het bos sluipen om thuis te komen? Als u het Eerste Volk niet kunt beheksen, haal dan de demonen tevoorschijn! Ik zal oprukken naar het woud en met mijn zwaard een pad banen!"

"Het is niet aan mij om een tactiek te opperen," bromde Hein Huss.

"Ga verder, spreek. Ik luister."

"Er is mij een suggestie aan de hand gedaan die ik aan u zal overbrengen. Ik noch de overige jinxmannen staan achter deze suggestie, aangezien hij een uiterst primitief, natuurkundig principe aanbeveelt."

"Ik wacht op de suggestie," zei Lord Faide.

"Het is alleen maar dit. Een van mijn leerlingen knoeide met uw wagen, zoals u zich wellicht herinnert."

"Ja, en ik zal erop toezien dat hij de kastijding krijgt die hij verdient."

"Op een of andere wijze slaagde hij er toevallig in de wagen hoog op te laten stijgen. De suggestie is deze: dat we de wagen volladen met zoveel olie als de bagagewagens kunnen opbrengen, en de wagen vervolgens laten opstijgen en over de aanplant laten zweven. Op een geschikt ogenblik giet de inzittende de olie over de bomen, en smijt er dan een fakkel achteraan. Het woud zal branden. Het Eerste Volk raakt op zijn minst in verwarring; en in het gunstigste geval wordt een groot aantal vernietigd."

Lord Faide sloeg zijn handen in elkaar. "Uitstekend! Snel, aan het werk!" Hij riep een tiental soldaten bijeen, deelde bevelen uit; vier tonnen bakolie, drie emmers pek, zes mandflessen alcohol werden aangevoerd en in de wagen getild. De motoren knarsten en protesteerden, en de wagen zakte bijna tot op het mos.

Lord Faide schudde droef het hoofd. "Een ruw gebruik van de relikwie, maar voor een goed doel. Nu, waar is die leerjongen? Hij moet aanwijzen welke schakelaars en knoppen hij heeft omgedraaid."

"Ik stel voor," zei Hein Huss, "dat Sam Salazar met de wagen omhoog gaat."

Lord Faide keek van terzijde naar Sam Salazars ronde, nietszeggende gezicht. "Er is een efficiënte kracht nodig, iemand met een goed oordeel. Ik vraag me af of het aan hem toe te vertrouwen is."

"Ik meen van wel," zei Huss, "aangezien het plan door Sam Salazar is bedacht."

"Vooruit dan. Stap in, Leerjongen! Behandel mijn wagen met eerbied! De wind is van ons af; steek deze rand van het woud in brand, zo'n lange strook als mogelijk is. De fakkel, waar is de fakkel?"

De fakkel werd gebracht en aan de zijkant van de wagen bevestigd.

"Nog één ding," zei Sam Salazar, "ik zou graag het harnas van een welwillende ridder willen lenen, om mij te beschermen tegen de wespen. Anders —"

"Een harnas!" brulde Lord Faide. "Breng een harnas!" Eindelijk, geheel bepantserd en met omlaag geklapt vizier, klom Sam Salazar in de wagen. Hij ging zitten, tuurde aandachtig naar de knoppen en schakelaars. In werkelijkheid wist hij niet precies welke ervan hij de vorige keer had aangeraakt... Hij dacht na, stak een hand uit, drukte en draaide.

De motoren brulden en krijsten; de wagen schokte, steeg zwaar op. Hoger, hoger, zes meter, twaalf meter, achttien meter — vijfentwintig, vijftig meter. De wind blies de wagen naar het woud; in de schaduw keken de Eersten toe. Verscheidene van hen hieven hun buizen en openden de klep. De toeschouwers zagen de wespen door de lucht suizen en zich tegen Sam Salazars harnas te pletter vliegen.

De wagen zweefde boven de bomen; Sam begon de olie overboord te lepelen. Onder hem begonnen de Eersten zich onrustig te roeren. De wind droeg de wagen te ver weg; Sam morrelde aan de regelinstrumenten en slaagde erin terug te gaan. Een ton was leeg, en nog een; hij smeet ze overboord, en weldra waren de overblijvende twee tonnen leeg, evenals de emmers met pek. Hij dompelde een lap in de alcohol, stak hem aan, gooide hem over de rand, en goot de alcohol erachteraan.

De brandende lap viel tussen de bladeren. Een geknetter, en vuur vlamde op en vrat om zich heen. De wagen dreef nu op een hoogte van honderdvijftig meter. Salazar goot de resterende alcohol uit, liet de mandflessen vallen, leidde de wagen weer tot boven het veld, en bracht hem zenuwachtig aan de knoppen draaiend met een serie duikvluchten terug naar het mos.

Lord Faide rende erheen, sloeg hem op zijn schouder. "Uitstekend gedaan! Het woud brandt als een fakkel!"

De mannen van Fort Faide stonden op een afstand en verheugden zich bij het zien van de lekkende en torenende vlammen. De Eersten repten zich weg van de hitte, zwaaiend met hun armen; schuim van een eigenaardige paarse kleur vloeide uit hun spleten onder het rennen, nutteloze kleine vlagen alsof de schuimzakken zich per ongeluk of uit opwinding ontlaadden. De vlammen vraten zich door het woud, bereikten toen de nieuwe bomen waar ze van blad tot blad sprongen.

"Maak je gereed om op te rukken!" riep Lord Faide. "Wij marcheren direct achter de vlammen, voor de Eersten terugkomen."

In het woud hurkten de Eersten in de bomen terwijl ze grote wolken schuim uitscheidden waardoor een isolerende muur ontstond. De vlammen hadden zich reeds half door de aanplant verspreid. Er bleven slechts smeulende resten over.

"Voorwaarts! Looppas!"

De kolonne vorderde. Hoestend van de rook en met tranende ogen toog men onder brandende bomen door en kwam ten slotte uit op de westelijke velden.

De langzaam vorderende kolonne werd voorafgegaan door twee soldaten die met lansen in het mos prikten. Direct achter hen kwam Lord Faide met de ridders, daarna het voetvolk, de hobbelende bagagewagens en als laatste de zes wagens van de jinxmannen.

Een bons, een gekraak, een klap. Een zeis vloog op uit het mos; de soldaten vooraan de groep lieten zich vallen; de zeis floot langs hen heen, op een pas afstand van het gezicht van Lord Faide. Tegelijkertijd klonk er een klaaglijke kreet uit de achterhoede. "Ze achtervolgen ons! De Eersten komen eraan!"

Lord Faide draaide zich om teneinde het nieuwe gevaar te kunnen bestuderen. Een groep Eersten, tweehonderd of meer, kwam aanzetten over het mos, zonder zich te haasten. Sommigen droegen wespenbuizen, anderen doornrapieren.

Lord Faide keek vooruit. Nog honderd meter en het leger bevond zich op veilig terrein; dan kon hij zijn mannen opstellen en manœuvreren. "Voorwaarts!"

De kolonne zette zich weer in beweging. De bagagewagens en de karren van de jinxmannen volgden de soldaten nu op de hielen. Van achter en opzij kwam het Eerste Volk, onverschillig en rustig.

Eindelijk oordeelde Lord Faide dat ze veilige grond hadden bereikt. "Voorwaarts! Breng de wagens naar voren, maak haast!"

De troepen hadden geen aansporing van node. Lord Faide gaf bevel de wagens in een nauwe dubbele rij op te stellen. Hij plaatste de soldaten ertussen, de paarden erachter, waar ze beschermd zouden zijn tegen de wespen. De ridders, die nu waren afgestegen, wachtten in de voorste linie.

De Eersten kwamen traag, ordeloos naderbij. De lege witte gezichten staarden; de geweldige handen omklemden buizen en doorns; sporen paars schuim kleefden aan de openingen onder hun armen.

Lord Faide schreed langs de rij ridders. "Zwaarden gereed. Laat ze zo dichtbij komen als ze willen. Daarna een snelle uitval." Hij gebaarde naar de infanteristen. "Kies een doelwit!" Een salvo pijlen floot door de lucht en begroef zich in de witte lichamen. Met beitelvormige vingers plukten de Eersten ze uit hun lichaam en gooiden ze weg zonder een spoor van ergernis. Een of twee van hen wankelden, schuifelden verward in zijdelingse richting. Anderen hieven hun buizen en openden de klep. Daar vlogen de insecten raspend met hun hoornige vleugels en de puntige snuit vooruit. Ze flitsten over het mos, verpletterden zichzelf tegen de harnassen, vielen op de grond, en werden verbrijzeld. De soldaten wonden hun kruisbogen op en lieten een tweede salvo pijlen snorren dat nog diverse slachtoffers vergde.

De Eersten vormden een lange rij en omsingelden de troepen van Faide. Lord Faide verplaatste de helft van zijn ridders naar de andere kant van de wagens.

De Eersten slenterden nader. Lord Faide gaf bevel tot een uitval. De ridders stapten met zwaaiende zwaarden naar voren. De Eersten traden nog enkele stappen dichterbij, toen bleven ze abrupt staan. De huidflappen op hun rug zwaaiden en klopten: wit schuim stroomde door hun spleten en vormde wolken rondom hen. De ridders bleven onzeker staan, prikten en hakten in het schuim maar zonder iets te raken. Het schuim steeg hoger, rolde naar voren zodat de ridders werden teruggedrongen naar de wagens. Vragend keken ze naar Lord Faide.

Deze gebaarde met zijn zwaard. "Baan je een weg naar de andere kant! Voorwaarts!"

Terwijl hij zijn zwaard met twee handen heen en weer zwaaide sprong hij het schuim in. Hij raakte iets massiefs, hakte er blindelings naar, drong naar voren. Toen werden zijn benen vastgegrepen; hij werd omgegooid en viel met een enorme klap. Nu voelde hij een doorn tastend over zijn harnas krassen. Het wapen vond een spleet onder zijn kuras en stak hem. Vloekend verhief hij zich op handen en knieën en stortte hij zich verder het schuim in. Enorme handen grepen hem, zware gedaanten vielen op zijn schouders. Hij probeerde adem te halen, maar het schuim plakte aan zijn vizier; hij begon te stikken. Toen hij overeind wankelde en met vallen en opstaan struikelend de open lucht bereikte bleek hij twee Eersten meegenomen te hebben. Zijn zwaard was hij kwijt, maar hij slaagde erin zijn dolk te trekken. De Eersten lieten hem los en begaven zich weer in de schuimwolken. Uit het schuim klonken geluiden van vechtende mensen; sommige van zijn ridders stormden de open lucht in; anderen riepen om hulp. Lord Faide wenkte zijn ridders: "Weer naar binnen; de duivels slachten onze verwanten af! Naar binnen en op naar het midden!"

Hij haalde diep adem. In de schuimlaag werd hij bestormd door wazige gedaanten: hij sloeg met zijn vuisten, sneed met zijn dolk, struikelde over een massa levend weefsel. Hij schopte tegen de zachte materie en stapte op metaal. Hij bukte zich en greep een been maar merkte dat het leven eruit was geweken. Eersten hingen op zijn rug, een tweede doorn trof doel; kreunend stootte hij door, en opnieuw tuimelde hij de open lucht in.

Nauwelijks vijftig van zijn ridders hadden de open plek gehaald. Lord Faide riep: "Naar het midden; bestijg de paarden!" Hij liet zijn wagen links liggen en sprong in een zadel. Het schuim ziedde en kolkte naderbij. Lord Faide zwaaide met zijn arm. "Allemaal vooruit, in galop! Eerst wij, dan de wagens. Naar open terrein!"

Ze stormden eropaf op de bange paarden. Een witte blindheid, het gevoel van gedaanten onder de hoeven, daarna weer de open lucht. Na hen kwamen de wagens en toen snelden de infanteristen door het kanaal dat de wagens hadden uitgesneden. Allen hadden het gehaald — behalve de ridders die onder het schuim gevallen waren.

Tweehonderd meter van de grote witte wolk van schuim hield Lord Faide stil, draaide zich om en keek. Hij schudde zijn vuist in toorn. "Mijn ridders, mijn wagen, mijn eer! Ik zal jullie wouden verbranden, ik drijf jullie de zee in, er zal geen vrede zijn tot ze allemaal dood zijn!" Hij wendde zijn paard. "Kom," riep hij bitter naar de restanten van zijn krijgsmacht. "We zijn verslagen. We trekken ons terug op Fort Faide."

Hoofdstuk VIII

FORT FAIDE WAS EVENALS FORT BALLANT gebouwd van zwart, glanzend materiaal, half metaal, half steen, ondoordringbaar voor hitte, kracht en straling. Een parasoldak, ontworpen om vijandelijke energie af te weren, rustte op vijf stompe buitenste torens, verbonden door muren die bijna even hoog waren als de rand van het dak dat eroverheen hing.

Het banket ter ere van de thuiskomst was stil en bedrukt. De soldaten en ridders aten weinig en dronken veel, maar in plaats van vrolijk te worden raakten ze in een sombere stemming. Overweldigd door emotie sprong Lord Faide overeind. "Iedereen zwijgt, gekweld door woede. Ik voel niet anders. We zullen wraak nemen. We zullen de wouden in brand steken. De vermaledijde witte wilden zullen stikken en verbranden. Drink nu en wees vrolijk; er zal geen ogenblik getalmd worden. Maar we moeten ons voorbereiden. Het zou dwaasheid zijn om aan te vallen zoals eerst. Vanavond beraadslaag ik met de jinxmannen, en daarna zullen wij een programma van bezoekingen beginnen."

De soldaten en ridders rezen overeind, hieven hun kroezen en brachten een sombere heildronk uit. Lord Faide boog en verliet de hal.

Hij begaf zich naar zijn privé-trofeeënkamer. Aan de wanden hingen wapenschilden, gedenkplaten, dodenmaskers, trossen zwaarden als veelbladige bloemen; een rek met pistolen, energiepistolen, elektrische stiletto's; een portret van de oorspronkelijke Faide, in een antiek ruimtevaarderskostuum, en een kostbare, bijna unieke foto van het grote schip dat de eerste Faide naar Pangborn had gebracht.

Lord Faide bestudeerde het oude gezicht enige ogenblikken. Toen riep hij een bediende. "Vraag de Opper-Jinxman zijn opwachting te komen maken."

Even later stommelde Hein Huss het vertrek in. Lord Faide wendde zich af van het portret, ging zitten, en wenkte Hein Huss zijn voorbeeld te volgen. "Hoe staat het met de heersers van de forten?" vroeg hij. "Hoe reageren zij op de nederlaag ons toegebracht door het Eerste Volk?"

"De reacties verschillen," zei Hein Huss. "In Boghoten, Candelwade en Hawe heersen smart en woede."

Lord Faide knikte. "Dat zijn mijn verwanten."

"In Gisborne, Graymar, het Wolkkasteel en Alder is men voldaan en waagt men zich aan bespiegelingen over toekomstige mogelijkheden."

"Dat was te verwachten," mompelde Lord Faide. "Deze Lords moeten vernederd worden; eden en beloften ten spijt overwegen ze nog steeds rebellie."

"In Sterhuis, Julian-Douray en Eikenhal lees ik verbazing over de vermogens van het Eerste Volk, maar hoofdzakelijk onverschilligheid."

Lord Faide knikte wrang. "Er staat ons geen werkelijke rebellie te wachten; we zijn vrij om ons op de Eersten te concentreren. Ik zal je vertellen wat mij voor ogen staat. Je hebt gerapporteerd dat men met nieuwe aanplantingen bezig is tussen het Wildwoud, het Oude Woud, het Bos van Sarrow en elders — mogelijk met de bedoeling Fort Faide in te sluiten." Hij keek Hein Huss vragend aan, maar deze had geen commentaar. Lord Faide vervolgde: "Misschien hebben we de listigheid van de wilden onderschat. Ze schijnen in staat te zijn plannen te bedenken en met bijna menselijke volharding te handelen. Of, moet ik misschien zeggen, meer dan menselijke volharding, want ze schijnen ons na zestienhonderd jaar nog steeds als indringers te beschouwen en ze hopen ons nog steeds uit te roeien."

"Dat is ook mijn conclusie," zei Hein Huss.

"We moeten stappen ondernemen om als eersten toe te slaan. Ik zie dit als een zaak voor de jinxmannen. We leggen geen eer in door wespen te ontwijken, in vallen te tuimelen, of door schuim te tasten. Het is een nutteloze verspilling van levens. Daarom wil ik dat je je jinxmannen verzamelt, je kabaalmannen en spreukmeesters; ik wil dat jullie je krachtigste beheksingen formuleren —"

"Onmogelijk."

Lord Faide's zwarte wenkbrauwen gingen naar boven. " 'Onmogelijk'?"

Hein Huss scheen zich niet helemaal op zijn gemak te voelen. "Ik

lees de verwondering in uw geest. U verdenkt mij van onverschilligheid, onverantwoordelijkheid. Ten onrechte. Als het Eerste Volk u
verslaat, lijden wij eveneens."

"Precies," zei Lord Faide droog. "Jullie zullen van honger omkomen."

"Desondanks kunnen de jinxmannen u niet helpen." Hij hees zich
overeind en liep naar de deur.

"Ga zitten," zei Lord Faide. "Het is noodzakelijk dieper op deze zaak
in te gaan."

Hein Huss keek met zijn uitdrukkingsloze, heldere ogen in het rond.
Lord Faide's blik kruiste de zijne. Hein Huss zuchtte diep. "Ik zie dat ik
de grondregels van mijn beroep moet negeren, de gewoonten van een
heel leven opzij moet zetten. Ik moet een uitleg geven."

Hij verplaatste zijn omvangrijke lichaam naar de muur, betastte de
voorvaderlijke pistolen in het rek en bestudeerde het portret van de
eerste Faide. "De wonderdoeners van vroeger tijden — ongelukkigerwijs kunnen wij hun magie niet gebruiken! Zie de omvang van het
ruimteschip! Even zwaar als Fort Faide."

Hij richtte zijn blik op de tafel, teleporteerde een kandelaar enkele
centimeters. "Met aanzienlijk minder inspanning gaven zij dat ruimteschip een enorme snelheid, gebruik makend van ideeën en krachten
waarvan ze wisten dat ze denkbeeldig en irrationeel waren. Sindsdien
zijn we vooruitgekomen, natuurlijk. Niet langer bedienen wij ons van
mysteries, geheimzinnige constructies, wilde niet-menselijke krachten.
Wij zijn rationeel en praktisch aangelegd — maar de effecten van de
oude tovenaars kunnen we niet nabootsen."

Lord Faide bekeek Hein Huss met zwaarmoedige ogen. Hein Huss
lachte op zijn grommende manier. "U denkt dat ik u met woorden
poog af te leiden? Nee, dat is niet het geval. Ik zal u inlichten." Hij
ging terug naar zijn zetel, liet zich kreunend zakken. "Nu moet ik lang
praten, waaraan ik niet gewend ben. Maar u moet begrijpen wat jinxmannen wel en niet kunnen doen.

"Ten eerste, in tegenstelling tot de oude tovenaars, zijn wij praktisch
ingesteld. Natuurlijk verschillen onze bekwaamheden. De beste jinxman
verenigt in zich een grote telepathische vaardigheid, de onverzoenlijke
kracht van de persoonlijkheid, en intieme kennis van zijn medemensen.
Hij kent hun daden, motieven, verlangens en angsten; hij begrijpt de

symbolen die deze hoedanigheden het sterkst vertegenwoordigen. In hoofdzaak is jinxmanschap een kwestie van gesloof — gevaarlijk, moeilijk en niet romantisch — zonder enig mysterie behalve dat waarvan we ons bedienen om onze vijanden te verwarren."

Hein Huss blikte naar Lord Faide, en ontmoette dezelfde zwaarmoedige blik. "Ha! Ik heb u nog steeds niets verteld; ik heb vele woorden gesproken om mijn onvermogen om de Eersten te verbijsteren te verbergen. Geduld."

"Spreek verder," verzocht Lord Faide.

"Luister dan. Wat gebeurt er als ik iemand beheks? Eerst moet ik op telepathische wijze in zijn geest binnengaan. Er bestaan drie operationele niveaus: het bewustzijn, het onderbewustzijn, het cellulaire niveau. Het jinxen geschiedt het doeltreffendst als alle drie de niveaus beïnvloed worden. Ik voel in mijn slachtoffer, ik leer zo veel mogelijk, vul mijn eerdere kennis omtrent hem aan, wat deel uitmaakt van mijn vakuitrusting. Ik pak zijn pop, die zijn sporen draagt. De pop is hoogst nuttig, maar niet onmisbaar. Hij dient als brandpunt voor mijn aandacht; hij werkt als patroon, als gids, terwijl ik mij richt op de geest van mijn slachtoffer, en hij is door zijn telepathische capaciteit verbonden met de pop die zijn sporen draagt.

"Man en pop versmelten in mijn geest, en op een of meer niveaus in de geest van het slachtoffer. Wat er met de pop gebeurt, voelt het slachtoffer met zichzelf gebeuren. Meer zit er aan simpel beheksen niet vast, gezien van het standpunt van de jinxman. Maar natuurlijk verschillen de slachtoffers onderling sterk. Ontvankelijkheid is hier het sleutelwoord. Sommige mensen zijn ontvankelijker dan andere. Vrees en geloof wakkeren de ontvankelijkheid aan. Naarmate een jinxman meer succes heeft vreest men hem meer, en bijgevolg wordt hij des te doeltreffender. Het proces houdt zichzelf in stand.

"Demonbezetenheid is een soortgelijke techniek. Opnieuw is ontvankelijkheid essentieel; opnieuw schept geloof ontvankelijkheid. Het is het makkelijkst en het meest dramatisch als de karakteristieken van de demon welbekend zijn, zoals in het geval van Comandore's Keyril. Om deze reden kunnen demonen tussen jinxmannen onderling geruild of verhandeld worden. Wat er in werkelijkheid van eigenaar verwisselt is publieke aanvaarding en bekendheid met de demon."

"Bestaan demonen dan niet echt?" vroeg Lord Faide half ongelovig.

Hein Huss grijnsde van oor tot oor. Zijn enorme gele tanden kwamen bloot. "Telepathie werkt via een bovenlaag. Wie weet wat er in deze bovenlaag geschapen wordt? Misschien leven de demonen verder nadat ze geconcipieerd zijn; misschien zijn ze nu echt. Dit is natuurlijk slechts bespiegeling, welke wij jinxmannen schuwen.

"Dat wat betreft demonen en de mindere technieken van het jinxmanschap. Ik heb voldoende verklaard als achtergrond voor de huidige situatie."

"Uitstekend," zei Lord Faide. "Ga verder."

"De vraag is dus: Hoe behekst men een wezen van een vreemd ras?" Vragend keek hij Lord Faide aan. "Kunt u mij dat vertellen?"

"Ik?" vroeg Lord Faide verrast. "Nee."

"De methode is in de grond gelijk aan het beheksen van mensen. Het is noodzakelijk het wezen te doen geloven, in iedere cel van zijn wezen, dat hij lijdt of sterft. Hier beginnen de problemen de kop op te steken. Denkt het wezen — dat wil zeggen, regelt het zijn levensprocessen op dezelfde manier als de mens? Dat is een zeer belangrijk onderscheid. Bepaalde wezens van het heelal gebruiken andere methoden dan het menselijke zenuwknopensysteem om hun omgeving te beheersen. Wij noemen het menselijke systeem 'intelligentie' — een woord dat eigenlijk beperkt zou moeten worden tot menselijke activiteit. Andere wezens maken gebruik van andere instellingen, andere systemen, en bereiken soms soortgelijke resultaten. Om een eind te maken aan deze algemeenheden: ik hoef er niet op te rekenen dat ik mijn geest kan laten versmelten met de overeenkomende capaciteit van de Eersten. De sleutel past niet in het slot. Tenminste, niet helemaal.

"Een of twee keer, toen ik toekeek hoe de Eersten op de Woudmarkt met mensen handelden voelde ik af en toe een zwakke betekenis. Dat beduidt dat de geest van het Eerste Volk iets schept wat lijkt op menselijke telepathische impulsen. Niettemin bestaat er geen werkelijk medevoelen tussen de twee rassen.

"Dat is de eerste en geringste moeilijkheid. Als ik in staat was een volledig telepathisch contact te leggen, wat dan? De wezens verschillen van ons. Ze hebben geen woord voor vrees, haat, woede, pijn, dapperheid, lafheid. Men mag daaruit afleiden dat zij deze emoties niet kennen. Ongetwijfeld hebben ze andere gewaarwordingen, die mogelijk even betekenisvol zijn. Welke deze ook mogen zijn, zij zijn mij onbekend, en daarom kan ik geen symbolen voor deze gewaarwordingen vormen of projecteren."

Lord Faide zei ongeduldig: "Kortom, je vertelt me dat je de geest van deze wezens niet doeltreffend kunt binnengaan; en als je het wel kon, zou je niet weten welke invloeden je daar moest planten om ze kwaad te doen."

"Bondig geformuleerd," beaamde Hein Huss.

Lord Faide stond op. "In dat geval moet je deze gebreken overwinnen. Je moet met de Eersten leren telepathiseren; je moet onderzoeken welke invloeden hen kwaad zullen doen. En wel zo snel mogelijk."

Hein Huss staarde Lord Faide verwijtend aan. "Maar ik heb juist omstandig uitgelegd welke moeilijkheden daarbij komen kijken! De Eersten beheksen is een monumentale taak. Het zou noodzakelijk zijn het Wildwoud te betreden, met de Eersten samen te leven, een van hen te worden, zoals mijn leerling een boom hoopte te worden. Zelfs dan is een effectieve beheksing onwaarschijnlijk. De Eersten moeten eerst ontvankelijk worden voor geloof in deze zaken, anders mist de beheksing zijn tanden. Ik zou geen welslagen kunnen garanderen. Ik voorspel mislukking. Geen andere jinxman zou u dit durven vertellen, geen andere zou zijn *mana* riskeren. Ik durf omdat ik Hein Huss ben en mijn leven achter mij heb."

"Desondanks moeten wij ieder wapen proberen waarop wij de hand kunnen leggen," antwoordde Lord Faide droog. "Ik kan mijn ridders, mijn verwanten, mijn soldaten niet riskeren tegen deze bleke halfwezens. Wat een verspilling van goed vlees en bloed om door een giftig insect gestoken te worden! Je moet naar het Wildwoud gaan; je moet leren hoe men het Eerste Volk behekst."

Hein Huss ging rechtop staan. Zijn grote ronde gezicht was van steen; zijn ogen stukjes door het water gepolijst glas. "Het is evenzeer verspilling om gekkenwerk te verrichten. Ik ben geen gek, en ik zal geen beheksing ondernemen die gedoemd is te mislukken."

"In dat geval," zei Lord Faide, "zal ik iemand anders zoeken."

Hij liep naar de deur en riep een bediende. "Haal Isak Comandore hier."

Hein Huss ging weer zitten. "Ik blijf tijdens het onderhoud, met uw toestemming."

"Zoals je wilt."

Isak Comandore verscheen in de deuropening, lang, met losse ledematen en zijn hoofd vooroverhangend. Hij wierp een snelle schattende blik op Lord Faide, op Hein Huss, toen stapte hij de kamer in.

Lord Faide zette kort zijn wensen uiteen. "Hein Huss weigert de opdracht op zich te nemen. Daarom wend ik me tot jou."

Isak Comandore dacht na. Het patroon van zijn gedachten was duidelijk: mogelijk won hij veel *mana*; het risico dat zijn *mana* verminderde was klein, want was niet Hein Huss reeds het plan uit de weg gegaan?

Comandore knikte. "Hein Huss heeft de moeilijkheden uiteengezet: alleen een zeer knappe en zeer fortuinlijke jinxman kan de hoop koesteren te slagen. Maar ik aanvaard de uitdaging, ik zal gaan."

"Goed," zei Hein Huss. "Ik zal ook gaan."

Isak Comandore wierp hem een hete blik toe.

"Ik wil alleen maar behulpzaam zijn. Naar Isak Comandore gaan de verantwoordelijkheid en de eventuele verdiensten."

"Uitstekend," zei Comandore weldra. "Ik stel je gezelschap op prijs. Morgenochtend vertrekken we. Ik zal onze wagen laten klaarmaken."

Later die avond kwam Leerling Sam Salazar naar Hein Huss, die in zijn werkkamer zat te peinzen.

"Wat wil je?" gromde Hein Huss.

"Ik wil u een verzoek doen, Opper-Jinxman Hein Huss."

"Opper-Jinxman in naam slechts," bromde Huss. "Isak Comandore staat op het punt mijn post over te nemen."

Sam Salazar knipperde met zijn ogen, lachte onzeker. Hein Huss richtte zijn winters bleke ogen op hem. "Wat wil je?"

"Ik heb gehoord dat u een expeditie naar het Wildwoud onderneemt, om de Eersten te bestuderen."

"Dat is waar, zeker. En?"

"Zullen ze nu niet alle mensen aanvallen?"

Huss haalde zijn schouders op. "Op de Woudmarkt handelen ze met mensen. Op die plaats zijn mensen altijd het bos binnengegaan. Misschien is het veranderd, misschien niet."

"Ik wil met u mee, als dat mag." zei Sam Salazar.

"Dit is geen missie voor leerlingen."

"Een leerling moet iedere gelegenheid om te leren te baat nemen," zei Sam Salazar. "Bovendien zult u hulp nodig hebben om tenten op te zetten, kabinetten in en uit te laden, te koken, water te halen, en meer van zulke zaken."

"Je betoog heeft me overtuigd," zei Hein Huss. "We vertrekken bij dageraad; wees aanwezig."

Hoofdstuk IX

TOEN DE ZON ZICH boven de heide verhief, verlieten de beide jinx-mannen het fort. De wagen reed op zijn hoge wielen krakend over het mos naar het noorden met Hein Huss en Isak Comandore op de voorplaatsen terwijl Sam Salazar achterop zijn benen over de rand liet bungelen. De wagen rees en daalde mee met de kuilen en heuvels in het mos, met hobbelende wielen, en verdween spoedig uit het gezicht achter de heuvel van de Hemelverspieders.

Vijf dagen later, een uur voor zonsondergang, verscheen de wagen weer aan de horizon. Zoals eerst zaten Hein Huss en Isak Comandore voorop, en Sam Salazar achterop. Ze naderden het fort, en zonder zelfs maar te wenken of te knikken reden ze door de poort naar de binnenplaats.

Isak Comandore ontvouwde zijn lange benen, stapte als een spin op de grond; Hein Huss liet zich grommend zakken. Beiden begaven zich naar hun vertrekken, terwijl Sam Salazar de wagen naar de loods van de jinxmannen bracht.

Enige tijd later maakte Isak Comandore zijn opwachting bij Lord Faide, die in zijn trofeeënkamer had zitten wachten, gedwongen tot een vertoon van onverschilligheid om redenen van positie, waardigheid en protocol. Isak Comandore stond in de deuropening te grijnzen als een vos. Lord Faide bezag hem met afkeer, wachtte tot hij zou spreken.

Hein Huss had daar een hele dag kunnen blijven staan, zijn ogen rustig gericht op Lord Faide, in afwachting van het eerste woord; Isak Comandore ontbeerde deze volmaakte bedaardheid. Hij deed een stap naar voren. "Ik ben teruggekeerd uit het Wildwoud!"

"Met welke resultaten?"

"Ik geloof dat het mogelijk is het Eerste Volk te beheksen."

Hein Huss, achter Comandore, sprak: "Ik geloof dat zo'n onderneming, indien uitvoerbaar, nutteloos, onverantwoordelijk, en mogelijk zelfs gevaarlijk zou zijn." Hij schommelde de kamer in.

Isak Comandore's ogen gloeiden heet roodbruin; hij wendde zich weer tot Lord Faide. "U heeft me een missie opgedragen; ik zal verslag uitbrengen."

"Ga zitten. Ik luister."

Comandore, in naam leider van de expeditie, sprak. "Wij reden langs de rivieroever naar de Woudmarkt. Hier waren geen tekenen van wanorde of vijandigheid te bekennen. Honderd Eersten verhandelden hout, planken, palen en stokken voor lemmeten, ijzerdraad en koperen potten. Toen ze teruggingen naar hun schuit volgden wij ze aan boord, met wagen, paarden en alles. Ze toonden geen verbazing —"

"Verbazing," zei Hein Huss zwaar, "is een emotie die ze niet kennen."

Isak Comandore keek hem even fel aan. "We spraken met de schuitvoerders, legden uit dat we het Wildwoud wilden bezoeken. We vroegen of de Eersten zouden proberen ons te doden om ons te verhinderen het woud te betreden. Ze betoonden zich onverschillig over ons welzijn dan wel onze ondergang. Dit was geenszins een garantie of een vrijgeleide; we aanvaardden het echter wel als zodanig, en bleven aan boord van de schuit."

Hij sprak verder met af en toe een verbetering van Hein Huss.

Ze waren de rivier opgevaren, het bos in, terwijl de Eersten de boot tegen de trage stroom opboomden. Weldra legden ze de bomen ter zijde; niettemin vorderde de schuit als tevoren. De verbaasde jinxmannen bespraken de mogelijkheid dat er telepathie in het spel was, of een symbologische kracht, en vroegen zich af of de Eersten jinxmethoden hadden ontwikkeld die de mens onbekend waren. Sam Salazar bemerkte echter dat vier enorme waterkevers, bijna vier meter lang met gitzwarte schilden en stompe koppen, opgestegen waren van de rivierbodem en de schuit van achter opduwden — blijkbaar zonder leiding of bevel. De Eersten stonden in de boeg, en wendden de schuit volgens de kronkelingen in de rivier. Ze negeerden de jinxmannen en Sam Salazar alsof ze niet bestonden.

De kevers zwommen onvermoeibaar voort; de schuit voer vier uur lang even snel als een man loopt. Af en toe tuurden er Eersten uit de schaduwen van het bos, maar geen van hen toonde belangstelling in de ongebruikelijke lading van de boot. Halverwege de middag werd de rivier breder, splitste hij zich in een groot aantal kanalen en veranderde in een moeras; enkele minuten later dreef de schuit het open water van een klein meer op. Langs de oever, achter de eerste rij bomen, doemde een grote nederzetting op. De jinxmannen waren verbaasd en nieuwsgierig. Men had altijd aangenomen dat het Eerste Volk door de bossen doolde, zoals het oorspronkelijk op de vlakten had geleefd.

De schuit liep aan de grond; de Eersten gingen aan land, en de mensen volgden met paarden en wagen. Hun eerste indruk was dat zich hier grote zwermen Eersten ophielden, dat er een trage maar voortdurende activiteit heerste, en dat hun een overweldigende stank tegemoet kwam.

De vieze lucht negerend brachten de mannen de wagen aan land, keken toen om zich heen. De nederzetting scheen het middelpunt te zijn van een grote verscheidenheid aan activiteiten. De bomen waren van hun laagste takken ontdaan, en torsten blokken gehard schuim van honderd meter lang, vijftien meter hoog, zes meter dik, met een manshoge ruimte tussen de onderkant van het blok en de grond. Er waren een stuk of tien van deze blokken, die blijkbaar een aantal cellen herbergden. Sommige van deze cellen waren opengebroken en krioelden van kleine, witte, visachtige wezens — de jongen van het Eerste Volk.

Onder de blokken waren massa's Eersten bezig met verschillende activiteiten, waarvan de meeste de jinxmannen niet bekend waren. Hein Huss en Isak Comandore lieten de wagen achter onder de hoede van Sam Salazar en begaven zich onder de Eersten, afkerig van de stank en de druk van de vreemde lichamen, maar nieuwsgierig. Men besteedde geen aandacht aan hen, noch werden ze tegengehouden; ze zwierven door de ganse nederzetting. Eén sector scheen een enorme dierentuin te zijn, die verdeeld was in een aantal afdelingen. Het doel van een van deze afdelingen — een soort renbaan van zestig meter — was maar al te duidelijk. Aan het eind hing een menselijk lijk aan een touw — een Faide slachtoffer van het gevecht bij het nieuwe bos. Sommige wespen vlogen recht op het lijk af; vlak voor ze het zouden raken werden ze met netten gevangen en afgevoerd. Andere vlogen omhoog en weg, of bogen af naar de Eersten die aan de zijlijn stonden. Deze laatste werden eveneens in netten gevangen, en terstond gedood.

Wat de bedoeling was kon men wel raden. Toen ze vervolgens enkele andere bezigheden in dit licht bezagen konden de jinxmannen veel verklaren dat hen tot dan een raadsel was. Ze zagen kevers met het formaat van honden, die voorwerpen die op paarden leken aanvielen met zware, getande scharen; hokken met nog grotere insecten, lang, smal en gesegmenteerd, met tientallen zware poten en koppen als nachtmerries. Al deze dieren — wespen, kevers, duizendpoten — hoorden, maar dan kleiner en minder ontzagwekkend, in het bos thuis; het was duidelijk dat de Eersten al jaren bezig waren met selectieve teelt, misschien al eeuwen.

Niet alle bedrijvigheid had met oorlog te maken. Motten werden getraind om noten te verzamelen, wormen knaagden rechte gaten door hout; in een andere afdeling kauwden rupsen op een gele pap die ze tot identieke bollen kneedden. Een groot deel van de smerige lucht was afkomstig uit de dierentuin; de jinxmannen verlieten hem zonder tegenzin en liepen terug naar de wagen. Sam Salazar zette de tent op en legde een vuur aan, terwijl Huss en Comandore over de nederzetting discussieerden.

De nacht viel; de blokken schuim gloeiden met gevangen licht; de bedrijvigheid eronder duurde voort. De jinxmannen trokken zich terug in de tent en gingen slapen terwijl Sam Salazar de wacht hield.

De volgende dag lukte het Hein Huss een gesprek met een van de Eersten aan te knopen; de eerste keer dat er aandacht aan hen werd besteed.

Het gesprek duurde lang; Huss stelde Lord Faide beknopt op de hoogte. (Isak Comandore wendde zich af; hij wilde duidelijk niets met de zaak te maken hebben.)

Hein Huss had allereerst geïnformeerd naar het doel van de sinistere voorbereidingen: de wespen, kevers, duizendpoten en dergelijke.

"Wij zijn van plan mensen te doden," had het wezen zonder omhaal meegedeeld. "Wij zijn van plan terug te keren naar het mos. Dit is ons doel geweest sinds de mensen op de planeet verschenen."

Huss verklaarde dat deze ambitie kortzichtig was, dat er voldoende ruimte was op Pangborn voor mensen zowel als Eersten. "Het Eerste Volk," zei Hein Huss, "zou zijn vallen moeten verwijderen en zijn pogingen om de forten met bossen te omringen moeten staken."

"Nee," kwam het antwoord, "mensen zijn indringers. Zij ontsieren het prachtige mos. Allen zullen gedood worden."

Isak Comandore mengde zich in het gesprek. "Ik merkte op dit punt een veelbetekenend feit op. Alle Eersten binnen ons gezichtsveld hadden hun werk gestaakt; allen keken naar ons, alsof ook zij deelnamen aan de discussie. Ik kwam tot de hoogst belangwekkende conclusie dat de Eersten geen complete individuen zijn, maar onderdelen van een groter geheel, die in meerdere of mindere mate met elkaar verbonden zijn via een telepathische fase, niet ongelijk aan de onze."

Huss vervolgde kalm: "Ik merkte op dat als wij aangevallen zouden worden, velen van het Eerste Volk zouden sneuvelen. Het wezen toonde zich niet bezorgd, en vertelde zelfs ongeveer wat Jinxman Comandore reeds afgeleid had: "Elementen die sterven kunnen altijd vervangen worden uit de cellen. Maar als de gemeenschap ziek wordt, lijden allen. Wij zijn de bossen in gedreven, tot een vreemd bestaan gedwongen. Wij moeten ons wapenen en de mensen verjagen, en met dit doel hebben wij de methoden van de mens voor onze eigen doeleinden ontwikkeld."

Isak Comandore sprak weer. "Onnodig te zeggen dat ze doelden op de ouden, niet op ons."

"In ieder geval," zei Lord Faide, "laten ze geen twijfel aan hun plannen bestaan. We zouden dwazen zijn als we hen niet meteen aanvielen, met alle wapens die ons ter beschikking staan."

Hein Huss ging onverstoorbaar verder. "Het wezen sprak langdurig. 'Wij hebben de waarde van irrationaliteit geleerd.' 'Irrationaliteit' was natuurlijk niet het woord en zelfs niet de betekenis die hij gebruikte. Hij zei zoiets als 'een reeks vaag gemotiveerde proeven' — beter kan ik het niet vertalen. Hij zei: 'Wij hebben geleerd onze omgeving te veranderen. Wij gebruiken insecten en bomen en planten en waterdieren. Het is een enorme inspanning voor ons, die de voorkeur geven aan een vreedzaam leven in het mos. Maar jullie mensen hebben ons dit leven opgedrongen, en nu moeten jullie de gevolgen ondergaan.' Ik wees er nogmaals op dat wij niet hulpeloos zijn, dat vele Eersten zouden sterven. Het wezen scheen zich geen zorgen te maken. 'De gemeenschap blijft bestaan.' Ik stelde een delicate vraag: 'Als het uw doel is om mensen te doden, waarom staat u ons dan toe hier te zijn?' Hij zei: 'De ganse mensengemeenschap zal gedood worden.' Kennelijk geloven zij dat de menselijke gemeenschap op de hunne lijkt, en daarom beschouwen ze het doden van drie reizende individuen als een zinloze bezigheid."

Lord Faide lachte grimmig. "Om ons te vernietigen moeten ze zich eerst langs Hellemond vechten en vervolgens in Fort Faide doordringen. Hiertoe zijn ze niet in staat."

Isak Comandore hervatte zijn verslag. "Op dit punt was ik er reeds van overtuigd dat het geen kwestie was van het beheksen van een individu, maar van een heel ras. In theorie moet dit niet lastiger zijn dan er één beheksen. Het kost niet meer moeite om tegen twintig te spreken dan tegen een. Met dit in gedachten beval ik de leerjongen substanties te verzamelen die betrekking hadden op de wezens. Huidschilfers, schuim, uitwerpselen, alle andere uitscheidingen die te bemachtigen waren. Terwijl hij hiermee bezig was, poogde ik contact te maken met de Eersten. Dat is moeilijk, want hun telepathie werkt op een ander niveau dan de onze. Niettemin slaagde ik daar tot op zekere hoogte in."

"Dan kun je de Eersten dus beheksen?" vroeg Lord Faide.

"Ik garandeer niets tot ik het probeer. Er moeten zekere voorbereidingen worden getroffen."

"Ga dan; tref voorbereidingen."

Comandore stond op en verliet het vertrek met een slinkse blik op Huss.

Huss wachtte, kneep met zijn zware vingers in zijn kin. Lord Faide keek hem koud aan. "Heb je er nog iets aan toe te voegen?"

Huss gromde, hees zich overeind. "Ik wenste dat het zo was. Maar mijn gedachten zijn verward. De vele toekomsten lijken allemaal onrustig en boos. Misschien zijn onze beste inspanningen nog niet voldoende."

Lord Faide keek Hein Huss verrast aan; nog nooit had de omvangrijke Opper-Jinxman zo pessimistisch en melancholiek gesproken. "Spreek dan; ik luister."

Hein Huss zei stuurs: "Als ik iets zeker wist, zou ik met genoegen spreken. Maar ik word slechts door twijfels gekweld. Ik vrees dat we ons niet langer kunnen verlaten op logica en nauwkeurig jinxmanschap. Onze voorouders waren wonderdoeners, tovenaars. Zij verjoegen het Eerste Volk naar de bossen. Om ons op onze beurt op de vlucht te doen slaan hebben de Eersten de oude methoden overgenomen: proeven in het wilde weg en doelloos empiricisme. Ik twijfel. Misschien moeten wij ons verstand de rug toekeren en net als zij terugkeren tot de mystiek van onze voorouders."

Lord Faide haalde zijn schouders op. "Als Isak Comandore hen kan beheksen is zo'n teruggang misschien niet noodzakelijk."

"De wereld verandert," zei Hein Huss. "Hiervan ben ik zeker: de oude tijden van vakmanschap en kennis zijn voorbij. De toekomst is aan de schrandere mensen, mensen met een verbeelding die niet gehinderd wordt door discipline; de onorthodoxe Sam Salazar wordt misschien effectiever dan ik. De wereld verandert."

Lord Faide glimlachte wrang. "Als die dag aanbreekt zal ik Sam Salazar tot Opper-Jinxman benoemen en hem tevens aanstellen als Lord Faide, en jij en ik zullen onze oude dag slijten in een hut op het land."

Zwaar maakte Hein Huss een fatalistisch gebaar en vertrok.

Hoofdstuk X

TOEN LORD FAIDE twee dagen later Isak Comandore tegen het lijf liep, informeerde hij naar de vorderingen. Comandore verschool zich achter algemeenheden. Nog twee dagen later vroeg Lord Faide er weer naar, en ditmaal drong hij aan op bijzonderheden. Comandore ging hem met tegenzin voor naar zijn werkkamer, waar een tiental kabaalmannen, spreukmeesters en leerlingen rond een grote tafel bezig waren een model te bouwen van de nederzetting van het Eerste Volk in het Wildwoud. "Langs de oever van het meer," zei Comandore, "zal ik een groot aantal poppen plaatsen, die besmeerd zijn met essenties van de Eersten. Als dit voltooid is zal ik een beheksing uitvoeren en de Eersten in het verderf storten."

"Goed. Doe je best."

Lord Faide verliet de werkruimte en klom naar het hoogste punt van het fort, naar de koepel die het voorvaderlijke wapen Hellemond huisvestte. "Jambart! Waar ben je?"

Wapenverzorger Jambart, gedrongen, met blauwe kaken, rode neus en een grote buik, kwam tevoorschijn. "Ja, mijn heer?"

"Ik kom Hellemond inspecteren. Is hij gereed voor onmiddellijk gebruik?"

"Gereed, mijn heer, en voorbereid. Geolied, ingevet, gepolijst, afgekrabd, gewreven, goed verzorgd — ieder onderdeel is zo glad als een eierschaal."

Lord Faide onderzocht Hellemond met fronsende blik. Het was een zware cylinder met een doorsnede van bijna twee meter, drie en een halve meter lang, bezaaid met halve koepels die onderling verbonden waren door pijpen van glanzend koper. Jambart was zonder twijfel ijverig in de weer geweest. Er was geen spoor van vuil of roest te zien; alles was glanzend metaal. De loop was afgedekt met een zware metalen plaat en geteerd zeildoek; de ring waarop het wapen draaide was goed gesmeerd.

Lord Faide tuurde naar de horizon. In het zuiden lag de vruchtbare Faide vallei; in het westen het open veld; in het noorden en oosten de dreigende massa van het Wildwoud. Hij wendde zich om naar Hellemond en veinsde een vette streep te bespeuren. Jambart putte zich uit in verontschuldigingen en protesten; Lord Faide sprak een grimmige waarschuwing, maande hem tot grotere werklust, daalde toen af naar de werkkamer van Hein Huss. Hij trof de Opper-Jinxman liggend op een bank aan, starend naar het plafond. Aan een werkbank stond Sam Salazar, omringd door flessen, bekers, en schalen.

Lord Faide nam de rommel met onheilspellende blik in ogenschouw. "Wat ben jij aan het doen?" vroeg hij de leerjongen.

Sam keek schuldbewust op. "Niets speciaals, heer."

"Als je niets te doen hebt, ga Isak Comandore dan helpen."

"Ik heb wel iets te doen, Lord Faide."

"Wat dan?"

Sam Salazar tuurde stuurs naar de bank. "Ik weet het niet."

"Dan doe je dus niets!"

"Nee, ik ben bezig. Ik druppel verscheidene vloeistoffen op dit schuim. Het is van de Eersten. Ik vraag me af wat er gebeuren zal. In water lost het niet op, in alcohol evenmin. Hitte schroeit het en verbrandt het langzaam, onder dichte rookontwikkeling."

Lord Faide wendde zich honend af. "Je speelt als een kind. Ga naar Isak Comandore; hij kan je nuttig werk geven. Hoe denk je ooit een jinxman te worden, door te babbelen en te knoeien als een baby te midden van mooie steentjes?"

Hein Huss maakte een diep geluid: een combinatie van zucht, snuif, grom en keelschrapen. "Hij doet geen kwaad, en Isak Comandore heeft voldoende hulp. Salazar zal nooit een jinxman worden; dat is al lange tijd duidelijk."

Lord Faide haalde zijn schouders op. "Hij is jouw leerling, en jouw verantwoordelijkheid. Welaan. Wat voor nieuws is er van de forten?"

Grommend en hoorbaar ademend zwaaide Huss zijn benen over de rand van de bank. "De lords delen in uw zorgen, in meerdere of mindere mate. Uw bondgenoten zullen zonder dralen troepen tot uw beschikking stellen; de anderen eveneens als er druk op hen wordt uitgeoefend."

Lord Faide knikte voldaan. "Voorlopig is er geen haast. De Eersten blijven in hun bossen. Fort Faide is natuurlijk onneembaar, hoewel ze de vallei zouden kunnen plunderen..." Hij zweeg nadenkend. "Laat Isak Comandore zijn beheksing uitvoeren. Dan zullen we zien."

Van de werkbank kwam een gesis, een kleine ontploffing, een vlaag bijtend gas. Sam Salazar draaide zich om en keek hen schuldbewust aan. Zijn wenkbrauwen waren geschroeid. Lord Faide snoof minachtend en schreed de kamer uit.

"Wat heb je gedaan?" vroeg Hein Huss met kleurloze stem.

"Ik weet het niet."

Nu snoof ook Hein Huss minachtend. "Bespottelijk. Als je wonderen wilt verrichten moet je onthouden wat je doet. Wonderdoenerij is geen jinxmanschap met vaste regels en richtlijnen. Bij zulke ingewikkelde zaken is het aan te raden om aantekeningen te maken, zodat de wonderen herhaald kunnen worden."

Sam Salazar knikte instemmend en wijdde zich weer aan zijn werk.

Hoofdstuk XI

LATER OP DE DAG bereikte Fort Faide nieuws van vijandige handelingen van het Eerste Volk. Op de Honingmosheuvel, niet ver westelijk van de Woudmarkt, was een herderskamp bezocht door een dolende groep Eersten die de schapen met doorns begonnen te doden. Toen de herders protesteerden werden ook zij aangevallen, en velen van hen gedood. Ook de rest van de schapen werd gedood.

De volgende dag bracht ander nieuws: vier kinderen die in de Brastockrivier bij de Gilbertpont aan het zwemmen waren, werden door reusachtige watertorren gegrepen en aan stukken geknipt. Aan de andere kant van het Wildwoud, in de lage heuvels direct onder het Wolkkasteel, hadden boeren verscheidene hellingen ontgonnen en met wijnranken beplant. 's Ochtends vroeg hadden ze ontdekt dat een horde zwarte, schijfvormige zuigwormen de ranken verslond — bladeren, takken, stokken en wortels. Ze begonnen de wormen met spaden te doden en werden terstond doodgestoken door wespen.

Adam McAdam rapporteerde de incidenten aan Lord Faide, die woedend naar Isak Comandore ging. "Hoelang nog voor je gereed bent?"

"Ik ben nu reeds gereed. Maar ik moet rusten en nieuwe krachten opdoen. Morgenochtend voer ik de beheksing uit."

"Hoe eerder hoe beter! De wezens hebben het bos verlaten; ze doden mensen!"

Isak Comandore trok aan zijn lange kin. "Dat was te verwachten; dat hadden ze ons verteld."

Lord Faide negeerde de opmerking. "Toon me je tableau."

Comandore ging hem voor naar de werkruimte. Het model was nu voltooid, en de massa's nagebootste Eersten keurig besmeurd en ontvankelijk gemaakt. Alle poppen droegen een prop schuim. Comandore wees naar een pot met donkere vloeistof. "Ik zal de basis van deze beheksing uitleggen. Toen ik het kamp bezocht, speurde ik overal naar krachtige symbolen. Zonder twijfel waren er vele aanwezig, alleen kon ik niet ontdekken welke het waren. Maar ik herinnerde me een voorval uit het gevecht bij het nieuwe bos: toen de wezens aangevallen werden, bedreigd werden met vuur en de dood, braakten ze schuim uit van een matte purperen kleur. Kennelijk heeft dit purperen schuim iets te maken met de dood. Mijn beheksing zal op dit symbool gebaseerd zijn."

"Rust dan goed uit, zodat je naar beste vermogens kunt heksen."

De volgende ochtend kleedde Isak Comandore zich in lange zwarte gewaden en zette een masker van de demon Nard op het hoofd om krachten op te doen. Hij ging zijn werkkamer binnen en sloot de deur.

Er verstreek een uur, en nog een uur. Lord Faide zat met zijn verwanten aan het ontbijt. Koppig volhardde hij in een houding van cynische onverschilligheid. Ten slotte kon hij zich niet langer beheersen en begaf hij zich naar de binnenplaats waar Comandore's helpers onbehaaglijk bij elkaar stonden.

"Waar is Hein Huss?" vroeg Lord Faide. "Breng hem hier."

Hein Huss kwam zijn vertrekken uitstommelen. Lord Faide gebaarde naar de werkruimte van Comandore. "Wat gebeurt er? Slaagt hij?"

Huss keek naar de werkplaats. "Hij is bezig met een machtige beheksing. Ik voel verwarring, woede —"

"In Comandore, of in de Eersten?"

"Ik sta niet met hen in contact. Ik meen dat hij een boodschap op hun geest heeft overgebracht. Een zeer moeilijke taak, zoals ik u heb uitgelegd. In dit voorbereidende onderdeel is hij geslaagd."

"Voorbereidend? Wat komt er dan nog?"

"De twee belangrijkste elementen van de beheksing: de ontvankelijkheid van het slachtoffer en de toepasselijkheid van het symbool."

Lord Faide fronste. "Je klinkt niet optimistisch."

"Ik ben onzeker. Isak Comandore heeft het misschien bij het rechte eind. Indien dit zo is, en indien de Eersten hoogst ontvankelijk zijn, dan is vandaag een dag van grote overwinning, en zal Comandore een ontzaglijk *mana* vergaren!"

Lord Faide staarde naar de deur. "Wat nu?"

De ogen van Huss werden wezenloos van concentratie. "Isak Comandore is de dood nabij. Hij kan vandaag niet meer beheksen."

Lord Faide draaide zich naar de kabaalmannen en zwaaide. "Ga de werkruimte binnen! Sta uw meester bij!"

De kabaalmannen renden naar de deur en smeten hem open. Weldra kwamen ze naar buiten met de slappe gedaante van Isak Comandore. Zijn gewaad was besmeurd met paars schuim. Lord Faide drong zich naar hem toe. "Wat heb je bereikt? Spreek!"

Comandore's ogen waren halfgesloten, zijn mond was nat en hing halfopen. "Ik sprak tegen het Eerste Volk, tegen het ganse ras. Ik zond het symbool naar hun geest —" Zijn hoofd zakte opzij.

Lord Faide trad achteruit. "Breng hem naar zijn kamers. Leg hem op zijn bank." Hij kauwde besluiteloos op zijn onderlip. "Nog steeds weten we niet in hoeverre hij geslaagd is."

"Zeker wel!" zei Hein Huss.

Lord Faide draaide zich met een ruk om. "Wat? Wat zeg je?"

"Ik heb in Comandore's geest gekeken. Hij gebruikte het symbool van paars schuim; met ontzaglijke inspanning dreef hij het in hun gedachten. Toen merkte hij dat paars schuim niet de dood betekent — paars schuim betekent vrees voor de veiligheid van de gemeenschap, paars schuim betekent wanhopige razernij."

"In ieder geval," zei Lord Faide na een ogenblik, "is er geen kwaad geschied. Vijandiger kunnen de Eersten nauwelijks worden."

Drie uur later reed een verkenner in razende vaart de binnenplaats op, wierp zich van zijn paard en rende naar Lord Faide. "Het Eerste Volk heeft het woud verlaten! Een ongelooflijk aantal! Duizenden! Ze rukken op naar Fort Faide!"

"Laat hen oprukken," zei Lord Faide. "Hoe meer hoe beter! Jambart, waar ben je?"

"Hier, heer."

"Maak Hellemond gereed! Maak alles klaar!"

"Hellemond is altijd gereed, heer!"

Lord Faide sloeg hem op de schouders. "Ga! Bernard!"

De sergeant van de troepen van Faide kwam naar voren. "Wij zijn gereed, Lord Faide."

"De Eersten vallen aan. Bepantser je mannen tegen wespen en voed ze goed. We zullen al jullie kracht nodig hebben."

Lord Faide richtte zich tot Hein Huss. "Sein naar de forten, de landhuizen, beveel al onze verwanten hier te komen, met al hun troepen en wapens. Sein naar Bellgard Hal, naar Boghoten, Camber en Candelwade. En maak haast, het Wildwoud is slechts enkele uren van hier verwijderd."

Huss stak zijn hand op. "Dat heb ik al gedaan. De forten zijn gewaarschuwd. Ze kennen uw behoeften."

"En de Eersten — kun je hun geesten voelen?"

"Nee."

Lord Faide liep weg. Hein Huss schreed door de hoofdpoort en liep rond het fort, keek schattend naar de zwarte muren van de stompe torens, raamloos en zelfs bestand tegen de antieke wonderwapens. Hoog op het enorme parasoldak werkte Jambart de wapenverzorger in de koepel, waar hij poetste wat reeds glinsterde, onderdelen smeerde die al glommen van olie.

Hein Huss kwam weer binnen. Lord Faide kwam op hem af, met heldere ogen en een strakke mond. "Wat heb je gezien?"

"Alleen het fort, de muren, de torens, het dak, en Hellemond."

"En wat denk je ervan?"

"Ik denk vele dingen."

"Je bent niet mededeelzaam. Je weet meer dan je zegt. Je kunt beter spreken, want als Fort Faide in handen van de wilden valt, sterf je met alle anderen."

"Ik weet alleen wat u weet. De Eersten vallen aan. Ze hebben bewezen dat ze niet stom zijn. Ze zijn van zins ons te doden. Zij zijn geen jinxmannen; ze kunnen ons niet verderven of ons naar buiten drijven. Ze kunnen geen bres in de muren slaan. Om zich een weg naar binnen te graven moeten ze door massieve rots heen tunnelen. Wat zijn hun plannen? Ik weet het niet. Zullen ze slagen? Ook dat weet ik niet. Maar de dagen van de jinxman en zijn ordelijke kennis zijn voorbij. Ik denk dat we naar wonderen moeten zoeken, blind en dwaas, zoals Salazar die vloeistoffen over schuim giet."

Een troep bepantserde ruiters reed door de poort: soldaten van de nabije Bellgard Hal. En naarmate de uren verstreken bereikten groepen krijgslieden van andere forten Fort Faide, tot de binnenplaats zwart zag van troepen en paarden.

Twee uur voor zonsondergang werden er Eersten op de velden gesignaleerd. Het leek een zeer grote groep te zijn, die zich op ongedisciplineerde wijze voortspoedde. Links, rechts, voor en achter de ordeloze hoofdgroep liepen achterblijvers en voorlopers.

De heethoofden van andere forten probeerden Lord Faide luide te bewegen tot een uitval om de Eersten neer te maaien; dit plan vond geen weerklank onder de veteranen van het gevecht bij het nieuwe bos.

Lord Faide zag de dichte massa Eersten echter met genoegen. "Laat ze nog een mijl naderbij komen — dan zal Hellemond hen overrompelen. Jambart!"

"Tot uw beschikking, Lord Faide."

"Kom, Hellemond spreekt!" Hij schreed weg met Jambart op zijn hielen. Ze klommen naar de koepel.

"Draai Hellemond rond, richt hem op de wilden!"

Jambart sprong naar de glinsterende reeks van wielen en hefbomen. Hij aarzelde bedremmeld, draaide toen voorzichtig aan een wiel. Hellemond reageerde door langzaam rond te draaien op zijn spoor, begeleid door het kreunen en ratelen van lagers die in lange tijd niet gebruikt waren. Lord Faide fronste dreigend zijn voorhoofd. "Ik hoor tekenen van verwaarlozing."

"Verwaarlozing, mijn heer, in geen geval! Mocht u één roestplekje, één schaduw van vuil vinden, laat mij dan geselen!"

"En dat geluid dan?"

"Dat is vanbinnen en onzichtbaar — daar ben ik niet verantwoordelijk voor."

Lord Faide zweeg. Hellemond wees nu naar de bleke vloed uit het Wildwoud. Jambart draaide aan een tweede wiel en Hellemond stak zijn zware loop naar voren. Lord Faide riep met een van boosheid verwrongen stem: "De afdekplaat, dwaas!"

"Een abuis, heer, zo hersteld." Jambart kroop over de loop naar buiten, klampte zich uit alle macht vast aan de uitsteeksels, met onder hem slechts de lange gladde helling van het dak. Met grote moeite trok hij de kap los, toen schoof hij grommend en vloekend achteruit, trekkend met zijn knieën en met opgeheven billen.

De Eersten hadden hun pas iets vertraagd. De hoofdgroep bevond zich nu op slechts een halve mijl afstand.

"Nu," zei Lord Faide in grote opwinding, "voor ze zich verspreiden roeien we ze uit!" Hij keek door een telescopische buis vol korsten en vage sluiers, gebaarde naar Jambart. "Nu! Vuur!"

Jambart haalde de vuurknop om. Binnen de grote metalen pijp sputterde en klikte het. Hellemond jankte, brulde. De loop gloeide rood, oranje, wit en plotseling spoot een straal fel paars licht naar buiten — die bijna ogenblikkelijk doofde. De loop trilde van hitte, dampte, siste. Vanbinnen klonk een zwakke plof. Toen heerste er stilte.

Honderd meter voor de Eersten brandde het mos waar de straal doel getroffen had. Het richttoestel was onnauwkeurig. Hellemonds bliksem had misschien twintig Eersten uit de voorhoede gedood.

Lord Faide gebaarde koortsachtig. "Snel! Richt de loop hoger. Nu! Vuur opnieuw!"

Jambart trok aan de vuurarm, maar vergeefs. Hij probeerde het opnieuw, met even weinig succes. "Hellemond is kennelijk moe."

"Hellemond is dood," riep Lord Faide. "Je bent te kort geschoten. Hellemond is dood."

"Nee, nee," protesteerde Jambart. "Hellemond rust! Ik verzorg hem als mijn eigen kind! Hij is gepoetst als glas! Iedere keer als er een deel verslijt of afbreekt, verwijder ik de breuk keurig netjes, en ook ieder spoor van gebroken glas."

Lord Faide hief zijn armen ten hemel, schreeuwde luid van onuitsprekelijke smart, rende naar beneden. "Huss! Hein Huss!"

Huss kwam aanlopen. "Wat wenst u?"

"Hellemond heeft de geest gegeven. Bezweer hem zodat hij weer vuur geeft, en snel!"

"Onmogelijk."

"Onmogelijk!" riep Lord Faide. "Dat is alles wat ik van jou hoor. Onmogelijk, nutteloos, onuitvoerbaar! Je hebt je vermogens verloren. Ik ga Isak Comandore raadplegen."

"Isak Comandore kan Hellemond evenmin vuur verschaffen als ik."

"Wat is dit voor sofisterij? Hij stopt demonen in mensen. Dan kan hij toch ook vuur in Hellemond stoppen?"

"Kom, Lord Faide, u bent overspannen. U kent het verschil tussen jinxmanschap en wonderdoenerij."

Lord Faide wenkte een bediende. "Breng Isak Comandore hier bij mij!"

Comandore hinkte met een hol gezicht en wasbleke huid de binnenplaats op. Lord Faide sprak gebiedend: "Ik heb al je vaardigheid nodig. Je moet Hellemonds vuur genezen." Comandore keek snel naar Hein Huss, die er massief en koud bij stond. Comandore zag af van dramatische beloften die niet vervuld konden worden. "Dat kan ik niet, mijn heer."

"Wat? Zeg jij dat ook?"

"U kent het verschil, Lord Faide, tussen mens en metaal. Normaal staat de mens aan de rand van de waanzin; hij balanceert steeds op het scherp van de snede tussen hysterie en apathie. Zijn zintuigen vertellen hem veel minder van de wereld dan hij denkt. Het is eenvoudig om een mens te bedriegen, om hem een demon te geven, om hem gek te maken, te doden. Maar metaal voelt niets; metaal reageert alleen zoals zijn vorm en conditie dicteren, of op wonderen."

"Dan moet je een wonder verrichten!"

"Onmogelijk."

Lord Faide haalde diep adem, wist zich te beheersen. Hij liep snel over de binnenplaats. "Mijn harnas, mijn paard. We vallen aan."

De kolonne groepeerde zich, met Lord Faide aan het hoofd. Hij leidde de ridders door de poort, gevolgd door gepantserde infanteristen.

"Pas op voor het schuim!" riep hij. "Val aan, sla toe, houw, en terug. Houd de vizieren omlaag tegen de wespen! Iedereen moet er honderd doden! Val aan!"

De troep reed uit tegen de horde van het Eerste Volk, de ridders voorop. De paardenhoeven stampten zacht over het dikke mos; in het westen hing de grote bleke zon dicht bij de horizon. Tweehonderd meter voor de Eersten spoorden de ridders de stomphoofdige paarden aan tot draf. Ze hieven hun zwaarden en stormden schreeuwend naar voren. Ieder probeerde de eerste te zijn. De samengepakte massa Eersten week uiteen: zwarte torren sprintten naar voren en daarna lange gesegmenteerde duizendpoten. Ze stortten zich tussen de paarden met klikkende monddelen en priemende snuiten. De paarden gilden, steigerden, vielen achterover; de torren knipten de geharnaste ridders open zoals een hond een bot kraakt. Lord Faide's paard wierp hem af en rende weg; hij krabbelde overeind, hakte naar de dichtstbijzijnde tor en slaagde erin een voorpoot af te kappen. De tor schoot op hem af, hij kapte de poot aan de andere kant af; de zware kop viel en trok het mos open. Lord Faide hakte de resterende poten af, en het beest was hulpeloos. "Terugtrekken!" bulderde hij. "Terugtrekken!"

De ridders gingen achteruit, alsmaar hakkend en houwend naar de torren en duizendpoten, en doodden of verminkten alles wat aanviel.

"Vorm een dubbele rij, ridders en mannen. Trek langzaam op, geef elkaar steun!"

De mannen rukten op. De Eersten verspreidden zich om hen te bekampen, gewapend met doornzwaarden en buidels. Tien meter van de mannen vandaan tastten ze in de buidels en haalden donkere ballen tevoorschijn die ze naar de soldaten gooiden. De ballen spatten uiteen op de bepantsering.

"Val aan!" brulde Lord Faide. De mannen sprongen tussen de Eersten en sneden, hieuwen en doodden. "Dood ze!" schreeuwde Lord Faide opgewonden. "Laat er geen een in leven!"

Hij voelde opeens een steek, een prik op zijn huid onder het kuras, en nog een en nog een. Kleine dingen kropen achter het metaal en prikten, staken, beten. Hij keek om zich heen; aan alle kanten zag hij geteisterde blikken. De armen met zwaarden werden werkeloos toen de handen omlaag kwamen om op het metaal te slaan, vergeefs probeerden te krabben en te wrijven. Twee mannen begonnen plotseling hun harnas af te werpen.

"Terugtrekken!" riep Lord Faide. "Terug naar het fort!"

De terugtocht werd een vlucht. De soldaten gooiden stukken van hun bepantsering af terwijl ze renden. Na hen kwam een vlucht wespen — een stuk of tien, en half zoveel mannen schreeuwden het uit toen de gifangels in hun rug staken.

Het gedesorganiseerde leger stormde het fort in terwijl de laatste stukken bepantsering werden afgeworpen en de mannen op hun huid sloegen, krabden, wreven en de woeste mijten verpletterden waarvan hun lichaam krioelde.

"Sluit de poorten!" brulde Lord Faide.

De poortdeuren gleden dicht. Het beleg van Fort Faide was begonnen.

Hoofdstuk XII

's Nachts vormden de Eersten een ring rond het fort op vijftig meter van de muren. De hele nacht heerste er bedrijvigheid, waren er in het licht van de sterren komende en gaande, spookachtige gedaanten te zien.

Lord Faide sloeg het tot middernacht vanaf een borstwering gade met Hein Huss aan zijn zijde.

Herhaaldelijk vroeg hij: "Hoe staat het met de andere forten? Sturen ze nog meer versterking?" waarop Huss iedere keer hetzelfde antwoord gaf: "Er heerst verwarring en twijfel. De fortheren willen graag helpen maar voelen er niet voor hun leven te verspillen. Op dit ogenblik overwegen zij de situatie."

Lord Faide verliet eindelijk de borstwering en wenkte Huss hem te volgen. In zijn trofeeënkamer wierp hij zich in een stoel. Ook Huss ging zitten. Een ogenblik staarde Lord Faide de jinxman koel en berekenend aan. Hein Huss verdroeg zijn blik zonder onbehagen.

"Jij bent Opper-Jinxman," zei Lord Faide ten slotte. "Twintig jaar lang heb je formules uitgesproken, beheksingen verricht, voorspellingen gedaan — doeltreffender dan enige andere jinxman op Pangborn. Maar nu ben je onbekwaam en lusteloos. Waarom?"

"Ik ben onbekwaam noch lusteloos. Ik kan niet meer presteren dan mijn vaardigheden me toestaan. Ik weet niet hoe ik wonderen moet verrichten. Daarvoor moet u mijn leerling Sam Salazar raadplegen, die het ook niet weet, maar ernstig alle mogelijkheden en vele onmogelijkheden uitprobeert."

"Jij gelooft zelf in deze onzin! Voor mijn ogen verander je in een mysticus!"

Huss haalde zijn schouders op. "Er zijn grenzen aan mijn kennis.

Wonderen komen voor — dat weten we. De relikwieën van onze voorvaderen zien we overal om ons heen. Hun methoden waren bovennatuurlijk, weerzinwekkend voor onze geestelijke processen — maar denkt u zich eens in! Met juist dezelfde methoden dreigen de Eersten ons te vernietigen. In plaats van metaal gebruiken ze levende wezens — maar het resultaat is gelijksoortig. Als zij zich verenigen en desnoods bereid zijn te sterven kunnen de mensen van Pangborn de Eersten terugjagen naar het Wildwoud — maar voor hoelang? Een jaar? Tien jaar? Het Eerste Volk plant nieuwe bomen, graaft nieuwe vallen — en weldra komen ze weer tevoorschijn, met nieuwe verschrikkelijke wapens: vliegende torren, zo groot als paarden; wespen die door bepantsering heen kunnen dringen, salamanders die over de muren van Fort Faide kunnen klimmen."

Lord Faide trok aan zijn kin. "En staan de jinxmannen machteloos?"

"U heeft het zelf gezien. Isak Comandore drong ver genoeg door in hun bewustzijn om hen kwaad te maken, en verder niet."

"Wat moeten we dan doen?"

Hein Huss spreidde zijn armen uit. "Ik weet het niet. Ik ben Hein Huss, jinxman. Ik kijk gefascineerd naar Sam Salazar. Hij leert niets, maar is te dom of te intelligent om zich te laten ontmoedigen. Als dit de manier is om wonderen te verrichten, dan zal het hem lukken."

Lord Faide stond op. "Ik ben dodelijk vermoeid. Ik kan niet denken, ik moet slapen. Morgen weten we meer."

Hein Huss verliet de trofeeënkamer en ging terug naar de borstwering. De ring van Eersten scheen dichter bij de muur te zijn, bijna binnen bereik van pijlen. Daarachter, over de velden, strekte zich een lange bleke kolonne van marcherende Eersten uit. Iets bij het fort vandaan begon een stapel wit materiaal te groeien, hoger en hoger terwijl de nacht verstreek.

Uren gingen voorbij, de hemel werd lichter; de zon kwam op. Het Eerste Volk sjouwde over de velden als mieren. Ze brachten lange staven van gehard schuim aan uit het noorden, legden ze op stapels neer rond het fort, keerden weer terug naar het noorden om meer te halen.

Lord Faide betrad de kantelen. Hij zag er moe uit en was niet geschoren. "Wat is dit? Wat doen ze?"

Bernard de sergeant antwoordde: "Ze verbijsteren ons allen, mijn heer."

"Hein Huss! Hoe staat het met de andere forten?"

"De mannen hebben zich bewapend en zijn opgestegen; ze naderen behoedzaam."

"Kun je hen duidelijk maken hoe dringend hun hulp geboden is?"

"Dat kan ik, en ik heb het reeds gedaan. Ze zijn er slechts voorzichtiger door geworden."

"Bah!" riep Lord Faide walgend. "Krijgslieden noemen ze zich! Trouwe bondgenoten!"

"Ze zijn op de hoogte van uw bittere ervaring," zei Huss. "Ze vragen zich af, redelijkerwijs, wat ze kunnen bewerkstelligen dat u, hier aanwezig, niet kunt."

Een wrange lach was de reactie van Lord Faide. "Ik heb geen antwoord voor hen. Ondertussen moeten we ons tegen de wespen beschermen. Harnassen zijn waardeloos; dan maken ze ons gek met mijten. Bernard!"

"Ja, Lord Faide."

"Laat ieder van je mannen een raam maken van twee bij twee voet, met een kort handvat. Hierop moet een net van zwaar gaas genaaid worden. Als deze ramen klaar zijn doen we een uitval. Iedere half bepantserde ridder wordt bewaakt door twee soldaten met een raam."

"Intussen," zei Huss, "voeren de Eersten hun plannen verder uit."

De Eersten kwamen dicht onder de muren. Ze droegen staven van gehard schuim. "Bernard!" riep Lord Faide. "Zet je schutters aan het werk! Mik op de koppen!"

Op de muren spanden de boogschutters hun wapens. Een regen van pijlen daalde op het Eerste Volk neer. Enkelen werden geraakt, wendden zich om en wankelden weg; anderen trokken de pijlen onverschillig uit. Nogmaals floten de pijlen, en weer werden enkele Eersten uitgeschakeld. De anderen plantten de staven in het mos, scheidden grote stromen schuim uit terwijl hun huidflappen krachtig pompten. Anderen voerden nieuwe staven aan, en duwden ze in het schuim. De berg van schuim omringde het hele fort dicht onder de muren. De ring van Eersten trad nu nader en allen spoten schuim; de berg groeide snel aan. Nog meer staven werden aangevoerd, in het schuim gestoken, zodat het geheel verstevigd en stijf werd.

"Nog meer pijlen," blafte Lord Faide. "Mik op de hoofden. Bernard, hebben je mannen de wespennetten gereed?"

"Nog niet, Lord Faide. Het kost enige tijd."

Lord Faide zweeg. Het schuim was nu tien voet hoog en reikte steeds hoger. Lord Faide vroeg aan Hein Huss: "Wat hopen ze te bereiken?"

Huss schudde zijn hoofd. "Ik weet het nog niet."

De eerste laag schuim was hard geworden; de Eersten spuwden er een tweede laag op, die ook verstevigd werd met de kruislings geplaatste horizontale en verticale staven. Een kwartier later, toen de tweede laag hard was, plaatsten de Eersten primitieve ladders om een derde laag te leggen. Het fort werd nu omringd door een cirkel van schuim van tien meter hoog en aan de basis twaalf meter breed.

"Kijk," zei Hein Huss. Hij wees omhoog. Het parasoldak dat over de muren hing reikte slechts tot tien meter boven het schuim. "Nog een paar lagen, dan zitten ze aan het dak."

"En wat dan nog?" vroeg Lord Faide. "Het dak is even sterk als de muren."

"En wij zitten luchtdicht binnenin."

Lord Faide bestudeerde het schuim in het licht van dit nieuwe idee. De Eersten, op ladders die tegen de buitenzijde van hun muur van schuim stonden, waren al bezig een vierde laag te leggen. Eerst stijve en droge staven, dan grote wolken wit schuim. Nog zes meter tussen dak en schuim.

Lord Faide beval de sergeant: "Maak de mannen gereed om uit te vallen."

"En de wespennetten, heer?"

"Zijn ze bijna klaar?"

"Nog tien minuten, heer."

"Over tien minuten stikken we. We moeten een weg hakken door het schuim."

Tien minuten gingen voorbij, een kwartier. De Eersten maakten taluds achter hun muur: eerst tientallen staven, dan schuim, en bovenop rieten matten om het gewicht te verdelen.

Bernard de sergeant rapporteerde: "Wij zijn gereed."

"Mooi." Lord Faide daalde af naar de binnenplaats. Hij ging voor de mannen staan en gaf ze hun bevelen. "Werk snel, maar blijf bij elkaar;

we moeten niet in het schuim verdwalen. Hak recht vooruit en opzij. De Eersten kunnen door het schuim kijken; wij niet. Als we doorbreken gebruiken we de wespennetten. Denk eraan, snel door het schuim, zodat we niet stikken. Open de poort."

De poort gleed open, de troepen marcheerden naar buiten. Ze stonden tegenover een ononderbroken muur van schuim. Er was geen vijand te zien.

Lord Faide zwaaide met zijn zwaard. "Het schuim in." Hij schreed vooruit, drong zich in de witte massa, die harder was dan waar hij op had gerekend. Het weerstond hem; hij sneed en hakte. Zijn troepen voegden zich bij hem, kapten zich een weg door het schuim. Boven hen doemden Eersten op die voorzichtig over de matten kropen. Hun rugflappen pufden en pompten; schuim spoot uit hun spleten en stortte als een waterval over de troepen.

Hein Huss zuchtte. Hij sprak tot Leerling Sam Salazar: "Nu moeten ze zich terugtrekken, anders stikken ze. Als ze er niet in slagen door te breken stikken we allemaal."

Nog terwijl hij sprak bereikte het schuim het dak. Beneden werkte Lord Faide zich vloekend en brullend achterwaarts uit het schuim. Hij veegde zijn gezicht schoon, en probeerde het uit wanhoop opnieuw, op een ander punt.

Het schuim was bros en liet zich vlot snijden, maar de losse brokken versperden nog altijd de opening. En opnieuw stortte er een stroom van schuim over de soldaten uit.

De soldaten trokken zich terug in het fort. Tegelijkertijd waren Eersten die op de matten ter hoogte van de borstwering boven de poort kropen druk in de weer met het plaatsen van palen tegen de overhangende rand van het dak. Ze spoten schuim; de hemel werd langzamerhand verduisterd voor de mensen in het fort.

"Over een uur, of over twee uur, sterven we allemaal," zei Hein Huss. "Nu hebben ze ons afgesloten van de buitenlucht. Het fort bevat vele mensen, en allen zullen nu diep ademhalen."

Sam Salazar zei nerveus: "Er is misschien een mogelijkheid om in leven te blijven — of in ieder geval niet te stikken."

"Ah?" informeerde Hein Huss sarcastisch. "Ben je voornemens een wonder te verrichten?"

"Zo ja, dan een van de meest triviale soort. Ik heb opgemerkt dat water geen uitwerking heeft op het schuim, evenmin als een aantal andere vloeistoffen: melk, alcohol, wijn, soda. Azijn lost het schuim daarentegen ogenblikkelijk op."

"Aha," sprak Hein Huss. "Hiervan moeten wij Lord Faide in kennis stellen."

"Beter dat u het doet," zei Sam Salazar. "Mij zal hij geen aandacht schenken."

Hoofdstuk XIII

ER GING EEN HALF UUR VOORBIJ. Het enige licht dat het schuim doorliet was een sombere grijze schemer. De lucht smaakte verschaald, vochtig, en zwaar. De troepen deden weer een uitval. Ieder van de soldaten droeg een kan, een kruik, een vel of een pan met sterke azijn.

"Snel nu," riep Lord Faide, "maar voorzichtig! Spaar de azijn, gooi het niet in het wilde weg. Dicht op elkaar — voorwaarts." De soldaten naderden de muur, smeten grote lepels azijn voor zich uit. Het schuim knetterde en smolt.

"Geen azijn verspillen!" schreeuwde Lord Faide. "Snel nu; breng meer azijn."

Minuten later braken ze door tot de open lucht. De Eersten staarden hen verbijsterd aan.

"Val aan," kraste Lord Faide, wiens keel dichtgeknepen werd door de dampen. "Denk aan de wespennetten! Twee soldaten per ridder! Val aan, dubbelsnel. Dood de witte beesten."

De mannen stortten zich naar voren. De wespenbuizen werden opgeheven. "Halt!" riep Lord Faide. "Wespen!"

De wespen kwamen eraan met raspende vleugels. De netten vlogen omhoog; de wespen bonsden ertegen. De netten doken omlaag; harde voeten vertrapten de insecten. De torren en de duizendpoten verschenen weer ten tonele, niet zoveel als de vorige avond, want een groot aantal was gedood. Ze stormden vooruit, en een twintigtal mannen stierf, maar de insecten werden spoedig in stinkende bruine stukken gehakt. De wespen vlogen opnieuw, en sommige troffen doel; het doodsgeschreeuw van de stervende mannen greep de anderen aan. Weldra daalde ook het aantal van de wespen, en even later waren er geen meer.

De mensen stonden tegenover de Eersten, slechts bewapend met doornzwaarden en hun schuim, dat nu paars van woede was. Lord Faide zwaaide; de mannen traden nader en begonnen de Eersten te doden, bij dozijnen, bij honderden.

Hein Huss benaderde Lord Faide. "Roep hun een halt toe."

"Waarom? Nu doden we eindelijk deze beestachtige wezens."

"Beter van niet. Geen van beiden hoeft de ander te doden. Nu is de tijd om grote wijsheid te tonen."

"Zij hebben ons belegerd, ons in vallen laten lopen, ons met hun wespen gestoken! En jij zegt halt?"

"Zij koesteren een grief van zestienhonderd jaar oud. Het is het beste om er geen tweede aan toe te voegen."

Lord Faide staarde Hein Huss aan. "Wat stel je voor?"

"Vrede tussen de twee rassen, vrede en samenwerking."

"Uitstekend. Geen vallen meer, geen nieuwe aanplant, geen teelt van dodelijke insecten."

"Roep uw mannen terug. Ik zal een poging doen."

Lord Faide riep luid: "Mannen, breek het gevecht af en kom terug."

Onwillig gingen de troepen achteruit. Hein Huss naderde de geslonken massa paars-schuimende Eersten. Hij wachtte een ogenblik. Ze keken hem nauwlettend aan. Hij sprak in hun taal: "Jullie hebben Fort Faide aangevallen; jullie zijn verslagen. Het plan was goed, maar we hebben bewezen dat we sterker zijn. Op dit ogenblik kunnen wij jullie doden. Vervolgens kunnen we het bos in brand steken, honderd branden stichten. Sommige daarvan kunnen jullie doven. Andere niet. Wij kunnen het Wildwoud vernietigen. Sommige Eersten blijven misschien in leven, verschuilen zich in het kreupelhout en broeden nieuwe plannen uit om mensen te doden. Dit willen wij niet. Lord Faide stemt ermee in dat er vrede gesloten wordt, als jullie eveneens instemmen. Dit betekent het einde van de dodelijke vallen. De mensen moeten de bossen vrijelijk kunnen naderen en binnengaan. Op jullie beurt mogen jullie je vrij op het mos begeven. Het ene ras zal het andere niet molesteren. Wat kiezen jullie? Uitsterven — of vrede?"

Het paarse schuim druppelde niet langer uit de spleten van het Eerste Volk. "Wij kiezen vrede."

"Er mogen geen wespen meer zijn, geen torren. De vallen moeten ontmanteld worden en niet meer hersteld worden."

"Wij stemmen in. Op onze beurt moeten wij vrijelijk het mos kunnen betreden."

"Afgesproken. Verwijder jullie doden en gewonden, sleep de schuimstaven weg."

Hein Huss ging terug naar Lord Faide. "Zij hebben vrede gekozen."

Lord Faide knikte. "Uitstekend. Zo is het beter." Hij riep zijn mannen toe: "Berg de wapens op. We hebben een grote overwinning behaald." Treurig bezag hij het fort, geheel ingekapseld in schuim en onzichtbaar, behalve het parasoldak. "Honderd tonnen azijn zullen niet voldoende zijn."

Hein Huss rapporteerde: "Uw bondgenoten naderen snel. Hun jinxmannen hebben uw overwinning gemeld."

Lord Faide lachte wrang. "Mijn bondgenoten valt de taak ten deel om het schuim te verwijderen."

Hoofdstuk XIV

IN DE HAL VAN FORT FAIDE riep Lord Faide tijdens het overwinnings-banket joviaal naar Hein Huss: "En nu, Opper-Jinxman, moeten wij afrekenen met je leerling, de leegloper en mislukkeling Sam Salazar."

"Hij is hier, Lord Faide. Sta op, Sam Salazar, neem kennis van de eer die je ten deel valt."

Sam Salazar stond op en boog.

Lord Faide reikte hem een kroes aan. "Drink, Sam Salazar, amuseer je. Ik erken openlijk dat je idiote gepruts het leven van ons allen heeft gered. Sam Salazar, wij betuigen je onze dank. Nu hoop ik dat je deze beuzelarijen links laat liggen, je op je werk toelegt, en een eerlijk jinx-man wordt. Als het zover is, beloof ik je dat je een aanstelling voor het leven krijgt in Fort Faide."

"Dank u," zei Sam Salazar bescheiden. "Ik betwijfel echter of ik jinxman zal worden."

"Nee? Heb je andere plannen?"

Sam Salazar stotterde, werd lichtelijk rose in het gelaat, rechtte toen zijn rug, en sprak zo duidelijk en helder als hij kon: "Ik geef er de voor-keur aan door te gaan met wat u als beuzelarij aanduidt. Ik hoop dat ik anderen kan overhalen mee te doen."

"Beuzelarij is altijd aantrekkelijk," zei Lord Faide. "Zonder twijfel lukt het je andere leeglopers en mislukkelingen te vinden, weggelopen boerenjongens en zo."

Sam Salazar zei ferm: "Deze beuzelarij wordt misschien een seri-euze zaak. Het valt niet te betwisten dat de ouden barbaren waren. Ze gebruikten symbolen om entiteiten te beheersen die ze niet begrepen. Wij zijn methodisch en rationeel; waarom zouden wij de oude wonde-ren niet kunnen systematiseren en begrijpen?"

"Ja, waarom niet?" vroeg Lord Faide. "Weet iemand daar een antwoord op?"

Niemand reageerde, hoewel Isak Comandore tussen zijn tanden door siste en zijn hoofd schudde.

"Ikzelf slaag er misschien nooit in wonderen te verrichten; ik vermoed dat het gecompliceerder is dan het lijkt," vervolgde Sam Salazar. "Maar ik hoop dat u bereid bent voor een werkplaats te zorgen waar ik en anderen die mijn opvatting delen een begin kunnen maken. In deze kwestie geniet ik de steun en aanmoediging van Opper-Jinxman Hein Huss."

Lord Faide hief zijn bokaal. "Uitstekend, Leerling Sam Salazar. Vannacht kan ik je niets weigeren. Je krijgt precies wat je verlangt, en ik wens je veel geluk. Misschien produceer je nog tijdens mijn leven een wonder."

Isak Comandore sprak hees tot Hein Huss: "Dit is een droeve gebeurtenis! Het duidt op intellectuele anarchie, de degeneratie van het jinxmanschap, het teloorgaan van de logica. Nieuwe dingen hebben hun bekoring voor de jeugd; nu al zie ik de leerlingen en spreukmeesters opgewonden fluisteren. De jinxmannen van de toekomst zullen zielige lieden zijn. Hoe zullen zij te werk gaan bij het bezeten maken van demonen? Met een kamrad, een raderwerk, en een drukknop. Hoe zullen ze een beheksing verrichten? Ze zullen het makkelijker vinden om hun slachtoffer met een bijl te slaan."

"De tijden veranderen," zei Hein Huss. "Nu heerst alleen Faide over Pangborn, en de forten hoeven niet langer gebruik te maken van onze diensten. Misschien voeg ik me bij Sam Salazar in zijn werkplaats."

"Je schildert een deprimerende toekomst," zei Isak Comandore met een snuivend geluid van weerzin.

"Er zijn vele toekomsten, waarvan sommige zonder twijfel deprimerend zijn."

Lord Faide hief zijn glas. "Op de beste van jouw toekomsten, Hein Huss. Wie weet? Sam Salazar tovert misschien een ruimteschip tevoorschijn om ons terug te brengen naar onze oorspronkelijke planeet."

"Wie weet?" zei Hein Huss. Hij hief zijn bokaal. "Op de beste van alle toekomsten!"

Verantwoording

De Drakenruiters
Oorspronkelijk verschenen als "The Dragon Masters", *Galaxy*,
Vol. 20:6, augustus 1962, p. 10–97
Vertaling: Jaime Martijn
Herziene vertaling: Pon Ruiter
Eerder verschenen in *De Drakenruiters*, J.M. Meulenhoff,
Amsterdam 1975

Het laatste Kasteel
Oorspronkelijk verschenen als "The Last Castle", *Galaxy*, Vol. 24:4,
april 1966, p. 9–66
Vertaling: Mark Carpentier Alting
Herziene vertaling: Pon Ruiter
Eerder verschenen in *De stervende Aarde + Het laatste Kasteel*,
J.M. Meulenhoff, Amsterdam 1974

De wonderbaarlijke verrichtingen van Sam Salazar
Oorspronkelijk verschenen als "The Miracle Workers", *Astounding
Science Fiction*, Vol. 61:5, juli 1958, p. 9–67
Oorspronkelijke vertaling: Warner Flamen
Herziene vertaling: Pon Ruiter
Eerder verschenen in *Telek*, J.M. Meulenhoff, Amsterdam 1972

Jack Vance werd in 1916 geboren in een welgesteld Californisch gezin dat tegen het einde van zijn kindertijd moeilijke tijden doormaakte. Als jonge man probeerde hij een aantal onbevredigende baantjes uit alvorens aan de Universiteit van Californië in Berkeley mijnbouw-kunde, natuurkunde, journalistiek en Engels te gaan studeren. Hij ging van school toen de oorlog uitbrak en werd matroos op de koopvaardij. Later werkte hij als rolbrugmachinist, landmeter, keramist en timmer-man, voordat hij zich door het produceren van een gestage stroom aan SF, mysterieromans en korte verhalen als voltijds schrijver vestigde.

Hij was meer dan zestig jaar actief als schrijver, en voor zijn werk ontving hij onder andere drie *Hugo Awards*, een *Nebula Award*, een *World Fantasy Award* œuvreprijs, en een *Edgar* van de *Mystery Writers of America*. De *Science Fiction & Fantasy Writers of America* kroonden hem tot Grootmeester, en hij werd opgenomen in de roemruchte *Science Fiction Hall of Fame*.

In zijn werk overschreed Jack Vance vaak de grenzen van het genre: van weemoedige fantastiek (de zeer invloedrijke *Stervende Aarde* verhalen) tot interstellaire space opera (de vijfdelige *Duivelsprinsen* reeks), van heldhaftige fantasy (de *Lyonesse* trilogie) tot de mysterieuze moorden die een sheriff in landelijk Californië moet oplossen (de *Joe Bain* boeken).

Toen hij reeds op leeftijd was, vormde zich een internationale groep van Vance-fans die zich tot doel stelde om het complete œuvre van Vance in de oorspronkelijke staat te herstellen, daarbij tientallen jaren van redactionele ingrepen en ongewenste wijzigingen ongedaan makend. Dit resulteerde in de toonaangevende Engelse *Vance Integral Edition* die als 44 hardcover delen in een beperkte oplage verscheen.

In 2013, kort nadat hij zijn eerste jazz-album had opgenomen, overleed Jack Vance op 96-jarige leeftijd in het huis dat hij eigenhandig had gebouwd in de beboste heuvels buiten Oakland. In het jaar van zijn honderdste geboortedag begint Spatterlight met het uitgeven van een nieuwe Nederlandse editie. In 62 paperbacks verschijnen zowel alle Vance verhalen die al eerder zijn uitgegeven, alsook alle titels die nog niet eerder in het Nederlands verkrijgbaar waren.

COLOFON

Dit boek is gezet uit 11,5 pt Adobe Arno Pro.

Deze uitgave kwam tot stand met de hulp van Wil Ceron, Fokke de Haan,
Henny van der Leden en Evert Jan de Groot.

Omslagontwerp: Howard Kistler

Typografisch ontwerp: Joel Anderson

Zetwerk: Joel Anderson

Kaarten: Christopher Wood

Management: John Vance, Koen Vyverman